Lea Weisz
Die Heimkehr der Bärenführerin

TINTE & FEDER

Das Buch

In der Eifel, 1348. Agnes, Tochter des Grafen von Langerode, ist ihrem Herzen gefolgt und hat sich Bärenführer Kilian mit seiner Gauklertruppe angeschlossen. Sie ziehen von Ort zu Ort und können sich nur mühsam über Wasser halten. Agnes ahnt nicht, dass ihre Schwester Beth auf der verzweifelten Suche nach ihr ist. Denn auf der Burg ihres Vaters haben Bernard von Hinzweiler und sein Gefolge die Macht an sich gerissen und unterdrücken die Bewohner mit brutaler Gewalt.

Als Agnes von den Entwicklungen auf der Burg erfährt, ist sie zutiefst bestürzt und macht sich sofort auf den Weg nach Langerode. Kann sie der Tyrannei ein Ende setzen?

Die Autorin

Lea Weisz, geboren im Rheinland, hat unter anderem Namen bereits mehrere historische Romane erfolgreich veröffentlicht.

Als Kind war ihr größter Wunsch, Tierärztin zu werden. Nun verarbeitet sie ihre Tierliebe in der Geschichte über die Bärenführerin Agnes von Langerode.

LEA WEISZ

DIE HEIMKEHR DER BÄRENFÜHRERIN

HISTORISCHER ROMAN

TINTE & FEDER

Deutsche Erstveröffentlichung bei
Tinte & Feder, Amazon Media E.U. S.à r.l.
38, avenue John F. Kennedy, L-1855 Luxembourg
April 2019

Umschlaggestaltung: semper smile, München, www.sempersmile.de
Umschlagmotiv: ©semper smile; © SJ Travel Photo and Video / Shutterstock; © dwph / Shutterstock; © mashakotcur / Shutterstock
1. Lektorat: Ute Köhler
2. Lektorat und Korrektorat: Verlag Lutz Garnies, Haar bei München, www.vlg.de
Gedruckt durch:
Amazon Distribution GmbH, Amazonstraße 1, 04347 Leipzig /
Canon Deutschland Business Services GmbH, Ferdinand-Jühlke-Str. 7, 99095 Erfurt /
CPI books GmbH, Birkstraße 10, 25917 Leck

ISBN 978-2-91980-706-2

www.tinte-feder.de

Vorbemerkung

Die Abenteuer der Bärenführerin Agnes von Langerode und ihrer Gefährten spielen vor einer mittelalterlichen Kulisse, am Vorabend der großen Pest, erheben aber nicht den Anspruch, ein historischer Roman im strengen Sinne zu sein. Beinahe alle Protagonisten sind fiktiv, ebenso der Ort und die Burg Langerode.

Die handelnden Figuren des Romans

Die Töchter des Grafen von Langerode:
Agnes (Nes) – hat wegen Kilian ihre Heimat verlassen
Elisabeth (Beth) – hat mit Richolf ihre Heimat verlassen

Die Gaukler und das Umfeld der Grafentöchter:
Kilian – hat seinen Augenstern Agnes geheiratet
Richolf – Stallknecht und Beths Geliebter
Saul – der »Mohr« der Truppe
Hans – begnadeter Flötenspieler
Fronica – seine Gefährtin, Messerwerferin ohne Arme
Heinrich – Kilians Vater, wird zunehmend vergesslich
Agatha – Heinrichs Frau, die gute Seele der Truppe
Luzia – Sauls Gefährtin
Benno – eifriger Nachwuchsgaukler
Wulfhild – das wilde Kind

Die konkurrierenden Gaukler:
Matthes – ehrgeizig und missgünstig
Cristin – seine Gefährtin, Seiltänzerin
Frieder – zwergwüchsiger Dresseur des Äffchens Jokubim

Burg Langerode:
Genefe – Witwe des Grafen von Langerode
Bernard von Hinzweiler – hochmütig und erbarmungslos
Moritz – der alte Stallmeister
Lena – Genefes Leibmagd
Pater Albertus – scheinheiliger Kaplan
Bertold von Hinzweiler – Bernards Vater
Ludwig – einer von Bernards jüngeren Brüdern
Karl – ein weiterer von Bernards jüngeren Brüdern
Evgen – eine Küchenmagd
Johann der Haarige – Wachmann
Grifo – Bediensteter der Hinzweiler

Der Herzog und sein Umfeld:
Volker – Neffe des Herzogs und Genefes Verehrer
Wilhelm – der Herzog
Goswin – Volkers Knappe
Bongard – Hauptmann, Reiterführer

Sonstige:
Roland – Schmied mit finsterem Gemüt
Hermann – Bediensteter der Abtei Hersfeld
Fulcher – ein junger Bauer in Langerode
Schultheiß von Hersfeld

1

1347 A. D., zwei Tage vor dem Weihnachtsfest

Das abgelegene Dorf, das die Gaukler im spärlichen Licht der Abenddämmerung erreichten, bestand aus elenden Hütten, einem vereisten Teich, der im Sommer vermutlich zum Tümpel schrumpfte, sowie einer halb verfallenen Holzkapelle. Agnes blickte aus dem Planwagen und dachte sich, dass in dieser Ruine wohl schwerlich noch Messfeiern stattfanden.

Der Tag war kühl, die Pfade hart gefroren. »Harte Zeit«, pflegte deshalb der alte Heinrich, das nominelle, doch längst nicht mehr faktische Oberhaupt der Truppe, diese Jahreszeit zweideutig zu nennen. Die beiden vor den Planwagen gespannten Maultiere Thaddäus und Judas mühten sich ab, verweigerten aber immer wieder den Dienst, ganz zu schweigen von dem alten Klepper Josef dem Zweiten, der den Zwingerwagen mit der Bärin Ursula über den vereisten Weg zog und damit maßlos überfordert war. Immerhin blieben den Gauklern Schlamm und Morast wie in den zurückliegenden Herbstwochen erspart, die ihnen weniger wegen des nasskalten Wetters als vielmehr wegen der ausgestandenen Ängste und der vielfältigen Gefahren für Leib und Leben in schrecklicher Erinnerung bleiben würden.

Bereits seit Tagen hustete sich Heinrich die Seele aus dem Leib. Agnes, Fronica, Luzia und Agatha, die ihn im Planwagen umhegten, kamen zu dem Schluss, dass eine Weiterreise dem Kranken nicht länger zuzumuten sei. Hohes Fieber ließ ihn noch wirrer sprechen, als er es in letzter Zeit ohnehin zu tun pflegte.

»Er wird uns unter den Händen wegsterben«, sorgte sich Heinrichs Frau Agatha.

Insgeheim gab Agnes ihr recht. Es war unmöglich, ihn unter solchen Bedingungen gesund zu pflegen. Sie sprang aus dem Wagen, um zu den drei Männern und dem Knaben Benno, die voranschritten, aufzuschließen.

»Es hat keinen Zweck«, sagte sie kopfschüttelnd zu ihrem Mann Kilian. »Dein Vater fiebert, wir brauchen ein warmes Quartier.«

Kilian sah sich die armseligen Katen an, welche die Straße säumten. Hier und dort hatten sich neugierige Dörfler hervorgewagt; misstrauisch beäugten sie die Fremden.

»Das wird schwierig, Liebste«, erwiderte er seufzend und wärmte seine Finger mit seinem Atem. »Diese Bauern werden selbst nur das Nötigste für den Winter haben und sind bestimmt nicht erpicht darauf, Gaukler zu beherbergen.«

»Und die nächste Stadt dürften wir erst in einigen Tagen erreichen«, fügte Saul hinzu.

Agnes sah keine andere Möglichkeit, als sie mit der bitteren Wahrheit zu konfrontieren. »Dann wollt ihr also, dass Heinrich stirbt?«

»Du denkst, dass es so schlimm um ihn steht?«, fragte Kilian erschrocken.

Agnes sah ihn an. »Kilian, Liebster, ich weiß, dass euer Stolz es euch verbietet, zu betteln oder Hilfe anzunehmen. Ihr kennt kein anderes Leben als das des fahrenden Volkes. Aber glaub mir, wenn dein Vater weiter in diesem Rumpelgefährt liegen muss, wird er schon morgen nicht mehr am Leben sein.«

»Verstehe.« Kilian nickte betreten. »Dann müssen wir an die Christenpflicht der Dörfler appellieren, damit uns jemand Quartier gewährt.«

»Ich kann das übernehmen«, bot Agnes an.

Dass dies das Beste wäre, wusste wohl auch Kilian, denn es bestand die Gefahr, nein, es war sogar wahrscheinlich, dass die Leute Beleidigungen oder Verwünschungen ausstoßen würden, und Kilian war nicht gerade ein Meister darin, solche einfach zu schlucken. Auch Saul war kaum die geeignete Person für einen solchen Bittgang, denn die meisten Menschen hatten noch nie einen Mohren gesehen und fürchteten sich vor ihm. Und Hans, dem begnadeten, aber wortkargen Flötenspieler, fehlte es schlicht an Überredungskunst.

»Danke, Liebste. Aber was machen wir, wenn sich alle weigern?«

»Darüber denken wir nach, wenn es soweit ist.« Lächelnd streichelte sie ihm die Wange. »Einverstanden?«

»Nes hat dich inzwischen als Lebenskünstlerin weit übertroffen, mein Freund«, stellte Saul fest.

»Schon möglich. Aber habe ich dich nach deiner Meinung gefragt, schwarzer Mann?«, brummte Kilian.

Saul grinste. »Du darfst sie dir trotzdem anhören, Bleichling.«

Wortgeplänkel dieser Art waren weniger Ausdruck eines Streits, sondern vielmehr die merkwürdige Art der beiden Männer, sich ihre gegenseitige Zuneigung kundzutun. Zu schlichten gab es deshalb nichts für Agnes, ohnehin drängte die Zeit.

»Darf ich dich begleiten, Nes?«, bat Benno mit leuchtenden Augen. Für den Knaben war Agnes wie eine bewunderte große Schwester. Tatsächlich sprach nichts dagegen, dass Benno sich ihr anschloss, im Gegenteil, der Bursche besaß Charme, Schlitzohrigkeit sowie die Begabung, die Herzen der Menschen zu erweichen. Weshalb die Gaukler ihm unlängst auf sein eigenes Drängen hin eine anspruchsvolle Aufgabe übertragen hatten: Nach den Vorführungen durfte er unter den Zuschauern die Münzen einsammeln.

»Na schön, Benno.« Agnes nickte ihm zu. »Was denkst du, wo sollen wir beginnen?«

»Bei ihm dort.« Schon schritt Benno voran, einem etwa gleichaltrigen Jungen entgegen, der sich gegen eine Hüttenwand lehnte und die Fremden mit einer Mischung aus Interesse und Argwohn musterte. Er war so ärmlich gekleidet, wie man es an diesem Ort erwarten konnte. An einem Strick hielt er ein schwarz geflecktes Ferkel, das wie ein Hund neben ihm hockte.

»Warum gerade bei ihm?«, wunderte sich Saul.

»Wie ich Benno kenne, hat er seine Gründe.« Agnes folgte ihm.

Als sie vor dem Dorfjungen standen, hob dieser das Kinn, als wollte er sie fragen: Was zur Hölle wollt ihr von mir?

»Ich heiße Benno. Und das hier ist meine große Schwester Nes.«

Sollte Benno gehofft haben, der andere werde seinerseits seinen Namen nennen, so sah er sich getäuscht. Stattdessen blickte der Dorfjunge hinüber zum Zwingerwagen, in dem Ursula als riesiges, zusammengerolltes Fellknäuel auszumachen war.

»Ist das ein Bär?«, fragte er mit einer Stimme, die viel dunkler war, als man bei einem Jungen seines Alters hätte annehmen können.

»Genau genommen ist es eine Bärin, und ihr Name ist Ursula«, erklärte Benno.

Der Junge schüttelte den Kopf. »Blödsinniger Name für einen Bären.« Sein Ferkel quiekte, als wäre es derselben Meinung.

Einen Augenblick lang schien auch Benno nicht zu wissen, was er dem entgegnen könnte.

»Ist überhaupt nicht blödsinnig. Kennst du denn nicht das Lied von der Bärin Ursula?«

Offenbar kannte der Junge es nicht, denn er starrte ihn verständnislos an.

»Vielleicht geben wir eine Vorstellung in eurem Dorf, dann kannst du das Lied selbst hören. Unser Hans spielt dazu Flöte, und Fronica singt. Geleitet wird die Darbietung von meiner Schwester Nes, der einzigen Bärenführerin weit und breit.«

Der Bursche sah Agnes tief in die Augen. »Bist du wirklich seine Schwester?«, verlangte er zu wissen.

»Nun … nicht seine leibliche Schwester, wenn du das meinst, aber im Grunde sind wir wie Geschwister.«

»Hab's mir gedacht«, sagte der Bursche. »Dass du nicht seine Schwester bist.«

»Ach, und wieso dachtest du das?« Allmählich geriet Benno aus dem Konzept.

»Ihr seht euch kein bisschen ähnlich. Sie ist so hübsch und du … du hast Ohren wie ein Esel.«

»Wie ein …?« Benno schluckte.

»Esel«, wiederholte der Junge.

Agnes spürte, wie ihr kleiner Wunschbruder zornig wurde, war es doch selten, dass er auf Granit biss. Einen Streit galt es freilich zu vermeiden, sonst würden die Dörfler sie vertreiben.

»Weißt du, wir alle sind sehr stolz auf Bennos Ohren«, erklärte sie mit feierlichem Ernst. »Er kann damit Dinge hören, die sonst niemand hört.«

Auch diese Behauptung beeindruckte den Dorfjungen offensichtlich nicht, aber er ließ Agnes nicht mehr aus den Augen. »Und der Bär hört wirklich auf dich?«

»Ja. Warum sollte er das nicht tun?«

»Weil du ein Weib bist.«

»Ah! Wie gesagt, Ursula ist ja auch ein Weib, vielleicht verstehen wir uns deshalb.«

Das schien ihm einzuleuchten, denn er stellte keine weiteren Fragen. Grinsend entblößte er seine Zähne. »Ich bin Ulf«, verkündete er.

Agnes beschloss, zur Sache zu kommen, denn schließlich drängte die Zeit.

»Sag mal, Ulf, wo wohnt denn euer Dorfpriester?«

»Wir haben keinen. Er ist auf und davon.«

»So? Und wer liest euch die Messen?«

»Keiner.«

Immerhin erklärte das die Kapellenruine. Das Dorf lag wohl zu abgelegen, als dass es der Obrigkeit in den Sinn gekommen wäre, einen neuen Geistlichen zu entsenden.

»Die Sache ist so«, erklärte Agnes dem Jungen. »Wir haben einen Kranken bei uns, der dringend Obdach benötigt! Wüsstest du vielleicht jemanden …?«

»Schleich dich!«, wurde sie barsch unterbrochen.

Sie sah sich um. Aus der Hütte war ein grimmig dreinblickender Kerl getreten. In der Rechten hielt er eine Axt. »Geh ins Haus!«, befahl er Ulf.

»Sie haben einen Bären bei sich, Vater«, erwiderte dieser.

»Sollst ins Haus gehen, hab ich gesagt!«

Der Junge gehorchte, das Ferkel mit sich ziehend.

»Was habt ihr hier verloren?«, herrschte Ulfs Vater Agnes an. Inzwischen waren auch Kilian und Saul, die Unfrieden witterten, hinzugeeilt.

Ruhig berichtete Agnes dem Mann von dem kranken Heinrich, und dass er eine warme Stätte bräuchte, wo sie ihn pflegen konnten. Ob der andere ihr aufmerksam zuhörte oder nicht, war nicht auszumachen. Jedenfalls betrachtete er, während sie redete, Saul aus schmalen Augen heraus. Auch machte er keinerlei Anstalten, die Axt zu senken.

»Deshalb suchen wir eine gute Seele, die uns für ein paar Tage aufnimmt«, schloss Agnes ihre Erklärung.

Der Mann spuckte vor sich aus. »Besser für euch, wenn ihr verschwindet!«, sagte er grantig, und die Axt in seiner Hand zuckte.

Agnes dachte bei sich, dass sie ebenso gut in den Wind hätte sprechen können. Aber was hatte sie erwartet? Sie war nun nicht mehr die Grafentochter, der man mit Respekt begegnete.

»Es geht hier um Leben und Tod!«, entrüstete sich Kilian, wobei sein drohender Tonfall wenig zur Beruhigung der Situation beitrug.

»Seit wann hat fahrendes Volk Forderungen zu stellen?«, höhnte der Mann.

»Wir fordern nicht, wir bitten doch nur«, versuchte es Agnes von Neuem. »Um der Liebe Christi willen, wir bitten.«

Doch auch die ausdrückliche Betonung der Tatsache, dass sie Christenmenschen waren, änderte nichts an seinem Misstrauen.

»Verschwindet von hier! Besser für euch, besser für uns! Wir wollen hier niemanden haben.«

Hatte dieser Mann, hatten die Menschen des Dorfes möglicherweise etwas zu verbergen? Die Gaukler waren an Ablehnung gewöhnt, aber Agnes beschlich der Verdacht, dass hier mehr im Spiel war als nur die Angst vor Fremden.

In diesem Augenblick trat eine Frau von gedrungener Gestalt und mit verhärmtem Gesicht aus der Hütte.

»Was wollen diese Leute?«, fragte sie den Mann.

»Geh wieder ins Haus, Weib!«

Sie ließ sich nicht abwimmeln. »Wer seid ihr?« Ihre Frage war an Kilian gerichtet.

»Wir sind Gaukler und suchen ein Quartier, wo wir meinen kranken Vater pflegen können«, antwortete er mit erzwungener Geduld, jedes Wort betonend.

Mit dem Kinn deutete sie auf Agnes. »Ist sie dein Weib?«

Kilian hob die Brauen. »Ja. Warum?«

»Sie ist sehr hübsch!«

»Ein wahres Wort. Nur hilft uns das nicht weiter. Und bevor du fragst: Der Mohr hat mit dem Teufel nichts zu schaffen.«

»Ich weiß nicht einmal, wo die Hölle überhaupt liegt«, bestätigte Saul nickend.

Erstaunlicherweise schien das Interesse der Frau an Saul gering zu sein. »Ein Quartier sucht ihr?«

Kilian breitete die Hände aus. »Ein Quartier, ja, genauso ist es. Da es hier wohl kaum eine Herberge geschweige denn ein Siechenhaus geben dürfte – hättest du einen Rat für uns, gute Frau?«

»Roland, der Schmied – er hat genug Platz in seinem Haus, seit …«

»Still, Weib«, zischte ihr Mann durch die Zähne. »Sie sollen sich woanders eine Bleibe suchen.«

»So schnell werden sie aber in der Gegend nichts finden, das weißt du auch«, entgegnete sie. »Wir können den Kranken nicht einfach seinem Schicksal überlassen, das wäre nicht recht. Wo es doch von Tag zu Tag kälter wird und übermorgen zudem das Weihnachtsfest ansteht.«

»Wo finden wir diesen Schmied, gute Frau?«, fragte Agnes.

»Am Ende des Dorfes, es ist das letzte Gebäude.« Sie wies die Richtung.

Ihr Mann stapfte grußlos ins Haus zurück; zweifellos war er wütend.

»Hab Dank, wir werden dort fragen.«

Die Dörflerin erwiderte Agnes' Lächeln, und ihre Augen leuchteten dabei, als gäbe es einen Triumph zu feiern. Als sie kehrtmachen wollte, um ebenfalls ins Haus zu gehen, rief Kilian ihr zu: »Was wolltest du vorhin sagen? Jener Schmied hat Platz in seinem Haus, seit *was* geschehen ist?«

»Seit er sein Weib ... nun ja, seit sie ihm davongelaufen ist«, verkündete sie über die Schulter. Dann schloss sie die Tür hinter sich.

Agnes hörte, wie die Eheleute sich drinnen anfauchten; was immer es mit diesem Dorf auch auf sich hatte, die hiesigen Frauen ließen sich offenbar nicht so leicht den Mund verbieten.

»Ein getürmter Priester, eine getürmte Schmiedsgattin – in diesem Kaff kriegt man offenbar Fluchtgedanken«, dachte Saul laut nach.

»Zu Recht«, sagte Luzia abfällig.

Kilian legte einen Arm um Agnes' Schulter. »Na schön, fragen wir eben diesen Schmied. Danke, dass du immer die Ruhe bewahrst, mein Augenstern.«

Sie genoss es, wie er mit zärtlicher Fürsorge ihren Umhang enger um sie legte, damit sie nicht fror. Und einmal mehr dankte sie im Stillen dem Herrgott, dass er ihr den Mut und die Kraft gegeben hatte, Langerode zu verlassen, um ein Leben an Kilians Seite zu führen. Was freilich nicht bedeutete, dass sie es leichten Herzens getan hätte. Kein Tag verging, an dem sie sich nicht mehrmals die Frage stellte, was wohl ihr Vater oder Beth in diesem Moment machten. Wie schlimm musste es für einen Vater sein, über das Schicksal der eigenen Tochter so lange im Ungewissen zu bleiben. Eines Tages – das hatte sie sich fest vorgenommen – würde sie ihn wissen lassen, dass sie an Kilians Seite glücklich war. Irgendwann würde sie ihm in Langerode ihre Aufwartung machen, ihn umarmen, herzen und um Verzeihung bitten für den vielen Kummer, den sie ihm bereitet hatte. Sie hatte ihn vor den Augen der Hinzweiler unsterblich blamiert, weil sie vor der anberaumten Hochzeit geflohen war und somit Bernard, den Bräutigam, der Lächerlichkeit preisgegeben hatte. Wobei der gehörnte Bernard die wenigsten Schuldgefühle in ihr ausgelöst hatte. Bernard war ein hochmütiger Rüpel, der nichts anderes verdient hatte, als von seiner Braut versetzt zu werden.

Der Gauklerzug setzte sich wieder in Bewegung. Mittlerweile standen weitere Dörfler vor ihren Hütten und beäugten sie mit starren Mienen.

»Seltsame Leute leben hier«, murmelte Kilian, während er Josef dem Zweiten, dem alten Zuggaul, den Hals tätschelte, um ihn zum Weitertraben zu ermuntern. Ursula hatte sich inzwischen hingesetzt und teilte Agnes durch ein sanftes Brummen mit, dass die Zeit für ihre Abendruhe gekommen sei.

»Gleich, meine Liebe, noch ein wenig Geduld«, raunte Agnes ihr zu.

Blieb zu hoffen, dass jener Schmied namens Roland Verständnis für die Notlage der Gaukler aufbrachte.

2

Der Schmied verließ den Werkstattschuppen, der an sein Haus angebaut war. Offenbar hatte er sein Tagewerk vollbracht und gedachte nun, sich dem wohlverdienten Feierabend hinzugeben. Als er der Gauklertruppe gewahr wurde, die mit ihren beiden Wagen in der Dämmerung vor seinem Haus auftauchte, blieb er stehen und stemmte die Arme in die Hüften. Er war groß und kräftig, wie es sich für einen Schmied gehörte. Ein dichter schwarzer Bart verdeckte gänzlich seinen Mund.

Agnes und Kilian traten vor.

»Roland?«, fragte Kilian.

Der Schmied antwortete nicht, sah ihn nur auffordernd an.

»Sprich du mit ihm, Nes«, flüsterte Kilian.

Und wieder berichtete Agnes von dem erkrankten Heinrich und der Notwendigkeit, ihn an einem warmen Ort zu versorgen. Nachdem der Schmied sich alles angehört hatte, ging er wortlos ins Haus und schloss die Tür hinter sich.

»Das bedeutet wohl Nein«, seufzte Agnes.

Kilian stieß einen Fluch aus. Saul trat hinzu und äußerte eine Vermutung: »Bestimmt hat er mich gesehen.«

»Bilde dir bloß nicht ein, dass ein Hüne wie dieser Schmied sich vor dem Schwarzen Mann fürchtet«, brummte Kilian.

»Ich würde es tun an seiner Stelle.«

Agatha, die mit Fronica und Luzia aus dem Wagen gestiegen war, wandte sich besorgt an ihren Sohn. »Was ist? Gewährt er uns kein Quartier? Deinem Vater geht es immer schlechter.«

»Wir müssen woanders fragen«, überlegte Kilian laut.

»Ich könnte ihn bezirzen«, schlug Luzia vor.

»Untersteh dich«, erwiderte Saul.

»Lasst mich das machen!«

Agnes sah Benno fragend an. »Was hast du vor, Brüderchen?«

»Seht selbst.«

Benno ging hinüber zur Tür des Schmieds und pochte mit der Faust gegen das Holz. Kurz darauf erschien der Hüne wieder an der Schwelle.

»Wer hat euch geraten, bei mir nachzufragen?«, raunzte er den Jungen an. Seine Stimme war rau wie das Eisen, mit dem er arbeitete.

»Leute aus dem Dorf«, behauptete Benno nur mäßig eingeschüchtert. »Da Ihr ja alleine hier lebt, gebe es Platz in Eurem Haus, sagte man uns. Man lobte Eure Herzensgüte in den höchsten Tönen.«

»Hältst du mich zum Narren, Knirps?«

»Aber, Meister Roland, warum sollte ich das tun?«

»Weil niemand in diesem Dorf mich für herzensgut hält. Die meisten denken, ich hätte meine Frau und mein Kind umgebracht. Also verschwindet besser, sonst ergeht es euch noch genauso.«

Darauf wusste Benno im ersten Moment nichts zu erwidern, aber er wäre nicht Benno gewesen, wenn seine Sprachlosigkeit lange angehalten hätte. Nachdem schon seine Mission bei jenem Rotzbengel Ulf nicht wie gewünscht verlaufen war, galt es wohl für ihn nun, seinen Ruf als Charmeur wiederherzustellen.

»Ihr seid kein Meuchler, ich weiß das!«

»So?« Der Schmied lachte; es klang nicht besonders humorvoll. »Und was macht dich da so sicher?«

»Nun, ich bin ein Gaukler, ein noch junger zwar, aber ein Gaukler. Und Gaukler vermögen vieles. Zeigt mir Eure rechte Handfläche, Meister Roland.«

Der Schmied zögerte; noch immer schien er zu überlegen, ob man ihn nicht gerade zum Besten hielt.

»Zeigt her!«, wiederholte Benno beharrlich.

Als der Schmied ihm mit einem mürrischen Laut seine rußgeschwärzte Hand hinstreckte – man konnte sie getrost auch eine Pranke nennen –, nahm Benno sie sorgfältig in Augenschein.

»Seit wann kann der Bengel Handlesen?«, flüsterte Saul.

»Kann er nicht«, sagte Agnes. »Aber ich glaube, er hat eine Idee.«

»Wie ich schon sagte: Ihr seid kein Mörder!«, rief Benno nach kurzer Betrachtung im Brustton der Überzeugung. »Eure Hand beweist es. Seht Ihr diese Linie? Hättet Ihr jemanden umgebracht, würde sie genau hier enden.«

»Was du nicht sagst. Du erzählst mir Dinge, die ich selbst weiß, Junge. Dass ich niemanden umgebracht habe, musst du mir nicht sagen. Und jetzt verschwindet, bevor ich …«

»Wartet!« Bennos Stimme ging in ein Flüstern über, sodass auch Agnes und die anderen kein Wort mehr verstanden.

»Wenn es ihm gelingt, dass dieser Grantler uns Quartier gewährt, dann nenne ich ihn nie wieder Hosenscheißer«, schwor Saul feierlich.

»Ansonsten kann ich den Schmied ja immer noch bezirzen«, neckte ihn Luzia.

Endlich schienen Benno und der Schmied eine Übereinkunft getroffen zu haben.

»He!«, rief der Schmied. »Wo ist der Kranke? Meinetwegen bringt ihn ins Haus. Zwei von euch dürfen bei ihm bleiben und ihn versorgen, der Rest bleibt draußen, verstanden?«

Mit diesen Worten kehrte er ihnen seinen breiten Rücken zu und ging hinein.

Kilian klatschte triumphierend in die Hände. »Gut gemacht, Benno.«

»Was hast du zu ihm gesagt, Brüderchen?«, fragte Agnes ihn leise.

Benno grinste. »Dass ich sein Geheimnis kenne, und dass niemand es erfahren wird, wenn er sich nur barmherzig zeigt.«

»Und was ist sein Geheimnis, Schlitzohr?«

»Woher soll ich das wissen? Hat nicht jeder Mensch ein Geheimnis? Meister Roland hat auf alle Fälle eines, er wurde plötzlich ganz unruhig.«

Die Dämmerung war inzwischen fast vollständig in Dunkelheit übergegangen. Kilian, Saul und Hans beeilten sich, den sterbenskranken Heinrich ins Haus des Schmieds zu tragen.

Agnes war erleichtert; trotzdem hing das Leben des alten Gauklerführers am seidenen Faden.

* * *

An diesem Abend hatten Beth und Richolf am Rande eines Waldstücks eine verlassene und halb verfallene Köhlerhütte ausfindig gemacht. Die kam ihnen als Nachtquartier wie gerufen, zumal es darin eine Herdstelle gab, wo sie ein wärmendes Feuer entfachen konnten. Einen Kanten Brot hatten sie auch noch, sodass sie ihre Sorgen auf den nächsten Tag verschieben konnten.

»Übermorgen ist Weihnachten«, sagte Beth mit belegter Stimme. Obwohl sie hungrig war, kaute sie lustlos auf ihrem Brot herum, während sie ins Feuer starrte und an ihre Schwester Agnes dachte.

Viele Jahre schien die letzte Begegnung mit ihr zurückzuliegen. In Wahrheit waren seither kaum sechs Monate vergangen.

Wenn Beth darüber nachdachte, was in der Zwischenzeit alles geschehen war, dann wunderte es sie nicht, dass ihr Zeitgefühl sie zum Narren hielt. Doch obwohl es ihr wie eine Ewigkeit vorkam, seit sie Agnes zum letzten Mal gesehen hatte, war deren Bildnis wie eingebrannt in ihr Gedächtnis. So verschieden sie beide auch sein mochten, sie hatten stets eine ganz besondere Beziehung zueinander gehabt.

Vergeblich hatte Beth versucht, ihrer Schwester den jungen Bärenführer Kilian auszureden. Zunächst mit Erfolg, wie sie geglaubt hatte. Doch an der alten Eiche am Waldrand von Langerode, ihrem alten gemeinsamen Rückzugsort seit Kindheitstagen, hatte Agnes ihr eines Tages kundgetan, dass sie die Heimat heimlich verlassen wolle, um ihr Leben an der Seite Kilians zu verbringen. Was allein schon schlimm genug gewesen wäre; noch viel schlimmer aber war die Tatsache, dass sie sich auf diese Weise ihrer Vermählung mit Bernard von Hinzweiler widersetzte, was einen Skandal ohnegleichen auslösen würde. Als Beth endlich begriffen hatte, dass keine Macht der Welt imstande war, Agnes von ihrem Entschluss abzubringen, hatte sie nicht länger versucht, sie zum Bleiben zu bewegen, sondern war ihr bei der Planung ihrer nächtlichen Flucht sogar behilflich gewesen.

Tragisch nur, dass Beth später genötigt war, anstelle ihrer Schwester den unsäglichen Bernard zu heiraten, weil die Hinzweiler ihrem Vater, dem Grafen, sonst die Fehde erklärt hätten. Bernard war keineswegs der Galan, für den sie ihn anfangs gehalten hatte; er war ein gewalttätiger Widerling, ein Frauenschänder und – aller Wahrscheinlichkeit nach – auch der Mörder ihres Vaters. Wenige Wochen nach der Hochzeit war ihr Vater bei einem Jagdausflug auf mysteriöse Weise ums Leben gekommen. Von da an hatten sich die Hinzweiler aufgeführt, als wäre Langerode ihr Eigentum.

Ob sie ohne Richolf wohl jemals die Kraft gefunden hätte, es ihrer Schwester gleichzutun? An Richolf hatte sie ihr Herz gehängt, obgleich er nur ein Stallbursche war, und sich damit selbst Lügen gestraft. Denn wie oft hatte sie Agnes zuvor in den Ohren gelegen, dass eine Grafentochter sich auf keinen Fall in einen Burschen aus dem einfachen oder gar niederen Volk verlieben durfte?

Als sie mit Richolf aus Langerode geflohen war, hatten sie beide den Entschluss gefasst, sich auf die Suche nach Agnes und den Gauklern zu machen. Von Moritz, ihrem Stallmeister auf Langerode, hatte Richolf unlängst erfahren, dass der Gauklerführer Heinrich in Wirklichkeit sein Vater war. An dieser Erkenntnis hatte er eine Weile zu schlucken gehabt. Gleichwohl trieb ihn das Verlangen, seinem Vater, der für ihn ein Leben lang ein Mann ohne Gesicht gewesen war, zu begegnen.

Da sie keine Ahnung hatten, in welcher Richtung sie eigentlich suchen mussten, waren sie auf Auskünfte aus der Bevölkerung angewiesen gewesen. Den ganzen Spätherbst hatten sie in den Gegenden der Eifel und beidseits des Rheins gesucht, dabei stets auch auf der Hut vor möglichen Häschern der Hinzweiler. Mehrfach hatte man ihnen von einer Gauklertruppe und einer jungen Bärenführerin berichtet, die eng umschlungen mit ihrem Tier getanzt habe, als wäre es ihresgleichen.

»Das ist sie!«, hatte Beth frohlockt. »Das ist Nes! Sie müssen einen neuen Bären haben, und die verrückte Nes hat ihn dressiert. Wer sonst könnte es fertigbringen, mit einem Bären zu tanzen wie mit einem Geliebten?«

Schilderungen von einem Musikanten, der seiner Flöte die wundervollsten Töne zu entlocken vermochte, und einer Akrobatin ohne Arme, die zugleich eine großartige Sängerin war, hatten sie in ihrer Gewissheit bestärkt.

Aber gefunden hatten sie die Gaukler bislang nicht, da die Leute nie genau zu sagen vermocht oder sich widersprüchlich geäußert hatten, wohin es die Truppe als Nächstes verschlagen hatte. Unterwegs hatte sich Richolf mehrfach als Tagelöhner verdingen müssen, damit sie nicht betteln mussten und von Almosen abhängig waren. Zu allem Unglück hatte man ihnen schon in der zweiten Woche ihr Pferd gestohlen. Banditen mussten Dux losgebunden und mitgenommen haben, während Beth und Richolf sich in einem Gasthaus an der Straße nach Andernach eine heiße Suppe gegönnt hatten. Dux, der prächtige Schecke ihres Vaters! Einfach geklaut wie ein Hühnerei. Beth war überzeugt, dass ihr armer Vater sich im Grabe umdrehte.

Mit großen Schritten kam jetzt der Winter, und die beiden Suchenden waren immer noch auf sich allein gestellt. Längst war Beth die Abenteuerlust abhandengekommen, doch eine Rückkehr nach Langerode war unmöglich: Wer hätte sie vor der Willkür des verhassten Gatten schützen können?

Noch immer starrte Beth ins Feuer. »Es wird mein erstes Weihnachtsfest fern von Langerode sein.«

»Bist du unglücklich deswegen?«, entgegnete Richolf beleidigt.

Beth sah ein, dass er ihr Gejammer nicht verdiente. Immerhin hatte er ein hohes Risiko auf sich genommen, indem er mit Bernard von Hinzweilers Gattin getürmt war. Selbst wenn sie, sollte man sie aufspüren, alle Schuld auf sich nahm, würde ihn das nicht vor furchtbarer Bestrafung schützen. Weder sie noch Richolf hatten eine andere Wahl, als den einmal beschrittenen Weg mit all seinen möglichen Folgen weiterzugehen. Wie man es auch drehte und wendete, es blieb dabei: Eine Rückkehr nach Langerode war ausgeschlossen.

»Verzeih mir. Ich wollte keine schlechte Stimmung verbreiten, Richolf.«

Er schwieg eine Weile. »Mir fiel auf, dass du mich seit einigen Tagen nicht mehr *Liebster* nennst«, sagte er dann leise.

Seine Worte versetzten Beth einen Stich. »Aber was redest du denn da?«

»Als du noch die Grafentochter warst und ich nur der Stallbursche, da hast du dich mehr um mich bemüht. Manchmal denke ich, das alles war für dich nur ein Spiel. Und jetzt, im Nachhinein, da tut es dir leid. Womöglich haderst du mit dir selbst, denn wenn du geblieben wärst, müsstest du zwar diesen Unhold von Hinzweiler ertragen, hättest aber ein besseres Leben und müsstest nicht von der Hand in den Mund leben.«

»Hör auf, solchen Unsinn zu reden!«

»Ich will es dir nicht einmal vorwerfen. Im Grunde kann ich gut verstehen, dass du denkst, einen Fehler begangen zu haben.«

»Es war kein Fehler. Wie könnte ich in Langerode noch meines Lebens sicher sein?«

»Sie würden dir schon nichts antun.«

»Wie sie meinem Vater nichts angetan haben, wie? Richolf, sie haben ihn umgebracht! Ich will meine Schwester finden. An meiner Seite wüsste ich dabei keinen besseren Beschützer als dich. – Liebster«, fügte sie hinzu, was an Richolfs düsterem Gemütszustand jedoch nichts zu ändern schien.

»Es war töricht von mir, mich mit dir einzulassen. Nicht um meinetwillen, nein, denn ich liebe dich, auch wenn ich es nicht dürfte. Aber du … du hast ein anderes Leben verdient, Beth.«

Im Stillen fragte sich Beth, ob er nicht recht hatte. War es tatsächlich nur ein übermütiges Spiel gewesen, das sie mit ihm, dem durchaus ansehnlichen Burschen, getrieben hatte? Liebte sie ihn? Sie wusste es nicht. Die raue Wirklichkeit der vergangenen Wochen schien ihr jegliche Lust auf die Liebe ausgetrieben zu haben.

Sie lehnte den Kopf an seine Schulter. »Alles wird sich zum Guten wenden, du wirst schon sehen. Und dann werden wir …«

»Still«, zischte er aufhorchend.

»Was hast du denn?«

»Da draußen treibt sich jemand herum. Rühr dich nicht!«

Er erhob sich und schlich zur Tür, die diesen Namen kaum mehr verdiente, weil riesige Löcher in ihrem Holz klafften.

Falls da draußen wirklich jemand herumstreunte, blieb zu hoffen, dass es keine Gesetzlosen waren. Nicht, dass es noch vieles gab, was man ihnen hätte rauben können, aber manches gottlose Mordgesindel würde dies erst recht zum Anlass nehmen, sie aus purer Verärgerung umzubringen. Und bis auf ein schartiges Messer, das Richolf bei sich trug, waren sie unbewaffnet.

Beth hielt die Luft an. Das Leben war so gefahrvoll geworden. Was sie erneut zu der Frage führte, ob nicht Langerode letztlich doch der weniger gefährliche Ort für sie wäre … Doch rasch schüttelte sie den Gedanken ab. Nein, nein und nochmals nein. Sie durfte sich nicht länger mit dieser Frage beschäftigen. Ihr Platz war an der Seite Richolfs, der – daran zweifelte sie nicht – ohne Zögern sein Leben für sie geben würde.

»Jemand da?«, rief eine heisere Stimme von draußen.

Was Beth ein wenig beruhigte, denn ein Spitzbube hätte sich wohl kaum bemerkbar gemacht.

Richolf aber blieb auf der Hut.

»Wer da?«, fragte er drohend.

»Nur ein frierender Höker, der sich wärmen will, wenn's beliebt«, verkündete die Stimme.

Vorsichtig öffnete Richolf die Tür. Davor stand ein gebückter alter Mann, der sich in die Hände blies. Er trug einen Mantel aus abgeschabtem Fell und auf dem Rücken einen Ranzen, worin sich offenbar seine Ware befand. Richolf ließ ihn eintreten.

»Sieh mal einer an – ein schönes Mädchen gibt's auch noch hier«, stellte der Höker fest. »Was will man mehr?«

Beth lächelte ihn an. Nein, von diesem alten Mann hatten sie nichts zu befürchten. »Bist du hungrig?«, fragte sie ihn. »Ein Stückchen Brot könnten wir noch entbehren.«

»Pah, ich weiß was Besseres, Kind.«

Er setzte sich zu ihnen, kramte umständlich in seinem Ranzen herum und zog schließlich drei geräucherte Würste daraus hervor. »Hier, esst! Hab sie erst heute von einem Metzger bekommen, dem ich glücklicherweise über den Weg lief, als eine Anwandlung von Barmherzigkeit ihn überkam. Dankt es meinem Buckel.«

Beth verspeiste die Wurst mit Heißhunger. Vorbei waren ja die Zeiten, wo solche Mahlzeiten für sie nichts Besonderes dargestellt hatten.

»Nun? Wohin führt der Weg zwei junge Leute wie euch?«, fragte der Höker.

Beth sah ihn offen an. »Ich bin eine Grafentochter und der hier ist ein Stallknecht. Ich bin mit ihm durchgebrannt, weil mein Gatte ein Unhold ist!«

Beinahe hätte sich Richolf an einem Bissen verschluckt. Der Höker aber brach in lautes Gelächter aus.

»Schon gut, schon gut«, winkte der Alte ab. »Verzeiht meine Neugierde. Ich will euch euer Geheimnis ja gar nicht entlocken. War schließlich auch mal jung. Grafentochter, gewiss!«

»Sie macht nur Scherze«, erklärte Richolf hüstelnd.

»Natürlich macht sie Scherze. Ich bin nicht von gestern. Ach, ihr jungen Leute seid heutzutage nicht auf den Mund gefallen. Was soll's. Haben euch die Würste geschmeckt?«

»Sehr!« Beth strahlte ihn an. »Möge der Herr es dir hundertfach vergelten.«

»Hätte nichts dagegen.«

»Woher kommst du?«, fragte ihn Richolf, der offenbar verhindern wollte, dass Beth weitere vermeintliche Scherze über die Lippen kamen. »Und wohin führt dich der Weg?«

»Von Dorf zu Dorf, von Stadt zu Stadt, und am Ende wieder zurück, was denkt ihr denn?«

»Bestimmt triffst du unterwegs häufig auf fahrendes Volk«, sagte Beth aufhorchend.

»Das bleibt nicht aus, schönes Kind.«

»Dann bist du vielleicht einer Gauklertruppe begegnet, die einen Bären mit sich führte?«

»Ein Bär, oh ja!« Der Höker lachte auf. »Das war vielleicht eine Geschichte. In Wesel war das, etwa zwei Wochen ist es her.«

Beth beugte sich vor, auch Richolf war hellhörig geworden.

»Was denn für eine Geschichte?«, fragte er.

»Nun, der Bär war ausgerissen und hatte eine junge Frau zerfleischt. Daraufhin machte man den Gauklern den Prozess.«

Erschrocken blickte Beth Richolf an, dem die Kinnlade heruntergefallen war.

»Ihnen wurde der Prozess gemacht?«, hakte er nach.

»Ja. Kennt ihr sie etwa?«

»Was waren das für Gaukler?«, fragte Beth aufgeregt.

Der Höker kratzte sich am Kopf. »Na ja, Gaukler eben.«

Beth packte ihn am Arm. »War eine junge Frau darunter? Flachsblondes Haar, etwa meine Gestalt.«

»Wenn ich mich recht erinnere, waren mehrere Frauen unter ihnen. Eine, daran erinnere ich mich genau, hatte keine Arme.«

»Das sind sie!« Beth klopfte das Herz bis zum Hals. »Weiter! Was geschah mit ihnen? Wurden sie verurteilt?«

»Das weiß ich nicht«, entgegnete der Höker schulterzuckend. »Ich habe die Stadt verlassen, noch bevor der Prozess begann.«

»Du weißt also nicht, was aus ihnen geworden ist?«

»Nein! Aber wenn du mich fragst – wenn Sündenböcke hermüssen, dann kommt fahrendes Volk wie gerufen. Sie hätten eben auf ihren gottverdammten Bären besser aufpassen müssen.«

Beth vergrub ihr Gesicht in den Händen. »Gütiger Gott«, stöhnte sie.

Dem Höker schien es leidzutun, dass er seine Gastgeber so sehr in Unruhe versetzt hatte. »Wer sind denn nun diese Gaukler? Gehört ihr beiden zu ihnen?«

»Wir sind auf der Suche nach diesen Leuten«, entgegnete Richolf knapp.

Beth versuchte, ihre Gedanken zu ordnen. Agnes und die Gaukler waren offenbar in Schwierigkeiten geraten. Schmachteten sie in einem finsteren Verlies? Oder schlimmer noch, hatte man sie … – nein, sie weigerte sich, diesen Gedanken weiterzuspinnen.

»Wesel heißt dieser Ort, sagtest du?«, fragte sie mit mühsam beherrschter Stimme. »Wo liegt er?«

»Ein paar Tage südwärts, schätze ich, auf der linken Seite des Rheins. Der Erzbischof von Trier hat dort das Sagen.«

Wenigstens wussten sie nun, in welcher Richtung sie ihre Suche fortsetzen mussten. Beth schickte, was sie eher selten tat, ein Stoßgebet zum Himmel: »Lieber Gott, lass meine Schwester wohlauf sein!«

Der Höker gähnte. »Vergebt mir, Kinder, aber ein alter Mann ist müde. Ihr habt doch nichts dagegen, wenn ich hier die Nacht verbringe?«

Er wartete eine Antwort gar nicht erst ab, sondern streckte sich der Länge nach auf dem Boden aus, bettete den Kopf auf seinen Ranzen und tat schon wenige Augenblicke später durch lautes Schnarchen kund, dass er eingeschlafen war.

Eine Weile starrten Beth und Richolf, immer noch bestürzt von dem Gehörten, in die Glut des niedergebrannten Feuers.

»Was sollte das vorhin?«, brach Richolf schließlich das Schweigen. Obwohl er leise sprach, um den Höker nicht aufzuwecken, war der Unmut in seiner Stimme deutlich vernehmbar. »Warum hast du gesagt, dass du eine Grafentochter bist? Willst du, dass man uns auf die Spur kommt?«

»Er hielt es für einen Scherz. Nichts anderes hatte ich beabsichtigt. Ein vorlauter Scherz wirkt unverdächtiger als eine erfundene Geschichte.«

Richolf seufzte. »Es lässt sich nicht abstreiten, dass du eine begabte Komödiantin bist«, gab er zu.

Beth dachte zurück an ihre Kindheit. Schon als kleines Mädchen hatte sie den Vater oder die Amme mit inszenierten Dramen vortrefflich um den Finger zu wickeln gewusst. Allerdings half ihr das bei der Aufklärung des Schicksals der Schwester jetzt wenig.

»Morgen machen wir uns auf den Weg nach Wesel«, verkündete sie, was ohnehin bereits stumme Übereinkunft zwischen ihnen war.

3

Agnes konnte sich nicht erinnern, jemals einen so trostlosen Heiligen Abend verbracht zu haben. Immerhin, und das war wichtiger, befand sich Heinrich auf dem Weg der Besserung. Was keineswegs zu erwarten gewesen war. Gemeinsam mit Agatha pflegte sie Heinrich im Haus des Schmieds. Binnen zweier Tage war sein Fieber gewichen und der furchtbare Husten hatte sich beruhigt. Inzwischen mussten sie Heinrich sogar gewaltsam davon abhalten, sein Krankenlager zu verlassen. Trotz seiner neuen Kräfte war er verwirrt und desorientiert. Nach Uriel, dem Bären, wolle er schauen, ließ er die Frauen wissen. Geduldig erklärte ihm Agatha, dass Uriel seit Monaten tot sei, dass sie jedoch eine neue Bärin namens Ursula erworben hätten.

»Es ist Uriels Fell, unter dem du liegst«, fügte sie geduldig hinzu.

Erschrocken sah Heinrich zuerst das Fell, dann seine Frau an. »Uriels Fell?«

»Du weißt doch, ein Abdecker hat es damals für uns abgezogen. Und jetzt haben wir Ursula.«

»Ursula, Ursula«, murmelte er ratlos.

»Erinnerst du dich denn nicht? Nes und Ursula – wenn die beiden miteinander tanzen, gibt es niemanden im Publikum, der nicht wie gebannt ist.«

Tatsächlich schien dieses Bild Erinnerungen hervorzurufen. »Ah! Ach, das waren noch Zeiten, als die Bären nur auf Männer hörten.«

»Schlaf! Du musst noch mehr Kräfte sammeln!«, befahl ihm seine Frau.

Der Schmied saß ein Stück abseits und sah mit unbewegter Miene zu ihnen hinüber. Er blieb verschlossen und undurchschaubar. Seitdem die Frauen hier weilten, hatte er nur wenige Sätze mit ihnen gewechselt. Was immer ihn an Bennos Flunkerei auch bewogen hatte, ihnen Quartier zu gewähren, mit reiner Nächstenliebe hatte es nicht viel zu tun. Selbst an diesem Abend, dem heiligsten aller Abende, dachte er nicht daran, auch noch den Rest der Gauklertruppe in sein Haus zu bitten. Immerhin hatte er den anderen mittlerweile gestattet, die Nächte in seiner Schmiedewerkstatt zu verbringen, wo sie zumindest ein festes Dach über dem Kopf hatten.

Agnes startete einen neuen Versuch, den Schmied aus der Reserve zu locken. »Ein Jammer, dass es hier keinen Priester mehr gibt, der die Christmette feiern könnte. Nicht wahr, Meister Roland?«

Der Schmied zuckte mit den Achseln. »Es ist aber so.«

»Man sagte uns, der Priester habe sich eines Tages einfach auf und davon gemacht«, wagte nun auch Agatha einen Vorstoß. »Warum ist er gegangen?«

»Wegen all der Sünden«, erklärte Meister Roland nach kurzem Überlegen kryptisch.

»Ah«, machte Agatha, als weitere Erläuterungen ausblieben. »Ja, das ergibt Sinn. Wegen der Sünden. Da müssen aber ein paar ganz besonders schwere darunter gewesen sein.« Sie lachte, aber Meister Roland sagte dazu nichts. Dass er sich überhaupt herabgelassen hatte, die Frage zu beantworten, war schon bemerkenswert. Ob er seine Worte ernst gemeint oder nur zur eigenen Belustigung ausgesprochen hatte, stand auf einem anderen Blatt, aber Agnes hatte keine Lust, darüber zu grübeln. Ihre Gedanken waren bei Kilian.

»Geh nur zu ihm«, sagte Agatha lächelnd. Manchmal wunderte sich Agnes, wie gut die Schwiegermutter sie bereits kannte.

»Ich werde auch bestimmt nicht lange bleiben«, versicherte ihr Agnes ein wenig verlegen.

»Ach was. Bleib ein Weilchen, ich komme hier schon zurecht. Traurig genug, dass sich das junge Paar an seinem ersten gemeinsamen Weihnachtsfest kaum zu sehen bekommt.«

Agatha war ein Traum von Schwiegermutter.

Meister Roland betrachtete sie unter halb gesenkten Lidern, als sie das Haus verließ. Agnes hatte immer noch nicht für sich entschieden, ob er ihr unheimlich war oder nicht. Jedenfalls nicht so sehr, dass sie Agatha mit einem schlechten Gewissen im Haus zurückgelassen hätte.

Außer zu ihrem Liebsten und dem Rest der Truppe zog es Agnes auch zu den Tieren, die in den letzten Tagen weniger Zuneigung und Fürsorge von ihr bekommen hatten, als sie es gewohnt waren. Glücklicherweise gab es hinter der Schmiedewerkstatt ein breites Überdach, worunter es nicht nur Platz für den Zwingerwagen gab, sondern auch für die beiden Maultiere Judas und Thaddäus, für den alten Klepper Josef den Zweiten sowie für Agnes' treue Rotschimmelstute Hera. Letztere wieherte fröhlich, als sie witterte, dass sich ihre Herrin nahte. Agnes tätschelte ausgiebig den Hals des Tieres und umfasste liebkosend seinen Kopf. Eifersüchtiges Knurren aus dem Zwingerwagen ließ nicht lange auf sich warten. Agnes nahm sich die Zeit, zu Ursula in den Käfig zu steigen, wo ihr zum Empfang sogleich eine ellenlange raue Bärenzunge übers Gesicht fuhr.

»Keine Sorge, ich hätte dich nicht vergessen, meine Teure!«

Ursula legte sich auf den Rücken und streckte alle vier Pfoten von sich, damit Agnes ihr den Bauch kraulen konnte.

Wenn sie abseits der Ortschaften lagerten, ersparte Agnes der Bärin möglichst den Käfig. In diesem Dorf kam das nicht in Betracht; die schlimmen Erfahrungen von Wesel lehrten, dass die Menschen einem Bären niemals trauten, und gab er sich noch so harmlos und drollig.

»Ich verspreche dir, meine Teure: Sobald wir von hier fortkönnen, holen wir nach, was uns momentan nicht möglich ist. Sonst verlernst du am Ende noch das Tanzen.«

Ihr Trost schien der Bärin zu genügen, denn sie brummte behaglich. Aus dem Inneren des benachbarten Werkstattschuppens ertönten in diesem Augenblick wundervolle Töne: Hans spielte auf seiner Flöte die Melodie eines alten weihnachtlichen Gauklerliedes, und Fronica sang dazu:

Wir sind auf dem Weg
nach Bethlehem.
Ein Engel uns sandte
den König zu seh'n.

Der König trägt Windeln,
ein Stall ist Sein Reich.
Maria und Josef
betten Ihn weich.

So liegt Er im Stroh
und freuet sich sehr,
weil Gaukler erscheinen
wir spiel'n Ihm zur Ehr'.

Agnes war wie verzaubert. Was für ein Segen es doch war, diese beiden begnadeten Künstler in der Truppe zu haben. Wenn der Alltag hart, unerfreulich und entbehrungsreich wurde, dann waren es stets Hans und Fronica, die am abendlichen Lagerfeuer mit Flötenklängen und Gesang die Gemüter der Gaukler aufzuhellen wussten; selbst die beiden sonst so widerspenstigen Maultiere senkten dann friedvoll die Köpfe, als sähen sie ein, dass jeder Laut, den sie von sich gäben, eine unverzeihliche Störung wäre.

Nachdem das Lied verklungen war, verließ Agnes den Bärenzwinger. Sie betrat die Werkstatt des Schmieds, wo die Gaukler sich so bequem wie möglich eingerichtet hatten. Ein Becken mit glimmenden Kohleresten, um das sie sich geschart hatten, sorgte dafür, dass die Kälte halbwegs zu ertragen war. Kilian sprang auf und trat Agnes entgegen; leidenschaftlich umarmten sie sich. Es war einer jener Momente, für die Agnes jede Entbehrung in Kauf genommen hätte. Sie sagte ihm, dass es seinem Vater weiter besser gehe.

»Und was ist mit diesem Schmied?«, verlangte Kilian, von ihr zu erfahren. »Lässt er dich und Mutter in Ruhe?«

»Sei unbesorgt, er rührt uns nicht an.«

»Wenn er aufdringlich werden sollte, dann werde ich ihn …«

»Schon gut, Liebster, beruhige dich. Ich sagte doch, er weiß sich zu betragen.« Dass ihr Rolands Blick mitunter unheimlich war, erwähnte sie lieber nicht.

Erst jetzt bemerkte Agnes, dass die Gefährten einen Gast hatten. Sie erkannte jenen Burschen namens Ulf, der ihnen am Tag der Ankunft begegnet war. Einträchtig saß er neben Benno, den er seinerzeit noch mit spöttischen Bemerkungen fast aus der Fassung gebracht hatte. Auch das schwarz gesprenkelte Ferkel hatte Ulf wieder bei sich; auf seinem Schoß hatte es sich das Tier bequem gemacht und schlief offenbar den Schlaf des Gerechten.

»Er behauptet, das Ferkel würde ihm überallhin folgen«, erklärte Kilian grinsend.

»Es hält ihn für einen Verwandten«, merkte Benno an, was sein neuer Kamerad ihm jedoch nicht krummzunehmen schien.

»Ändert nichts daran, dass ich es eines Tages essen werde«, verkündete Ulf, indem er das schlafende Tier unter halb gesenkten Lidern musterte.

Luzia seufzte leise. »Gebe der Herr, dass wir diesen seltsamen Ort bis dahin verlassen haben.« Den Kopf an Sauls starke Schultern gelehnt, wirkte sie immer noch wie entrückt von Hans' und Fronicas zauberhaften Klängen.

Saul streichelte zärtlich den roten Lockenkopf seiner Geliebten und sagte tröstend: »Du hast Nes gehört, meine Teure: Der alte Heinrich ist wie Unkraut, er wird bald wieder auf den Beinen sein, und dann können wir weiterziehen.«

Wirklich gewöhnt an die Unbilden des Gauklerlebens hatte sich Luzia noch nicht. Das ehemalige Schankmädchen, das sich in Aachen der Truppe angeschlossen hatte, war früher nie mehr als drei Meilen über die Grenzen der Stadt hinausgekommen. Hätte sie sich nicht Hals über Kopf in Saul verliebt, hätte sie wohl immer noch ihren Dienst in der Taverne versehen, wo der Wirt sie wie ein Stück Dreck behandelt hatte.

»Bevor ihr weiterreist, will ich euren Bären tanzen sehen«, verkündete Ulf in einem Tonfall, als stünde es ihm zu, Bedingungen zu stellen.

Benno fand die Idee großartig. »Nes, wir könnten den Dorfleuten doch eine Vorstellung geben, oder?«

Agnes schmunzelte. »Warum nicht? Aber zuerst muss Heinrich wieder auf den Beinen sein.«

Benno stieß seinen jungen Freund an. »Du glaubst wohl immer noch nicht, dass Nes Ursulas Herrin ist.«

»Von einer Bärenführerin hab ich noch nie gehört«, räumte Ulf ein.

»Ach, mein Junge, daran sieht man, wie abgelegen dieses Dorf ist«, sagte Luzia lachend. »Nes hat in den Gegenden, wo wir auftraten, schon gewisse Berühmtheit erlangt.«

»Glaub's erst, wenn ich's sehe«, beharrte Ulf auf seiner Skepsis.

»Keine Sorge, Rotznase, du bekommst deine Vorstellung noch.« Kilian zwinkerte ihm zu. »Und wenn du Ursula einmal tanzen gesehen hast, wirst du das nie wieder vergessen.«

»Gibt es wirklich ein Lied über eine Bärin namens Ursula?«, wollte Ulf wissen.

»Gütiger Himmel, er kennt das Lied von Ursula nicht!« Saul schüttelte theatralisch den Kopf. »Froni, Hans – seid so gut. Wir wollen es unserem jungen Freund und seinem Ferkel nicht vorenthalten. Dann müssen sie nicht bis zur Vorstellung warten.«

Hans sah ihn fragend an.

»Ich weiß«, seufzte Saul, »es ist kein weihnachtliches Lied, aber der Herrgott hat bestimmt nichts dagegen, schließlich hat er ja auch die Bären erschaffen.«

»Wenn du das sagst, muss es stimmen«, erwiderte Hans und holte erneut seine Flöte hervor.

In Kilians Armen liegend lauschte Agnes dem Lied, als hörte sie es zum ersten Mal. Der Heilige Abend kam ihr plötzlich gar nicht mehr so trostlos vor. An der Seite ihres Liebsten hätte sie selbst am ödesten Ort auf dieser Welt geduldig ausgeharrt.

4

Genefe spürte Übelkeit in sich hochsteigen. Das lag womöglich an ihrer Schwangerschaft, vielleicht war es aber auch der Anblick von Vater Albertus, jenes scheinheiligen Kaplans, der die Weihnachtsmette zelebrierte, was ihr Brechreiz verursachte. Jedenfalls benötigte sie dringend frische Luft. Also erhob sie sich von ihrem Betstuhl, bekreuzigte sich und schickte sich an, die Kapelle zu verlassen.

Bernard von Hinzweiler, der neben ihr kniete, warf ihr einen vorwurfsvollen Blick zu, hielt sie aber nicht zurück. Seit Kurzem wusste auch er, dass sie schwanger war, sie hatte es ihm entgegen ihrer früheren Absicht anvertraut. Hatte ihm gesagt, dass er der Vater sei, was ja leider auch stimmte. Das Kind in ihrem Leib war das Resultat seiner Schändung. Immerhin – und genau dies hatte sie bezweckt, als sie ihn einweihte – behandelte er sie seitdem weniger grob und rücksichtslos. Das Kind würde ein Bastard sein, aber immerhin war es sein Bastard. Weil Beth, sein junges Eheweib, vor ihm geflohen war und offenbar nicht nach Langerode zurückzukehren gedachte, würde es ihm bis auf Weiteres verwehrt bleiben, ein eheliches Kind zu zeugen. Wie allen Männern aber war es wohl auch ihm ein eitles Anliegen, sein Blut weiterzugeben. Solange Genefe also schwanger war, musste sie nicht um ihr Leben fürchten. Was danach käme, stand in den Sternen. Einerseits begehrte Bernard sie, oder vielmehr ihren Körper, doch es war bei Kerlen seines Schlages nur eine Frage der Zeit, wann er genug von ihr hätte. Außerdem war sie die Witwe des Grafen von Langerode – jenes Mannes, den Bernard und seine Sippe zweifellos auf dem Gewissen hatten. Wenn Genefe bis heute auch vorgab, die Geschichte vom Jagdunfall für bare Münze zu nehmen, so musste sie Bernard doch auf Dauer ein Dorn im Auge sein. Nicht zuletzt auch deshalb, weil sie de facto seine Schwiegermutter war. Daran änderte auch nichts, dass die Schwiegertochter verschwunden war. Spätestens wenn es den Hinzweiler gelang, den Herzog von Jülich zu bewegen, ihnen Langerode rechtmäßig zum Lehen zu machen, wäre sie nur noch Ballast für Bernard.

Lena, die Dienstmagd, die der Mette vom hinteren Teil der Kapelle aus mit dem Gesinde beiwohnte, wollte ihr besorgt folgen, aber Genefe gebot ihr mit einer Geste, zu bleiben. Sie wollte niemanden um sich haben.

Draußen nahm sie die kühle Nachtluft auf, und ihre Übelkeit verflog nach wenigen tiefen Atemzügen. Nunmehr wäre es angebracht gewesen, zurückzukehren, um weiter am Gottesdienst teilzunehmen, doch danach stand ihr nicht der Sinn. Den Herrn zu loben und das Wunder seiner Geburt zu feiern war eine Sache, doch seitdem sie heimlich Zeugin geworden war, wie Vater Albertus seinen lüsternen Trieben nachging, fehlte es ihr während der Gottesdienste an Andacht. Wie konnte sie einen Priester ernst nehmen, der Wasser predigte und selbst auf schamloseste Weise der Unkeuschheit frönte?

Sie beschloss, nicht in die Kapelle zurückzukehren, wo sie die Nähe Gottes nicht so recht zu spüren vermochte. Gedankenvoll spazierte sie über den nachtdunklen Hof. Drüben, bei den Ställen, drang schwaches Licht durch die Torritzen nach außen. Was nur bedeuten konnte, dass jemand dort war und ebenfalls die Mette versäumte. Nicht, um denjenigen zu tadeln, sondern aus reiner Neugier fasste sie den Entschluss, nachzusehen, wen es vom Gottesdienst fernhielt.

Zu ihrer Überraschung war es Moritz, der alte Stallmeister, den sie antraf. Er hockte auf einem Haufen Stroh neben den Verschlägen und wirkte nicht minder überrascht, als er die Herrin von Langerode auf sich zuschreiten sah. Er mühte sich, aufzustehen, was ihm sichtlich schwerfiel.

»Schon gut, Moritz, behalte Platz. Ich komme zu dir.«

Die Verwirrung stand dem alten Mann ins Gesicht geschrieben. Die Herrin von Langerode wollte im Stroh neben ihm Platz nehmen? Noch dazu am Heiligen Abend, während des Gottesdienstes?

Genefe verstand seine Verblüffung, denn wann hätten sie jemals mehr als ein paar bedeutungslose Worte miteinander gewechselt? Zudem wunderte sie sich über sich selbst, denn sie trug ihr bestes Kleid, und normalerweise wäre es ihr im Traum nicht eingefallen, so gewandet einen Stall zu betreten. Doch das Bedürfnis, mit diesem alten Mann zu reden, der ihren Stieftöchtern wie ein Großvater gewesen war, war mit einem Male über sie gekommen. Vielleicht, weil sein Anblick sie an die Zeit erinnerte, wo ihre Welt, wenn auch nicht frei von Kummer, so doch halbwegs in Ordnung gewesen war.

Als sie neben ihm saß, schlang sie die Arme um die Knie und fühlte sich in dieser Haltung beinahe in die Tage ihrer Jugend zurückversetzt.

»Ich bin verwundert, dich hier anzutreffen, Moritz.«

»Wirklich, Gräfin? Ich bin doch der Stallmeister.«

»Aber nicht der des Stalles von Bethlehem.«

»Eines der Fohlen kränkelt; ich wollte in seiner Nähe sein. Unser himmlischer Herr ist auch in diesem Stall, er wird es mir nachsehen. Und Ihr? Was veranlasst Euch, die Mette zu versäumen, wenn ich fragen darf?«

Sie schmunzelte. »Eine kleine Unpässlichkeit. Ich brauchte frische Luft.«

Er sah sie offener an, als es sich für ihn geziemt hätte. »Ihr müsst Euch schonen, Gräfin«, sagte er; es klang wie eine Mahnung.

Wusste er von ihrer Schwangerschaft? Oder ahnte er es? Wenn es ihr auch noch nicht anzusehen war – der alte Moritz hatte in seinem Leben sicher schon viele schwangere Frauen gesehen und spürte vielleicht die Veränderungen in deren Wesen, auch wenn er selbst stets ledig geblieben war. Und wenn es tatsächlich so war, dass er Bescheid wusste – ahnte er auch, wer der Vater war? Sie hatte dem Grafen keine Kinder gebären können. Nun war der Graf tot und sie war schwanger. Genefe wusste genau, dass niemand ernsthaft glauben würde, das Kind wäre von ihm. Dass Bernard sie zu einer Art Kebsweib gemacht hatte, war kein Geheimnis. Sie hatte aufgehört, sich dafür zu schämen, denn es war gegen ihren Willen geschehen, und das Wohl ihres ungeborenen Kindes verlangte von ihr, das böse Spiel mitzuspielen. Die Sippe der Hinzweiler hatte sich, nachdem ihr Gut abgebrannt war, auf Langerode eingenistet wie Wölfe in einem Schafstall. Der Tod ihres Gatten war – davon war Genefe überzeugt – kein Unfall, sondern Mord gewesen. Konnte eine Frau einen schlimmeren Albtraum durchleben als jenen, den sie seit Wochen erleiden musste? Als umso tröstlicher empfand sie es, sich mit Moritz, einem treuen Bediensteten ihres Gatten, auszutauschen. Agnes und Beth hatten Moritz fast so sehr geliebt wie den eigenen Vater. Genefe selbst war es nie gelungen, mit den beiden Stieftöchtern vertraut zu werden, obgleich sie sich wahrlich bemüht hatte. Vermutlich – und das konnte sie den Mädchen nicht verdenken – war es der geringe Altersunterschied gewesen, der ein innigeres Verhältnis zur Stiefmutter verhindert hatte; vor allem Beth hatte sich als unnahbar erwiesen. Trotz dieser Ablehnung empfand Genefe die Abwesenheit der beiden als bedrückend, sie hätte viel dafür gegeben, sie wieder in Langerode zu wissen. Denn hinsichtlich der unsäglichen Sippe der Hinzweiler wären sie ihr wohl endlich die Verbündeten geworden, die sie in ihnen immer gern gesehen hätte.

»Ich nehme an, du vermisst deine Goldköpfchen sehr, nicht wahr, Moritz?«, brachte sie die Sprache ohne Umschweife auf die beiden Schwestern. Goldköpfchen – so hatte er sie stets liebevoll genannt.

Moritz rieb sich die Stirn. »Mehr als mir lieb ist.« Nach einer Weile fügte er leise hinzu: »Ich kannte ihre Pläne – und ließ sie gehen, ohne sie daran zu hindern. Das werfe ich mir heute vor. Vielleicht hätte ich es dem Grafen oder Euch melden sollen. Andererseits wäre ich mir dann wie ein Verräter vorgekommen.«

Genefe wunderte sich nicht über Moritz' Geständnis. Sie hatte schon vermutet, dass er in die Pläne der Mädchen eingeweiht gewesen war. Aber sie würde sich hüten, ihm deswegen Vorwürfe zu machen. Agnes war immerhin einer grauenvollen Ehe entgangen, und Beth … tja, die temperamentvolle Beth hätte sich auf Dauer sowieso zu nichts zwingen lassen.

»Wahrscheinlich hätte ich an deiner Stelle ebenfalls geschwiegen, Moritz«, erwiderte Genefe tröstend. »Die beiden sind nun glücklicher, als sie es jemals hätten sein können, wenn sie geblieben wären.«

Aber Moritz schüttelte traurig den Kopf. »Das ist es ja gerade. Wir können nicht wissen, wie es ihnen geht, ob sie überhaupt noch leben. Die Welt ist eine Löwengrube, und – mit Verlaub – die beiden Goldköpfchen waren verwöhnte Dinger. Dieser junge Bärenführer – zugegeben, er wirkte recht sympathisch auf mich. Aber ist er meiner Nes wirklich würdig? Und Beth … herrje, sie liebte das Spiel mit dem Feuer. Mit Richolf ein Techtelmechtel anzufangen, das war mehr als töricht. Dabei hatte ich Richolf gewarnt, aber der Dummkopf war unsterblich in sie verliebt. Ich glaube, dass auch Beth umgekehrt Gefühle für ihn hegte, doch sie ist launisch und sprunghaft, wie Ihr wisst. Was, wenn sie seiner überdrüssig wird? Zu einer Rückkehr nach Langerode würde ich ihr nicht raten«, er räusperte sich, »denn ihr Gemahl Bernard würde sie kaum mit offenen Armen empfangen.«

Diese Frage hatte sich Genefe insgeheim auch schon gestellt: Was würde geschehen, wenn Bernards rechtmäßige Frau eines Tages vor dem Tor stünde? Sosehr Genefe der Stieftochter trotz der früheren Animositäten auch das Beste wünschte, so war doch der Umstand, dass Bernard sie, die Grafenwitwe, als eine Art Entschädigung oder Ersatz ansah, ein guter Schutz für sie selbst und ihr ungeborenes Kind. Eine andere Wahl, als dieses hässliche Spiel mitzumachen, hatte sie nicht. Sollte Beth tatsächlich zurückkehren, wäre völlig ungewiss, wie der unberechenbare Bernard damit umgehen würde.

»Ach, wie konnte es nur soweit kommen, Moritz?«, seufzte sie, und es war ihr gleichgültig, auf diese Weise etwas von ihren Seelenqualen preiszugeben. Sie konnte die Mädchen, die dem alten Stallmeister so sehr vertraut hatten, gut verstehen.

»Der Herrgott hat manchmal seltsame Pläne mit uns, Gräfin. Ich bin guter Hoffnung, dass er uns am Tag des Gerichts alles erklären wird.«

Wäre er doch schon da, der Tag des Gerichts, ging es Genefe durch den Kopf. All ihre Nöte wären dann hinfällig. In der Ewigkeit wäre sie von der Gegenwart Bernards sicherlich verschont, es sei denn, auch ihr wäre ein Platz in der Hölle bestimmt. Denn ob ihr Verhalten gottgefällig war, war fraglich. Rechtfertigte Selbstschutz die Sünde, in der sie lebte?

»Es ist schade, dass du kein Pfaffe bist, Moritz«, sagte sie mit einem versonnenen Lächeln.

»Ein Pfaffe? Ich?« Moritz hob fragend die Brauen. »Wieso sollte es schade sein, dass ich kein Pfaffe bin?«

»Du würdest mir einen vorzüglichen Beichtvater abgeben.«

»Ihr habt Vater Albertus!«

»Sprechen wir lieber nicht über ihn.«

Der Stallmeister nickte und stellte keine weiteren Fragen, als wäre auch ihm bewusst, welche Sorte von Seelenhirt der Burgkaplan in Wirklichkeit war.

»Erzähl mir von deinen Goldköpfchen, Moritz. Wie waren die beiden als Kinder?« Selbst im Halbdunkel des Stalles konnte sie erkennen, wie seine Augen zu leuchten begannen.

»Schon damals waren sie so verschieden wie Sonne und Mond. Die eine ruhig und besonnen, die andere ein Wildfang. Und doch, nichts konnte sie gegeneinander aufbringen. Ich erinnere mich an eine Begebenheit, die ich vom Wehrgang aus beobachten konnte. Es war Sommer. Im Teich hinter der Burg drohte eine unvorsichtige Taube zu ertrinken, die ins Wasser geraten war und sich nicht selbst zu retten vermochte. Vom Rand des Teiches aus warfen ein paar übermütige Knaben mit Steinen nach dem Tier, das um sein Leben kämpfte. Beth sah ihnen zu, sie sammelte sogar Steine auf, um sie den Burschen zu geben, damit diese fortfahren konnten. Dann lief Nes herbei. Sie war außer sich, weil das Leben der Taube niemandem etwas zu bedeuten schien. Sie sollten auf der Stelle damit aufhören, rief sie; nie hatte ich sie so erzürnt gesehen. Ihr Befehlston ließ die Bengel nicht unbeeindruckt, denn sie ließen die Steine sogleich zu Boden fallen und schickten sich an, mit beschämten Gesichtern das Weite zu suchen. Doch Beth, die offensichtlich ein schlechtes Gewissen plagte, hielt Richolf zurück. ›Die Taube ertrinkt, siehst du das nicht, du Ochse?‹, herrschte sie ihn an. ›Los, hol sie da raus!‹

Der Junge war ihr wohl damals schon verfallen, er zögerte keinen Moment, ihrer Aufforderung nachzukommen. Und so stieg er wie ein Todesmutiger in das seichte Wasser und watete voran, hatte Mühe, nicht im zähen Schlamm des Grundes zu versinken, bis er die halb tote Taube endlich zu fassen bekam und sie ans Ufer brachte. In den Tagen darauf bekamen wir Nes kaum zu Gesicht, weil sie sich, wie Ihr Euch vielleicht vorstellen könnt, ausschließlich der Pflege der Taube widmete.«

Oh ja, Genefe konnte sich das sogar sehr gut vorstellen. »Wurde die Taube wieder gesund?«, fragte sie lächelnd.

»Ja, das wurde sie. Ich sah sie in den folgenden Jahren noch häufig, und jedes Mal erschien es mir so, als hielte sie Ausschau nach ihrer Lebensretterin.«

»Was für eine rührselige Geschichte!«, verkündete eine vor Spott triefende Stimme. Genefe zuckte erschrocken zusammen. Bernard! Erst jetzt sah sie den Umriss des Hinzweilers, der sich aus dem Halbdunkel des Stalles schälte und sich vor ihnen aufbaute. Offenbar hatte er ihrer Unterhaltung gelauscht. Wie lange schon?

Auch Moritz schien die Situation mehr als unangenehm zu sein, saß er doch wie selbstverständlich neben der Gräfin, als wäre er ihresgleichen. So rasch es seine von Rheuma geplagten Knochen zuließen, erhob er sich und klopfte sich verlegen das Stroh vom Wams.

»Herr! Zu Euren Diensten!«

»Zu Euren Diensten!«, äffte Bernard ihn nach. Und gab ihm im nächsten Augenblick eine so deftige Ohrfeige, dass der alte Moritz ins Wanken geriet.

»Warum schlagt Ihr ihn?« Genefe verbarg ihre Empörung nicht, obwohl sie normalerweise alles tat, um nicht Bernards Unmut zu wecken. Auch sie erhob sich, hielt aber Abstand zu dem Mann, in dessen Hände sie widerwillig, aber notgedrungen ihr Schicksal gelegt hatte.

»Sei still, Genefe«, erwiderte Bernard eisig. Immer noch musterte er den Stallmeister, der sich keineswegs unterwürfig zeigte. Zwar schwieg er, hielt jedoch sein Kinn wie zum Trotz erhoben.

»Was gibt es zu glotzen, verschwinde!«, herrschte Bernard ihn an. »Und sehe ich dich noch einmal mit der Gräfin, dann gnade dir Gott!«

»Herr, ich habe dem Grafen Werner viele Jahre lang treu gedient«, entgegnete Moritz.

Genefe wünschte sich, er würde schweigen, aber offenbar war sein Stolz größer als seine Folgsamkeit, denn er fuhr fort: »Denkt Ihr etwa, ich würde es der Gräfin gegenüber an Respekt fehlen lassen? Ich gäbe meine rechte Hand für sie.«

»So?« Bernard grunzte amüsiert. »Und würdest du deine rechte Hand auch für mich geben?«

Moritz beantwortete die Frage nicht, sondern schickte sich an, zu gehen.

»Bleib stehen!«, befahl Bernard mit eisiger Stimme. »Ich habe dich etwas gefragt, Stallmeister. Würdest du deine rechte Hand für mich geben?«

Genefe warf dem Alten einen warnenden Blick zu, aber Moritz vermied es, sie anzusehen. Ihr wurde ganz heiß, denn sie ahnte, was folgen würde. Noch bevor sie ein Stoßgebet zum Himmel schicken konnte, damit alles doch eine gute Wendung nähme, vernahm sie Moritz' heisere, aber keinesfalls bange Stimme.

»Um Vergebung, Herr, aber Ihr seid nicht der Graf von Langerode.«

Unversehens trat Bernard auf ihn zu, packte mit beiden Händen seinen Hals und begann, ihn zu würgen.

Lähmendes Entsetzen erfasste Genefe. Nach einem Moment gelang es ihr, sich aus ihrer Erstarrung zu lösen. »Um Himmels willen, lasst ihn los!«, rief sie und griff Bernard in den Arm, doch der stieß sie so heftig zurück, dass sie sich im Stroh wiederfand. Instinktiv tastete sie nach ihrem Bauch, um ihre Leibesfrucht zu schützen.

Aus Moritz' Hals drang ein furchtbares Röcheln, mit weit aufgerissenen Augen starrte er seinen Peiniger an, ohne sich gegen ihn zu wehren. Hoffte er, dass fehlender Widerstand den Zorn des anderen brechen würde? Genefe hielt die Luft an, als stünde auch ihr die Atemluft nicht zu, die diesem gutmütigen und treuen alten Mann verwehrt wurde. Er würde ihn gleich loslassen, sagte sie sich, er würde ihn doch nicht … nein, das würde er nicht tun. Es wäre doch Mord!

Freilich: Hatte Bernard nicht auch ihren Gatten auf dem Gewissen? Was sollte ihn daran hindern, einen einfachen Stallmeister, der ihm nicht nach dem Mund redete, zu töten, wenn er kein Gewissen hatte?

Mit klopfendem Herzen rappelte Genefe sich wieder hoch.

»Bernard! Ich flehe Euch an: Lasst ihn los! Seine frechen Worte werden ihn reuen, er wird Euch demütig um Vergebung bitten!«

Ihr Flehen galt beiden; für den alten Moritz war es eine unmissverständliche Aufforderung, wie er sich zu verhalten hätte, sobald Bernard ihn aus seinem Würgegriff entließ.

Bernard sah zu ihr hinüber, seine zuvor noch zornigen Augen wirkten nunmehr auf unheimliche Weise besänftigt. Endlich ließ er ab von Moritz, der zu Boden sackte und reglos liegen blieb. Genefe durchzuckte es eiskalt, als sie sich über ihn beugte. Moritz atmete nicht, er blickte durch sie hindurch … sein Kehlkopf war eingedrückt. Zunächst wehrte sie sich gegen die Erkenntnis. Doch während sie eine Weile vergeblich an ihm rüttelte und er auf ihre Ansprache nicht reagierte, kamen Entsetzen und Trauer über sie. Mit dünner Stimme sagte sie zu Bernard: »Ihr habt ihn umgebracht!«

Bernard hatte ihr verzweifeltes Bemühen um den Alten wie gleichgültig beobachtet und nun, da sie ihn anklagend ansah, zuckte er die Schultern.

»Er hat gegen mich aufbegehrt – was blieb mir anderes übrig? Du hast doch gesehen, wie er mich angriff, oder etwa nicht? An seinem Unglück trägt er selbst die Schuld.«

Sie wusste, seine Worte waren eine Drohung. Sollte sie eine andere Version verbreiten als seine, hätte sie seine Gunst, auf die sie leider Gottes angewiesen war, verspielt.

»Komm, Genefe«, sagte er, als wäre nichts geschehen. »Gehen wir zurück in die Kapelle. Später schicke ich jemanden, der sich um den Toten kümmert. Das Gesinde wird sich künftig gut überlegen, ob es gegen mich aufbegehrt.«

Er nahm sie am Ellenbogen und führte sie mit sich, und wie willenlos folgte sie ihm. Einen kurzen Moment lang – zum ersten Mal, seit sie schwanger war – hasste sie das Kind, das sie von diesem Unhold empfangen hatte. Allein dieses Kindes wegen hielt sie das alles aus – war das Balg diese unsägliche Mühsal überhaupt wert? Dann aber schämte sie sich für diesen Gedanken, denn das Wurm konnte schließlich nichts dafür, es hatte das gleiche Recht auf Leben wie jedes andere Geschöpf. Undenkbar, dass der Herrgott es nicht gewollt hätte.

»Mach nicht so ein finsteres Gesicht, Gräfin«, sagte Bernard unterwegs seufzend. »Du hättest es weit schlimmer treffen können!«

Genefe nahm alle ihre Kräfte zusammen, um ihm ihre Verachtung nicht ins Gesicht zu schreien. »Gewiss«, erwiderte sie.

5

In Wesel schien niemand willens zu sein, Beth und Richolf über die Vorkommnisse mit den Gauklern und deren Bären zu berichten. Das Unbehagen der Leute, die sie befragten, war geradezu greifbar, oft schlug ihnen gar offene Feindseligkeit entgegen. Ein Wirt wurde handgreiflich und wollte sie aus seiner Taverne jagen. Richolf, genervt von so viel Ablehnung, verpasste ihm einen Faustschlag, musste darauf jedoch selbst Prügel einstecken, weil sich sogleich ein halbes Dutzend der anwesenden Wirtshausgäste auf ihn stürzte.

Erschöpft, hungrig und frustriert über die Art und Weise, wie in dieser Stadt mit ihnen umgegangen wurde, ließen sie sich vor einem von Baugerüsten umsäumten Kirchengebäude nieder. Richolf rieb sich das blaue Auge, das er sich eingehandelt hatte, und Beth sah sich gezwungen, ihm tröstend einen Arm um die Schultern zu legen.

»Du bist wirklich sehr tapfer, Richolf.«

»Was ist hier nur geschehen?«, sann er nach. »Was zur Hölle haben sie getan, dass niemand über sie sprechen will? Wo sind sie?«

Die Frage hätte eher lauten müssen: Lebten sie noch? Aber auch Beth weigerte sich, die Möglichkeit, dass sie tot waren, in Betracht zu ziehen.

»He!«, sprach sie – recht respektlos – einen vorübergehenden dicklichen Geistlichen in schwarzer Kutte an. »He, ich will Euch eine Frage stellen!«

Der Mann blieb stehen und musterte die beiden. Er hatte ein rundes, gutmütiges Gesicht, was Beth wohl auch dazu bewogen hatte, ihn kurzerhand anzusprechen.

»Nun, mein Kind, sofern ich deine Frage zu beantworten vermag, werde ich es gern tun«, entgegnete er zugänglicher, als ihr Ton es verdient hätte.

Beth sah ein, dass es keinen Grund gab, dem Pfaffen unfreundlich zu begegnen. Nicht alle Pfaffen waren wie Vater Albertus. Außerdem war sie es ja, die etwas in Erfahrung bringen wollte.

Beth und Richolf standen auf und traten vor den Geistlichen hin.

»Wir suchen eine Gauklertruppe, die vor etwa drei Wochen in der Stadt war«, begann Beth. Sogleich hatte sie die volle Aufmerksamkeit des anderen. Doch anders als alle, die sie bis dahin befragt hatten, wurde er nicht abweisend, im Gegenteil, aus seinen Augen blitzte plötzlich Neugier. Ermutigt fuhr sie fort. »Sie hatten einen Bären bei sich, und wie wir erfuhren, kam es zu einem Zwischenfall. Der Bär tötete eine Frau, und den Gauklern wurde der Prozess gemacht. Wir möchten wissen, was mit ihnen geschehen ist.«

Der Geistliche legte den Kopf schief und musterte sie aus schmalen Augen. »Wer bist du?«, fragte er.

»Eine Verwandte!«, antwortete sie knapp.

»Du bist Agnes' Schwester, nicht wahr? Du ähnelst ihr.«

Beths Kehle wurde eng. »Ihr kennt sie? Wo ist sie? Was ist geschehen?«

»Bitte sagt es uns. Wir wissen nur, dass man sie vor Gericht bringen wollte«, fügte Richolf hinzu.

Als Einziger der bisher Befragten schien der Geistliche Verständnis für ihre Wissbegierde aufzubringen.

»Kommt mit!«, wies er sie an. »Ich will euch alles erzählen!«

Aufgeregt folgten sie ihm in eine Seitengasse, wo er sie in ein kleines Haus aus Fachwerk hineinführte, das wie zusammengekauert zwischen zwei größeren Häusern lag; offenbar das Heim des Geistlichen.

»Hier können wir ungestört reden«, sagte er. »Setzt euch dort an den Tisch!«

Beth hielt es kaum noch aus, biss sich aber auf die Lippen, hatte er doch versprochen, ihrer Fragenflut zu begegnen. Richolf griff nach ihrer Hand und drückte sie sanft. Auch ihm stand die Anspannung ins Gesicht geschrieben.

»Ich bin Vater Theophilus«, sagte der Kirchenmann. »Und ich will euch berichten, was mit Agnes und den anderen Gauklern geschehen ist.«

Beth wagte kaum, zu atmen, während sie ihm zuhörte.

»Nun, das war eine furchtbare Sache, der grausame Tod der Jungfer Katharina Dreysam«, begann Vater Theophilus. »Man fand ihre Leiche eines Morgens am Flussufer. Sie war so fürchterlich entstellt, dass es hieß, nur ein großes Tier könne für diese Bluttat infrage kommen. Eure Verwandten waren gerade in der Stadt und hatten schon manche Vorstellung gegeben, deshalb fiel der Verdacht sogleich auf den Bären, den sie mit sich führten. Welche Bestie, wenn nicht ein Bär oder der Teufel selbst, hätte einen Menschen so zurichten können? Und tatsächlich, als man die Gaukler aufsuchte, behaupteten sie, ihr Bär sei ausgerissen. Konnte man jetzt noch zweifeln? Die Männer der Truppe nahm man in Haft, es kam zu einer Verhandlung. Der junge Bärenführer mit dem Namen Kilian stritt vor Gericht ab, dass sein Bär zu einer solchen Tat imstande sei, räumte jedoch ein, er allein sei für den Bären verantwortlich gewesen, niemand sonst. Der Vogt verurteilte Kilian zum Tod durch das Schwert, die anderen Männer kamen mit einer Prangerstrafe davon. Das alles erfuhr ich vom Hörensagen. Ich selbst kam mit den Gauklern erst in Kontakt, als Agnes mich am Tag vor der anberaumten Hinrichtung aufsuchte. Sie bat mich, sie mit Kilian zu vermählen. Also begleitete ich sie in den Kerker zu dem armen Todgeweihten und spendete ihnen das Ehesakrament.«

Beth stand der Mund weit offen, doch bevor sie Fragen stellen konnte, fuhr Vater Theophilus in seiner Schilderung fort.

»Anderentags sollte die Hinrichtung stattfinden. Ich stand dem jungen Bärenführer als Seelenhirt bei und nahm ihm die letzte Beichte ab. Glücklich sei er, versicherte er mir, dass er seine geliebte Agnes noch vor seinem Tod habe heiraten dürfen. Und zutiefst unglücklich, dass er sie nun zurücklassen müsse. Er war sehr tapfer, der tapferste Delinquent, den ich jemals erlebt habe. An der Richtstätte – schon hielt der Scharfrichter das Schwert, um zu vollstrecken – geschah dann etwas Merkwürdiges: Plötzlich schritt ein Wanderprediger aus der Zuschauermenge und gebot dem Scharfrichter Einhalt. Begleitet wurde er von einem großen weißen Wolfshund. Dieser, so rief sein Herr, sei es gewesen, der die junge Frau am Fluss zerfleischt habe. Büttel ergriffen den Mann und töteten den Hund, der seinen Herrn beschützen wollte. Der Vogt sah sich veranlasst, den Prediger zu verhören – und so kam es, dass Kilian im letzten Moment freigelassen wurde. Statt seiner wurde später der Prediger gerichtet – habt ihr jemals eine solch merkwürdige Geschichte gehört? Mir kam es vor, als hätte dieser Prediger sich geopfert, wobei ich keinen triftigen Grund dafür zu nennen wüsste. Es ist nur mein Gefühl, dass weder er noch sein Hund etwas mit dem Tod der Katharina Dreysam zu tun hatte.«

Beth versuchte, ihre Gedanken, die wie ein Sternschnuppenregen durch ihren Kopf schossen, zu sortieren. Das Wichtigste: Nes und die anderen lebten. Gerettet von einem merkwürdigen Wanderprediger. Sie erinnerte sich an den Kerl, der sich Jesaja genannt hatte. Vor einigen Monaten – als ihrer aller Welt noch in Ordnung gewesen war – war er auf Langerode erschienen und hatte vom Ende der Welt gepredigt. Ja, ein großer weißer Hund mit einer Verletzung hatte ihn begleitet. Nes hatte sich seinerzeit um das Tier gekümmert. Später hatte Nes ihr erzählt, dass Jesaja Andeutungen über ihre persönliche Zukunft gemacht hatte. Was letztlich der Grund dafür gewesen war, dass sie Langerode bei Nacht und Nebel verlassen hatte und Kilian gefolgt war.

Tja, und Nes und Kilian waren inzwischen verheiratet. Die Grafentochter mit dem Gaukler. Nes musste sich ihrer Sache sehr sicher sein.

»Wo sind sie nun?«, fragte sie Theophilus.

»Das weiß ich nicht. Nachdem sich alles geklärt hatte, sind sie weitergezogen. Wohin? Den Fluss hinauf, vermute ich. Bevor sie die Stadt verließen, suchte mich deine Schwester noch einmal auf, um sich für meinen Segen zu bedanken. Sie ist eine bemerkenswerte junge Frau.«

»Ja, das ist sie«, stimmte Beth ihm zu. »Früher nannte ich sie Grafentochter statt Agnes, nur so zum Spaß. Weil sie so ist, wie sie ist.«

Vater Theophilus lächelte.

Beth erhob sich, die Suche konnte weitergehen. Eine Frage aber hatte sie noch. »Sagt uns, warum haben uns die Leute behandelt wie Aussatz, als wir nach unseren Verwandten suchten? Wenn sie doch unschuldig waren.«

»Aus Aberglauben, mein Kind. Sie denken, dass mit den Gauklern und ihrem Bären das Unglück nach Wesel kam. Deshalb sind sie heilfroh, dass sie weitergezogen sind. Auch wenn die Darbietungen mit dem Tanzbären sie sehr beeindruckt haben sollen, wie man mir erzählte. Aber das war, bevor die junge Frau getötet wurde.«

»Danke, dass Ihr Euch Zeit für uns genommen habt, Vater«, sagte Richolf.

Sie verließen das Haus. Draußen atmete Beth einmal tief durch. Endlich waren sie klüger.

»Was für ein Glück, dass wir diesem Vater Theophilus begegnet sind«, sagte Richolf.

»Ja. Lass uns diese verdammte Stadt schnell wieder verlassen. Wir werden sie weitersuchen und finden: meine Schwester, deinen Vater und die anderen Verrückten.«

Im Stillen aber fragte sie sich, wie es denn eigentlich mit ihnen weitergehen würde, wenn sie die Truppe gefunden hätten. Nes wiederzusehen, das würde gewiss eine freudige Angelegenheit sein, auf die sie lange genug gewartet hatte. Aber danach? Ihre Flucht aus Langerode war ohne Zweifel richtig gewesen, weil sie ihres Lebens dort nicht mehr sicher gewesen war. Doch was hatte sie in einer Gauklertruppe zu suchen? Sie, eine Grafentochter?

Richolf schien zu ahnen, welche Gedanken ihr durch den Kopf gingen und nahm sie in den Arm. »Am Ende wird sich alles fügen«, tröstete er sie. »Würde wohl auch der gute Moritz sagen«, fügte er aufmunternd hinzu, weil er wusste, wie sehr Beth den Alten gemocht hatte. »Ritzi« hatten die Mädchen ihn liebevoll genannt.

Weder Beth noch Richolf wussten, dass Moritz seit dem Heiligen Abend nicht mehr am Leben war.

* * *

Matthes war überzeugt: In seinen Eingeweiden wucherte eine todbringende Krankheit. Seit Wochen plagten ihn übelste Krämpfe, die ihn fast um den Verstand und nachts um den Schlaf brachten. Immer wieder beschlich ihn der Gedanke, die Krankheit sei eine Strafe des Himmels. Denn was er seinerzeit am Flussufer getan hatte, war sicherlich nicht zu Gottes Wohlgefallen geschehen, auch wenn er diese törichte Jungfer aus Wesel nicht absichtlich umgebracht hatte. Es war vielmehr ein Unfall gewesen. Außerdem hätte sie ihn nicht verspotten sollen, als er sich an sie herangemacht hatte. Mit ihren höhnischen Worten hatte sie ihn zornig gemacht. Ein wütender Schlag, ein unglücklicher Sturz … und plötzlich hatte sie mit gebrochenem Genick vor ihm gelegen. Was für ein ärgerliches Missgeschick! Aber dann war ihm ein Gedanke gekommen: Heinrich und seine Gauklertruppe, die ewigen Konkurrenten mit ihrem Bären, weilten in der Stadt. Wenn er nun die Leiche der Jungfer so zurichtete, dass man unweigerlich glauben musste, ein wildes Tier – deren Bär! – habe sie getötet, dann würde man seine leidige Konkurrenz dafür zur Verantwortung ziehen. Es wäre ihr Verderben!

Natürlich hatte es ihn Überwindung gekostet, seinen Plan in die Tat umzusetzen, schließlich war er ja kein Fleischermeister. Doch es war der Mühe wert gewesen, Heinrich und seine Leute hatten mächtigen Ärger bekommen …

Nur: Seit jenem Tag quälten ihn diese Leibschmerzen – lag es nicht nahe, hierin eine Strafe des Himmels zu sehen?

Eine Zeit lang hatte er die Schmerzen seiner Gefährtin Cristin verschwiegen, doch irgendwann hatte er sie nicht mehr verbergen können. Cristin hatte einen Bader herbeigerufen, doch weder ein Aderlass noch Einläufe hatten Besserung gebracht. Was Matthes freilich nicht wunderte, denn wenn sein Leiden eine Strafe war, dann würde kein Medikus der Welt etwas dagegen unternehmen können.

Cristin wusste nichts von seiner heimtückischen Intrige gegen Heinrich, er hatte beschlossen, sie ihr zu verschweigen. Früher hatte sie manche Schandtat mitgemacht – ohne mit der Wimper zu zucken, hatte sie Heinrichs damaligen Tanzbären Uriel vergiftet –, doch die Vertrautheit hatte in letzter Zeit gelitten. Womöglich hatte er es ja mit seinen Weibergeschichten ein wenig übertrieben, Cristins Großmut hatte auch Grenzen. Auch dass er ein Auge auf die junge Grafentochter geworfen hatte, die sich Heinrichs Truppe anschloss, war ihr nicht entgangen. Offenbar wurde Cristin, sein »Krötchen«, wie er sie nannte, absurderweise immer eifersüchtiger, je älter sie wurde. Dabei war sie selbst noch eine echte Schönheit, nach der sich die Männer umdrehten. Und wenn sie, die spektakulärste Seiltänzerin der Welt, in den Lüften über den Köpfen ihrer Zuschauer schwebte, dann hatte sie sogar die Aufmerksamkeit der eifersüchtigen Eheweiber.

Wieder lag Matthes in dieser Nacht hellwach und von Schmerzen geplagt im Wagen. Neben ihm ruhte Cristin; den Rücken hatte sie ihm zugewandt. Vorbei die Zeiten, wo sie sogar nachts in inniger Umarmung beisammengelegen hatten. Frieder, der Zwerg, lag gegenüber und schnarchte sich die Seele aus dem Leib, so laut, wie man es eher von einem Riesen erwartet hätte, aber zu dieser Jahreszeit konnte man ihn schlecht im Freien nächtigen lassen. Gleiches galt für Jokubim, Frieders Äffchen. Matthes hasste das Viech, denn es war nicht besonders gelehrig, machte, was es wollte, und war obendrein frech wie drei Rotzbengel zusammengenommen. Trotzdem oder gerade deshalb brachte es die Leute zum Lachen, und das war der einzige Grund, warum Matthes ihm noch nicht den Hals umgedreht hatte. Immerhin, auch Jokubim lag im Tiefschlaf neben seinem Zwergenherrn, selbstverständlich angekettet, seitdem er es einmal gewagt hatte, sich nachts mit seinem Hintern auf Matthes' Gesicht zu setzen.

Seine Leibschmerzen wurden unerträglich. Er beschloss, aus dem Wagen zu steigen, vielleicht würde ihm die frische Nachtluft etwas Linderung bringen.

Dunkelheit lag über der Hügellandschaft, doch zwischen zwei Wolkenbänken schälte sich der Mond hervor und streute etwas Licht in die Nacht. Matthes presste eine Hand auf seinen Bauch, eine unwillkürliche Geste, die er sich angewöhnt hatte. Selbst der verdammten Schindmähre vor dem Wagen war vergönnt, was ihm, Matthes, verwehrt blieb: die Gnade des Schlafes.

Mit kleinen Schritten tappte Matthes in die Nacht. Wie ein Krüppel bewegte er sich, dachte er verbittert. Schon am Abend war ihm am Wegrand vor einer Eiche eine mannsgroße holzgeschnitzte Marienstatue aufgefallen; ein kleines Spitzdach über ihrem von einem Schleier umgebenen heiligen Haupt schützte sie grob vor den Unbilden des Wetters. Ein frommer Stifter musste die Statue dort aufgestellt haben, vielleicht aus Dankbarkeit für eine erwiesene Gnade. Matthes blieb stehen und betrachtete sie eine Weile. Es war keine schlechte Arbeit, die Falten ihres Gewandes waren fein herausgearbeitet, ihr Antlitz hatte etwas Lebendiges und wirkte nicht so entrückt, wie man es sonst oft bei Heiligenfiguren sah. Die Mundwinkel waren wie zu einem sanften Lächeln gehoben, und auch ihre Augen hatten nichts von leerer Starrheit; beinahe schien es Matthes, als blickte sie ihn direkt an. Es war albern, aber er war versucht, den Blick schamhaft vor ihr zu senken. *Sie ist doch nur aus Holz!,* wies er sich zurecht. Im fahlen Mondlicht wirkte die Welt nun einmal anders, als sie in Wahrheit war, das erklärte die vielen Spukgeschichten, mit denen man einfältigen Menschen einen Schauder über den Rücken jagen konnte.

Andererseits gab es ja neben den Spuk- auch noch die *Wunder*geschichten. Vielleicht hatte der großzügige Stifter dieser Statue ein solches erfahren, nachdem er die himmlische Jungfrau um Hilfe angefleht hatte. Was sprach eigentlich dagegen, dies selbst einmal zu versuchen?

Er erinnerte sich, in der Vergangenheit mit dem Namen der Gottesmutter Schindluder getrieben zu haben. Nach einem beabsichtigten, aber als Unfall getarnten Sturz Cristins vom Seil mit vorgeblich wundersamer Landung in einem Strohhaufen hatte er der Zuschauermenge mit zelebrierter Erleichterung kundgetan, zum Dank für diese Rettung einen Bildstock errichten zu wollen. Vorfälle dieser Art mit gutem Ende machten die Leute rührselig und spendabel. Natürlich hatten er und Cristin nicht im Traum daran gedacht, das Geld tatsächlich für fromme Werke zu verwenden, aber er fand, dass ihnen als Christenmenschen Vergebung zustand, es gab schließlich größere Sünder auf dieser Welt. Und weil in diesem Moment eine neuerliche Welle wilden Schmerzes wie Feuer in seinen Eingeweiden loderte, gelangte er zu der Ansicht, dass es einen Versuch wert war, von der Gottesmutter, vor der er stand, seine Heilung zu erbitten.

»Heilige Jungfrau«, sagte er leise und keuchend. Er suchte nach Worten, denn es kam nicht oft vor, dass er betete. »Ich möchte dir einen Vorschlag machen. Sorge dafür, dass diese verdammte Krankheit mich verlässt, dann verspreche ich im Gegenzug, ein besserer Mensch zu werden. Mach mich gesund, und ich werde dir einen Bildstock erbauen. Ich weiß, das habe ich früher auch schon behauptet, aber diesmal werde ich es wirklich tun. Sprich mit deinem barmherzigen Sohn darüber, er hat doch bestimmt nichts dagegen.«

Er sah der Statue eine Weile ins Gesicht, als wartete er auf eine Regung, aber die Gottesmutter rührte sich nicht von der Stelle. Immerhin verlor sie ihr Lächeln nicht.

»Du glaubst mir nicht?«, fuhr er fort. »Oh, das solltest du aber, denn ich meine es ernst. Diese Leibschmerzen sind nicht zu ertragen, deshalb kannst du mein Versprechen als Schwur betrachten: Heile mich, und ich werde es nie wieder darauf anlegen, Menschen ins Verderben zu reißen.«

Heinrich und seine Leute waren zwar heil aus der Sache herausgekommen, wie Matthes später erfahren hatte, aber es hätte ebenso gut auch anders ausgehen können. Seine Tat wurde ihm im Himmel allemal als Sünde angerechnet. Er musste deutlich machen, wie ernst es ihm mit seinem Versprechen war.

»Heile mich! Schlage mich mit Krankheit, wie noch nie ein Mensch mit Krankheit geschlagen wurde, wenn ich meinen Eid breche. In der Hölle soll ich mich dann wiederfinden.«

Wieder schoben sich Wolken vor den Mond. Die Gottesmutter verschmolz mit der Dunkelheit. Wenn dies die Antwort auf sein Flehen war, blieb unklar, was sie zu bedeuten hatte. Zum ersten Mal in seinem Leben hatte er sich aus reiner Verzweiflung an den Himmel gewandt.

Matthes kehrte zum Wagen zurück. Wenigstens würde er sich nicht vorwerfen müssen, es nicht versucht zu haben. So oder so, Sterben war nur eine Frage der Zeit, sagte er sich.

6

Als es dem alten Heinrich wieder so gut ging, dass man an die Weiterreise denken konnte, überbrachten Agnes und Agatha den anderen eines Morgens die gute Nachricht.

»Er hat seit drei Tagen kein Fieber mehr«, verkündete Agnes.

»Nichts mehr hält ihn auf dem Krankenlager«, fügte Agatha hinzu. »Lasst uns weiterziehen, bevor er dem Schmied noch den Verstand raubt.«

»Endlich!«, jubilierte Luzia. »Ich kann es kaum erwarten, diesem unheimlichen Kaff den Rücken zu kehren.«

»Irgendwas stimmt nicht mit diesen Leuten«, pflichtete Saul ihr bei. »Alle schauen drein, als hätten sie etwas zu verbergen. Oder als bekämen sie nur Saures zu essen.«

Kilian klatschte entschlossen in die Hände. »Sollen sie essen, was sie wollen, wir verschwinden noch heute.«

»Aber das geht nicht«, protestierte Benno.

Alle sahen ihn fragend an.

»Geht nicht?«, hakte Saul nach.

»Wir haben versprochen, eine Vorstellung zu geben!«, sagte der Junge mit Nachdruck.

Saul sah Kilian an. »Haben wir?«

Kilian seufzte.

»He, stell dich nicht dumm, Saul«, meinte Benno. »Du warst dabei, als wir darüber gesprochen haben.«

»Muss ich glatt vergessen haben.«

»Ulf ist mein Freund, er will Ursula unbedingt tanzen sehen.«

»Warum bringt er dann nicht seinem blöden Ferkel das Tanzen bei?«, ächzte Luzia. »Dieser Ort ist seltsam und ich möchte lieber gestern als heute weg.«

Benno suchte Schützenhilfe bei Agnes. »Nes! Was man versprochen hat, das muss man doch halten, nicht wahr?«

Agnes nickte ernst. »So ist es, Brüderchen. Auf jeden Fall muss man das.«

»Na also! Ihr seht: Wir müssen eine Vorstellung geben!« Triumphierend blickte er von einem zum anderen.

»Na schön«, gab Kilian nach. »Diese Dörfler sollen ihre Vorstellung bekommen. Heute Abend, nach Einbruch der Dunkelheit. Immerhin mussten sie auch unsere Anwesenheit ertragen und sie haben uns nicht vertrieben. Das muss man ihnen anrechnen, gebe ich zu. Aber gleich morgen früh reisen wir ab, komme da, was wolle.«

»Fein!« Bennos Augen leuchteten zufrieden. »Ich will es Ulf gleich erzählen.«

»Wenn du schon dabei bist, dann verbreite es gleich im ganzen Dorf!«, rief Kilian dem Davoneilenden hinterher.

Vor der zerfallenen Holzkapelle gab es einen ausgedehnten Platz; dort hielten sie ihre Vorführung ab. Benno und Hans hatten überall Fackeln aufgestellt, in deren Schein das ganze Dorf versammelt war, auch Roland, ihr Gastgeber. Den jedoch hatte Agnes erst mühsam überreden müssen.

»Es wird Euch sicherlich gefallen, Ursula tanzen zu sehen«, hatte sie zu ihm gesagt.

»Was ist schon dabei, wenn ein gottverdammter Bär herumtapst?«

»Dann kommt, um Hans' Flötenspiel zu hören. Es ist wundervoll. Ihr werdet es niemals vergessen, glaubt mir.«

Er hatte abgewunken, aber Agnes hatte nicht lockergelassen und ihn mit großen bittenden Augen angesehen. »Wir machen es auch für Euch! Ihr habt uns Quartier gewährt – wie sollen wir uns sonst erkenntlich zeigen? Ich bin überzeugt, die Vorführung wird Euch Freude machen. Bitte, kommt doch!«

Nun, da die Leute am Ort der Vorführung eingetroffen waren, erkannte sie den möglichen Grund für Rolands Zögern, denn wie es schien, mieden ihn die anderen Dörfler, zumindest sah sie niemanden mit ihm sprechen. Nicht zu erkennen war freilich der Grund für dieses Ausweichen. War es Zorn? Ablehnung? Oder gar Mitleid? Manche Männer wichen dem Blick des Schmieds eher beschämt aus, zumindest gewann Agnes diesen Eindruck. Bevor sie aber weiter darüber nachdenken konnte, erhob Kilian die Stimme, um die Zuschauer willkommen zu heißen. Beginnen wollten die Gaukler ihre Darbietungen, wie üblich, mit Fronica und ihren Messerwürfen.

»Messerwerfer gibt es wie Bäume im Wald«, verkündete er. »Aber habt ihr jemals eine Messerwerferin gesehen, die keine Arme hat? Liebe Leute – begrüßt Fronica. Begrüßt auch Saul, den Mohren vom anderen Ende der Welt. Er wird Fronis Opfer sein.«

Der Applaus war spärlich, als die beiden vortraten, doch das waren die Gaukler gewohnt. Eine junge Frau ohne Arme und ein Mann, der so schwarz war wie der Teufel – noch selten hatte deren Anblick nicht für Unbehagen oder gar Schmährufe gesorgt. Das würde sich legen, sobald die Zuschauer die beiden in Aktion sahen. Denn niemand vermochte sich vorzustellen, wie jemand ohne Arme Messer werfen konnte. Wohl die meisten sahen den Mohren vor ihrem inneren Auge bereits verbluten.

Fronica und Saul begannen ihre Darbietung wie immer mit einem amüsanten Wortgeplänkel, denn ein vergnügtes Publikum vergaß für eine Weile seine naturgemäß vorhandene Feindseligkeit gegenüber fahrendem Volk.

»Stellt euch nur vor«, rief Fronica. »Gestern hatte ich meine Arme noch. Aber Saul, dieser unverschämte Mohr, er hat sie mir, als ich schlief, einfach abgeschnitten.«

»Ich tat es nicht absichtlich«, rechtfertigte sich Saul. »Ich tat es im Schlaf. Du weißt doch, dass ich nachts schlafwandle.«

»Das stimmt wohl. Neulich hast du Ursula, unsere Bärin, mit mir verwechselt und bist nachts zu ihr in den Käfig gestiegen.«

Das war der Köder für die unvermeidlichen Witzbolde unter den Zuschauern, die es überall gab, in jeder Stadt, in jedem Dorf. Was folgte, war leicht vorherzusehen.

»Dann bekommt ihr wohl bald einen kleinen Schwarzbären!«, grölte jemand und erntete das übliche Gelächter.

Saul nickte nachdenklich. »Schade, dass es keines von den Maultieren war. Vielleicht wäre dann ein kleiner Mohr zustande gekommen, der mit seinem Schwanz die Fliegen vertreibt.«

»Soll das heißen, *du* kannst das nicht?« Wieder Gelächter. Ja, auch in diesem gottverlassenen Dorf war das Publikum berechenbar.

»Hab's mal versucht und hätte mich dabei fast selbst stranguliert.«

»Schwarzer Angeber! Lass doch mal sehen.«

»Das könnte euch so gefallen, wie?« Kilian reichte es mit den Anstößigkeiten. »Dem schwarzen Angeber wird sein Übermut schon gleich vergehen. Denn Fronica wird trotz fehlender Arme ihre Messer auf ihn werfen – mit ihren Füßen!«

»Das ist nicht dein Ernst«, protestierte Saul.

»Und ob!«

»Sie könnte mich treffen!«

»Hättest ihr eben nicht die Arme abschneiden sollen.«

Mit gespielter Verzweiflung wandte sich Saul an Fronica. »Hast du denn jemals zuvor versucht, Messer mit deinen Füßen zu werfen?«

»Warum hätte ich das tun sollen? Bis gestern hatte ich ja meine Arme noch. Ich muss es versuchen.«

»Aber … das kannst du doch nicht machen. Du könntest mich töten.«

»Stimmt. Aber du musst dich darüber nicht ärgern. Siehst du all die Leute hier? Die sind extra hierhergekommen, damit wir ihnen Kurzweil bescheren. Wir wollen sie doch nicht enttäuschen.«

»Eine schöne Kurzweil ist das! Eine lebensgefährliche Kurzweil! Vor allem für mich!«

»Kein Wort mehr!« Kilian deutete auf die von Fackeln flankierte hölzerne Wand, die Benno und Hans herbeigetragen hatten. »Los, stell dich dort hin!«

Und so nahm alles seinen üblichen Verlauf. Fronica warf ihre Messer, und jedes einzelne verfehlte den lamentierenden Saul um Haaresbreite. Das reichte aus, um das Publikum eine Zeit lang in staunende Atemlosigkeit zu versetzen.

Während Fronica und Saul ihre Vorstellung gaben, ging Kilian hinüber zum Zwingerwagen. Agnes hatte die Bärin bereits herausgeholt und wartete auf ihren Auftritt. Ursula saß auf ihrem Hintern und leckte sich die Tatzen, während Agnes Strohreste aus ihrem Fell zupfte. Agatha und der weitgehend genesene Heinrich standen daneben.

»Findest du nicht, dass Uriel anders aussieht als früher?«, fragte Heinrich seinen Sohn.

Kilian hatte inzwischen gelernt, mit der zunehmenden Vergesslichkeit des Vaters geduldig umzugehen. »Das ist nicht Uriel, sondern Ursula, Vater.«

»Ursula?«

»Ja, Ursula, Vater. Denn Uriel ist leider gestorben. Daraufhin haben wir uns Ursula angeschafft.«

»Und wieso hat mir niemand etwas davon gesagt?«

Agatha gab ihm einen Kuss auf die Wange. »Schon gut, mein Brummbär. Hast es wahrscheinlich nur wieder vergessen.«

»Ich vergesse nie etwas. Nie!«

»Hin und wieder schon«, widersprach Kilian, sich offensichtlich ein Grinsen verkneifend. »Liebste, ist Ursula bereit?«, fragte er Agnes. »Womöglich ist sie ja ein wenig aus der Übung.«

»Sei unbesorgt, sobald sie Hans' Flötenspiel hört, wird sie nur noch ans Tanzen denken.«

»Und ich kann nur an dich denken«, flüsterte er.

»Das will ich hoffen.« Sie biss ihm sanft ins Ohrläppchen.

»Warum heiratest du das Mädchen nicht, mein Sohn?«, fragte Heinrich. »Sie scheint sich gut mit Bären auszukennen.«

»Sie sind bereits verheiratet, alter Brummbär«, erklärte ihm Agatha.

»Und warum hat mir das niemand …?«

»Vermutlich, weil wir so vergesslich sind, Brummbär.«

»Deine Schwiegertochter ist eine berühmte Bärenführerin, Vater«, versicherte ihm Kilian. »Und nebenher die wunderbarste Ehefrau der Welt.«

»Hast du das gehört, Brummbär?« Agatha stieß ihn mit dem Ellenbogen an. »So etwas möchte jede Ehefrau hören.«

Verwundert legte Heinrich die Stirn in Falten. »Jede Ehefrau wäre gern eine berühmte Bärenführerin?«

»Vergiss es.« Agatha winkte seufzend ab.

»Keine Sorge. Tut er sowieso«, meinte Kilian.

Vom Platz her brandete Applaus auf. Luzia erschien. »Bereit, Nes? Fronica und Saul sind durch.«

»Bereit, Luzia. Auf geht's, Ursula.« Die Bärin erhielt einen Stups auf die Nase. »Zeig, dass du nichts verlernt hast, meine Süße.«

Willig ließ sich Ursula von Agnes führen.

Hans stand schon bereit, die Flöte wie einen Schatz an sein Herz gepresst.

»Ihr lieben Leute!«, rief Kilian. »Nachdem ihr gerade erfahren durftet, dass Fronica, die beste Messerwerferin der Welt, ihr Werk mit den Füßen verrichtet, freue ich mich nun, euch eine weitere Sensation zu präsentieren: Agnes, die Bärenführerin, und Ursula, ihre Tanzbärin. Seid versichert, so etwas habt ihr noch nie gesehen. Hans, unser begnadeter Musikus, wird dazu auf seiner Flöte das Lied von der Bärin Ursula spielen. Ihr kennt doch dieses Lied, oder?«

Niemand bejahte seine Frage, alle sahen ihn nur an.

»Äh … ihr kennt das Lied von der Bärin Ursula nicht?«

Allgemeines Kopfschütteln oder Schulterzucken war die Antwort.

»Heilige Jungfrau, was für Hinterwäldler«, flüsterte Saul. Die Weise von der Bärin Ursula kannte außerhalb dieser Gegend jedes Kind, und zwar nicht erst, seitdem sie mit dieser Vorstellung durch die Lande zogen.

Kilian hütete sich glücklicherweise, das Unwissen der Dörfler öffentlich zu verspotten. »Nun gut, liebe Leute, ihr werdet es ja gleich hören und kennenlernen, dieses wunderschöne Lied. Und ihr werdet es bestimmt nicht wieder vergessen.«

Das war keine Übertreibung. Noch selten hatte es jemanden gegeben, der sich von dem anmutigen Tanz – Mensch und Tier, umschlungen wie ein Liebespaar – sowie den himmlischen Tönen, wie sie kein anderer Spielmann seiner Flöte zu entlocken vermochte, nicht hätte bezaubern lassen. Und Fronica, kurz vorher noch bestaunte Akrobatin, würde beim Publikum mit ihrer sanften Singstimme auf immer unvergessen bleiben.

In einem fernen Land
da lebte einst ein Bär,
der suchte eine Bärin,
doch fand sich keine mehr.

Des Reiches Herrscher hatte
Jäger ausgesandt,
die schossen alle Bären,
nur uns'ren man nicht fand.

Der Einsamkeit bald müde
auf Wanderschaft er ging,
durch tiefe dunkle Wälder,
und kam zum Schluss hierhin.

Nun traf er eine Bärin,
schön und wunderbar.
Sie rieben ihre Schnauzen.
Ihr Name: Ursula.

Dies war normalerweise der Augenblick höchster allgemeiner Verzückung. Der Moment, wo Agnes zum Finale in Ursulas Arme sinken sollte. Doch plötzlich stürmte ein kleines, schwarz gesprenkeltes und quiekendes Etwas geradewegs auf das Tanzpaar zu. Nach kurzer Verwirrung erkannte Agnes das Ferkel, das jener Dorfbursche namens Ulf stets mit sich führte. Offenbar war es ihm entwischt, den Strick zog es hinter sich her, und es war rasch auszumachen, dass sein einziges Interesse dem großen Bären galt. Auch Ursula war einen Moment lang verdutzt, als sie das lebhafte Ferkel erblickte, blieb aber gelassen und ließ sich auf den Hintern plumpsen, als zöge sie in Erwartung dessen, was weiter geschehen würde, eine bequeme Sitzhaltung vor.

Kilian, dem nichts Gutes schwante, wollte das Ferkel abfangen, war jedoch nicht schnell genug; wie ein Berserker rauschte es an ihm vorbei, ohne dass er eine Chance gehabt hätte, es festzuhalten.

So viel stand fest: Das Ferkel kam nicht, um mit Ursula Freundschaft zu schließen. Jedes vernünftige Schwein hätte angesichts eines Bären das Weite gesucht, aber dieses schien vom Dämon des Übermuts besessen. Sein schrilles Quieken ging über in einen grimmigen Kampfschrei, wie man es eher von einem wütenden Bullen erwartet hätte.

Auch Agnes' Versuch, das Ferkel an seinem Vorhaben zu hindern, indem sie ihm entgegentrat, scheiterte. Das Ferkel schlug einen Haken, machte einen Bogen um sie, und hatte dann das Ziel seiner Attacke erreicht. Doch Ursula ließ sich nicht aus der Ruhe bringen, hob eine Tatze und wischte den Angreifer einfach beiseite, als vertriebe sie ein lästiges Insekt. Das Ferkel stieg senkrecht in die Höhe, schien einen Moment lang in der Luft zu stehen, bevor es wie ein nasser Sack wieder zur Erde herabplumpste und leblos liegen blieb.

Das Publikum, jäh aus seiner Verzückung gerissen, reagierte mit verhaltenem Gelächter; offenbar war man im Zweifel, ob dies nicht Teil der Vorführung war. Endgültig beantwortet wurde diese Frage durch einen herbeigeeilten Mann, der sich über das Ferkel beugte und heftig an ihm rüttelte.

»Zur Hölle, es ist tot!«, schrie er wütend. Agnes erkannte Ulfs Vater, der dem ebenfalls herbeigeeilten Kilian mit der Faust drohte. »Der gottverfluchte Bär hat mein Ferkel getötet!«

Kilian kratzte sich das Kinn. Ein wenig ratlos wirkte er. »Tja … du hättest es besser nicht mitgebracht.«

»Das Ferkel werdet ihr mir ersetzen!«

Auch Saul war am Ort des Geschehens eingetroffen. »Nun mal langsam, guter Mann. Dein Ferkel war's, das unsere Bärin angriff, nicht umgekehrt.«

Der Bauer funkelte ihn an. »Du hast hier gar nichts zu melden, schwarzer Teufel!«

»He, he«, sagte Kilian. »Wenn du dich mit ihm anlegst, dann auch mit mir.«

Inzwischen umgab sie eine Traube von Leuten.

»Gut gemacht, Uriel!«, hörte man Heinrich rufen. »Hast dem dummen Schwein so richtig eine gelangt!«

»Warum hast du es nicht festgehalten?«, wollte Benno von seinem neuen Freund Ulf wissen.

»Hat sich losgerissen«, erklärte dieser, mit einem Finger in der Nase bohrend.

Ulfs Vater war indes nicht zu beruhigen. »*Euer* Bär hat *mein* Schwein getötet. Ihr und euer Bär, ihr seid hier nicht daheim, und deshalb werdet ihr es mir ersetzen.«

»Seit wann nimmst du es mit Besitzverhältnissen so genau, Gerald?« Es war der Schmied Roland, der ihm diese Frage stellte. Ulfs Vater tat, als hätte er nichts gehört, und mied Rolands anklagenden Blick.

Ursula hockte immer noch auf dem Boden und beobachtete die Debattierenden interessiert. *Lauter Verrückte!*, schien sie zu denken.

Agnes hatte in der Zwischenzeit beschlossen, sich das Ferkel einmal anzusehen, und fand die Aussage des Bauern bestätigt. Die seelenlosen Augen des Tieres blickten in die unbekannte Welt jenseits allen irdischen Lebens.

Später hätte Agnes nicht zu sagen vermocht, was sie dazu bewogen hatte, heftig mit einer Faust gegen die Brust des Tieres zu schlagen. Wie eine Eingebung war es über sie gekommen, und ohne darüber nachzudenken, welchen Sinn dies haben sollte, versetzte sie dem reglosen Ferkel einen heftigen Stoß.

Das Resultat war ein Wunder, denn das Ferkel wachte zuckend auf, kam umständlich auf die Beine, schaute verwirrt in alle Richtungen, als müsste es sich orientieren, und rannte dann durch die Beine der Umherstehenden davon.

Alle, die sahen, was geschehen war, waren wie vom Donner gerührt. Auch Ursula teilte durch ein sanftes Brummen mit, wie sehr sie sich über die Wiederauferstehung des Ferkels wunderte.

»Was um alles in der Welt hast du gemacht, Nes?«, raunte Kilian aufs Höchste erstaunt.

Agnes schluckte. »Ich … weiß es nicht.« Zu sagen »Ich habe ihm auf die Brust geschlagen« wäre ihr irgendwie albern vorgekommen.

Immerhin, Ulf gewann als Erster seine Fassung zurück. »Das Schwein ist von den Toten auferstanden!«, schrie er und machte sich auf, es wieder einzufangen. Benno rannte ihm hinterher.

»Wie du siehst, war dein Ferkel gar nicht tot«, sagte Saul an die Adresse des Eigentümers gerichtet.

Die Kinnlade des Bauern fiel herab. »Das … das ist Hexenwerk«, brachte er stotternd hervor.

»Du nennst meine Frau eine Hexe?« Kilian ballte die Fäuste, doch seine Mutter hielt ihn zurück.

»Ruhig, mein Junge.«

»Das Ferkel war tot!«, erklärte Ulfs Vater starrköpfig.

»Es war nur bewusstlos«, stellte Agatha klar. »Sonst würde es doch jetzt nicht wieder herumlaufen, oder?«

Der Bauer sah die Gaukler mit finsterer Miene der Reihe nach an, dann stapfte er ohne ein weiteres Wort davon, als fürchtete er, mit einem Bann belegt zu werden. Auch vom Rest der Dorfbevölkerung wurden sie misstrauisch beäugt, es wurde getuschelt und geraunt, und Mütter führten ihre Kinder fort.

»Vielleicht sollten wir nicht erst bis morgen warten, um aus diesem Dorf zu verschwinden«, schlug Saul vor.

»Ein wunderbarer Vorschlag«, sagte Luzia.

»Aber es ist schon dunkel«, wandte Agatha ein.

Das war nicht zu bestreiten. Niemand reiste gerne nachts durch eine abgelegene Gegend.

»Bleibt heute Nacht noch bei mir«, sagte Roland. Die Gaukler sahen ihn an, verwundert über seine plötzliche Bereitschaft, sie länger als nötig zu ertragen. »Keine Sorge, niemand wird kommen, um euch in Ketten zu legen«, fügte er hinzu.

»Nein?« Kilian hob skeptisch die Brauen. »Wir mögen es gar nicht, wenn man uns mit Zauberei in Verbindung bringt. Wir hatten in letzter Zeit genug Ärger wegen Dingen, an denen wir keine Schuld trugen.«

»Solange ihr bei mir seid, wird euch niemand behelligen.«

»Was macht dich da so sicher?«

»Sie meiden mich, damit sie mir nicht in die Augen blicken müssen.«

»Und wieso?«

»Das ist doch völlig egal, oder? Bleibt oder verschwindet, ich habe es nur angeboten.«

»Was denkt ihr?«, fragte Kilian die Gefährten.

»Thaddäus, Judas und Josef der Zweite dürften kaum zu einem nächtlichen Abenteuer zu bewegen sein«, gab Agnes zu bedenken.

»Sture Mistviecher!«, fluchte Luzia.

»Außerdem scheint unser Gastgeber inzwischen zugänglicher geworden zu sein«, flüsterte Kilian.

Auch Fronica wunderte sich. »Er kommt mir plötzlich so barmherzig vor.«

»Vielleicht hat er ja Gefallen an uns gefunden«, sagte Kilian. »Vor allem an dir, Nes.«

»Ach, hör auf damit. Er wirkt viel zu traurig, um jemandem den Hof zu machen. Vermutlich trauert er immer noch um seine Frau.«

»Ich dachte, die sei ihm davongelaufen?«

»Darf er deshalb nicht um sie trauern?«

»Wenn du mir davonlaufen würdest, würde ich nicht trauern, sondern dich überall suchen. Und auch finden, mach dir bloß keine Illusionen, Teuerste.«

»Oh! Dann versuch ich's besser erst gar nicht.«

»Kluge Entscheidung.«

»Also, ich vertraue Roland.«

»Wenn du das sagst – nun gut.« Er zog sie an sich und küsste sie. »Wir bleiben noch über Nacht«, erklärte er den anderen. »Morgen, in aller Frühe, ziehen wir weiter.«

»Wo zum Teufel sind wir hier eigentlich?«, verlangte Heinrich, zu erfahren.

»In einem verwunschenen Dorf voller komischer Käuze«, beschied ihm Saul.

7

Klirrende Kälte stülpte sich über das Diesseits in den ersten Tagen des neuen Jahres. Zum Jahreswechsel hatte es heftig geschneit; nun waren die Schneemassen erstarrt, wie in weißes Gestein verwandelt. Selbst die Alten konnten sich nicht an einen derart strengen Winter erinnern.

Auf Burg Langerode ging niemand, der nicht unbedingt musste oder einen entsprechenden Befehl erhielt, ins Freie. Jeder Atemzug war nämlich wie ein Stich in die Lungen. Johann, genannt der Haarige, weil wegen seines wallenden Bartes und seiner zottigen Mähne kaum noch ein Flecken Haut an ihm zu entdecken war, schob frierend Wachdienst am Tor und fragte sich, welchen Sinn ein Wachtposten machte, wenn doch weit und breit kein Mensch auf den Beinen war. Umso erstaunter war er, als am frühen Nachmittag vor der Burg fünf Männer auftauchten, die ihre sichtlich erschöpften Pferde am Zügel neben sich her führten. Schon von Weitem konnte Johann den Wappenrock des Herzogs erkennen. Augenblicklich war er aus seiner Starre gerissen und machte sich auf, die nahenden Ankömmlinge zu melden.

Bald darauf empfing der alte Bertold von Hinzweiler mit seinen Söhnen Bernard, Ludwig und Karl den Herzog von Jülich und dessen Begleiter im Rittersaal, wo ihnen zum Aufwärmen gleich eine heiße Suppe aufgetischt wurde.

Genefe befand sich mit ihrer Leibmagd Lena in der Kemenate, einem der wenigen geheizten Räume der Burg. Vom Fenster aus hatte sie die Ankunft des hohen Besuches mitbekommen und war mit einem Mal zutiefst erregt. Sie war überzeugt, dass der Herzog ihr zu ihrem Recht verhelfen würde, wenn er nur die ganze Wahrheit wüsste. Aber er kannte die Wahrheit nicht und war den Hinzweilern offenbar wohlgesonnen. Mehr als einmal hatte Genefe darüber nachgedacht, dem Herzog einen Brief zukommen zu lassen, worin sie ihm ausführlich schrieb, was auf Langerode geschehen war. Dass ihr Gatte, der Graf, wohl in Wahrheit durch Mörderhand gestorben war; dass sie, Genefe, genötigt wurde, Bernard wie ein Eheweib zu Willen zu sein; dass die dreiste Sippe, die der Graf nach dem Brand von Burg Hinzweiler so großherzig aufgenommen hatte, nicht im Traum daran dachte, jemals wieder zu verschwinden, und dass sie allesamt darauf spekulierten, Langerode nun, nach des Grafen Tod, zum Lehen zu bekommen.

Ja, nur der Herzog hätte ihr Gerechtigkeit verschaffen können, deshalb versetzte sie die Tatsache, dass ebenjener hier eingetroffen war, so sehr in Aufregung. Aber sie hatte keine Beweise für die Untaten, das war ihr großes Dilemma. Weshalb hätte der Herzog ihr uneingeschränkt Glauben schenken sollen? Außerdem gab es keinen zuverlässigen Boten, dem sie einen solchen Brief hätte anvertrauen können. Bekäme Bernard den Brief in die Hände … – ihr graute vor dem Gedanken, was er dann mit ihr anstellen würde.

Auch wenn es nichts gab, was sie tun konnte, so wollte sie dennoch nicht tatenlos in der Kemenate bleiben. Der Herzog, Lehnsherr ihres verstorbenen Mannes, war eingetroffen, und es war mehr als geboten, dass die Gräfin von Langerode, die sie ja immer noch war, ihm ihre Aufwartung machte. Ihr

Erscheinen würde Bernard und die anderen sicherlich beunruhigen, diese Genugtuung wollte sie sich nicht nehmen lassen. Und sie hatte vor, wenn möglich, mit eigenen Ohren zu hören, was die Männer besprachen, welche Lügen die erbarmungslosen Hinzweiler dem Herzog auftischten. Sie würden es in ihrer Gegenwart tun müssen.

»Ich gehe, um den Herzog zu begrüßen«, sagte sie zu Lena.

»Ja, Gräfin.«

In diesem Moment betrat Evgen, eine der Küchenmägde, die Kemenate. In ihren Händen hielt sie einen Becher, aus dem es dampfte.

»Hier, Gräfin. Zum Aufwärmen. Wo wollt Ihr denn hin?«

»Ich sah den Herzog kommen und will ihn begrüßen. Gib den Sud Lena.«

»Aber … warum bleibt Ihr nicht in der Kemenate? Es ist so herrlich warm hier. Ihr solltet Euch schonen.«

Genefe begriff. Evgen war nicht aus eigenem Antrieb gekommen.

»Wer hat dich geschickt, Evgen?«

»Mich? Niemand.«

»Lüg mich nicht an.«

Verlegen senkte die Magd den Blick. »Herr Bernard befahl mir … er … er sorgt sich um Euer Wohlergehen.«

»Gewiss doch.« Bernard hatte Evgen also beauftragt, sie vom Herzog fernzuhalten. »Schon gut, Evgen. Er muss sich keine Sorgen machen, es geht mir gut. Schwangersein ist keine Krankheit, weißt du.«

Offenbar war Bernards Befehl so nachdrücklich gewesen, dass Evgen noch nicht aufgeben wollte.

»Aber, Gräfin … warum solltet Ihr Euch das antun? Es sind doch nur langweilige Männergespräche, die sie führen.«

»Nun wirst du unverschämt, Evgen. Beiseite, lass mich gehen. Sonst wirst du Vater Albertus beichten müssen, wie ungehorsam du gegen deine Gräfin gewesen bist. Wer weiß, welch schlimme Sühne er dir dann auferlegt!«

Evgen wurde rot wie ein Flusskrebs. Sie konnte ja nicht wissen, dass Genefe einmal zufällig Zeugin geworden war, als Vater Albertus ihr eine Form der Buße auferlegt hatte, die mit frommer Gesinnung nichts zu tun gehabt hatte. Seitdem wusste Genefe: Der Burgkaplan, der sich gerne so sittenstreng gab, ließ die eigenen Lüste von einfältigen Mägden stillen, indem er ihnen versicherte, dies würde ihre Sünden tilgen. Ihrer Verschwiegenheit versicherte er sich vermutlich durch Androhung von Höllenstrafen. Insofern war dieser scheinheilige Pfaffe der richtige Mann an einem Ort, wo die Hinzweiler sich zu Herren aufgeschwungen hatten.

Evgen unternahm keinen weiteren Versuch, die Gräfin von ihrem Vorhaben abzuhalten. Ohne der Magd weitere Beachtung zu schenken, verließ Genefe die Kemenate. Reiß dich zusammen, mahnte sie sich selbst. Sie musste dem Herzog mit Stolz und Würde begegnen! Sollten die Hinzweiler ruhig Blut und Wasser schwitzen!

Herzog Wilhelm war ein robuster Mann jenseits der vierzig und dafür bekannt, dass er für schöne Frauen eine Schwäche hatte. Als Genefe den Saal betrat, hatte sie seine ungeteilte Aufmerksamkeit.

»Gräfin!«

Er erhob sich und schritt auf sie zu, obgleich es nicht an ihm gewesen wäre, die Witwe seines Lehnsmannes zuerst zu begrüßen. Auch hätte er sich keineswegs vor ihr verneigen müssen, aber er tat es mit einer Eleganz, die man ihm kaum zugetraut hätte – zum sichtlichen Unwillen der versammelten Hinzweiler, wie Genefe aus den Augenwinkeln wahrnahm.

Sie neigte das Haupt. »Seid mir willkommen, Durchlaucht!«

»Der unglückliche Tod Eures Gatten hängt mir immer noch nach, Gräfin. Ich habe Werner sehr geschätzt, das wisst

Ihr. Umso beruhigter bin ich, zu wissen, dass Ihr momentan nicht wehrlos seid, sondern unter dem Schutz der Herren von Hinzweiler steht. Es war sehr gütig von Euch und Eurem Gatten, ihnen auf Langerode Quartier zu gewähren, nachdem ihr Gut in Flammen aufgegangen war. Diese Güte zahlen sie Euch nun zurück.«

Höhnisches Gelächter oder verzweifeltes Haareraufen – was wäre wohl die angemessenere Antwort auf seine Worte gewesen? Doch Genefe verzog keine Miene. Denn zweifellos glaubte der Herzog, was er da sagte. Die Hinzweiler hatten es prächtig verstanden, sich bei ihm in ein gutes Licht zu rücken.

»Ich bin dankbar für jede Hilfe, die der Herrgott mir schickt«, entgegnete sie.

Ein wenig linkisch starrte er auf ihren Bauch. »Ich hoffe, Ihr seid bei gutem Wohlbefinden, Genefe?«

»Danke, Durchlaucht. Es geht mir so gut, wie es einer schwangeren Witwe eben gehen kann. Auch dafür danke ich unserem Herrn: Dass er meinen Leib segnete, bevor mein Gemahl auf so tragische Weise ums Leben kam. Das Kind wird mir deshalb nicht nur große Freude, sondern zugleich auch ein unschätzbarer Trost sein.«

Der Herzog nickte ernst. »Ja, das verstehe ich. Doch warum setzt Ihr Euch nicht zu uns, Gräfin? Wir haben keine Geheimnisse vor der Herrin der Burg.«

Der alte Hinzweiler und seine drei Söhne lächelten gequält, als sich Genefe zu ihnen an die Tafel setzte. Sie ließ sich ihren Triumph nicht anmerken. Den ehrerbietigen Gruß der vier anderen Ankömmlinge, Gefolgsmänner des Herzogs, erwiderte sie durch ein huldvolles Nicken. Vater Albertus war ebenfalls zugegen.

Genefe hatte keineswegs vor, in stummer Demut den Gesprächen der Männer zu folgen. »Nun, so sehr es mich erfreut, Durchlaucht, Euch auf Langerode einkehren zu sehen, so sehr wundert es mich, dass Ihr bei dieser Witterung unterwegs seid.«

Der Herzog lachte. »Eure Verwunderung ist angebracht, Gräfin. Doch eine dringliche Angelegenheit führte mich und meine Männer vor einigen Tagen nach Grevenbroich. Der Wintereinbruch verzögerte unsere Rückkehr. Da Tauwetter nicht zu erwarten ist, entschieden wir uns gestern zur Rückkehr nach Nideggen. Unsere Pferde sind am Ende, und wir sind es ehrlich gesagt auch.«

»Ihr und Eure Männer werdet uns doch die Ehre erweisen, auf Langerode Euer Nachtquartier zu nehmen?«, fragte Genefe.

»Heute könnt Ihr unmöglich weiterreiten, Durchlaucht«, beeilte sich der alte Bertold Hinzweiler rasch hinzuzufügen. Dass Genefe ihm mit der Einladung zuvorgekommen war, ärgerte ihn offenbar.

»Ich fürchte, wir haben keine andere Wahl, als Euer Angebot anzunehmen«, antwortete der Herzog. »Versteht mich nicht falsch, es ist mir eine große Ehre, Euer Gast zu sein. Doch gleich morgen früh werden wir weiterreiten und Euch nicht weiter zur Last fallen.«

»Ihr fallt uns nicht zur Last«, versicherte ihm der alte Bertold.

»Darf ich Euch übrigens mit meinen Begleitern bekannt machen, Gräfin?«

Der Herzog stellte seine Gefolgsmänner der Reihe nach vor. Sie neigten respektvoll das Haupt vor ihr. Ihren Namen nach waren sie Genefe bekannt, kampferprobte Recken vom alten Schlag, darunter Bongard, Hauptmann seiner Reitergarde. Was darauf hinwies, dass der Herzog in einer Mission unterwegs gewesen war, die robuste Präsenz erfordert hatte.

»Und dieser hier ist mein Lieblingsneffe Volker«, schloss er die Aufzählung.

Sie hatte längst bemerkt, wie der Jüngling sie anschaute, schmachtend beinahe. Auch seinem Onkel war dies nicht entgangen. »Junge, um Himmels willen, starr die Gräfin nicht so an!«, sagte er laut.

Seine Männer lachten.

»Gleich fallen ihm die Augen aus den Höhlen!«, rief Hauptmann Bongard, der auf Genefe einen recht grobschlächtigen Eindruck machte.

Volker schlug errötend die Augen nieder. Er tat Genefe ein wenig leid, weil sein Onkel ihn vor allen anderen in Verlegenheit gebracht hatte. Volker war allenfalls zwanzig und somit einige Jahre jünger als sie. Aber er gefiel ihr; vielleicht deshalb, weil irgendetwas in seinem Gebaren sie an ihren Gemahl erinnerte. Werner war bereits ein reifer Mann gewesen, als sie mit ihm verheiratet worden war, ein Witwer, der den größeren Teil seines Lebens bereits gelebt hatte. Doch in ihrer Vorstellung gab es auch den jungen Werner, den sie nie getroffen hatte, weil sie noch nicht geboren war, und jener Volker kam dieser Vorstellung ziemlich nahe.

Auch der Herzog schien die Bloßstellung seines Neffen nun zu bedauern, denn rasch nahm er ihn wieder aus dem Schussfeld. »Wohlan, schöne Frauen haben auf Langerode Tradition«, plauderte er leutselig, um seine Aufmerksamkeit dann allein Bernard zuzuwenden. »Übrigens, wo ist eigentlich Euer Eheweib, Bernard? Agnes heißt sie, nicht wahr?«

Entweder war der Herzog nicht ganz im Bilde, oder er machte sich einen Ulk daraus, den Hinzweilern unangenehme Wahrheiten zu entlocken.

Bernard blieb äußerlich jedoch völlig ungerührt von der peinlichen Frage des Herzogs. »Ihr Name ist Elisabeth, Durchlaucht. Sie ist die andere Tochter des Grafen.«

Bertold räusperte sich. »Agnes hat Langerode kurz vor der Hochzeit verlassen, mein Herzog. Sie verschwand einfach, niemand weiß, wohin. Darauf trafen wir mit Graf Werner eine Abmachung, also erhielt mein Ältester Elisabeth zur Braut.«

»Ah, ich erinnere mich an diese Geschichte«, sagte der Herzog. »Hat man nie wieder etwas von ihr gehört? Wohin ist sie gegangen?«

Vater Albertus sah sich berufen, dem hohen Gast zu antworten. »Agnes ist eine Sünderin, Durchlaucht; sie schloss sich fahrendem Volk an, um ihrem Bedürfnis nach Unzucht frei und ungestört nachzukommen. Niemand wird sie hier auf Langerode jemals wieder willkommen heißen.«

Am liebsten hätte Genefe dem scheinheiligen Kaplan ins Gesicht gespuckt.

Auch der Herzog schien befremdet über die harschen Worte und machte daraus keinen Hehl. »Ich erinnere mich an das Gleichnis vom verlorenen Sohn, das unser Herr Jesus seinen Jüngern erzählte. Darin wird der reuige Sohn, nachdem er sein Erbe in der Fremde verprasst hat, von seinem Vater mit offenen Armen empfangen. Sollte das nicht auch für Agnes gelten, wenn sie ihr Handeln eines Tages bereut?«

»Gewiss, Durchlaucht.« Albertus' Mund verzog sich, als hätte er in einen sauren Apfel gebissen. »Nur bezweifle ich leider, dass sie zu echter Reue imstande ist. Glaubt mir, die Töchter Evas sind schwach und können den Verlockungen Satans selten widerstehen. Wir können nur für sie beten.«

Genefe war es leid, immerzu ihre Zunge zu hüten, wenn sie Albertus' heuchlerisches Geschwätz ertragen musste. »Ihr müsst wissen, Durchlaucht: Vater Albertus ist ein großer Kenner der weiblichen Seele«, erklärte sie mit gespielter Ehrfurcht. »Er vergibt die Sünden rascher und leichter, als er es Euch gerade glauben machen will. Einen glutvolleren Beichtvater kann man sich kaum vorstellen.«

Hauptmann Bongard fand das besonders lustig, denn er klopfte sich lachend auf die Schenkel. »Glutvoll! Ja, so sind sie mitunter, die Pfaffen!«

Albertus schien sich zu fragen, ob und wie viel Ironie in Genefes Worten lag, fand aber offenbar keine schlüssige Antwort darauf. In dem Blick, mit dem er sie bedachte, waren sowohl Verunsicherung als auch die Bereitschaft zur Feindseligkeit zu erkennen. Natürlich waren Fremde wie der Herzog oder dessen Begleiter nicht imstande, den wahren Kern ihrer kryptischen Botschaft zu verstehen, aber das war auch nicht ihre Absicht. Es reichte, wenn Albertus verstand. Andererseits war es wenig ratsam, sich allzu weit vorzuwagen. War vorgebliche Unwissenheit nicht ihr bester Selbstschutz? Schon bereute sie deshalb ihre Provokation, zumal Bernards Brüder leise kicherten, weil auch sie womöglich von Albertus' sündigen Lüsten wussten. Ein eisiger Blick Bertolds brachte die Söhne zum Schweigen.

»Wie auch immer«, fuhr der Herzog fort. »Wenn nicht Agnes, so habt Ihr doch trotzdem eine von Langerode zum Weib genommen, Bernard. Ich würde sehr gern ihre Bekanntschaft machen, wenn Ihr gestattet.«

Bernard und sein Vater wechselten einen raschen Blick.

»Auch das ist derzeit problematisch, Durchlaucht«, sagte der Jüngere. »Elisabeth – oder Beth, wie man sie nennt –, nun, sie befindet sich im Augenblick nicht auf der Burg.«

Die fragend erhobenen Brauen des Herzogs verlangten eine genauere Erklärung. Bernard gab ihm eine, und einmal mehr nahm Genefe mit Grausen zur Kenntnis, wie kaltschnäuzig er seine Lügen vorbringen konnte.

Beth sei für einige Wochen nach Gut Granrath gereist, behauptete er, ohne auch nur für die Dauer eines Wimpernschlages ins Stocken zu geraten. Dort leide eine ihrer Tanten an den Folgen eines Schlagflusses und werde bald das Zeitliche segnen. Beth habe sich nach Erhalt dieser Nachricht sofort bereit erklärt, die alte Tante zu pflegen, da auf Granrath sonst kein weibliches Wesen mehr zugegen sei, das eine solche Aufgabe übernehmen könne.

Der Herzog nahm alles mit einem anerkennenden Nicken zur Kenntnis. Eine weitere Geschichte von einer getürmten Grafentochter hätte ihn sicher bewogen, über die Rechtschaffenheit der Hinzweiler einmal gründlicher nachzudenken. So aber kommentierte er den vernommenen Bericht mit der Feststellung, Bernard sei ein Glückspilz, ein derart frommes und gutherziges Weib sein Eigen nennen zu dürfen.

»Dessen bin ich mir bewusst, Durchlaucht«, erwiderte Bernard.

Genefe vermied es, ihn anzusehen. *Ein Glückspilz!* Was für eine absurde Bezeichnung für jemanden, der kaltblütig Menschen tötete. Sie hätte schwören können, dass er sie in diesem Moment spöttisch ansah, wissend oder zumindest fest daran glaubend, dass er die besseren Karten in diesem Lügenspiel hatte.

»Sie ist wie unsere Mutter – Gott hab sie selig! Auch sie war fromm und gütig«, fuhr Bernard fort. »Sie hätte viel Freude an ihrer Schwiegertochter gehabt. Ihr kanntet sie doch, meine Mutter, Durchlaucht?«

»Gewiss«, erwiderte der Herzog und nahm einen Schluck Wein. »Ich kannte sie gut, und es ist wahr, sie hatte ein gutes Herz, Eure selige Frau Mutter.«

»Und sie hatte noch viele weitere Vorzüge, nicht wahr, Durchlaucht?«

Der Herzog nahm einen weiteren Schluck.

Genefe fragte sich, weshalb Bernard die Sprache auf seine Mutter brachte. Sicherlich hatte das einen Grund. Es war an der Zeit für sie, wieder in die Gastgeberrolle zu schlüpfen, bevor es die Hinzweiler taten. Wenn erst einmal über alte Zeiten geplaudert wurde, hatte sie nicht viel beizutragen.

Sie erhob sich. »Man wird Euch in die Quartiere geleiten, Durchlaucht, damit Ihr Euch ausruhen könnt. Bitte erweist uns mit Euren Männern die Ehre, in einer Stunde zum Abendmahl zu erscheinen.«

»Die Ehre liegt ganz auf unserer Seite, Gräfin!«

Als sie den Saal verließ, hatte sie das Gefühl, ihre Rolle passabel gespielt zu haben. Zumindest hatte sie nicht zugelassen, dass sich die Hinzweiler wie die Herren von Langerode gebärdeten. Sie schlug den Weg zur Küche ein, um Anweisungen für das Abendmahl zu geben. Auch Evgen hatte sich wieder dort eingefunden.

»Wie du siehst, Evgen, geht es mir gut«, sagte Genefe zu der Magd. »Deine Sorge war unbegründet.«

Evgen senkte den Kopf.

»Ja, Gräfin.«

»Im Übrigen solltest du dir eines künftig merken: *Ich* bin deine Gebieterin. Den Herren von Hinzweiler gehorchst du nur, wenn es meinen Befehlen nicht widerspricht. Hast du das verstanden?«

»Ja, Gräfin.«

»Gut. Und nun geh an deine Arbeit.«

Genefe war zufrieden mit sich. Allen Demütigungen zum Trotz – unterwerfen würde sie sich den Hinzweilern nicht.

Beim Abendmahl hielten sich die Hinzweiler auffallend bedeckt, als hätten sie begriffen, dass Demut und Zurückhaltung ihnen gut zu Gesicht stünde. Schließlich hatten sie ja selbst gesehen, wie sehr Genefe den Herzog zu beeindrucken verstand. Wenn sie danach trachteten, Langerode zum Lehen zu erhalten, dann – diese Schlüsse hatten sie wohl für sich gezogen – funktionierte dies nicht mit Großspurigkeit oder Anbiederung. Deshalb zogen sie es nunmehr vor, ihre Beschützerrolle zu betonen und auf prahlerisches Gerede zu verzichten.

Nach dem Mahl bedankte sich der Herzog für die großzügige Gastfreundschaft; dann zogen sich alle zur Nachtruhe zurück. Genefe hoffte, dass es Bernard nicht einfiele, sich zu ihr zu legen, doch seit einiger Zeit mied er sie ohnehin, vermutlich war sie ihm nicht mehr hübsch genug mit ihrem runder werdenden Bauch, und Genefe tat alles, um wenig anziehend auf ihn zu wirken. So blieb er auch in dieser Nacht von ihr fern. Genefe schlief gut wie seit Wochen nicht. Bis sie am frühen Morgen geweckt wurde.

»Gräfin, wacht auf!«

Genefe hatte Mühe, das Reich der Träume hinter sich zu lassen. Es waren schöne Träume gewesen. Darin hatte Werner noch gelebt, sie hatten ein glückliches Leben geführt, und ihre beiden Stieftöchter waren ihr echte Freundinnen geworden …

»Herrin, bitte!«

Lenas Stimme! Aber erst als die Dienerin sie sanft an der Schulter rüttelte, wurde ihr bewusst, dass sie nicht länger träumte.

»Was ist denn, Lena?«

»Der Herzog wird gleich aufbrechen, aber …«

»Was?«

»Nun, sein Neffe will Euch vorher sprechen. Allein. Er bat mich, Euch zu rufen.«

Genefe richtete sich auf.

»Volker? Wozu? Was will er?«

»Das weiß ich nicht, Herrin. Aber es eilt, hat er gesagt.«

»Wo ist er?«

»Er wartet vor der Kammer. Rasch, ich helfe Euch beim Ankleiden!«

Es war noch dunkel, aber Lena hatte eine Talgkerze mitgebracht. Als Genefe die Kammer bald darauf verließ, entdeckte sie den Neffen des Herzogs im Schatten einer Mauernische. Genefe nahm die Kerze und schickte Lena fort. »Gib acht, dass niemand kommt«, trug sie ihr auf. Es wäre mehr als unschicklich gewesen, wenn man sie mit Volker zusammen hier gesehen hätte.

Schon trat Volker vor sie hin, er wirkte nervös, aber entschlossen. Noch bevor Genefe nach seinem Anliegen fragen konnte, ergriff er flüsternd das Wort.

»Vergebt mir die frühe Störung, Gräfin. Aber die Zeit drängt, denn mein Onkel bricht gleich auf, und ich will nicht fort von hier, ohne mit Euch gesprochen und meine Hilfe angeboten zu haben.«

»Eure Hilfe?« Sie versuchte ein Lächeln, was den jungen Mann aber eher zu verwirren schien, denn wie um sich von ihrem Anblick abzulenken, starrte er nunmehr auf seine Füße.

»Der Herzog hält die Hinzweiler für ehrbare Männer«, fuhr er mit leicht zitternder Stimme fort. »Aber oft sieht er nur, was er sehen will. Ich hingegen weiß von glaubwürdigen Gewährsmännern, dass die Hinzweiler, allen voran jener Bernard, mit allen Wassern gewaschen sind. Ich weiß nicht, wie Ihr zu ihnen steht, habe aber den Verdacht, dass Ihr unterdrückt werdet, ohne dass Ihr etwas dagegen tun könntet. Deshalb will ich Euch die Möglichkeit geben, Eure Klagen ohne deren Wissen dem Herzog vorzutragen, sofern Ihr das möchtet. Möchtet Ihr?«

»Ich …« Ihr Herz hatte zu rasen begonnen, aber plötzlich wollte kein Laut mehr über ihre Lippen kommen. Es war, als hätte sie Spinnweben im Hals.

»Ihr müsst mir nicht hier und jetzt darauf Antwort geben, Gräfin. Ich weiß, meine Worte verwirren Euch – und wie könnt Ihr wissen, ob Ihr mir vertrauen könnt? Geht zuerst in Euch. Fragt Euer Herz, ob es töricht wäre, mir zu vertrauen. Wenn Ihr danach den Wunsch nach Hilfe hegt, lasst es mich wissen.« Er zog sich einen silbernen Ring vom kleinen Finger seiner linken Hand und reichte ihn ihr. »Der Ring gehörte meiner verstorbenen Mutter, der Schwester des Herzogs, was Euch zeigen soll, wie ernst es mir ist. In wenigen Tagen wird auf Langerode ein Spielmann namens Gernot erscheinen. Übergebt ihm heimlich diesen Ring, wenn Ihr mein Hilfsangebot annehmen möchtet. Gernot wird mir den Ring später zurückgeben; dann weiß ich, dass ich meinen Onkel zum Handeln drängen muss.« Erstmals wagte er wieder, sie anzusehen. »Und mein Onkel *wird* handeln! Nicht zuletzt deshalb, weil Ihr eine wunderschöne Frau seid!«

Seiner Miene nach zu urteilen hatte er sämtlichen Mut für diese Worte zusammengenommen. Nun schien er alles gesagt zu haben und machte eine tiefere Verbeugung vor ihr, als nötig gewesen wäre.

»Gehabt Euch wohl, Gräfin, ich muss mich sputen!«

Nachdem er gegangen war, stand Genefe noch eine Weile reglos da, bevor sie in ihre Kammer zurückkehrte und sich wie betäubt auf ihr Bett sinken ließ. Hatte sie gerade geträumt? Oder war ihr tatsächlich ein Retter in Gestalt eines jungen Verehrers erschienen?

Der Ring, den sie in der Hand hielt, gab ihr die Antwort.

8

Längst war es dunkel geworden, als Beth und Richolf – halb erfroren, hungrig und völlig erschöpft – die Stadt erreichten. Schon vor Stunden hatten die Wormser ihre Tore verschlossen, und die Torhüter dachten nicht daran, aus ihrer Wachstube zu treten, um zwei späten Streunern Einlass zu gewähren, so sehr diese auch darum bettelten. Immerhin zeigte sich nach einer Weile einer der Wächter am Guckloch des Tores.

»Verschwindet!«, herrschte er sie an. »Zu dieser Stunde darf niemand mehr in die Stadt.«

Beth blieb beharrlich. »Willst du, dass wir erfrieren?«

»Hättet euch eben beeilen müssen.«

»Herzloser Mistkerl!«

Der Wächter nahm die Beleidigung gelassen hin, wahrscheinlich war er daran gewöhnt. »Versucht es drüben bei den Gauklern«, riet er ihnen.

Beth horchte auf. »Gaukler?«

»Haben am Flussufer ihr Lager aufgeschlagen! Vielleicht haben sie ja ein warmes Plätzchen für euch!«

Sollte ihre Suche endlich beendet sein? Mit einem Mal war Beths Erschöpfung wie weggefegt.

»Komm!«, sagte sie aufgeregt zu Richolf, doch es war nicht nötig, ihn zu ermuntern, denn auch in ihn waren alle Lebensgeister zurückgekehrt.

Sie schlugen die Richtung ein, die der Wächter ihnen gewiesen hatte. In der Dunkelheit leuchtete der zugefrorene Rhein wie ein riesiger weißer Lindwurm. Von Weitem sahen sie den Schein eines Lagerfeuers. Unter einem Felsvorsprung hatten die erwähnten Gaukler ihr Lager bezogen. Der Duft gebratenen Fleisches, der zu ihnen herüberwehte, ließ Beth und Richolf beinahe ohnmächtig werden vor Hunger. Beth dachte bei sich, dass sie für einen saftigen Bissen einen Mord begehen könnte. Für diesen Gedanken schämte sie sich. Wie konnte sie nur an Essen denken, wenn sie gleich die geliebte Schwester in die Arme schließen konnte?

»Sie sind es nicht!« Richolf ächzte enttäuscht. »Ich sehe nur einen Planwagen«, erklärte er. Beth begriff, es fehlte der Zwingerwagen. Außerdem erkannten sie aus der Ferne nur drei Gestalten am Lagerfeuer sitzen, darunter ein Kind. Offensichtlich handelte es sich um eine andere, kleinere Gauklertruppe.

»Wäre auch zu schön gewesen, um wahr zu sein«, murmelte Beth. Gleichwohl blieb ihnen nichts anderes übrig, als diese Fremden um ein Nachtlager zu bitten – und um etwas zu essen, verflucht. Sie würde sterben, wenn sie nicht bald etwas zu essen bekäme.

Die drei Gaukler blickten ihnen entgegen. Das vermeintliche Kind entpuppte sich als zwergwüchsiger Mann, auf dessen Schulter ein Äffchen hockte. Des Weiteren saßen vor dem Feuer ein Mann und eine Frau, beide mittleren Alters, offenbar ein Paar, denn die Frau hatte sich an seine Schulter gekauert.

Der Mann ergriff das Wort: »Wer zum Henker seid ihr? Und was wollt ihr?«

Nicht gerade ein höflicher Empfang, aber immerhin war sein Ton nicht schneidend, eher von Neugier geprägt. Auch ließ er sich nicht beim Essen stören, sondern kaute weiter an dem aufgespießten Stück Fleisch herum, ohne Beth und Richolf dabei aus den Augen zu lassen.

Beth räusperte sich. »Ich heiße Beth. Er hier ist Richolf. Wir … ähm, sind hungrig und halb erfroren.«

»Mit anderen Worten: Du bittest mich um ein Quartier«, erwiderte der Mann, nachdem er sie eine Weile unter halb gesenkten Lidern gemustert hatte.

»Gott würde es dir vergelten, guter Mann«, sagte Beth. Am liebsten hätte sie dem Mann den Fleischspieß aus der Hand gerissen.

»Hm!«, machte der Mann. Offenbar genoss er es, sie zappeln zu lassen, doch seine Gefährtin schien einfühlsamer zu sein.

»Setzt euch zu uns und wärmt euch«, lud sie die beiden ein. »Das Kaninchen ist ein wenig zäh, aber ich nehme an, ihr seid nicht besonders wählerisch.«

Trotz ihres nicht mehr jugendlichen Alters konnte man sie durchaus noch eine Schönheit nennen. Ihre rabenschwarze Lockenpracht war unbedeckt, als könnte die klirrende Kälte ihr nichts anhaben.

Beth und Richolf zögerten keinen Augenblick, der Einladung Folge zu leisten und gingen vor dem Feuer in die Knie, um ihre Hände den wärmenden Flammen entgegenzustrecken. Die Frau reichte ihnen zwei Fleischspieße. Dankend nahmen sie diese entgegen, und Beth gab sich die größte Mühe, das Fleisch nicht wie ein wildes Tier zu verschlingen. Tatsächlich war es zäh wie Leder, und doch erschien es ihr als das Köstlichste, was sie jemals gegessen hatte. Das Äffchen auf der Schulter des Zwerges sah ihnen zu und schnitt Grimassen, was Beth sicherlich zum Lachen gebracht hätte, wäre sie nicht so sehr mit der Stillung ihres Hungers beschäftigt gewesen.

»Wohin seid ihr denn eigentlich unterwegs?«, wollte die Frau von ihnen wissen.

»Das ist eine lange Geschichte«, gab sich Richolf bedeckt.

»Nun, die Nacht ist lang«, sagte der Zwerg mit fiepsender Stimme.

Die Frau schien zu ahnen, dass sie Vertrauen wecken musste, um eine Antwort auf ihre Frage zu erhalten. »Ich bin Cristin«, stellte sie sich vor. »Mein Gefährte heißt Matthes. Der kleine Mann dort heißt Frieder, sein umtriebiger Affe Jokubim. Wir sind eine kleine Gauklertruppe und schon viel im Land herumgekommen.«

»Vor euch seht ihr die beste Seiltänzerin der Welt«, erklärte Matthes.

»Manchmal übertreibt er«, sagte Cristin und lächelte. »Aber in diesem Fall sagt er die Wahrheit.«

»Ihr müsst wissen«, warf Frieder, der Zwerg, ein, »dass Gaukler sich niemals bescheiden geben.«

Matthes reichte ihnen seinen Weinschlauch. »Nun habt ihr uns leider immer noch nicht erzählt, wohin der Weg euch führt. Zum fahrenden Volk scheint ihr jedenfalls nicht zu gehören, sonst würdet ihr nicht wie zwei ausgebüxte Schafe durch die Nacht irren.«

Beth nahm ein paar große Schlucke. Es war an der Zeit, die Neugier ihrer Gastgeber zu befriedigen und sie gleichzeitig auszuhorchen.

»Mein Bruder Richolf und ich, wir kommen aus einem Dorf im Bergischen«, verkündete sie. »Unser Vater verwaltet dort einige Güter unseres Grundherrn.« Aus dem Augenwinkel nahm sie Richolfs fragenden, ja vorwurfsvollen Blick wahr. Der »Bruder« war ihr nur herausgerutscht, enthob sie aber immerhin weiterer konstruierter Erklärungen.

»Wir sind auf der Suche nach unserer Schwester, die kurz vor ihrer standesgemäßen Hochzeit alle Vernunft hat fahren lassen und mit einem jungen Gaukler davongelaufen ist. Unser Vater wird sich zu Tode grämen, wenn wir sie nicht finden. Nur sind wir jetzt schon seit Wochen unterwegs, ohne sie gefunden zu haben. Sie heißt Agnes, aber alle nennen sie Nes. Es heißt, aus ihr sei eine weitbekannte Bärenführerin geworden. Wisst ihr etwas darüber? Seid ihr Nes begegnet?«

Matthes und Cristin sahen sich an.

»Wir haben von dieser Bärenführerin gehört«, antwortete Matthes zögernd.

Beths Herz machte einen Freudensprung. »Habt ihr sie gesehen?«

»Nein«, versicherte Matthes ihr rasch. »Unter uns Gauklern herrscht große Konkurrenz, da meiden wir uns nach Möglichkeit.«

Auch Richolf hatte Hunger und Erschöpfung augenblicklich vergessen. »Und ihr wisst nicht, wo man sie suchen könnte?«

Matthes kratzte sich am Kinn. »Leider nicht. Es ist sicher schon einige Wochen her, da waren sie in Wesel, einer Stadt am Rhein. Als wir das erfuhren, mieden wir diesen Ort, denn wenn die Leute einem sagenhaften Bären beim Tanz zusehen können, dann hat unsereins es schwer, das Publikum für andere Dinge zu begeistern. Nicht wahr, Krötchen?«

»Leider«, seufzte Cristin.

Wie schade. Beth war nicht klüger als zuvor. Sie wechselte einen enttäuschten Blick mit Richolf. Auch der hatte sich wohl mehr Erkenntnisse versprochen, außerdem schien er immer noch eingeschnappt, weil sie ihn als ihren Bruder ausgegeben hatte.

»Was für ein Pech für uns, liebe Schwester«, brummte er.

»Nun, wenn ihr beiden möchtet, könnt ihr eine Weile bei uns bleiben«, verkündete Matthes. »Vielleicht erfahren wir unterwegs mehr über eure Schwester. Wir geben euch ein Zelt, damit ihr unter euch sein könnt.«

Das Angebot war großzügig, dachte Beth. Es würde ihnen ermöglichen, im Schutz einer Gruppe weiterzureisen. Zugegeben, es war keine beeindruckende Schutztruppe mit dem Zwerg und der Frau. Aber diese Leute kamen in der Welt zurecht, es war vernünftig, sich ihnen anzuschließen, zumindest so lange, bis sie wussten, wo Agnes mit ihrer Truppe zu finden war.

Cristin sah den Gefährten fragend an, als fände sie ein solches Angebot übertrieben und unangebracht, was Beth nicht entging. Dabei war doch sie es gewesen, die ihnen zuerst Gastfreundschaft angeboten hatte. Wie auch immer, jener Matthes war das Haupt der Truppe, er traf die Entscheidungen.

»Wir werden uns nützlich machen, mein Bruder und ich, damit wir keine unnützen Esser sind und euch nicht zur Last fallen.«

Matthes grinste. »Das will ich hoffen!«

»Nicht wahr, Bruder? Wir werden das Angebot gern annehmen.«

Richolf nickte knapp. Zufrieden wirkte er nicht.

Matthes fand, dass in letzter Zeit seltsame Dinge geschahen. Zunächst war da seine wundersame Genesung gewesen. Am Morgen nach seinem nächtlichen Schwur an der Marienstatue waren die Leibschmerzen wie weggefegt gewesen und nicht wiedergekehrt. Ein Zufall? Oder hatte die Gottesmutter wirklich das Wunder gewirkt, um das er sie gebeten hatte? Tatsache war, dass er sich seitdem fühlte, als wäre er in einen Jungbrunnen gefallen. Das bekam auch Cristin zu spüren, die sich wunderte, dass es mit seiner Manneskraft besser bestellt war als jemals zuvor. Besser gesagt: *Noch* besser, denn ein Kind von Traurigkeit war er nie gewesen. Die Vorgeschichte seiner Heilung hatte er ihr jedoch verschwiegen, Cristin wusste nichts von seinem Versprechen an die himmlischen Mächte. Sie erklärte es sich so, dass er eine lange anhaltende Magenverstimmung endlich überwunden habe. Matthes fand es besser, ihr solche Dinge nicht anzuvertrauen, sonst würde sie am Ende noch von ihm verlangen, alles einzuhalten, was er der Muttergottes versprochen hatte. Nicht, dass er undankbar gewesen wäre oder nicht vorhatte, tatsächlich ein besserer Mensch zu werden, aber man musste die Dinge nicht übers Knie brechen, er würde ja jetzt noch eine Weile leben. Bei Gelegenheit würde er zunächst den versprochenen Bildstock errichten, damit die Himmlischen sahen, dass er es ernst meinte. Alles Weitere hatte Zeit.

Und dann das Mädchen! Matthes hatte nicht lange gebraucht, um sich das Seine zusammenzureimen. Das Mädchen, Beth, war auf der Suche nach ihrer Schwester, der Grafentochter Agnes, sie war also selbst eine Grafentochter. Die Ähnlichkeit war nicht zu übersehen, wenngleich Beths Schönheit von herberer Art war. Beth konnte nicht wissen, dass er ihrer Schwester einmal leibhaftig gegenübergestanden hatte, damals in Aachen. Sie hatte ihm so sehr gefallen, dass er sie angesprochen hatte. Aber dann war Heinrichs Mohr erschienen, Saul, und hatte sie von ihm weggeführt. Dass Matthes irgendwelche Weiber gefielen, war keine Seltenheit, doch der Gedanke an die hübsche Grafentochter, die nun eine Bärenführerin war, ließ sein Herz bis heute höherschlagen. Unerreichbar war sie für ihn, sie liebte Heinrichs Sohn. Für sie hätte er jeden lästigen Streit mit Cristin, die schließlich auch nicht jünger wurde, in Kauf genommen.

Aber auch diese Beth war nicht zu verachten. Der Bursche, der sie begleitete – wer war er? Jedenfalls nicht ihr Bruder, wie sie behauptete. Man sah ihm den Dienstburschen förmlich an. Offenbar hatten die Grafentöchter eine Schwäche für Burschen aus dem niederen Volk.

Nachdem die beiden Ankömmlinge, die von ihrer Enttarnung nichts ahnten, endlich ihr Nachtlager bezogen hatten, legten sich die Gaukler in ihrem Planwagen zur Ruhe. Auch Cristin hatte eins und eins zusammengezählt.

»Findest du es nicht riskant, diese Grafentochter mitzunehmen?«, fragte sie ihn flüsternd. »Wir könnten Ärger kriegen, wenn man sie bei uns findet.«

»Ach was. Sie kann uns von Nutzen sein, Krötchen.«

»So? Und wie?«

»Wir werden sehen. Sie darf nur nicht erfahren, dass wir wissen, wer sie ist.«

Ihre Hand wanderte langsam zwischen seine Schenkel. »Ich will dir etwas verraten«, hauchte sie verführerisch.

»Bin ganz Ohr. Und nicht nur Ohr!«

»Wenn du was mit ihr anfängst, schneide ich dir die Eier ab, mein Lieber. Ich werde es tun, verlass dich darauf.«

Manchmal war es erschreckend, wie leicht sie ihn durchschaute. »Wie kommst du denn nur darauf, Krötchen?«

Zur Antwort kniff sie ihn wesentlich fester, als es für ihr Liebesspiel üblich war. Den Schmerzensschrei konnte Matthes gerade noch unterdrücken.

9

»Wir hätten noch eine Weile in dem verwunschenen Dorf bleiben sollen«, stöhnte Luzia, als wäre nicht sie es gewesen, die am heftigsten zum Aufbruch gedrängt hatte.

»Ach, hätten wir nur auf dich gehört, mein Täubchen«, entgegnete Saul, der neben ihr durch den Schnee stapfte und ihr seinen Arm bot, damit sie sich auf ihn stützen konnte.

Der Wald nahm kein Ende, Schnee und Eis machten ihn nahezu undurchdringlich. Die Pfade waren kaum noch auszumachen, und mehr als einmal erwiesen sich eingeschlagene Wege als Irrwege. Die Zugtiere waren nach Tagen am Ende ihrer Kräfte, erst recht die stolze Rotschimmelstute Hera, für Strapazen dieser Art nicht geboren, und nur dank Agnes' Einflüsterungen waren die Tiere zum Weitertraben zu bewegen. Es war jedoch offensichtlich, dass nicht nur der gerade erst von seinem Lungenfieber genesene Heinrich, der mit Agatha im Wagen verweilte, sondern alle, Menschen und Tiere, einer längeren Rast bedurften, damit nicht noch größeres Unglück über sie hereinbrach. Da weit und breit keine Ortschaft auszumachen war, ließ Kilian nach einer geschützten Stelle Ausschau halten, an der sie ihr Lager aufschlagen konnten. Benno war es, der fündig wurde.

»Seht dort!«

Kilian blickte in die Richtung, in die der Junge wies. Einen guten Steinwurf entfernt, im Gestein einer nahen Felswand, gähnte ein großes schwarzes Loch, womöglich der Eingang zu einer Höhle, die in dieser unwirtlichen Gegend wie gerufen kam.

»Saul und Hans – ihr kommt mit mir! Wir wollen auskundschaften, ob das Loch da hinten als Quartier taugt. Ihr anderen wartet hier!«

»Ich komme auch mit«, erklärte Agnes.

»Ich auch!«, rief Benno.

»Lieber nicht. Es könnten ja auch Räuber dort hausen.«

»Oder wilde Tiere!«, sagte Agnes.

Saul nickte. »Da hat sie recht. Und ich kenne nur Eine, die es fertigbringen würde, ein wildes Tier im Zaum zu halten.«

Kilian gab nach. »Na schön, dann kommst du eben mit, Stern meines Lebens. Es macht ja nichts, wenn ich vor lauter Sorge um dich vergehe.«

»Ach, du Armer.«

»Lass ihn nur, Nes.« Saul lachte. »Dieses Schlitzohr will seinem Lebensstern nur ein schlechtes Gewissen einreden.«

»Ruhe, schwarzer Mann! – Benno, du bleibst hier, verstanden?«

»Aber …«

»Keine Widerrede! Du beschützt derweil die Frauen und meinen alten Herrn und wartest, bis wir Bescheid geben.«

»Aber das kann doch Ursula machen!«

»Ursula ist eine Tanzbärin und keine Leibwächterin, mein Junge. Außerdem liegt sie nur schlafend in ihrem Zwingerwagen. Ich glaube, nicht einmal eine Horde lärmender Saufbolde würde sie wecken. Darum sei so gut und beschütze den Rest der Truppe, während wir die Höhle auskundschaften. Nur dir kann ich diese wichtige Aufgabe anvertrauen.«

Sichtlich stolz, so viel Vertrauen zu genießen, verzichtete Benno auf weiteren Einspruch und nahm eine stramme Haltung an, die eines Wachpostens würdig war.

»Keine Sorge, Kilian.« Benno legte die Hand auf den Knauf des Messers, das er am Gürtel trug. »Bei mir sind sie in guter Obhut.«

»Daran zweifle ich nicht.«

»Und ich fühle mich gleich sicherer«, verkündete Luzia augenzwinkernd. »Zumal Fronicas Füße so kalt sind, dass ihre Messer vermutlich niemanden treffen würden.«

Fronica legte den Kopf schief. »Genau darin besteht das Kunststück, Süße – niemanden zu treffen.«

»Wie auch immer, euch wird nichts geschehen«, versprach Benno ein weiteres Mal.

Kilian wuschelte dem Jungen durchs Haar, bevor er sich mit Agnes und den Männern auf den Weg zur Höhle machte. Dabei hielten sie Ausschau nach Spuren im Schnee, die ihnen vorab Auskunft darüber geben konnten, ob die Höhle möglicherweise irgendwelchen Lebewesen als Quartier diente.

Saul wurde fündig. »Seht mal«, raunte er überrascht. »Wenn das da nicht die Fußspuren eines Kindes sind.«

Agnes musste ihm recht geben, die Spuren vor ihnen glichen am ehesten denen eines Kindes, das Fellschuhe oder Ähnliches an den Füßen trug.

»Die Spuren scheinen noch nicht alt zu sein«, mutmaßte Kilian.

Alle blickten in nachdenklicher Erwartung zum Höhleneingang hinüber. Aber dort rührte sich nichts.

»Was um alles in der Welt hat ein Kind in dieser eisigen Wildnis verloren?«, fragte sich Saul.

»Möglicherweise werden wir es gleich erfahren«, sagte Kilian. »Also, voran. Aber bleibt vorsichtig.« Er presste einen Finger auf seinen Mund. »Und leise.«

Während sie der Höhle näher kamen, glaubte Agnes, die Nähe von mindestens zwei Lebewesen zu spüren, aber sie war fast sicher, dass es sich nicht um Tiere handelte. Ihr selbst kam dies merkwürdig vor, denn ihre Gabe war normalerweise nicht auf menschliche Seelen bezogen.

Als sie vor dem Eingang standen, spähten sie vorsichtig ins Innere, doch es war zu dunkel, um etwas erkennen zu können. Offenbar handelte es sich um einen weiten Hohlraum, gleich einem Saal im Felsgestein. Wie geschaffen, um dort mit neun erschöpften Leuten, drei Zugtieren, einer Stute und einer Bärin zu rasten. Der Geruch erkalteter Asche war deutlich auszumachen.

»Na schön, ich gehe voran«, flüsterte Kilian. »Wartet hier, bis ich euch ein Zeichen gebe.«

»Unsinn, ich komme mit dir«, sagte Saul. »Wer soll dir denn den Hintern retten, wenn da drinnen Gesindel lauert?«

»Warum musst du mir eigentlich ständig widersprechen?«

»Weil ich dein schwarzer Schutzengel bin.«

»Ein schwarzer Teufel bist du.«

»Nur für den, der dir an den Hals will.«

Agnes musste lächeln. Trotz der ungeklärten Situation verzichteten die beiden nicht auf ihre Scharmützel. Allerdings verstummten sie abrupt, als im nächsten Augenklick ein etwa sechsjähriges Kind wie aus dem Nichts am Höhleneingang vor ihnen auftauchte. Es war in Fellfetzen gehüllt und hielt einen gespannten, offenbar selbst gefertigten Bogen in den Händen. Die Pfeilspitze, ein zugeschnitzter Ast, war drohend auf die Ankömmlinge gerichtet.

»Wir sind Freunde, verstehst du?«, sagte Kilian langsam.

»Von uns hast nichts zu befürchten«, fügte Agnes lächelnd hinzu.

Das Kind sagte nichts und behielt seine Drohhaltung bei. Seine Haare hingen fransig bis zu den Schultern herab und verhüllten wie ein zerrissener Schleier weite Teile des Gesichts, das zudem von einer beachtlichen Schmutzschicht überzogen war. Das Weiße der Augen jedoch stach deutlich daraus hervor und gab einen grimmigen, fest entschlossenen Blick zu erkennen.

»Grundgütiger«, murmelte Kilian. »Heben wir mal besser die Hände hoch, sonst kommt er noch auf dumme Gedanken.«

Saul ignorierte Kilians Empfehlung. Blitzschnell hatte er den Bogen gepackt und riss dem Kind die Waffe samt Pfeil aus den Händen.

»Vorsichtig, mein Junge. Am Ende wirst du noch jemanden verletzen.«

Das Kind wirkte eher zornig denn erschrocken, doch es schien einzusehen, dass es gegen die erwachsene Übermacht nichts ausrichten konnte. Es machte kehrt und verschwand hinter einem Felsblock, der wie ein Altar mitten im Höhleninneren lag.

»Was, wenn der wilde Bengel dort noch mehr Waffen gehortet hat?« Saul schickte sich an, ihm zu folgen.

Agnes hielt ihn zurück. »Lasst mich gehen. Ich kümmere mich um sie.«

»Um … *sie*?«

»Ich glaube, sie will nur jemanden beschützen!«

Die Männer starrten sie sprachlos an, ließen sie aber gewähren; auch Kilian verzichtete auf einen besorgten Einwand. Ruhig näherte sich Agnes dem Felsblock. Den anderen war offenbar entgangen, was sie gleich erkannt hatte: Das Kind war kein Knabe, sondern ein Mädchen.

Als sie es hinter dem Fels ausfindig machte, hockte es neben einer Frau, die unter einem abgenutzten Fell lag und mehr tot als lebendig wirkte.

»Gütiger Jesus«, entfuhr es Agnes.

Das Mädchen blickte zu ihr hoch, die Feindseligkeit in ihrem Blick war verschwunden. Agnes las jetzt Sorge in den Augen der Kleinen – und noch etwas anderes, Seltsames, Beunruhigendes. Aber dann verschwand die Vision so rasch, wie sie über sie gekommen war. Sie beugte sich über die Kranke.

»Ist sie deine Mutter?«, fragte sie das Mädchen.

Aber das Mädchen schwieg weiter.

»Wir werden uns um sie kümmern«, versprach Agnes.

* * *

Volker träumte von Genefe.

Es war ein wunderschöner Traum, und er träumte nicht zum ersten Mal von ihr. Hand in Hand flanierte er mit der schönen Gräfin durch einen blühenden Garten, über dem der betörende Duft satter Blüten hing.

Seitdem er ihr auf Langerode begegnet war, konnte er nur noch an sie denken. Sein Onkel hätte ihn wohl ausgelacht, wenn er von seiner Schwärmerei gewusst hätte. Als jugendliche Narrheit hätte er sie bezeichnet. Aber Volker bewahrte sein Geheimnis und erzählte niemandem von seinen Gefühlen. Stattdessen träumte er von ihr, jede Nacht.

Widerwillig erwachte er, als er spürte, wie jemand in sein Bett stieg. Else! Warum ließ sie ihn nicht in Ruhe? Warum holte sie ihn mit unbarmherziger Gewalt aus dem Garten?

»Was machst du denn, Else?«, fragte er die junge Magd schlaftrunken.

»Was ich mache? Das hast du mich früher nie gefragt«, entgegnete sie verwundert.

»Aber ich bin müde, Else.«

»Ich werde dich wieder wach machen, das ist kein Problem für mich.« Sie schmiegte sich an ihn und hauchte ihm verführerisch ins Ohr: »Wirst es nicht bereuen.«

»Schon gut, Else. Ich weiß deine Fürsorge zu schätzen. Aber ich will heute nicht.«

Sie versteifte sich. »Du willst schon seit einigen Tagen nicht. Was ist nur mit dir los, Volker?«

»Nichts. Aber es ist nicht schicklich, was wir tun.«

»Ach nein? Und warum ist es nicht schicklich?«

»Else, ich bin der Neffe des Herzogs, und du bist nur eine Dienstmagd. Ich möchte nicht, dass du von mir schwanger wirst, das wäre weder für dich noch für mich gut, verstehst du?«

»Seit wann denkt ihr hochgeborenen Herren über solcherlei Dinge nach?«

»Bitte geh jetzt, Else. Du bist ein sehr nettes und hübsches Mädchen; warum erwählst du nicht einen der vielen Burschen, die dir zu Füßen liegen?«

»Bedeutet das, dass du mich nicht mehr in deinem Bett haben willst?«

Er schwieg, aber das war Antwort genug. Mit einem Seufzen erhob sie sich.

»Ich nehme an, der Grund für deinen Sinneswandel ist von höherer Geburt als ich«, sagte sie. Es klang nicht bitter, jedenfalls nicht sehr. »Bestimmt ist sie wundervoll. Lebt wohl, Herr«, schloss sie förmlich. So leise, wie sie gekommen war, verließ sie die Kammer wieder.

Volker dachte bei sich, dass er Else sehr gern hatte. Aber so töricht es klang, wenn sie ihm weiter beigeschlafen hätte, wäre ihm das vorgekommen, als sei er Genefe untreu. Wobei das Wort »töricht« noch untertrieben war. Zumindest wenn man sich nach den Gepflogenheiten seines Standes richtete. Sein Onkel beispielsweise, so wurde erzählt, hatte in jungen Jahren keinen Rock verschmäht. Aber Volkers Herz brannte für Genefe. Er war überzeugt, dass sie gerettet werden musste. Gernot, der Spielmann, den er für morgen zu sich bestellt hatte, um alles zu besprechen, würde ihm freilich dabei helfen müssen.

10

Der strenge Winter erlaubte Cristin keinen Tanz in luftiger Höhe. Schnee und Eis hinderten die Seiltänzerin an der Ausübung ihrer akrobatischen Tätigkeiten, den Eigenschaften des Seils war in der Kälte nicht zu trauen, da halfen weder Erfahrung noch ihre beispiellose Unerschrockenheit. Deshalb fühlte sie sich nutzlos und ließ alle ihre schlechte Laune spüren. Beth vermutete insgeheim, dass auch sie selbst zu Cristins übler Stimmung beitrug. Das konnte sie ihr nicht ganz verdenken, denn Matthes schenkte ihr mehr Aufmerksamkeit, als es dem Frieden in der Truppe guttat. Einmal hatte er sie sogar »mein junges Krötchen« genannt. Krötchen, das war doch der exklusive Kosename für seine Gefährtin – wie konnte er dann so gedankenlos sein, eine Fremde ebenso anzureden, sie noch dazu als jung zu bezeichnen, als wollte er seiner Cristin ihr Alter vorwerfen. Auch Richolf war diese vermeintliche Zärtlichkeit ein Dorn im Auge, und als sie unter sich waren, warf er Beth vor, dass sie Matthes solche Anrede nicht verbat und ihn stattdessen geschmeichelt anlächelte.

»Sei nicht eifersüchtig«, war sie seinem Vorwurf begegnet und hatte ihn neckisch angestupst. »Es ist doch nur ein harmloses Spielchen. Lass uns lieber froh sein, dass wir uns ihm für ein Weilchen anschließen dürfen. Er wird uns helfen, Nes und deinen Vater zu finden.«

»Pah! Er wartet bloß auf eine Gelegenheit, dich in seine Bettstatt zu locken.«

»Dazu gehören aber zwei.«

Finster hatte Richolf sie angesehen. »Ja, ich weiß!«

Am dritten Abend ihrer gemeinsamen Reise fanden sie sich in einem Wirtshaus am Rand der Straße nach Alzey ein. Die Gaststube war voller Einkehrer, überwiegend Händler oder Handwerker auf dem Weg in die Stadt. Es hatte zum ersten Mal ein wenig getaut, und alle, die ihre Aufträge oder Lieferungen wegen des Eiswetters bislang vertagt hatten, sahen nun die Gelegenheit gekommen, ihrer Arbeit endlich wieder nachzugehen.

Die Gaukler besetzten einen Tisch in der hintersten Ecke und ließen sich Suppe, Brot und eine Kanne gewürzten Wein auftragen. Beth und Richolf hatten schon lange nicht mehr an einem Tisch gesessen, um eine anständige Mahlzeit zu sich zu nehmen. Während sie aß, dachte Beth, dass sie Matthes im Grunde nur auf der Tasche lagen, denn wirklich nützlich machen konnten sie sich nicht.

»Ich rieche Streit«, verkündete Frieder mit einem Mal. Jokubim, der auf seiner Schulter hockte, streckte schnuppernd die Nase in die Höhe. Dann nickte das Äffchen, als wäre es zu derselben Meinung gelangt wie sein Herr.

»Ich sage doch gar nichts«, meinte Cristin schulterzuckend.

»Ich meine ja auch ausnahmsweise nicht dich, sondern die Kerle dort!« Mit dem Kinn wies Frieder auf den Nachbartisch, wo ein halbes Dutzend Männer sich dem Würfelspiel widmete. Offenbar gab es Meinungsverschiedenheiten unter ihnen. Lautstark wurde einer von den anderen beschuldigt, einen gezinkten Würfel zu verwenden. Der Beschuldigte weigerte sich jedoch beharrlich, den Würfel herauszurücken und denselben einer Prüfung unterziehen zu lassen.

»Das gibt eine Prügelei, wetten?«, prophezeite Matthes und zwinkerte Beth zu. »Gleich fliegen hier Tische und Krüge! Wir sollten schon mal Ausschau nach einer Deckung halten.«

Leute wie er hatten ein Gespür dafür. Der alte Wirt, ein schmalbrüstiger Mann, natürlich auch, denn schon war er am Tisch der Streithähne erschienen und bemühte sich verzweifelt um eine Entschärfung der Situation. Vergeblich, die Männer nahmen den lamentierenden Hänfling kaum wahr. Sie hatten sich von ihren Bänken erhoben und belauerten und beschimpften sich. Inzwischen hatten sie auch die Aufmerksamkeit der anderen Gäste auf sich gezogen. Alle spähten erwartungsvoll hinüber, als verfolgten sie ein Bühnenstück.

Mit einem Mal schoss Beth ein Gedanke durch den Kopf. Vielleicht gab es ja eine Möglichkeit, sich bei Matthes Ansehen und Respekt zu verschaffen.

»Und wenn ich die Prügelei verhindere?«, fragte sie ihn leise.

Matthes grinste breit. »Ich wüsste nicht, wie dir das gelingen sollte. Es sei denn, du tanzt nackt auf dem Tisch.«

»Hm«, machte Beth.

Richolf sank die Kinnlade herunter. »Du willst doch nicht etwa … was hast du vor, Beth?«

»Keine Sorge, Bruderherz. Ich werde nicht nackt auf dem Tisch tanzen. Aber vielleicht gibt es einen anderen Weg.«

»Warum scherst du dich darum?«

Eine berechtigte Frage. Es war wohl das Bedürfnis, sich endlich beweisen zu können. Ob diese Männer sich prügelten oder nicht, war ihr letztlich egal. Spannend war nur, ob und wie es ihr gelingen konnte, darauf Einfluss zu nehmen.

Einigen Wortfetzen hatte Beth entnommen, dass die Männer dem Beschuldigten zum ersten Mal begegnet waren.

Er war also für diese ein Fremder. Fieberhaft dachte sie darüber nach, wie sie sich dieses Wissen zunutze machen konnte. Dann erhob sie sich – vergeblich versuchte Richolf noch, sie zurückzuhalten –, trat entschlossen an den Tisch der Streitenden und wandte sich direkt an den mutmaßlichen Falschspieler, einen breitschultrigen Mann mit krummer Nase und kaltem Blick.

»Was für ein Zufall, Euch so weit von der Heimat zu treffen, Meister«, sagte sie zu ihm, ihrer Stimme Ehrfurcht verleihend. »Ich wollte mich schon lange bei Euch bedanken.«

Der Angesprochene blickte sie unter halb gesenkten Lidern fragend an, schwieg aber. Stattdessen fragte einer seiner Widersacher: »Wofür? Was hat er dir getan, Mädchen? Gezinkte Würfel verkauft?«

»Nein! Er hat meinem Vater – Gott sei seiner armen Sünderseele gnädig – mit einem einzigen sauberen Hieb den Kopf vom Rumpf getrennt. Dafür will ich ihm danken, denn wie jedermann weiß, ist das nicht selbstverständlich. Wie viele Missetäter mussten schon Schlimmeres erleiden, bevor endlich der Tod sie erlöste? Hingeschlachtet wie ein Rind unter der Hand eines Trunkenboldes? Meinem Vater blieb diese schreckliche Qual dank der Geschicklichkeit dieses Mannes erspart.«

Ruhe trat ein. Beth jauchzte innerlich auf. Offenbar glaubte man ihr. Einer der Würfelspieler jedoch wollte alle Zweifel ausgeräumt sehen.

»Du meinst … dieser Mann ist ein … Henker?«, stotterte er mit heiserer Kehle.

Beth fiel auf, dass niemand dem angeblichen Scharfrichter mehr in die Augen blicken mochte.

»Ich meine es nicht, ich *weiß* es. In Aachen waltet er seines Amtes. Danke, Meister. Ich bin froh, dass mein Vater ohne Schmerzen starb. Und so wie Eure ruhige Hand ihm Gnade zuteilwerden ließ, so wird auch der Herrgott ihm am Tage der Auferstehung Gnade gewähren, dessen bin ich mir sicher.«

Aachen war weit, niemand konnte ihre Behauptung überprüfen. Der zum Henker deklarierte Mann widersprach ihr nicht. Zweifellos war er froh, dass er sich nicht mit einer Übermacht wütender Betrogener prügeln musste, er hatte da bestimmt schon seine Erfahrungen gemacht. Seine Mitspieler verließen nun einer nach dem anderen den Tisch, um sich anderswo einen Platz zu suchen. Sie sahen aus, als hätten sie einen Geist gesehen. Raunend wandten sich auch die gaffenden Gäste wieder anderen Dingen zu.

Unbehagen, Aberglaube und die Furcht vor dem bösen Blick – niemand verkehrte freiwillig mit einem Henker, und jeder, der bei Verstand war, vermied es, ihm in die Augen zu sehen. Beth war verblüfft, wie leicht ihr das alles über die Lippen gekommen war. Mehr noch, niemand schien an ihren Worten zu zweifeln, vielleicht weil niemand das Risiko eingehen mochte, einem Irrtum zu unterliegen. Ihre Behauptungen waren ja nichts, worüber man gemeinhin Späße machte.

»Nichts zu danken, Meister«, flüsterte sie augenzwinkernd.

Er hatte sich wieder hingesetzt, trank von seinem Becher und bemühte sich, kalte Gelassenheit auszustrahlen, wie es ein echter Henker wohl auch getan hätte. Mit der Würfelspielerei war's für heute vorbei, aber den Rest des Abends würde er den Tisch für sich allein haben.

Als Beth zu ihrem Platz zurückkehrte, stand Richolfs Mund immer noch vor Staunen offen. Matthes dagegen hob anerkennend die Brauen und wirkte beeindruckt. Selbst Cristin machte keinen Hehl daraus, dass sie sich prächtig unterhalten fühlte, denn ihr Lächeln wirkte echt. Frieder presste eine Hand auf den Mund, als müsste er sich daran hindern, in gellendes Gelächter loszubrechen.

»Was sollte das, Beth?«, zischte Richolf.

Doch es war Matthes, der ihm eine Antwort gab. »Nun, deine Schwester ist die begabteste Mimin, die mir jemals begegnet ist. Jedenfalls fällt mir niemand ein, der die Kunst des Schauspielens so gut beherrscht. Was sie gerade abgeliefert hat, das würde ich grandios nennen.«

Beth platzte fast vor Stolz, aber Richolf zeigte sich unbeeindruckt.

»Grandios, ja? Wie schön für sie.«

Der alte Wirt, von der Sorge um die Ausstattung seiner Schenke befreit, erschien mit einem weiteren Krug an ihrem Tisch.

»Heute seid Ihr meine Gäste und müsst nichts zahlen, meine Freunde.«

Matthes grinste. »Wie großzügig. Gern nehmen wir an – aber nur unter einer Bedingung.« Er deutete auf den Nachbartisch. »Auch dem guten Meister müsst Ihr noch einen Trunk spendieren. Er hat ihn sich wahrlich verdient, findet Ihr nicht?«

Darauf wusste der Wirt nichts zu erwidern, wagte aber keinen Einwand und nickte.

Beth glaubte Matthes inzwischen so gut zu kennen, dass sie dies für eine Art von speziellem Humor hielt, denn der Wirt war vermutlich wenig erpicht darauf, einen Henker zu bedienen.

Richolf riss sie aus ihren Überlegungen. »Darf ich dich sprechen, Beth?«

Sie nickte ihm auffordernd zu.

»Draußen und allein!«, forderte er.

»Geh nur, Beth.« Matthes wedelte mit einer Hand. »Eine Schwester muss immer für ihren lieben Bruder da sein.«

Auf dem Weg zur Tür fiel Beth auf, dass die Leute ihr verstohlen nachblickten, als wäre sie ihnen ebenso wenig geheuer wie der Henker.

Draußen schlug ihnen sogleich die Kälte des Abends entgegen. Beth zog ihren Umhang fester um sich. »Was hast du denn, Richolf?«

»Was ich habe? Das frage ich dich. Warum hast du dieses Possenspiel aufgeführt?«

Sie sah ihm tief in die Augen, um herauszufinden, ob es echte Verärgerung war, die ihn umtrieb, oder nur Eifersucht. »Richolf! Du hast keinen Grund, böse auf mich zu sein. Immerhin habe ich freie Kost für uns alle herausgeschlagen. Bist du denn nicht froh, dass wir uns endlich einmal als nützlich erweisen?«

»Wir? Du redest von dir selbst.«

»Ach, Liebster. Wir gehören doch zusammen.«

»Sicher. Wir sind ja auch Geschwister.«

»Hör auf damit. Du weißt, dass es besser ist, wenn sie das denken.«

»Der Vorteil dieser Behauptung hat sich mir immer noch nicht ganz erschlossen. Was mich aber ärgert, ist dein Benehmen. Es ist einer Grafentochter nicht würdig.«

Beth seufzte. »Ist denn ein Stallknecht einer Grafentochter würdig? Was wir waren, das ist doch nicht mehr wichtig.«

»Wir sind auf der Suche nach unseren Verwandten, Beth. Deine Künste als Mimin helfen uns da nicht weiter.«

»Sei nicht so kleinlich. Es war doch lustig, oder etwa nicht?«

»Ich habe schon herzhafter gelacht. Du hast gelogen und die Leute zum Besten gehalten. Sie haben sich vor Angst in die Hosen gemacht.«

Sie rieb sich die Stirn. Warum gab er sich so frömmlerisch? »Um Himmels willen, Richolf. Ich habe verhindert, dass die Kerle sich prügelten. Zur großen Freude des Wirts, wie du gemerkt hast.«

»Ich finde es deiner unwürdig. Hast du vergessen, dass wir deine Kammerdienerin Mirte auf dem Gewissen haben?«

Der Hinweis auf die tote Mirte ließ Beth leicht zusammenzucken. Normalerweise verdrängte sie die Erinnerungen an den Brand, den sie seinerzeit auf Hinzweiler gelegt hatten, damit sie den schrecklichen Ort endlich verlassen konnte. Sie hatten alles so geplant, dass niemand dabei zu Schaden kommen sollte, aber die alte Mirte, ihre mit schwerem Rheuma geplagte Kammerdienerin, hatte es nicht rechtzeitig ins Freie geschafft.

»Hab's nicht vergessen«, entgegnete Beth; es klang zerknirschter als beabsichtigt.

»Gottes Vergebung erlangt man nicht durch Albereien oder Scherze über Henker«, fuhr Richolf fort. »Dieser Matthes ist keine gute Gesellschaft für uns.«

»Trotzdem müssen wir uns irgendwie durchschlagen, Richolf. Mirte wird nicht wieder lebendig, wenn wir in Sack und Asche gehen.« Sanft nahm sie seinen Kopf zwischen ihre Hände. »Es ist doch nur für eine Weile, Liebster. Sobald wir wissen, wo wir Nes und die anderen Gaukler finden können, machen wir uns zu ihnen auf den Weg. Bis dahin können wir von den Erfahrungen und Ortskenntnissen dieser Leute nur profitieren.«

Bevor er weitere Widerworte geben konnte, zog sie ihn an sich, um ihn zu küssen, und sie war erst zufrieden, als seine Zunge sich willig auf den Tanz mit ihrer einließ.

* * *

Drei Tage, nachdem Agnes sie in der Höhle gefunden hatte, starb die Frau. Die Gaukler hatten wenig für sie tun können, schon seit Längerem mussten die Kräfte sie verlassen haben. Ob allein der furchtbare Winter sie krank gemacht hatte, blieb fraglich. Agnes glaubte vielmehr, dass ein todbringendes Leiden an ihrem Leib gezehrt hatte, die gelbliche Färbung ihrer Haut, sogar ihrer Augen, mochte ein Anzeichen dafür sein. Die Frau war nicht mehr zu Bewusstsein gekommen. So hatten sie nichts von ihr erfahren können über den Grund, weshalb sie mit ihrer Tochter – bestimmt war sie ihre Tochter! – einsam in der

Wildnis lebte. Doch selbst wenn sie aus ihrem Todesschlaf noch einmal erwacht wäre, so hätte sie es ihnen wohl nicht sagen können, denn sie besaß keine Zunge mehr. Diese schauerliche Entdeckung hatte Agnes gemacht, als sie versucht hatte, der Ärmsten etwas Flüssigkeit einzuflößen.

Das Mädchen war zwar unnahbar geblieben, doch es hatte rasch begriffen, dass die Fremden helfen wollten. Die meiste Zeit hockte es zu Füßen seiner Mutter und behielt das Geschehen rund um das Krankenlager im Auge. Immer wieder bemühten sich Agnes, Agatha oder Fronica um die Kleine, aber sie ließ alle Tröstungen und Liebkosungen reglos über sich ergehen. Ihren Namen wollte sie nicht nennen, was nicht verwundern sollte, denn es stellte sich heraus, dass sie keiner Sprache mächtig war. Die Gaukler zogen daraus den Schluss, dass sie schon seit Langem – womöglich seit ihrer Geburt – mit der Mutter in dieser Höhle lebte. Wie hätte sie sprechen lernen können, wenn die zungenlose Mutter es ihr nicht beizubringen vermochte?

Die Kleine bewies jedoch eine erstaunliche Fähigkeit, sich mit den neuen Gegebenheiten abzufinden. Wenn es stimmte, dass sie mit der Mutter hier allein gelebt hatte und von der Welt wenig kannte, dann kam ihr das plötzliche Erscheinen so vieler anderer Menschen, darunter ein Schwarzer und eine armlose Frau, offenbar nicht allzu merkwürdig vor. Angst schien sie nicht zu kennen, auch vor Ursula nicht, wenngleich sie auf Distanz zu dem Tier blieb. Trotzdem waren ihr Gefühle nicht fremd. Nachdem sie begriffen hatte, dass ihre Mutter tot war, schmiegte sie sich fest an ihren Leichnam, umarmte ihn und begann leise zu summen. Es waren die ersten Laute, die die Gaukler aus ihrer Kehle vernahmen. Sie weinte oder schluchzte nicht, aber das melancholisch anmutende Summen aus ihrer Kehle ließ an ihrer Trauer keinen Zweifel.

Ein Stück abseits hielten die Gaukler währenddessen Rat. Die Frage, was die Frau bewogen hatte, mit ihrem Kind ein

Leben in der Wildnis zu fristen, hatten sie sich in den vergangenen Tagen mehr als einmal gestellt. War sie eine Verstoßene? Hatte man ihr zur Bestrafung die Zunge herausgeschnitten? Was um alles in der Welt hatte diese Frau verbrochen, dass sie der Welt entflohen war? War es denkbar, dass Mutter und Tochter hier von jemandem versorgt worden waren? Doch nichts sprach dafür. Wie es schien, waren sie in der Lage gewesen, sich von dem, was der Wald ihnen bot, selbst zu ernähren. Selbst das Kind konnte mit einem Bogen umgehen. Und alles, woraus sie gegessen und getrunken hatten, war selbst gefertigt.

Luzia hatte eine mögliche Erklärung für alles. »Sie könnte doch die entlaufene Frau von unserem grobschlächtigen Schmied aus dem gottverdammten Dorf sein. Und hier hat sie sich vor ihm verborgen.«

»Hm, schon möglich«, sagte Saul.

»Aber von einem Kind war nicht die Rede«, gab Fronica zu bedenken.

»Vielleicht war sie schwanger, als sie ging«, mutmaßte Agatha.

»Wer ist schwanger?«, fragte Heinrich. »Werde ich endlich Vater?«

»Nein, Brummbär. Du wirst allenfalls noch Großvater. Hoffe ich zumindest.« Agatha tätschelte seine Hand und dachte weiter nach. »Aber ihre Zunge … wozu diese grausame Bestrafung?«

»Wir wissen nicht, ob es eine Bestrafung war, Mutter«, sagte Kilian. »Und ich bezweifle, dass wir es herausfinden. Die Frage ist, was wir mit der Toten machen. Wir müssen dafür sorgen, dass sie in geweihter Erde bestattet wird.«

Fronica nickte. »Das ist wohl Christenpflicht.«

»Bedeutet das, wir müssen zurück in dieses schreckliche Dorf?«, ächzte Luzia.

Die Antwort auf diese Frage musste gewissenhaft abgewogen werden. Eine Weile herrschte nachdenkliches Schweigen.

»Wenn die Kleine wirklich die Tochter des Schmieds ist«, sagte Agnes schließlich, »dann hat er ein Recht darauf, sie zu sich zu nehmen.«

»Wenn sie aber nichts mit dem Schmied zu tun hat«, warf Luzia ein, »dann wäre unser Weg völlig umsonst. Wieder wären wir tagelang in diesem unwegsamen Wald unterwegs – ohne jeden Sinn. Außerdem haben sie in dem Dorf keinen Priester, der die Tote bestatten könnte.«

Auch das war nicht von der Hand zu weisen. Erneut versanken alle ins Grübeln. Es war Heinrich, der die Stille brach.

»Was hat der Junge denn?«, wollte er mit Blick auf die trauernde Kleine wissen.

Agatha antwortete ihm geduldig, wie sie es meistens tat. »Sie ist ein Mädchen, Brummbär. Sie trauert um ihre tote Mutter.«

»Ein Mädchen?«

»Ja, Brummbär.«

»Dann müssen wir sie zu ihrem Vater bringen! Das gehört sich so.«

Die Gaukler sahen sich an. »Was helle Köpfe nicht entscheiden können, das entscheidet am Ende der Narr«, sagte Kilian.

»Welcher Narr?« Diesmal erhielt Heinrich keine Antwort.

»Vielleicht war es kein Zufall, dass wir sie fanden, wo sie gerade im Sterben lag«, dachte Fronica laut nach. »Die Wege des Herrn, ihr wisst schon.«

»Aber es wäre doch möglich, dass der Schmied selbst gar nichts von dem Kind weiß. Oder dass er gar nicht der Vater ist. Vielleicht hat er sie verjagt, weil ein anderer sie geschwängert hat.« Die Aussicht, in das Dorf zurückkehren zu müssen, entlockte Luzia erstaunlich scharfsinnige Argumente.

»Wie auch immer, diese Fragen können wir nur vor Ort klären, indem wir jenen Roland fragen«, resümierte Kilian.

»Wie mein verehrter alter Herr schon sagte: Das gehört sich so! Warum sollten wir das Kind zu einer Waise machen, wenn es noch einen Vater hat?«

Luzia gab auf. »Hört auf, mir ein schlechtes Gewissen einzureden. Ihr habt ja recht.«

Saul nahm sie in den Arm. »Den Himmel muss man sich verdienen, Süße. Du willst doch im Jenseits nicht von mir getrennt sein, oder?«

Kilian räusperte sich. »Dieser Frage wollen wir lieber nicht nachgehen. Somit ist es also beschlossen: Morgen früh kehren wir in das Dorf zurück. Die Tote nehmen wir mit, wir werden sie auf keinen Fall hier im Wald verscharren. Dann schauen wir weiter.«

Die Tage in der Höhle hatten ihnen trotz der traurigen Begleitumstände etwas Erholung gebracht. Dass man ein Gauklerleben nicht planen konnte, hatte Agnes ohnehin längst verinnerlicht. Im Gegensatz zu Luzia, die nur glücklich war, wenn sie Saul an ihrer Seite hatte. Dann jedoch war sie bereit, alles zu ertragen.

Die Entscheidung war gefällt; schweigend richteten die Gaukler ihre Aufmerksamkeit wieder auf das trauernde Kind. Agnes nahm sich vor, das wilde Haar des Mädchens in den kommenden Tagen zu bändigen und seinen Körper, so gut es möglich war, zu waschen, bevor sie das Dorf erreichten. Sich ihr Vertrauen zu erwerben, würde sicher nicht einfach werden. Vielleicht war sie noch nie mit anderen Menschen außer ihrer Mutter in Kontakt getreten.

»Wir müssen ihr einen Namen geben«, sagte Hans.

Da er nur redete, wenn es unbedingt nötig war, musste das bedeuten, dass er verdammt noch mal recht hatte. Auch wenn die Mutter dem Mädchen wahrscheinlich einen Namen gegeben hatte, so hatte sie ihn doch nie aussprechen können. Ja, die Kleine brauchte einen Namen.

»Vorschläge?«, fragte Kilian.

»Wulfhild«, antwortete Heinrich.

Kilian wunderte sich. »Wulfhild? Wie kommst du denn gerade auf diesen Namen, Vater? Niemand, den wir kennen, heißt so.«

»Er hatte vor langer Zeit eine Liebschaft, die so hieß«, erklärte Agatha und verdrehte die Augen. Falls sie immer noch eifersüchtig auf jene Wulfhild war, so zeigte sie es nicht.

»Mir gefällt der Name«, erklärte Luzia.

»Mir gefällt er auch«, sagte Benno. Agnes war aufgefallen, wie viel Aufmerksamkeit er dem Mädchen schenkte. Leider war das umgekehrt nicht der Fall, bislang zumindest.

Kilian breitete die Hände aus. »Meinetwegen, dann eben Wulfhild. Es sei denn, du hast etwas dagegen, Mutter!«

»Pah! Wieso sollte ich?«

»Weil doch … ähm …«

»Ach, das ist lange her. Hab's ihm längst verziehen. Nicht wahr, Brummbär?«

»Was hast du mir verziehen, meine Taube?«

»Ach, nichts!«

»Wulfhild!« Kilian wiegte sein Kinn. »Irgendwie passt der Name zu ihr, finde ich. Klingt nach Wölfin. – Hans?«

»Ja?«

»Weil du die nahe liegende Idee hattest, ihr einen Namen zu geben, ernennen wir dich hiermit zu ihrem vorläufigen Paten.«

»Oh!«

»Möchtest du deinem Patenkind nicht etwas auf deiner Flöte vorspielen, Hans?«, schlug Agnes lächelnd vor. »So etwas Himmlisches hat sie sicher noch nie gehört. Spiel ein Trostlied, das wird ihr etwas Frieden geben.«

Hans nahm seine Flöte, ging hinüber zu ihr und setzte sich im Schneidersitz neben sie.

»Wulfhild, ich will dir eine Melodie vorspielen«, verkündete er feierlich. »Sie handelt von den Engeln im Himmel. Deine Mutter darf sie schon sehen.«

Das Mädchen beachtete ihn nicht, nichts wies darauf hin, dass sie ihn überhaupt gehört oder verstanden hatte. Hans begann zu spielen.

Wulfhild hörte bald auf zu summen und sah den Flötenspieler offen an. Zum ersten Mal blitzte Überraschung, ja Staunen in ihren grünen Augen auf.

11

Die Hinzweiler herrschten über das Gesinde mit harter und auch gewaltsamer Hand. Aber niemand lehnte sich gegen die selbst ernannten Herren von Langerode auf, niemand wollte in Ungnade fallen. Der Tod des alten Stallmeisters – er habe Herrn Bernard in jener Nacht tätlich angegriffen, hieß es, obgleich Moritz jedem als friedfertiger Mann in Erinnerung war – lehrte die Dienerschaft hündische Fügsamkeit. Allein Lena, ihrer Leibmagd, vertraute Genefe. Obwohl sie mit der Dienerin nie über die Demütigungen sprach, die ihr widerfuhren, herrschte zwischen ihnen stummes Einvernehmen. Ihre Loyalität bekundete Lena vor allem dadurch, dass sie die Hinzweiler nach Möglichkeit mied, und wenn sich eine Begegnung nicht vermeiden ließ, übertrieb sie es nicht mit der Unterwürfigkeit.

Genefe dachte oft an Moritz, dem sie sich vielleicht gänzlich anvertraut hätte, wie auch ihre Stieftöchter sich ihm anvertraut hatten. Doch der Teufel in Gestalt Bernards hatte etwas dagegen gehabt. Einen Hoffnungsschimmer am Horizont gab es dennoch, seit der Herzog mit seinem Neffen Volker auf Langerode erschienen war. Geduldig wartete Genefe auf den Boten, den zu senden Volker versprochen hatte.

Der Winter begann von seiner eisigen Strenge bereits einzubüßen, als der Tag kam, auf den Genefe gewartet hatte. Am

Nachmittag, noch bevor es dämmerte, suchte Lena sie in der Kemenate auf.

»Herrin, Ihr wünschtet, dass ich Euch Bescheid gebe, sobald ein Spielmann namens Gernot auf Langerode erscheint.«

Genefe hob aufgeregt das Kinn. »Ist er da?«

»Er war es, Herrin. Aber Herr Bernard hat ihn sogleich wieder vom Hof jagen lassen. Ihm stünde nicht der Sinn nach prüden Scherzen, ließ er dem Sänger ausrichten.«

Das durfte doch nicht wahr sein. Wie sollte sie jenem Gernot jetzt den Ring überreichen?

Lena war zu diskret, um sie direkt zu fragen, was es mit dem Sänger auf sich hatte.

»Gibt es etwas, das ich für Euch tun könnte, Herrin?«

Genefe zögerte, sah aber keine andere Möglichkeit, als Lena in die Sache, soweit es nötig war, einzuweihen. Sie stand auf, ging hinüber zu der Truhe, worin die meisten ihrer persönlichen Habseligkeiten lagen, holte den Ring aus einer Schatulle hervor und reichte ihn der Dienerin.

»Lena, hör mir zu: Dieser Ring ist zugleich eine wichtige Botschaft. Ich möchte, dass du dem Spielmann nacheilst und ihm den Ring überreichst. Versichere ihm, dass du dies auf meinen ausdrücklichen Befehl hin tust. Der Sänger wird den Ring einer bestimmten Person bringen. Diese Person wird die Botschaft verstehen. Doch niemand sonst darf davon erfahren, verstehst du?«

»Gewiss, Herrin.«

Was für ein Segen, dass sie Lena hatte.

»Gut! Dann geh, bevor du ihn nicht mehr einholen kannst!«

Jetzt konnte Genefe nur noch warten. Sie ging hinüber zum Fenster und spähte durch das Buntglas auf den Hof, wo bald schon Lena erschien und schnellen Schrittes Richtung Tor eilte. Blieb zu hoffen, dass die Wache ihr keine lästigen Fragen stellte. Aber noch bevor sie am Tor anlangte, widerfuhr Lena ein ärgerliches Missgeschick: Im Schneematsch rutschte sie aus und stürzte, vergeblich mit den Armen rudernd, zu Boden. Erschrocken beobachtete Genefe, wie die Ärmste sich mit schmerzverzerrtem Gesicht an den Knöchel fasste und offenbar außerstande war, wieder aufzustehen.

Fluchen gehörte nicht zu Genefes Gewohnheiten, im Gegenteil, sie hatte von Kindheit an eine Abneigung gegen fluchende Menschen gehabt, weil ihr furchtbarer Vater tagein, tagaus geflucht hatte. Aber nun, da sie die vor Schmerzen sich krümmende Lena am Boden liegen sah, kam ihr der Fluch wie von selbst über die Lippen.

»Krötenmist, verdammter!«

Sie warf sich ein Schultertuch über und machte sich gleichfalls auf den Weg in den Hof, wo sie, gewarnt durch Lenas Missgeschick, ihre eiligen Schritte verlangsamte, bis sie bei der Verletzten angekommen war. Auch Johann der Haarige war hinzugeeilt, begleitet von einem der Handwerkerburschen. Die beiden betrachteten mit Kennermiene den geschwollenen Knöchel.

»Was ist mit ihr?«, fragte Genefe, indem sie sich besorgt über ihre Dienerin beugte.

»Ist der Fuß«, meinte Johann. »Vielleicht gebrochen, mit etwas Glück nur verstaucht.«

»Heiliger Mist«, murmelte der Bursche.

»So etwas will ich hier nicht hören!«, schalt ihn Genefe.

»Herrin, es tut mir so leid«, keuchte Lena.

»Schon gut, Lena, schon gut. Es ist meine Schuld.«

»Eure Schuld?«, wunderte sich Johann.

»Ich hätte sie nicht …« *zur Eile mahnen sollen*, hatte sie sagen wollen, aber ihr wurde bewusst, dass sie ihm keine Erklärung schuldete.

»Worauf wartest du, Johann? Trag sie ins Trockene, damit sich jemand um ihren Fuß kümmern kann. Ich werde mich später vergewissern, ob sie aufs Beste versorgt ist.«

Johann nickte beflissen und schickte sich an, die Verletzte zu packen, aber Lena hielt ihn zurück.

»Warte!« Sie winkte Genefe nah zu sich heran und flüsterte ihr ins Ohr: »Der Ring – er ist mir beim Sturz aus der Hand gefallen. Er muss irgendwo hier im Schnee liegen.«

Genefe nickte, sie würde den Ring suchen müssen.

Nachdem Johann mit der verletzten Dienerin in seinen Armen hineingegangen war, suchte sie in halb gebückter Haltung, die Hände auf den schwangeren Bauch gepresst, den Boden ab; sie vergaß dabei, dass der Bursche immer noch dort stand.

»Ähm, sucht Ihr etwas Bestimmtes, Herrin?«

»Nichts. Ich schaue nur, ob Lena womöglich über etwas gestolpert ist.«

»Ach woher. Sie ist gerutscht wie eine Ziege auf dem Eis. Das hättet Ihr sehen sollen!«

Sein Kichern erstarb unter ihrem mahnenden Blick.

»Geh zurück an deine Arbeit, Rick.«

»Ja, Herrin.«

Der Ring! Sie musste ihn finden, und zwar rasch, bevor weitere Neugierige hinzustießen. Was für ein Pech! Oder war es Fügung? Verwehrte ihr der Herrgott seine Hilfe? Fieberhaft ließ sie den Blick über den Boden schweifen.

Da! Silbergrau schimmerte das Rund in der Decke aus Schnee und Schmutz, sie hatte ihn gefunden. Wenigstens das! Sie bückte sich, vorsichtig, wie eine Schwangere es tun sollte. Aber wer sollte den Ring nun dem Sänger übergeben? Sollte sie ihm selbst nacheilen? Wäre sie in ihrem Zustand überhaupt in der Lage, ihn einzuholen? Wie sollte sie ihr Fortgehen begründen, wenn jemand sie sähe?

Noch während sie über ihr weiteres Vorgehen nachdachte, sah sie Bernard und seine beiden Brüder, offenbar von den Ställen kommend, über den Burghof auf sich zuschreiten.

Nahm ihr Pech denn gar kein Ende? Auf keinen Fall durften sie den Ring entdecken. Sie umschloss ihn mit einer Faust und verschränkte die Arme vor der Brust, wie um sich der Kälte zu erwehren. Ludwig und Karl, Bernards jüngere Brüder, grinsten lüstern, wie sie es immer taten, wenn sie ihrer ansichtig wurden.

»Was machst du hier, Gräfin?«, wunderte sich Karl, der schmächtigste der Brüder.

»Lena, meine Leibdienerin, ist vorhin hier gestürzt und hat sich den Fuß verletzt. Ich wollte nur sehen, ob …«

»Du darfst die Burg nicht verlassen, sonst geht es dir am Ende genauso wie dieser dummen Gans. Das wäre deinem Befinden wohl kaum zuträglich.«

»Wahrscheinlich habt Ihr recht.« Ihm nach dem Mund zu reden, war ihr immer noch nicht zur Gewohnheit geworden, sondern erforderte stets aufs Neue größte Überwindung.

Die drei Hinzweiler folgten ihr. Die große Chance war vertan, wie es schien. Es würde keine Gelegenheit mehr geben, dem Spielmann den Ring auszuhändigen. Genefe hätte schreien können vor Wut und Verzweiflung.

»Deine Dienerin hat sicher noch einen Blick auf diesen hübschen Spielmann erhaschen wollen, Gräfin«, vermutete Ludwig.

»Wundere dich über die Weiber nicht, wenn sie feucht zwischen den Beinen sind«, grölte Karl.

Ach, diese schrecklichen Kerle hatten nur das Eine im Kopf. Jedoch: Wenn sie sich genau das zunutze machte? Genefe hatte einen Geistesblitz.

»Es ist gut, dass Ihr ihn fortgeschickt habt. Ich habe nämlich schon einiges von diesem Gernot gehört«, sagte sie in gleichgültigem Ton.

Bernard horchte auf. »So? Was hast du denn gehört, Gräfin?«, fragte er lauernd.

»Seine Gesänge sind unflätig und schamlos, sie handeln von Beischlaf und unzüchtigen Handlungen. Stellt Euch vor, in einem seiner wollüstigen Lieder nimmt das Weib des Müllers …« Sie schlug sich die Hand vor den Mund.

»Erzähl's uns«, forderte Bernard sie auf.

»Ach, lieber nicht.«

»Na los!«

»Sie nimmt das Glied ihres Liebhabers in den Mund«, flüsterte sie niederblickend.

Ludwig pfiff durch die Zähne. »Hört sich doch recht unterhaltsam an«, stellte er fest.

»Vielleicht hätte ich den Kerl nicht fortschicken sollen«, dachte Bernard laut nach.

Genefe gab sich empört. »Seine Lieder geziemen sich nicht.«

»*Geziemen sich nicht*«, äffte Bernard sie nach. »Aber wenn du mit mir vögelst, obwohl ich nicht dein Gatte bin, und dass du von mir schwanger bist – das geziemt sich, ja?«

Erstaunlich, dass er imstande war, immer neue Facetten seiner Niederträchtigkeit erkennen zu lassen. Aber Genefe widersprach ihm nicht. Von Belang war nur, dass ihr Plan aufging.

»Schickt einen der Knappen hinter dem Sänger her«, trug Bernard seinen Brüdern auf. »Sie sollen ihm sagen, dass wir's uns anders überlegt haben und nun doch gern seinen Vorführungen lauschen wollen!«

Er sah Genefe an. Sie hatte einige Mühe, das triumphierende Lächeln, zu dem sich ihre Mundwinkel heben wollten, zu unterdrücken.

»Gräfin, du wirst mir die Ehre erweisen, die Vorstellung des Spielmanns an meiner Seite zu verfolgen«, sagte er, boshaft grinsend. »Es wird sicher ein ergötzlicher Abend.«

* * *

»Feuer!«

Alle starrten Wulfhild verwundert an. Es war das erste Wort, welches das Mädchen aussprach, drei Tage nach ihrem Aufbruch. Offenbar hatte es seinen Begleitern aufmerksam zugehört.

»Du hast vollkommen recht, mein Kind«, sagte Agatha lobend. »Dies ist ein Feuer. Ein Lagerfeuer!«

Doch Agnes gewann den Eindruck, dass Wulfhild gar nicht das Lagerfeuer meinte, denn der Blick des Mädchens war wie fragend zum Nachthimmel gerichtet. Dann erhob es sich und verschwand im Wald.

»Was hat sie denn?«, wunderte sich Fronica.

»Ich gehe ihr besser nach«, verkündete Benno entschlossen. »Damit ihr nichts passiert.«

Saul lachte. »Wulfhild ist eins mit dem Wald, mein Junge. Sie würde wohl eher *dich* beschützen müssen.«

»Aber …«

»Schon gut. Wir wissen doch, dass du sie magst.«

Agnes blickte nachdenklich in das Dunkel, wo die Kleine verschwunden war. »Manchmal denke ich, sie ist in der Lage, gewisse Dinge vorauszuahnen.«

Sie erntete fragende Blicke. Nur Fronica nickte, als wäre sie auch dieser Ansicht.

»Würdest du uns das genauer erklären?«, verlangte Luzia.

»Ich wünschte, ich könnte es.« Sie konnte es ebenso wenig erklären, wie sie ihre eigene Gabe erklären konnte. Sie wusste nur, dass sie in den Augen des Mädchens manchmal eigenartige Bilder sah. Doch diese waren verschwommen, wie durch einen Nebel schimmernd, sodass Agnes mitunter selbst an ihren Sinnen zweifelte. Kilian hatte sie es anvertraut.

»Mach dir keine Sorgen«, hatte er erwidert. »Du und Wulfhild, ihr seid mit besonderen Gottesgaben gesegnet. Begreifen wirst du womöglich nie, was sie zu bedeuten haben.

Oder erst dann, wenn du dieser Welt entschlafen bist. Übrigens, komm nie auf den Gedanken, dies vor mir zu tun.«

Sie drückte seine Hand. Gottesgaben hin oder her: Agnes mochte Benno nicht ganz unrecht geben. Wulfhild stand unter dem Schutz der Truppe, sie war noch ein Kind und keineswegs vor Gefahren gefeit, auch wenn der Wald ihre Heimat war. Agnes blickte hinüber zum Zwingerwagen. Ursula schlief nicht, sondern saß auf ihrem Hintern und reckte witternd die Schnauze in die Höhe. Hera und die Zugtiere dagegen blieben ruhig.

»Irgendetwas beschäftigt sie«, sagte Agnes leise.

»Wölfe?«, schlug Saul vor. Worauf Luzia sich glucksend an seinen Arm krallte.

»Nein, keine Wölfe.« Agnes war sich sicher. Eine unmittelbare Bedrohung durch wilde Tiere hielt sie für unwahrscheinlich. Trotzdem – irgendetwas schien in der Luft zu liegen. »Ich werde mal nach Wulfhild schauen.«

»*Wir* werden nach ihr schauen«, korrigierte sie Kilian, holte eine Fackel aus dem Wagen und entzündete sie am Lagerfeuer.

»Ich komme auch mit!« Bennos Stimme ließ keinen Zweifel daran, dass er sich das diesmal nicht ausreden lassen würde.

»Wo geht ihr hin?«, schrie Heinrich ihnen hinterher.

»Sie suchen Wulfhild«, erklärte ihm Agatha.

»Wen?«

»Immerhin, *uns* erkennt er noch«, raunte Kilian Agnes zu, während sie Wulfhilds Spuren folgten. Agnes kannte Kilians Befürchtung, dass des Vaters fortschreitender Gedächtnisverlust eines Tages so weit führen könnte, dass er nicht einmal seine Frau und seinen Sohn erkennen würde. Eine unheimliche Vorstellung. Sie alle hofften und beteten, dass es so weit nicht kommen würde. Wieder musste Agnes an ihren eigenen Vater denken. Wie es ihm wohl ging? Wenigstens die andere Tochter war ihm ja noch geblieben.

Sie schüttelte die Gedanken an Langerode ab. Hier und jetzt hatten sie andere Sorgen. Seit zwei Tagen hatte Tauwetter eingesetzt, was die Kälte zwar erträglicher, die Wege aber keineswegs passierbarer machte. Der Leichnam der Frau, den sie auf dem Wagen mit sich führten, verströmte bereits Verwesungsgeruch. Vor allem für die Kleine musste das schwer zu ertragen sein, auch wenn sie sich nichts anmerken ließ. War dieses nur allzu verständliche Unbehagen vielleicht auch der Grund, warum sie vorhin fluchtartig das Lager verlassen hatte?

Agnes hatte das Gefühl gehabt, dass Wulfhild ihr inzwischen etwas Vertrauen schenkte. Falls das stimmte, stand zu hoffen, dass sie sich wieder beruhigen und zurück zum Lager führen ließ. Sie mussten sie nur finden.

»Morgen werden wir wohl das Dorf erreichen, es liegt nur noch wenige Meilen südwärts von hier«, sagte Kilian, während sie durch das Gehölz stapften. »Es wäre ärgerlich, wenn die Kleine uns am Vorabend kurzerhand davonläuft.«

»Sie läuft uns nicht davon«, war Benno überzeugt.

»Ich vergaß«, spöttelte Kilian. »Ohne dich würde sie natürlich nirgendwo hingehen.«

»Ha! Seht doch! Da ist sie!« Triumphierend lief der Junge voraus.

Wahrhaftig. Dort, wo das Waldstück sich lichtete, war Wulfhilds Silhouette deutlich auszumachen – im Widerschein eines merkwürdigen, rötlichen Lichts. Obwohl sie die Herannahenden hören musste, nahm sie nicht Reißaus. Etwas schien ihre volle Aufmerksamkeit auf sich zu ziehen.

Als sie sich bei ihr einfanden, stellten sie fest, dass sie direkt auf einer Hügelkuppe standen. Vor ihnen erstreckte sich ein weites, von Wald umsäumtes Tal. In der Ferne, am Horizont, war der gesamte Nachthimmel in glutrotes Licht getaucht. Es war wunderschön anzusehen und gespenstisch zugleich.

»Das ist das Morgenrot, Wulfhild«, sagte Benno begeistert. »Nicht mehr lange, und die Sonne geht auf. Wenn du willst, schauen wir uns das gemeinsam an. Es ist herrlich.« Es war ihm anzusehen, dass er am liebsten den Arm um ihre Schultern gelegt hätte.

»Das ist nicht das Morgenrot, kleiner Bruder«, widersprach Agnes leise.

Kilian stimmte ihr zu. »Dort ist Süden, Benno. Im Süden geht die Sonne nicht auf.«

Benno kratzte sich den Kopf. »Aber wenn es nicht das Morgenrot ist, was ist es dann?«

»Ein Feuer«, antwortete Agnes mit belegter Stimme. »Ein großer Brand. Aber Meilen entfernt.« Offenbar war Wulfhild schon lange vor ihnen darauf aufmerksam geworden.

»Das Dorf«, flüsterte Kilian schaudernd. Und Agnes befürchtete, dass dies der traurigen Wahrheit entsprach.

12

Genefe studierte die Gesichter der Hinzweiler, während sie dem Lied des Spielmanns lauschten. Die lüsterne Erwartung in den Gesichtern der Männer hatte sich in Verärgerung verwandelt. Weisen von unschuldiger Liebe oder bitterem Weltschmerz hatten sie nicht hören wollen.

»O Mägdelein, nun weinest du,
dein Liebster ward begraben.
Er hat zwar seine ew'ge Ruh',
doch du musst dich weiter plagen.«

»Genug davon!«, unterbrach Bernard den Sänger unwirsch. »Wir wollen keine Kinderlieder hören. Sing die anderen!«

Gernot, ein Jüngling mit rabenschwarzem Haar und geschwungenen Brauen über seinen verträumten Augen, ließ die Fidel auf seine Knie sinken. Er saß mitten im Saal, umringt von seinem kleinen fünfköpfigen Publikum, die Männer mit Trinkbechern in den Händen.

»Andere Lieder, Herr? Welche?«

»Stell dich nicht dumm. Die, die allzu frommen Gemütern die Schamesröte ins Gesicht treiben natürlich.«

Genefe bedauerte den jungen Spielmann, und als er ihr einen verwirrten Blick zuwarf, nickte sie ihm unauffällig zu. Leider hatte sich keine Gelegenheit geboten, ein paar heimliche Worte mit ihm zu wechseln. Es tat ihr leid, ihn in diese Lage gebracht zu haben. Immerhin, er schien zu begreifen, dass Genefe zu einem Trick hatte greifen müssen, damit er auftreten durfte.

»Meint Ihr vielleicht ein ganz bestimmtes Lied, Herr?«, fragte er etwas hilflos.

»Was weiß ich?«, keifte Bernard. »Beispielsweise das, wo das Müllerweib den Knüppel ihres Liebhabers in den Mund steckt!«

»Oh, das … das kenne ich nicht«, stammelte der Bedauernswerte.

»Red keinen Unsinn. Wir wissen, dass es zu deinem Liedgut gehört. Wegen der Gräfin mach dir keine Sorgen. Die ist nicht zimperlich und brennt schon darauf, es zu hören. Nicht wahr, Gräfin?«

Seine Brüder lachten rau.

»Also dann …« Der Spielmann nahm die Laute wieder auf und dachte einen Moment lang nach, bevor er zu spielen begann.

»Des Müllers Weib war hungrig,
es herrschte Hungersnot.
So aß sie einen Knüppel
denn es gab kein Brot …«

»Das reicht! Werft den Kerl hinaus!«, winkte der alte Hinzweiler ab.

Bernard gab seinen Brüdern ein Zeichen, der Anweisung des Vaters nachzukommen. Aber Genefe wollte dem Sänger wenigstens diese Demütigung ersparen.

»Es ist nicht nötig, ihn hinauszuwerfen«, verkündete sie. »Auf Langerode pflegten wir die Gesetze der Gastfreundschaft immer zu befolgen, und so soll es auch künftig sein. Ich geleite den Sänger hinaus, man soll ihm wenigstens ein Nachtquartier bei den Ställen geben.« Obwohl ihr das Herz bis zum Hals schlug, gab sie sich entschlossen und gebieterisch. Sie erhob sich und trat dem Sänger entgegen.

»Ich begleite dich«, sagte sie zu ihm.

»Einer von der Dienerschaft kann das tun«, widersprach Bernard. »Du, Gräfin, bleibst noch eine Weile bei uns. Ich muss dir nämlich eine Frage stellen.«

In diesem Augenblick betrat Vater Albertus den Saal, und ausnahmsweise kam Genefe sein Erscheinen gelegen, da er die Aufmerksamkeit der anderen von ihr ablenkte. Diesen einen kurzen Moment nutzte sie, um dem Sänger rasch den Ring in die Hand zu drücken. Gernot war offenbar darauf gefasst und gewitzt genug, sich nichts anmerken zu lassen.

»Man sagte mir, hier würden fröhliche Lieder gesungen«, sagte Albertus.

»Ihr kommt leider zu spät, Vater«, sagte Genefe. »Die Lieder waren den Herren nicht fröhlich genug.«

Nachdem der Sänger den Saal verlassen hatte, kehrte Genefe an ihren Platz zurück. Es war nicht leicht, ruhiges Blut zu bewahren. Immerhin, die Ringübergabe war geglückt. Bernard sah sie aus schmalen Augen an. Genefe hasste und fürchtete diesen Blick.

»Was hast du dir nur dabei gedacht, Gräfin?«

Genefe stellte sich unwissend. »Wovon sprichst du?«

»Von dem Spielmann. Du hast behauptet, er wäre ein Meister des unflätigen Gesangs.«

»Ich muss ihn mit einem anderen Spielmann verwechselt haben.«

»So? Wolltest du uns nicht vielmehr einen Bären aufbinden?«

»Was hätte ich davon?«

»Genau das frage ich mich.« Er sah seine Brüder und seinen Vater an. »Wie denkt ihr darüber? Was hat sie mit ihrer kleinen Lüge wohl bezweckt?«

Obwohl die Frage nicht an ihn gerichtet war, antwortete Vater Albertus: »Das Weib als solches ist nun einmal schlecht, was schon Eva im Garten Eden schändlich unter Beweis stellte.«

»Ach, lasst sie in Ruhe!«, winkte der alte Hinzweiler ab. Offenbar war selbst ihm die Streitlust seines Ältesten und das Pharisäertum des Geistlichen zu viel. Aber Bernard ließ nicht locker.

»Gestehe es frei und offen, Gräfin: Hast du dir einen Scherz erlaubt?«

»Ich sagte es bereits, ich muss ihn verwechselt haben. Allerdings haben *mir* seine Lieder gefallen!«

Bernard ließ das Bier in seinem Krug kreisen. »Was ist mit euch, Brüder? Was denkt ihr?«

»Es war zum Gähnen«, sagte Ludwig.

»Der schönen Gräfin scheint an derben Scherzen nichts zu liegen«, fügte Karl mit gespieltem Bedauern hinzu.

Bernard grinste boshaft. »Ob dem wirklich so ist, wollen wir bald herausfinden.«

Was genau Bernard damit meinte, erfuhr Genefe in der folgenden Nacht.

Stimmen ließen sie aus dem Schlaf fahren.

»Ich zuerst! Na los, halt sie fest!«

Noch ehe sie sich orientieren konnte, packte sie jemand an ihren Handgelenken. Vergeblich versuchte sie, sich dem festen Griff zu entwinden.

»Keine Sorge, Gräfin«, sagte eine raue Stimme. »Es bleibt alles in der Familie. Und dein kleines rundes Bäuchlein stört uns überhaupt nicht.«

Jemand anderer lachte. Es war dunkel und Genefe erkannte nur die Schatten zweier Gestalten, doch ihr war bereits klar geworden, wer ihre Schlafkammer betreten hatte. Und ohne Zweifel hatten die beiden Jünglinge zu tief in den Becher geschaut.

Furcht stieg in Genefe hoch, doch sie versuchte, dieses Gefühl im Keim zu ersticken.

»Was habt ihr hier zu suchen? Verschwindet auf der Stelle, sonst erfährt euer Bruder davon!«

Diesmal lachten beide.

»Unser Bruder ist es doch, der uns zu dir schickt«, entgegnete Ludwig. »Damit dir nicht zu einsam wird.«

Ihr lief es kalt über den Rücken. Die beiden wollten doch nicht etwa ... doch, offenbar war genau das der Grund für ihr Erscheinen. Denn schon fasste eine grobe Hand sie an der Brust, eine andere zwängte sich unter den Saum ihres Nachtgewandes.

Die Erinnerung an die Nacht, als Bernard sich an ihr vergangen hatte, holte sie ein, und der Gedanke, dass ein Albtraum wie dieser sich heute wiederholen könnte, war so schrecklich, dass sie lieber tot gewesen wäre. Was hatte sie seitdem nicht alles durchgestanden, wie viel Kraft hatte es sie gekostet, ihr Schicksal anzunehmen und es zu ertragen. War sie wirklich bereit, wegen des Kindes, das in ihr heranwuchs, gezeugt vom Mörder ihres Gatten, weitere Demütigungen hinzunehmen? Was wollte der Herrgott ihr denn noch alles zumuten?

»Bitte«, sagte sie nunmehr flehend. »Rührt mich nicht an.«

»Aber wir müssen unserem großen Bruder doch gehorchen«, antwortete Karl. »Das musst du verstehen, oder?«

Sie roch seinen nach saurem Wein stinkenden Atem. Als er sie küssen wollte, wandte sie das Gesicht zur Seite. Seine gierigen Finger zerrten am Stoff ihres Gewandes, bis es der Länge nach zerriss. Es gab keine Hoffnung, diesen Rohlingen zu entkommen.

Oder vielleicht doch?

Wir müssen unserem großen Bruder doch gehorchen! Natürlich waren Karls Worte nichts als Häme gewesen. Aber im Grunde waren sie für die jüngeren Hinzweiler Programm; von schlechtem Charakter waren sie alle, aber Bernard, der Ältere und Erbarmungslosere, war ihr Oberhaupt. Keiner der Jüngeren hätte es je gewagt, gegen ihn aufzubegehren. Dieses Wissen war Genefes einzige Chance.

»Euer Bruder war so betrunken wie ihr, als er das zu euch sagte«, presste sie hervor. »Morgen wird er sich nicht mehr an seine Worte erinnern. Und dann gnade euch Gott!«

»Bernard vergisst nie etwas«, widersprach Ludwig unbeeindruckt.

Genefe konnte, ja sie durfte noch nicht aufgeben. »Wisst ihr Kerle denn nicht, dass ihr das Leben eures ungeborenen Neffen in Gefahr bringt, wenn ihr mir beiliegt? Ich glaube nicht, dass Bernard euch das verzeihen wird. Wollt ihr dieses Risiko eingehen?«

Solches schien keiner bedacht zu haben, denn mit einem Mal waren sie still, was bewies, dass die Konsequenzen, mit denen Genefe ihnen gedroht hatte, keineswegs aus der Luft gegriffen waren. Bei aller Trunkenheit, die die Brunst dieser jungen Männer befeuerte, schienen sie nicht riskieren zu wollen, Bernards Zorn zu wecken. Die groben Hände, die Genefe festhielten, lockerten ihren Griff. Keinen Moment zögernd, riss sie sich los und sprang von ihrem Nachtlager auf. Die Brüder machten keine Anstalten, sie zurückzuhalten.

Dem Schrecken folgte beispiellose Wut. Was hatte Bernard ihr da nur antun wollen? Welche Demütigungen musste sie noch ertragen?

Barfuß, ihr zerrissenes Nachtgewand und die Kälte missachtend, floh sie aus der Kammer. Ihre Leidensfähigkeit war nicht grenzenlos, deshalb war es an der Zeit, Bernard mit ihrer Wut zu konfrontieren. Er sollte wissen, dass sie nicht bereit war, alles zu erdulden.

Seit Kurzem schlief er nicht mehr bei ihr, vermutlich weckte der Anblick der Schwangeren nicht länger sein Begehren. Genefes Erleichterung darüber war nun der bitteren Erkenntnis gewichen, dass sie dies nicht vor weiterer Erniedrigung zu bewahren schien.

Wie eine Furie stürmte sie in seine Kammer, wo sich ihr im schummrigen Licht einer Talgkerze ein Bild bot, das sie einen Augenblick lang verdutzte: Evgen, die Küchenmagd, war Bernards auserkorene Bettgefährtin. Das plötzliche Erscheinen der Gräfin schien sie zu beschämen, denn rasch zog sie die Decke bis zum Kinn und wich ihrem Blick aus. Nicht so Bernard, der ihr dreist entgegengrinste.

»Gräfin! Welch unerwarteter Besuch! Willst du dich vielleicht zu uns gesellen? Wäre uns ein Vergnügen. Stimmt's, Mädchen?«

Evgen schwieg, wahrscheinlich wäre sie am liebsten im Erdboden versunken.

»Wie kommst du dazu, mir deine Brüder zu schicken?«, schnaubte Genefe. Mit geballten Fäusten stand sie da, ohne sich dessen bewusst zu sein. »Hältst du mich für eine Dirne? Ich verbitte mir das! Ich bin die Gräfin von Langerode! Tu das nie wieder!« Noch nie hatte sie auf diese Weise mit ihm gesprochen. Sie hätte es schon viel früher tun sollen.

»Beruhige dich wieder, meine Liebe. Es war doch nur ein Scherz!«

»Ein Scherz?« In ihrer Wut glaubte sie sich einer Ohnmacht nahe.

Bernard lachte, als mimte er einen Lausbuben, der auf einen gelungenen Streich zurückblickt.

»Betrachtet es als kleine Vergeltung, Gräfin. Auch du hast uns schließlich mit deinem verdorbenen Spielmann zum Narren gehalten.«

Es war müßig, dies zu kommentieren, es hätte ihre Wut sonst bis zur sinnlosen Rage getrieben. Je beherrschter sie sich gab, umso mehr würde Bernard sie beim Wort nehmen. Wem er beilag, war ihr einerlei. Aber ihre Würde, die zu wahren bisher ein dorniges Unterfangen gewesen war, sollte er nicht länger mit seiner Ruchlosigkeit beschmutzen.

»Tu das nie wieder«, sagte sie noch einmal; diesmal kam es eher flüsternd von ihren Lippen.

Wenn der heilige Ernst ihrer Worte ihn beeindruckte, dann zeigte er es nicht.

»Sonst was?«, fragte er, es klang amüsiert.

Kalt erwiderte sie seinen durchdringenden Blick, doch eine Antwort verweigerte sie ihm. Ihre Hoffnung, dass sich ohnehin bald alles zum Guten wenden würde, war schließlich nicht unbegründet.

Wortlos wandte sie sich um und ging. Ihr Schicksal hing an einem Ring.

13

Von dem Dorf waren nur noch verkohlte Trümmer übrig, aus den Trümmern stieg Rauch, hier und dort loderten noch kleine Flammen aus zischenden Gluten. Über allem lag der beißende Geruch noch nicht erkalteter Asche. Wie gelähmt vor Entsetzen standen die Gaukler vor dem grausigen Anblick, sprachlos vor Entsetzen. Was, bei allen Heiligen, war hier geschehen?

Saul war der Erste, der die Sprache wiederfand. »Ein Überfall?«

Doch niemand wusste eine Antwort darauf. Wenn es wirklich ein Überfall gewesen war, dann schien es keine Überlebenden zu geben, denn alles wirkte wie ausgestorben. Allerdings lagen auch nirgendwo Leichen umher. Waren sie alle unter den Trümmern begraben?

»Wir sollten nachsehen, ob es Tote gibt«, sagte Kilian.

Sie schwärmten aus und suchten eine Stunde lang, so gründlich es inmitten der schwelenden Trümmer möglich war, doch sie fanden weder Leichen noch Tierkadaver. Beinahe schien es, als hätten die Dörfler ihre Häuser verlassen gehabt, bevor das Feuer einsetzte. Der Erdboden schien sie verschluckt zu haben. Waren sie geflohen? Vor wem? Wohin? Wer hatte die Häuser angezündet? Oder war es ein Unglück aus Unachtsamkeit gewesen? Aber warum hatte das Feuer dann jedes einzelne

Gebäude erfasst, ohne auch nur eines auszulassen, obwohl die Abstände zwischen den Behausungen doch teilweise recht weit waren? Nichts wies darauf hin, dass man Löschversuche unternommen hätte.

Das eingeäscherte Haus des Schmieds nahmen Agnes und Kilian selbst in Augenschein. Aber auch von Roland fehlte jede Spur, es fand sich auch kein Hinweis darauf, was dem Drama vorausgegangen sein mochte.

Der seltsame Ort, der er für die Gaukler jüngst noch gewesen war – nun war er zu einem unheimlichen, einem gespenstischen Ort geworden.

Wulfhild beobachtete die Suche ihrer Begleiter aus der Distanz; ob und inwieweit der Anblick des Trümmerfeldes sie berührte, war nicht auszumachen.

»Was geht in ihr vor?«, raunte Kilian.

Diese Frage stellte sich auch Agnes. Konnte ein Kind, das sein bisheriges Leben in der Wildnis verbrachte hatte, das ganze Ausmaß der Tragödie begreifen, die sich hier ereignet hatte? Und doch – Wulfhild war es gewesen, die am Vorabend auf die Katastrophe aufmerksam geworden war. Als hätten höhere Mächte sie darauf hingewiesen.

Später beschlossen die Gaukler, Wulfhilds toter Mutter auf dem kleinen Kirchhof hinter der Kapelle, die schon vor dem Brand eine Ruine gewesen war, ein Grab zu schaufeln. Das Rätsel um ihre Herkunft konnte nicht gelöst werden, den Leichnam aber konnten sie unmöglich länger mit sich führen. Auch wenn kein Priester zugegen war, so blieb ihnen doch keine andere Wahl.

Nachdem Saul und Hans ein Loch ausgehoben und die Tote hineingelegt hatten, versammelten sich die Gaukler um das Grab. Wulfhild wirkte mit einem Mal sehr aufgebracht, schüttelte immer wieder den Kopf und stieß heisere Töne aus, ließ sich aber von Agnes, die sie sanft umarmte und ihr zuredete, bald wieder beruhigen.

Sie sprachen Gebete, und Hans spielte ein Trauerlied. Als sie das Grab schließlich zuschaufelten, entdeckte Agnes Tränen in Wulfhilds Augen.

Das Abendlager bezogen sie unweit der ehemaligen Schmiede. Es war nicht auszuschließen, dass Rückkehrer kämen, aber Kilian hielt das für unwahrscheinlich. Er war mittlerweile zu der Überzeugung gelangt, dass die Dorfbewohner ihre Heimat mit Absicht niedergebrannt und verlassen hatten.

»Aber warum nur?«, grübelte Fronica.

Luzia glaubte, die Antwort zu kennen. »Weil alle diese Leute vollkommen verrückt waren.«

Sie hockten um das Lagerfeuer und hielten Rat.

»Was machen wir nun mit der Kleinen?«, fragte Saul.

Alle betrachteten nachdenklich das Kind, das schlafend in Agnes' Arme gesunken war.

»Sie kann doch bei uns bleiben!«, sagte Benno und sah erwartungsvoll in die Runde. Dass man ihm nicht auf der Stelle begeistert zustimmte, irritierte ihn offensichtlich. »Das kann sie doch, oder?«

»Wir wissen nicht, ob Wulfhild das auch will«, gab Kilian zu bedenken. »Nes?«

Agnes hätte Benno allzu gern beigepflichtet. Aber war das Wulfhild wirklich zuzumuten? Die Welt der Gaukler würde ihr vielleicht für immer fremd bleiben.

»Sie muss den Umgang mit anderen Menschen erst noch erlernen«, sagte Agnes langsam mit abwägender Stimme.

»Wir bringen ihr alles bei!« Benno sah ihre Möglichkeiten mit großer Zuversicht. »Luzia und ich sind auch zu euch gestoßen, obwohl wir vorher keine Gaukler waren.«

»Aber ihr habt euch uns aus freien Stücken angeschlossen«, gab Kilian zu bedenken. »Von Wulfhild wissen wir nicht, was das Beste für sie wäre.«

»Wollt ihr sie etwa allein im Wald zurücklassen?«, ereiferte sich Benno.

»Natürlich nicht, Brüderchen«, beruhigte ihn Agnes.

»In der nächsten Stadt könnten wir sie in ein Findelhaus geben«, erklärte Agatha dem Jungen. »Dort hätte sie es besser als bei uns Gauklern. Sie würde lernen, was fürs Leben wichtig ist.«

»Bedenke, Junge, dass wir fahrendes Volk sind und bei den Menschen wenig Ansehen genießen«, fügte Saul leise hinzu. »Soll es Wulfhild ebenso ergehen? Wenn sie erst einmal bei uns lebt, hat sie keine Wahl mehr, dann wird sich außer uns niemand mehr um sie scheren.«

Agnes war hin- und hergerissen. Wulfhild in fremde Hände zu geben, wäre ihr schwergefallen. Aber nüchtern betrachtet, war es für das Kind wohl das Beste.

»Sieh mal, Benno, wie du weißt, ist mein Vater der Graf von Langerode. Trotzdem bin ich hier, bei euch, weil ich es so wollte! Weil ich bei dem Mann sein will, den ich liebe. Aber Wulfhild? Sie kennt die Welt nicht, sie kann nicht wissen, welche Entscheidung für sie die richtige ist. Auch ich habe mich schon an sie gewöhnt, aber geht es um mich? Oder um dich? Nein, es geht um sie. Ich glaube, wir sind ihr das schuldig.«

»Wulfhild – den Namen hab ich schon mal gehört«, sinnierte Heinrich.

»Was denkt ihr?« Agnes wandte sich an die anderen. »Hans, du als ihr Pate: Sollen wir sie in ein Findelhaus geben?«

Fronica und Hans sahen sich lange an. »Am Ende wird Wulfhild diese Frage vielleicht selbst entscheiden«, meinte der Flötenspieler dann.

»Wie sollte sie das selbst entscheiden?«, widersprach Luzia. »Sie begreift doch gar nicht, worum es geht.«

»Begreifen *wir* es?«, dachte Fronica laut nach.

Kilian fasste einen Entschluss. »Sie in ein Findelhaus zu geben, scheint mir das Vernünftigste zu sein. Machen wir es so!«

Ja, es mochte das Vernünftigste sein. Aber jetzt, da es entschieden war, fragte sich Agnes insgeheim, warum auch sie sich eigentlich offen für diese Lösung ausgesprochen hatte. Warum war ihr bei dem Gedanken, dass Wulfhild bei der Truppe blieb, nicht ganz wohl? Weil das Mädchen ein Wesen besaß, das ihnen allen etwas unheimlich vorkam? Doch hätte nicht ausgerechnet sie, Agnes, das meiste Verständnis für die Andersartige aufbringen müssen?

»Und wenn wir es doch mit ihr versuchen?«, flüsterte sie Kilian zu und schob damit ihr Unwohlsein beiseite.

Er küsste ihren Scheitel. »Liebste, du musst kein schlechtes Gewissen haben. Sie wird ein besseres Leben haben, glaub mir.«

Nur zu gern hätte Agnes ihm geglaubt. Plötzlich bemerkte sie, dass Wulfhilds Augen weit offen standen, obwohl das Kind immer noch zu schlafen schien. Agnes hielt den Atem an. Es war, als würde sie in Wulfhilds Blick von Geheimnissen lesen, die bislang nie einem Menschen offenbart worden waren. Kilian bemerkte offenbar nichts davon, und Agnes beschloss, ihn nicht darauf hinzuweisen, weil das, was sie in den Kinderaugen sah, einfach zu ungeheuerlich, zu unfasslich, zu unheimlich war.

* * *

Gernot, der junge Spielmann, war sich seiner Verantwortung bewusst. Einen Ring galt es zu überbringen, und es war von Wichtigkeit, dass niemand ihn daran hinderte, damit die Gerechtigkeit siegen konnte. Der Neffe des Herzogs hatte recht gehabt, die bedauernswerte Gräfin befand sich offenbar in einer misslichen Lage und war außerstande, sich ihr aus eigener Kraft zu entziehen. Gernot hatte sich selbst vom niederträchtigen Wesen der Hinzweilersippe überzeugen können. Wenn es Volker gelänge, seinen Oheim zum Handeln zu bewegen, dann gab es noch Hoffnung für die schöne Genefe.

Oh ja, sie war eine wunderschöne Frau, die Gräfin. Kein Wunder, dass Volker in sie verliebt war, auch wenn er das natürlich nicht offen zugegeben hatte. Wenn er, Gernot, dazu beitragen konnte, dass alles ein gutes Ende nahm, dann hätte er ein gutes Werk getan. Ob die schöne Frau und der schöne Jüngling dann letztlich zueinanderfänden – wie in den Liedern –, stand auf einem anderen Blatt geschrieben und hing von Umständen ab, die mit gegenseitiger Zuneigung wenig zu tun hatten. Wie auch immer, ein wenig eifersüchtig war Gernot schon – auf die Gräfin! Aber das gehörte natürlich zu den Dingen, die nie jemand erfahren durfte. Nur der liebe Gott wusste bisher davon.

Während er auf seinem Rückweg nach Nideggen über solche Dinge nachdachte, kam es ihm überhaupt nicht in den Sinn, dass ihm unterwegs Gefahr drohen könnte. Diese stand urplötzlich in Gestalt eines kräftig gebauten Straßenräubers breitbeinig und mit gezücktem Dolch vor ihm.

Gernot überlegte fieberhaft. An wertvollen Dingen führte er zwei Dinge in seinem Ranzen mit sich, seine Fidel, die unentbehrlich für ihn war, sowie den silbernen Ring. Weder das eine, noch das andere durfte in die Hände dieses Banditen geraten. Dieser versprach, ihn am Leben zu lassen, wenn er bereitwillig seinen Ranzen hergab, und Gernot tat, als wollte er sich schweren Herzens dieser Forderung fügen. Zu seinen Füßen aber hatte er im Schnee den abgebrochenen Ast eines alten Baumes erblickt. Geistesgegenwärtig bückte er sich, ergriff den Ast und streckte seinen Bedroher mit einem gezielten Hieb auf den Kopf nieder. Dann gab er Fersengeld.

Gernots Flucht währte noch nicht lange, als er zu seinem Entsetzen feststellen musste, dass der andere rasch wieder auf die Beine gekommen war und ihn mit wütendem Geschrei verfolgte. Auf offener, winterlicher Feldflur war niemand zu sehen, der Gernot hätte zu Hilfe eilen können. Trotzdem wäre ihm die Flucht wahrscheinlich geglückt, wäre er nicht auf vereistem Gestein ausgerutscht und gestürzt. Ein heftiger Schmerz schoss durch sein Knie. Jetzt schien die Fortsetzung der Flucht aussichtslos; gleich würde der Bandit ihn einholen und ihn nicht nur berauben, sondern ihm obendrein den Garaus machen. In diesem Augenblick bemerkte er neben sich das Galgengerüst, an dem ein armer Sünder hing. Gernot hatte keine Zeit, sich vor dem Gehenkten, der träge im Wind baumelte, zu gruseln. Der Galgen war möglicherweise seine Rettung. Ächzend rappelte er sich auf und hievte sich mit letzter Kraft bis zum Querbalken hinauf, auf den er sich der Länge nach ausstreckte.

Inzwischen war auch der Bandit am Galgen angelangt und starrte atemlos nach oben. Dass Gernot die Nähe zu dem Toten nicht scheute, erschien ihm wenig geheuer; trotzdem fiel es ihm nicht ein, von seinem Opfer abzulassen, ganz so, als fühlte er sich sonst in seiner Räuberehre gekränkt. Jetzt stecke er erst recht in der Falle, rief er Gernot hämisch zu, denn der Galgenvogel werde ihm sicher nicht mehr helfen.

Er müsse ihn schon herunterholen, wenn er ihm an den Kragen wolle, erwiderte Gernot in der verzweifelten Hoffnung, dass der Bandit sich nicht traute, das Gerüst zu erklimmen.

Er brauche doch nur zu warten, bis er wie ein fauler Apfel herunterfalle, entgegnete der Bandit, setzte sich auf den Hosenboden und warf seinen Dolch grinsend von einer Hand in die andere.

Der fürchterliche Leichengestank, der Gernot umwehte, drohte das Innere seines Magens nach außen zu kehren.

Stunde um Stunde verging. Grässliche Stunden. Es bereitete ihm zunehmend Mühe, sich auf dem schmalen Balken zu halten, außerdem fror er erbärmlich. Das geisterhafte Antlitz des Toten, das wegen der gefräßigen Raben keine Augen mehr besaß, sondern nur noch zwei leere Höhlen, starrte ihn an. Und der Bandit wartete mit unbarmherziger Geduld, die nur der Teufel ihm verliehen haben konnte.

Gernots Kräfte schwanden in dem gleichen Maße, wie ihn die Sinne verließen.

Was für ein Jammer!, dachte er. Das Minnelied, das er in Gedanken bereits für den schönen Volker und die schöne Gräfin gedichtet hatte, würde nie gesungen werden.

Als er vom Balken stürzte, hatte er das Bewusstsein bereits verloren.

14

Richolf, die Arme vor der Brust verschränkt, stand am Rand des Marktplatzes zu Andernach und sah der Aufführung ohne Begeisterung zu. Das Gefühl, dass Beth ihm von Tag zu Tag ein wenig fremder wurde, wollte einfach nicht weichen. Nachdem Frieder und sein Affe die Menge mit ein paar akrobatischen Kunststückchen unterhalten hatten, gab nunmehr Beth ihre ganz persönliche Vorstellung zum Besten – als Wahrsagerin. Sie selbst war gestern Abend auf diese Idee gekommen, und Matthes hatte sie sofort unterstützt. Er hatte ihr, woher auch immer, eine rote Perücke, ein buntes Kleid und einen Spitzhut beschafft, und auf ihrer rechten Schulter hockte ein ausgestopfter Rabe. In dieser Aufmachung stand sie auf einer Holzkiste, mitten auf dem Platz, und gab die Sprüche zum Besten, die sie sich gemeinsam mit Matthes und Frieder ausgedacht hatte. Als »Betty, die Seherin« hatte der Gauklerführer sie dem Publikum angekündigt. Rasch wurde somit klar, dass die Seherin in Wahrheit eine Komödiantin war.

»Stellt euch vor, ich war nicht immer nur eine Seherin«, begann sie und reckte das Kinn.

»Was warst du denn früher, Betty?«, fragte ein Kerl aus der vordersten Reihe erwartungsvoll. »In welchem Dirnenhaus warst du zu finden?«

Beth blieb gelassen. »Frag dein Weib, das hat mich manchmal vertreten. Wenn du mal wieder sturzbetrunken warst!«

Ihre Replik erntete mehr Gelächter als die anzügliche Frage. Richolf sah ihr an, wie sehr diese Erkenntnis Beth befriedigte. Wer sie aus dem Konzept bringen wollte, musste sich etwas Besseres einfallen lassen.

»Wo waren wir stehen geblieben? Ach ja, früher! Als ich noch Kind war und nicht nur Seherin. Nun ja, eine Seherin war ich auch da schon. Außerdem bin ich eine Grafentochter, müsst ihr wissen. Ehrlich, das ist nicht gelogen.«

»Sicher! Und ich bin die Tochter des Bischofs«, wurde sie abermals unterbrochen. Diesmal von einem Frauenzimmer, das ihr womöglich die vielen begehrlichen Männerblicke neidete. Beth nickte verstehend.

»Das erklärt, wieso deine Brüste wie zwei Bischofsmützen aussehen!« Wiederum sorgte ihr Spruch für Erheiterung.

»Wie gesagt«, fuhr sie dann fort. »Schon als Kind vermochte ich in die Zukunft zu blicken. Und niemals irrte ich mich. Eines Tages prophezeite ich, dass mein Vater am darauffolgenden Morgen, beim Glockengeläut zur Laudes, sterben müsse.«

Richolf beobachtete, wie die Leute an ihren Lippen hingen. Beth war in ihrem Element, als hätte sie nie etwas anderes getan, als vor Publikum Possen zu reißen. Sparsam dosierte sie Gesten und Gebärden, ihre Stimme war ruhig und beherrscht, doch genau dies schien den Leuten zu gefallen. Effektheischende Possenreißer, die fehlende Pointen durch Grimassen ersetzten, gab es zur Genüge.

»Wie ihr euch denken könnt, versetzte dies den Grafen, die Gräfin und das gesamte Burgpersonal in große Unruhe. Das Grafenpaar verbrachte eine schlaflose Nacht. Am Morgen klopfte es an der Tür zum gräflichen Schlafgemach. Der Graf stieg aus dem Bett, griff nach seinem Schwert und ging mit zitternden Knien zur Tür. Davor stand sein Kammerdiener.

Übrigens ein hübscher Kammerdiener. Ein sehr stattlicher Kammerdiener. Und just in diesem Moment läutete die Glocke zur Laudes. Da fiel er auf der Stelle um und war tot. Mausetot. So tot, wie man nur sein kann. Der Kammerdiener, nicht der Graf. Der nämlich atmete erleichtert auf und rief meiner Mutter zu: ›Gott sei Dank! Diesmal hat sich unsere Kleine geirrt!‹«

Die Leute hielten sich vor Lachen die Bäuche. Richolf sah hinüber zu Matthes. Dieser schien mehr als zufrieden mit Beths Vorstellung. Die Mätzchen eines Äffchens mochten das Publikum ja schmunzeln lassen, aber sprechen würde man hinterher über das freche Weibsbild, an dem sich mancher Spaßmacher ein Beispiel nehmen konnte.

Offenbar hatte sich Beth vorgenommen, das Publikum nicht zu Atem kommen zu lassen. Witze über Kuckuckskinder gefielen immer.

»Du!« Sie zeigte auf einen Mann mittleren Alters, der besonders laut gelacht hatte. »Zwei Kinder hast du!«, behauptete sie.

»Falsch!«, rief die Frau des Mannes, die neben ihm stand. »Es sind fünf!«

Aus dem Publikum kamen Pfiffe.

»Bist anscheinend doch keine Seherin, Betty«, rief der Mann schadenfroh.

»Oh doch, das bin ich.«

»Du hast es doch gehört, ich hab fünf Kinder. Nicht zwei.«

»Das denkst *du*!« Sie zwinkerte der Frau zu. »Wir beide wissen es besser, nicht wahr?«

Richolf begann, das Gelächter der Leute zu hassen. Sie sah nicht einmal zu ihm herüber, als hätte sie vergessen, dass es ihn überhaupt gab. Aus der Grafentochter war eine Possenreißerin geworden. Eine Närrin. Beinahe schien es, als würde sie das glücklich machen. Suchte sie wirklich noch von ganzem Herzen nach ihrer Schwester? Richolf hätte schreien können vor Wut und Enttäuschung.

Irgendwann kam sie endlich zum Ende.

»Neulich sagte ich zu einem anderen Gaukler: ›Du hast nur noch zwei Monate zu leben, mein Freund.‹ Darauf er: ›Wovon denn, meine Gute, wovon?‹ – Liebe Leute, wenn ihr also wollt, dass wir Gaukler nicht verhungern, dann zeigt euch gebefreudiger als die Leute anderswo. Der liebe Gott wird's euch vergelten! Anderenfalls freut sich nur der Teufel über euren Geiz.«

Das Publikum applaudierte. Beth verneigte sich und lüpfte ihren Hut, sodass Strähnen ihres rotes Perückenhaars ihr ins Gesicht fielen. Matthes trat auf sie zu, riss sie ungestüm an sich und küsste sie auf den Mund, länger, als es für einen Kuss aus reiner Dankbarkeit notwendig gewesen wäre.

»Betty, die Seherin!«, schrie er noch einmal in das Publikum, damit nur niemand diesen Namen vergaß.

»Beth, die Närrin«, sagte Richolf zu sich selbst.

»Dir gefällt wohl nicht, was du siehst«, vermutete Cristin, die plötzlich neben ihm stand.

Er sah sie an, während sie mit gespitztem Mund zu ihrem Gefährten und seiner neuen Attraktion hinüberblickte. »Nein, nicht besonders«, gab er zu.

Cristin nickte knapp. »Mir auch nicht«, sagte sie.

* * *

Ungeduldig wartete Volker auf die Rückkehr des Spielmanns. Hätte er nicht längst auf der Burg eintreffen sollen? Wo er nur blieb? War es denkbar, dass die Hinzweiler seine Absicht durchschaut hatten und ihn auf Langerode festhielten? Doch wie hätten sie einen Ring mit diesem Vorhaben in Verbindung bringen können? Nein, es gab sicher einen anderen Grund für seine Verspätung. Volkers Überzeugung, dass Genefe sein Hilfsangebot mittels des Rings angenommen hatte, war bislang ungebrochen gewesen. Sollte er nun daran zweifeln?

Er stand auf dem Wehrgang, blickte hinab ins Rurtal und hielt Ausschau, konnte aber nur Burg- und Bauersleute ausmachen. Das Tauwetter war wie ein Weckruf nach langem Winterschlaf, die Wege waren wieder einigermaßen passierbar, auch dies sollte kein Grund für eine verzögerte Rückkehr sein.

Und wenn er sich mit dem Ring einfach auf und davon gemacht hatte? Immerhin besaß er ja einen gewissen Wert.

Noch während ihm dieser Gedanke kam, schämte sich Volker dafür. Gernot war zwar ein Spielmann, aber einer mit gutem Ruf. Volker hielt ihn für loyal und ehrenwert. Wie gute Freunde waren sie beide, zudem im selben Alter. Auch wenn Gernot ihn manchmal auf eine etwas seltsame Weise anschaute – worauf Volker sich keinen Reim zu machen wusste –, hatte er nie den geringsten Grund gehabt, Gernot zu misstrauen. Gernot schien ihm dankbar zu sein. Dafür, dass er ihn nicht herablassend behandelte, so wie er es möglicherweise von anderen hohen Herrschaften gewohnt war.

»Herr!«

Volker fuhr herum. Er war so in Gedanken gewesen, dass er den Dienstboten gar nicht hatte kommen hören.

»Was gibt es denn?«

»Ihr wünschtet Nachricht, wenn der Spielmann …« Der Mann brach ab und hüstelte verlegen.

»Gernot? Ist er eingetroffen?«, half ihm Volker auf die Sprünge.

»Ja … ich meine, nein, Herr! Er … er ist tot, Herr!«

Entsetzt riss Volker die Augen auf. »Tot?«

»Zwei Meldereiter des Herzogs fanden ihn auf dem Weg nach Thum, genau vor dem Galgengerüst. Sein Schädel war eingeschlagen. Wahrscheinlich wurde er Opfer eines Raubüberfalls.«

Volker fühlte sich, als habe ihm jemand in den Magen getreten.

»Wirklich schade.« Der Bote seufzte. »War kein schlechter Sänger, nicht wahr, Herr? Und ein netter Kerl dazu.«

»Wo ist sein Leichnam?«

»In der Kapelle, Herr.«

»Dorthin schick mir die Männer, die ihn gefunden haben. Auf der Stelle!«

Volker machte sich auf den Weg. Als er den aufgebahrten Gernot sah, krampfte sich sein Herz zusammen. War er schuldig am Tod dieses Jünglings? Hätte er einen anderen Weg für den Hilferuf der Gräfin finden müssen?

Natürlich war es müßig, über solche Fragen nachzugrübeln. Immerhin, der Gedanke an Genefe lockerte den eisernen Ring, der sich um sein Herz gelegt hatte.

»Ihr wolltet uns sehen, Volker?«

Die Herbeigerufenen trafen ein. Gernot kannte die beiden schon seit seiner Kindheit an, es waren wackere Recken.

»Danke, dass ihr so rasch gekommen seid. Ihr habt den Leichnam gefunden, wie ich hörte.«

»So ist es. Armer Kerl. Verfluchtes Mordgesindel!«

»Trug er etwas bei sich? Seine Fidel, zum Beispiel?«

»Nichts.«

»Auch keinen … Ring?«

Die Männer sahen sich an. »Misstraut Ihr uns etwa, Volker?«, fragte der Eine.

»Nein, ich …«

»Um Vergebung, aber wenn wir seine Fidel oder einen Ring bei ihm gefunden hätten, dann wäre er wohl den dümmsten Strauchdieben in die Hände gefallen, die man sich vorstellen kann.«

Volker senkte beschämt den Kopf. »Gewiss. Verzeiht mir, ich wollte euch nichts unterstellen.«

»Was hat es denn mit diesem Ring auf sich?«

»Nichts. Geht, ich möchte euch nicht länger aufhalten.«

Nachdem sie gegangen waren, widmete Volker seine Aufmerksamkeit wieder dem Leichnam.

»Ach, mein Freund«, flüsterte er. »Wenn ich wenigstens wüsste, ob sie dir den Ring gegeben hat.«

Er wusste, dass er die Ungewissheit nicht lange ertragen würde. Es gab nur einen Weg, die Sache zu klären: Er musste, sobald sich die Gelegenheit bot, mit seinem Oheim reden und ihn in seinen Verdacht einweihen! Möglich, dass der Herzog ihn für verrückt hielt, aber dieses Risiko musste er eingehen.

15

Heidelberg, wenige Tage nach dem Aufbruch der Gaukler aus dem zerstörten Dorf

Agnes mochte den Kaufmann nicht, ohne dass sie hierfür einen konkreten Grund nennen konnte. Von dem Bärenfell einmal abgesehen, das seine Wohnstube schmückte. Mehr noch war es das flüchtige Gefühl, dass er es nicht wert war, gemocht zu werden. Zugegeben, das war nicht gerecht. Denn die Menschen in der Stadt hatten offenbar eine viel bessere Meinung von ihm. Man hatte ihnen beteuert, Tobias Hompesch sei ein allseits angesehener Tuchhändler, fromm, wohltätig, und vor allem Kindern, die ihm und seiner Frau leider verwehrt geblieben waren, wohlgesonnen. Aus diesem Grund habe er schon in der Vergangenheit Findelkinder bei sich aufgenommen, wenn es im städtischen Findelhaus keinen Platz mehr gegeben hatte.

Tobias Hompesch war ein wohlbeleibter Mann jenseits der fünfzig, er hatte dicke Augenlider, wulstige Lippen und kein einziges Haar mehr auf dem Kopf. Seine Frau Gudrun dagegen wirkte gedrungen und im ersten Moment verhärmt, aber wenn man sie länger ansah, stellte man fest, dass ihre eingesunkenen Augen niemals ruhten und keineswegs betrübt, sondern eher listig, ja verschlagen dreinblickten. Aber auch das war vermutlich keine gerechte Einschätzung, sagte sich Agnes.

Zunächst hatte die Hausmagd, ein korpulentes Frauenzimmer mit freudlosem Gesicht, die Besucher vertreiben wollen. Der Herr wünsche kein fahrendes Bettelvolk in seinem Haus. Erst nachdem Kilian beteuert hatte, sie seien nicht gekommen, um Almosen zu erbitten, vielmehr gehe es um ein Findelkind, hatte die Magd den Hausherrn in Kenntnis gesetzt.

Darauf hatte der Kaufmann Agnes, Kilian und Wulfhild in seiner Wohnstube empfangen. Nun saßen sie dort beieinander, das alte Paar, das junge Paar und Wulfhild. Wahrscheinlich war es das erste Mal, dass das Kind ein Haus betreten hatte. Alles war prachtvoll eingerichtet, die Möbel fein geschnitzt, Teppiche und Silberteller zierten die Wände. Ein Kamin sorgte für behagliche Wärme – was für ein Labsal nach den eiskalten Tagen und Nächten, die hinter ihnen lagen. Und in der Mitte der Stube lag jenes Bärenfell. Agnes hatte es einen Stich ins Herz versetzt, als sie es wahrgenommen hatte, ihr Staunen über all den Reichtum war mit einem Mal wie weggeweht gewesen.

Ob auch Wulfhild beeindruckt war von der prunkvollen häuslichen Umgebung, ließ sich ihrer Miene nicht entnehmen. Aber Agnes spürte deutlich ihre innere Anspannung, deshalb nahm sie ihre Hand und drückte sie sanft. Wulfhild entzog sie ihr nicht, wie sie es noch in den ersten Tagen getan hatte. Das Kind vertraute ihr allmählich, umso schmerzlicher fand Agnes den Gedanken, es in andere Fürsorge zu übergeben. Einen Moment lang spielte sie ernsthaft mit dem Gedanken, aufzuspringen und mit der Kleinen an der Hand aus dem Haus zu eilen. Doch Kilian und die anderen aus der Truppe hätten dies – bis auf Benno – nicht gutgeheißen. Allen ging es um das Wohl des Kindes. Doch wer konnte schon wissen, was das Beste für Wulfhild war?

Kilian erklärte den Eheleuten derweil den Grund ihres Kommens. Dafür musste er freilich weit ausholen. Ausführlich erzählte er, wie seine Truppe die Kleine und ihre sterbende

Mutter im Wald gefunden hatten. Hompesch und seine Frau hörten aufmerksam zu.

»Wie es scheint, hat Wulfhild ihr ganzes Leben mit ihrer Mutter in der Höhle gelebt«, erklärte Kilian. »Weil ihre Mutter keine Zunge hatte, hat ihre Tochter nie sprechen gelernt – bis auf die wenigen Worte, die wir ihr in den vergangenen Tagen beigebracht haben. Vermutlich kam sie nie mit anderen Menschen in Berührung.«

»Dann weiß sie auch nichts von Gott?«, fragte Hompeschs Frau entsetzt. »Ist sie ein Heidenkind?«

»Wir wissen nicht, ob sie je getauft wurde. Ich bezweifle, dass ihre Mutter in der Lage war, ihr von Gott zu erzählen oder sie im Glauben zu unterrichten.«

»Aber sie wird doch wohl das Kreuzzeichen schlagen können?«

Kilian kratzte sich das Kinn. »Ihr müsst wissen, wir sind ja nur Gaukler.«

»Oh ja«, erwiderte die Frau. Fehlte nur noch, dass sie die Nase rümpfte. »Soll das heißen, ihr bekreuzigt euch nicht?«

»Doch, das tun wir. Aber wie könnten wir ihr erklären, was es damit auf sich hat, solange sie uns nicht versteht? Wir haben lange überlegt, was mit Wulfhild geschehen soll, damit sie ein Leben in Würde führen kann. Sie in ein Findelhaus zu geben, schien uns eine gute Lösung zu sein. Doch als uns zu Ohren kam, dass Ihr aus christlicher Nächstenliebe schon früher Findelkinder aufgenommen habt, werter Herr Hompesch, da beschlossen wir, Euch zu fragen.«

»Daran habt ihr gutgetan«, sagte Tobias Hompesch und zeigte ein breites Lächeln. »In den Findelhäusern wimmelt es doch nur so von Flöhen und Ungeziefer. Und geprügelt werden sie dort auch. Arme Kinder!« Er musterte Wulfhild gründlich. Sein Blick gefiel Agnes nicht. Genauso schätzte er wahrscheinlich den Wert der Waren ab, mit denen er handelte.

»He, kleines Mädchen! Verstehst du, was ich sage?«, fragte er das Kind schließlich mit süßlicher Stimme.

Wulfhild schmiegte sich fest an Agnes' Arm.

Hompesch seufzte. »Wie verängstigt sie ist. Was man ja gut verstehen kann, wenn man eure Geschichte hört.«

Auf die Gefahr hin, dass Kilian ihr das krummnahm, wagte Agnes den Versuch, Hompesch davon abzuhalten, Wulfhild bei sich aufzunehmen.

»Es lässt sich nicht leugnen, Wulfhild ist ein wildes Kind, sie macht, was sie will, und Manieren sind ihr völlig fremd.«

Hompesch nickte nachdenklich. »Noch«, sagte er. »Noch.«

»Zum Glück lernen Kinder rasch!«, sagte Kilian.

Agnes sah ihn nicht an; wahrscheinlich bedachte er sie gerade mit einem vorwurfsvollen Blick.

»Oh ja, sie lernen rasch«, gab Hompesch ihm recht. »Wir werden ihr beibringen, was nötig ist. Wenn wir auch selbst nie Kinder hatten, so sind wir doch nicht unerfahren.«

»Ihr hattet also bereits Findelkinder in Eurer Obhut?« Agnes hoffte, dass ihre Frage unbefangen klang.

»Drei«, bestätigte der Kaufmann mit leichtem Zögern.

»Was ist aus ihnen geworden? Wo sind sie heute?«

»Gestorben, allesamt«, gab die Frau zur Antwort, noch bevor ihr Gatte das Wort ergreifen konnte. »Das ist das Furchtbare mit den Kindern, sie werden krank und sterben und brechen denen, die sie liebevoll aufziehen, das Herz.«

»Das muss nicht immer so sein, Gudrun«, winkte Hompesch missbilligend ab. »Der Herrgott weiß ganz genau, dass er uns schon viel Leid zugemutet hat, diesmal wird er bestimmt nachsichtig mit uns sein. Das schuldet er uns!«

Dass Gott irgendwem auch nur das Geringste schuldete, bezweifelte Agnes im Stillen.

Aber Kilian fragte hoffnungsvoll: »Ihr würdet Wulfhild also zu Euch nehmen?«

»Ja, das gedenke ich zu tun! Gudrun?«

Sie zuckte mit den Schultern. »Wie du meinst.«

»Gut.« Hompesch erhob sich. »Lass uns hinausgehen, Frau, damit sie sich in Ruhe von ihr verabschieden können.« Zu Kilian gewandt, sagte er: »Ich werde die Magd schicken, die das Kind in Verwahrung nimmt und in einen Badezuber steckt. Allerdings will ich, dass ihr euch nie wieder hier blicken lasst. Das Mädchen ist bei mir in guten Händen, es würde sie nur verwirren, euch wiederzusehen. Das ist meine Bedingung. Seid ihr einverstanden?«

Kilian nickte, während Agnes eine Antwort schuldig blieb. Doch Kilians Zustimmung schien dem Kaufmann vollkommen auszureichen. Noch einmal nahm er Wulfhild in Augenschein, bevor er kehrtmachte und mit seiner Frau die Wohnstube verließ. Zurück blieben Agnes, Kilian und Wulfhild.

»Glaub mir, Nes, es ist das Beste für sie«, flüsterte Kilian, ihre Hand streichelnd.

»Was macht dich da so sicher?«

»Du hast ihn doch gehört, er würde sie nicht einmal prügeln. Die Stadtleute halten ihn für rechtschaffen. Es ist doch wunderbar, wenn die Kleine nicht in ein Findelhaus muss, wo wir nicht wissen können, wie man sie dort behandelt.«

Agnes beugte sich vor. »Wieso starben diese Kinder?«, hauchte sie kaum vernehmbar, als befürchtete sie, Wulfhild könnte sie verstehen.

»Nes! Was um Himmels willen willst du denn damit sagen?«

Sie schwieg. Was hätte sie ihm auch antworten sollen? Dem Kaufmann etwas Böses zu unterstellen, war albern und wohl dem nahenden Abschiedsschmerz geschuldet. Vielleicht war es auch Eifersucht, die ihr solche Gedanken eingab. Doch ganz begraben wollte sie ihren Trotz noch nicht.

»Wozu diese Bedingung? Wieso dürfen wir sie nicht wenigstens besuchen? Hat er denn etwas zu verbergen?«

»Wir sind Gaukler, Liebste. Ich dachte, du hättest das inzwischen verinnerlicht.«

»Habe ich.«

»Dann kennst du den Grund, warum er das gesagt hat. Für ihn – und nicht nur für ihn – sind wir kein guter Umgang, erst recht nicht für ein Kind. Willst du dir das zu Herzen nehmen?«

»Dann dieses furchtbare Bärenfell …«

»Das ist nicht Ursula, Nes!«

Wulfhild blickte fragend von einem zum anderen, als forderte sie Rechenschaft über das, was sie gerade unter sich ausmachten.

Das wiederum ging auch Kilian ans Herz. Er ging vor ihr auf die Knie, streichelte mit zwei Fingern zärtlich über ihre Wange.

»Liebes, hör mir gut zu: Du wirst hier niemals Hunger leiden müssen, es wird dir an nichts mangeln, verstehst du?« Er führte eine Hand an seinen Mund und knabberte an den Fingerspitzen, um ihr zu zeigen, was er meinte. »Hübsche Kleider wirst du tragen, wie eine vornehme Jungfer. Du wirst immer unter einem richtigen Dach schlafen. Sie werden gut für dich sorgen und dich lieben, wie deine Mutter dich geliebt hat. Wie richtige Eltern werden sie für dich da sein. Und eines Tages, wenn du erwachsen bist, dann werden sie dich mit einem guten Mann vermählen.«

»Hör auf damit«, sagte Agnes gepresst. »Du weißt ja nicht, wovon du sprichst.«

Die Magd, die Hompesch erwähnt hatte, betrat die Stube. Es war das stämmige Frauenzimmer, das sie bei ihrer Ankunft hatte vertreiben wollen.

»Marie muss jetzt in den Zuber!«, verkündete sie barsch.

»Sie heißt Wulfhild«, sagte Agnes.

Die Magd schüttelte den Kopf. »Von heute an heißt sie Marie.«

»Wer sagt das?«

»Die Herrin!«

Agnes presste die Lippen zusammen und schaute Kilian an. Der hob bedauernd die Schultern.

»Und warum soll sie plötzlich Marie heißen?«, verlangte Agnes zu erfahren.

»Weiß nicht. Vielleicht, weil der Name christlicher klingt. Verabschiedet euch von ihr!«

Wulfhild versteifte sich, sie schien zu ahnen, dass ihr Leben – zum zweiten Mal binnen kurzer Zeit – eine neue Wendung nahm. Ihr Anblick zerriss Agnes beinahe das Herz. Auch sie kniete, mit den Tränen kämpfend, vor ihr nieder. »Lebwohl, Wulfhild! Ich werde für dich beten, dann wird alles gut.« Zitternd küsste sie das Kind auf die Stirn.

Wulfhilds Mund war wie zu einer Frage geöffnet.

»Komm schon, Kindchen!« Die Magd ergriff ihre Hand.

Wulfhild, in der nach wie vor noch reichlich Wildheit schlummerte, wollte sich losreißen, aber die Magd war stark wie ein Ochse und hielt sie unerbittlich fest.

»Ich werd' dir schon nicht den Kopf abreißen, Marie! Komm endlich!«

Schwindel erfasste Agnes, sie glaubte, dass sie heulend zusammenbrechen müsse, wenn sie auch nur noch einen Augenblick länger hier verweilte. Ohne einen Blick zurück verließ sie die Stube und rannte aus dem Haus. Draußen, auf der Gasse, blieb sie schwer atmend stehen und wischte sich die Tränen aus dem Gesicht. Bald darauf erschien Kilian und umarmte sie zärtlich. Obwohl sie sich wünschte, er hätte ihre Bedenken ernst genommen, erwiderte sie seine Umarmung, presste den Kopf gegen seine Brust und lechzte nach Trost.

»Sie wird sich schnell an ihre neue Umgebung gewöhnen, mein Liebling«, flüsterte er ihr zu. »Dann wird sie um keinen

Preis der Welt mehr mit einer Gauklertruppe durch die Lande ziehen wollen.«

Sie war gewillt, sich tapfer damit abzufinden und ihrem Argwohn abzuschwören. Nüchtern betrachtet hatte Kilian ohnehin recht: In wenigen Jahren würden sie für Wulfhild nur noch eine ferne, vermutlich recht seltsame Erinnerung sein. Und das, was sie neulich in den Augen des Kindes gesehen hatte, würde in ihrer Erinnerung verblasst sein wie ein wirrer Traum, an den man sich zwar noch lange erinnert, der dann aber allmählich im Nebel des Vergangenen versinkt.

»War sie wie eine Tochter für dich?«, fragte Kilian einfühlsam.

Agnes dachte eine Weile darüber nach. »Wäre sie bei uns geblieben, hätte ich mich gegen meine Muttergefühle nicht länger zur Wehr setzen können.« Ihr gelang sogar wieder ein Lächeln. Er erwiderte es auf der Stelle.

»Ich konnte deine Augen strahlen sehen, wenn Wulfhild dir ihre Zuneigung zeigte. Daher hoffe ich, dass du auf Muttergefühle nicht mehr lange warten musst.«

»Das hoffe ich auch«, entgegnete sie. »Ich werde ein ernstes Wort mit meinem Gatten sprechen müssen.«

»An ihm soll es nicht scheitern«, hauchte er ihr ins Ohr. »Er kann sich nichts Schöneres vorstellen, als mit seiner wunderschönen Gemahlin ein Kind zu zeugen. Deshalb sollten wir es künftig *täglich* treiben.«

»Meinst du zwei- oder dreimal täglich?«

»Das liegt auch an dir.«

»Du musst nur stets ein ruhiges Plätzchen finden. Ich will nicht, dass Saul uns wieder anfeuert.«

»Oha, wie verwöhnt du bist, Grafentochter. Vielleicht finden wir ja eine alte Burg für uns alleine, wo wir beide ganz ungestört sind.«

»Im Sommer reicht mir schon ein Kornfeld.«

»Willst du mir den Mund wässrig machen? Bis dahin ist es noch eine Weile.«

»Es wird sich schon was ergeben.«

Sie küssten sich leidenschaftlich auf offener Straße, frenetisch beklatscht von zwei Schneiderlehrlingen, die gerade vorübergingen. Außerdem gab es noch einen weiteren Beobachter: Ein dürrer, hohlwangiger Mann in zerrissener Mönchskutte, auf einen Wanderstab gestützt, starrte von der anderen Straßenseite ungeniert zu ihnen herüber.

»Seit den Geschehnissen von Wesel weckt der Anblick von Wandermönchen zwiespältige Gefühle in mir«, flüsterte Kilian.

»Dieser dort scheint mir jedoch nur ein Gauner zu sein«, vermutete Agnes.

»Wieso denkst du das?«

»Er überlegt gerade, wie er uns ausnehmen kann.«

»Kann ich Euch helfen?«, rief Kilian leicht säuerlich.

Der Wandermönch, oder was immer er war, antwortete mit einer Gegenfrage.

»Verliebt?«

»Ihr seid äußerst scharfsinnig, Bruder«, beschied ihm Kilian nicht ohne Spott.

»Dann erfahrt ihr viel Neid und Missgunst?« Ohne eine Antwort abzuwarten, fuhr er fort: »Ich prophezeie euren Feinden fürchterliche Dinge für kleinen Lohn.«

Kilian runzelte die Stirn. »Ihr … macht *was*?«

Die Stimme des Mönchs blieb geduldig; offenbar waren verwirrte Rückfragen für ihn nichts Neues.

»Ganz einfach, mein Sohn: Du und deine Angebetete, ihr scheint mir doch recht glücklich zu sein. Das wiederum ruft todsicher Widersacher auf den Plan, das war immer so und wird sich niemals ändern. Menschen, die euch das Glück nicht gönnen und euch oder eurer Gauklertruppe Übles wollen. Neidhammel, Nebenbuhler, Intriganten. Denkt nach, auch ihr kennt sicher solche Menschen. Diesen Leuten sage ich die Zukunft voraus und prophezeie ihnen Schreckliches, damit sie euch künftig in Frieden lassen. Fragt meine Kundschaft, ich bin sehr überzeugend. Es kostet nicht viel, für euch nur einen halben Silbergulden.«

Kilian lachte. »Vergebt mir, Meister Prophet, aber den wüsste ich besser anzulegen als in Eure Scharlatanerie.«

»Danke, aber zu unserem Glück benötigen wir Eure Dienste nicht«, gab ihm Agnes etwas freundlicher zu verstehen.

»Wie ihr meint.« Der Mann zuckte mit den Achseln. »Aber denkt daran: Der Teufel läuft umher wie ein brüllender Löwe und sucht, wen er verschlingen kann!« Dann ging er weiter seines Weges.

Agnes und Kilian sahen sich an.

»Trotz allem ein gelungener Spruch, der am Ende«, sagte Kilian. »Das muss man ihm lassen.«

»Ist aus der Bibel«, belehrte ihn Agnes.

»Unfassbar, womit Schwindler den Leuten heutzutage das Geld aus der Tasche ziehen. Wollten wir uns übrigens nicht ein stilles Plätzchen suchen?«

Auf dem Weg zurück zur Truppe, die noch vor den Toren der Stadt lagerte und auf sie wartete, passierten sie eine halb verfallene Scheune. Kilian sah sich nach allen Seiten um. Da niemand zu sehen war, zerrte er die kichernde Agnes ins Innere.

»Ist dieses Plätzchen ruhig genug?«, fragte er grinsend.

Statt einer Antwort machte sie sich an seiner Hose zu schaffen und nötigte ihn, sich auf einen alten Schemel zu setzen. Dann raffte sie ihr Kleid hoch, setzte sich auf seinen Schoß und stöhnte auf, als er langsam in sie hineinglitt. Eine Weile hielt der Schemel das Gewicht der beiden aus, aber als Agnes' rhythmische Bewegungen immer heftiger wurden, brach er plötzlich ein und sie fanden sich nebeneinander auf dem Boden wieder. Sie kicherten, aber die Lust war ihnen keineswegs vergangen.

Deshalb machten sie einfach weiter, um die Wette keuchend, Agnes abermals obenauf, selbst der Weltuntergang hätte sie nicht voneinander lösen können. Beinahe zeitgleich stießen sie zu guter Letzt einen lang gezogenen Schrei aus; dann sank Agnes vornüber, bis ihre rasenden Herzen sich berührten und ihr Atem sich mit seinem vermischte. Obwohl es kühl war, strömte herrliche Wärme durch ihren ganzen Körper.

Als sie wieder halbwegs zu Puste gekommen waren, küssten sie sich erneut, anfangs behutsam und zärtliche Worte flüsternd, dann fordernd und gierig, und letztlich machten sie mit neu entfachter Lust weiter, wo sie vorher aufgehört hatten.

Irgendwann – sie hätten nicht zu sagen gewusst, wie viel Zeit vergangen war – mussten sie einsehen, dass sie sich nicht ewig an diesem Ort lieben konnten. Im Lager wartete man bereits auf ihre Rückkehr.

Hand in Hand, wie auf Wolken schwebend, machten sie sich auf den Weg.

»Bist du glücklich mit mir, mein Augenstern?«, fragte er unterwegs.

»Wie kannst du fragen?«, erwiderte sie nicht ohne Empörung.

»Du wirkst auf einmal so nachdenklich. Hat es dir nicht gefallen?«

»Es hat mir mehr gefallen, als du dir vorstellen kannst, dummer Kerl.«

»Worüber grübelst du dann nach?«

Sie konnte ihm eben nichts vormachen. »Ach, es ist wegen Wulfhild.«

»Nes …«

»Ich weiß, ich weiß. Sie wird es gut haben.«

»Na also.«

Dass ihr Abschiedsschmerz umgehend wilder Fleischeslust gewichen war, war ihr ein wenig aufs Gewissen geschlagen.

Sosehr Agnes den gemeinsamen Rausch genossen hatte, die Erinnerung an das zuvor Geschehene war noch nicht verblasst. Andererseits bereute sie nichts von dem, was geschehen war, nachdem sie das Haus des Tobias Hompesch verlassen hatten. Enthaltsamkeit hätte nichts an den Gegebenheiten geändert.

Im Lager freute man sich, zu erfahren, dass Wulfhild ein neues Zuhause gefunden hatte, wenngleich sich inzwischen alle an sie gewöhnt hatten.

»Besser für das arme Mädchen«, fand Agatha.

»Sie wird es besser haben als wir«, unkte Luzia.

»Wulfhild? Den Namen hab ich schon mal gehört«, behauptete Heinrich.

16

Volker hielt den rechten Moment für gekommen. Der Herzog war bester Laune. Sein erster Jagdausflug nach vielen Wochen – der frostklirrende Winter hatte keine Ausritte in den Wald erlaubt – war für ihn äußerst erfolgreich verlaufen. Zufrieden saß er in seinem Lehnstuhl vor der Feuerstelle am Kamin und wartete auf den heißen Wein, nach dem er verlangt hatte.

»Schon gut, ich mach das!« Volker nahm dem Diener den dampfenden Becher aus den Händen und brachte ihn selbst seinem Oheim.

»Danke, mein Junge.« Herzog Wilhelm schlürfte an dem Becher und lehnte sich mit einem behaglichen Seufzen zurück. »Warum setzt du dich nicht zu mir? Wenn du schon den Diener gibst, hast du mir bestimmt etwas mitzuteilen.«

»Ihr habt mich durchschaut, Onkel.« Volker wünschte sich, die Menschenkenntnis seines Oheims würde nicht versagen, wenn es um die Sippe der Hinzweiler ging.

Der Herzog nickte ihm auffordernd zu. »Ich höre, mein Junge. Was liegt dir auf dem Herzen?«

Volker holte tief Luft. Längst hatte er sich die Worte zurechtgelegt, doch jetzt, da er endlich das Ohr des Herzogs hatte, war alles wie weggeweht.

»Nun, es geht um … um …«

»Um die Gräfin von Langerode?« Der Herzog grinste breit und nippte an seinem Becher.

»Ihr wisst es?«

»Als wir zu Gast auf Langerode waren, war deine Begeisterung für sie nicht zu übersehen. Ich verstehe dich gut, sie ist in der Tat nicht nur ein Augenschmaus, sondern auch klug. Du würdest die schöne Witwe gerne zur Frau nehmen, nehme ich an. Sie hat es dir angetan. Obwohl du eigentlich zu grün für sie bist, findest du nicht?«

Volker spürte, wie er rot anlief. »Aber darum geht es nicht, Onkel.«

»Nein?«

»Sie … sie ist in Gefahr, glaube ich.«

»In Gefahr?« Der Herzog hob die Brauen. Amüsierte ihn das?

Volker nagte an seiner Unterlippe. Er würde sich lächerlich machen, wenn er seine Behauptung nicht glaubhaft belegen konnte.

»Ich fürchte, die Hinzweiler behandeln sie schlecht«, begann er vorsichtig.

»Warum sollten sie das tun? Die Gräfin gewährt ihnen Gastfreundschaft.«

Onkel, seid Ihr blind? Die Worte lagen Volker auf der Zunge; zum Glück verschluckte er sie. Denn bei allem Wohlwollen, das der Onkel ihm entgegenbrachte, ließ er sich ungern belehren.

»Die Hinzweiler gelüstet nach der Grafenkrone. Nur Ihr könnt ihnen diese gewähren.«

»So ist es.«

»Deshalb schmieren sie Euch Honig um den Mund, wie Euch nicht entgangen sein dürfte.«

»Das ist kein Vergehen.« Er zwinkerte dem Neffen zu.

»Die Witwe des Grafen könnte ihnen jedoch hinderlich sein bei ihrem Bestreben.«

»Wenn die Hinzweiler die Gräfin, in welcher Weise auch immer, unterdrücken, hätte sie bei mir Klage führen können, als ich auf Langerode war. Eine bessere Gelegenheit hätte sich ihr nicht bieten können.«

»Sie muss gute Gründe gehabt haben, es nicht zu tun. Die Hinzweiler, allen voran jener Bernard, sind rücksichtslos, wenn es um ihre Interessen geht.«

»Das sagt man auch mir nach, mein Junge. Zeige mir einen Mächtigen, der keine Feinde hat. Die Hinzweiler waren immer loyal, ich hatte nie Anlass, ihnen zu misstrauen. Mag sein, dass sie etwas derb sind, aber das ist kein Grund, ihnen böse Absichten zu unterstellen.«

»Die Gräfin ist schwanger. Aus Sorge um ihr Kind schweigt sie.«

Der Herzog lachte, doch es klang nicht belustigt. »Junge, du siehst Gespenster. Bist du vielleicht eifersüchtig? Auf Bernard?«

Die Frage machte Volker wütend. Natürlich durfte er sich das nicht anmerken lassen. Es musste doch einen Weg geben, seinen Onkel, der ansonsten kein argloser Narr, sondern ein pragmatischer Herrscher war, das Offensichtliche erkennen zu lassen.

Volker beugte sich vor. »Onkel!«, sagte er beschwörend. »Zuerst wurde das Gut der Hinzweiler ein Raub der Flammen. Graf Werner, der seine Tochter mit Bernard vermählt hatte, gewährte seinen angeheirateten Verwandten vorläufig Quartier auf Langerode, bis ihr Gut wiederaufgebaut wäre. Dann starb der Graf bei einem Jagdunfall, und die Töchter des Grafen sind auch verschwunden. Kommt Euch das nicht alles merkwürdig vor?«

Der Herzog hatte sein Gesicht zum Feuer gewandt, als hätte er keine Lust mehr auf dieses Gespräch. Seine gute Laune war verflogen. »Nicht unbedingt«, antwortete er. »Gewiss ließe sich für alles eine Erklärung finden.«

»Dann gebt sie mir, diese Erklärung.«

»Was hältst du von dieser: Ein liebestoller Jüngling reimt sich Dinge zusammen, die mit der Wirklichkeit nichts zu tun haben.«

Es war zum Verrücktwerden.

»Ihr wollt es nicht einmal in Erwägung ziehen, dass auf Langerode etwas Widerrechtliches geschieht?«

Der Herzog massierte sich müde die Stirn. »Weißt du, dass ich viele Sorgen habe, Volker? Du hast mich manches Mal begleitet, längst hast auch du einen Einblick bekommen, wie schwierig es ist, den Landfrieden zu wahren. Die Macht der Landstände nimmt von Jahr zu Jahr weiter zu, ihre Forderungen werden immer dreister. Nie kann ich mir der Treue meiner Gefolgsleute gewiss sein, nicht einmal meinen Söhnen kann ich trauen. Zu den wenigen Ausnahmen gehörte Graf Werner von Langerode. Und auch die Hinzweiler zählen zu den Treuen, ich sagte es bereits, sie standen immer an meiner Seite. Du aber bezichtigst sie der Ruchlosigkeit. Hast du Beweise dafür, dass sie der Gräfin Übles wollen? Nein! Beweise hast du nicht!« Er breitete die Arme aus.

»Vielleicht doch«, sagte Volker leise.

Der Herzog stöhnte auf. »So? Und was kommt jetzt, Junge? Bist du etwa einer Verschwörung auf die Spur gekommen?«

Volker rutschte unbehaglich auf seinem Stuhl hin und her. Aber es gab wohl keinen anderen Weg, als dem Onkel anzuvertrauen, was er ihm eigentlich hatte verschweigen wollen.

»Ihr habt doch von dem Spielmann gehört, Gernot, der vor wenigen Tagen ermordet aufgefunden wurde!«

Der Herzog schaute ihn nur fragend an.

»Ich hatte Gernot nach Langerode entsandt«, fuhr Volker mit gesenktem Kopf fort. Und berichtete dann, welche Vereinbarung er mit der Gräfin getroffen hatte, weil für ein eingehendes Gespräch keine Zeit gewesen war.

»Du hast mit der Gräfin gesprochen? Wann?«

»Als wir auf Langerode waren.«

»Also hat sie dir nicht ihr Leid geklagt?«

»Vor allem hat sie mir nicht widersprochen, als ich meinen Verdacht äußerte. Ich bin überzeugt, dass sie Gernot den Ring übergeben hat. Nur konnte der Ärmste ihn mir nicht aushändigen, weil Strauchdiebe ihn töteten und ausraubten.«

»Gütiger Himmel!« Der Herzog schüttelte fassungslos den Kopf. »Du hast den Ring meiner Schwester – Gott hab sie selig! – einem Spielmann anvertraut?«

»Er hatte mein Vertrauen. Ich fühle mich schuldig an seinem Tod. Aber es ändert nichts an der Tatsache …«

»An welcher Tatsache? Junge, allmählich beginne ich an deinem Verstand zu zweifeln. Der Spielmann ist tot. Ob er den Ring tatsächlich bei sich hatte, wissen wir nicht. Ärgerlich genug, dass er nun fort ist. Es sei denn, die Gräfin hat ihn noch. Was ich sogar für wahrscheinlicher halte.«

»Warum fragt Ihr sie nicht einfach?«

»Weil ich mich wegen meines liebeskranken Neffen nicht zum Narren machen will. Der Gräfin wird das alles schrecklich peinlich sein.«

»Ich bin nicht liebeskrank. Außerdem bin ich erwachsen genug, um Schlüsse aus meinen Beobachtungen zu ziehen.«

Der Herzog schloss die Augen und atmete tief. Dann sagte er ruhiger: »Noch einmal: Ich kann verstehen, dass die hübsche Witwe dir den Verstand vernebelt. Auch ich war einmal jung und weiß, was in dir vorgeht. Aber jetzt will ich nichts mehr davon hören. Wäre die Gräfin in Gefahr, aus welchen Gründen auch immer, würde sie mich das wissen lassen, denn sie weiß, wie nahe Werner mir stand. Geh jetzt, Volker! Es ist genug. Ich bin erschöpft von der Jagd und muss mich erholen!«

Volker gehorchte und ging, jedoch ohne seinem Oheim den ehrerbietigen Gruß zu entbieten, den er ihm schuldete. In diesem Moment hasste er seinen Onkel so sehr wie den hochmütigen Bernard von Hinzweiler.

* * *

»Du wirst genau das tun, was er von dir verlangt, hast du verstanden, Marie?«

Natürlich hatte Wulfhild nicht verstanden. Die Kaufmannsfrau Gudrun Hompesch wusste das im Grunde auch. Das Kind war ja erst wenige Tage im Haus, man hatte ihm mühsam ein paar Begriffe beigebracht, die es zu verstehen schien: *Essen, Trinken, Haus, Tisch, Sitzbank, Truhe, Kleidchen* – solche Worte halt. Aber selbst machte es bislang keine Anstalten, zu sprechen. Gudrun Hompesch war mit einem solch schwierigen Fall noch nicht betraut gewesen. Sie war aber überzeugt, dass das Kind, wenn sie sich nur streng und eindringlich genug gab, verstünde, worauf es ankam. Heute war der Tag. Ihr Gemahl hatte sich schon ungeduldig gezeigt.

»Gnade dir Gott, wenn du ihm nicht zu Willen bist, Mädchen!« Sie wackelte drohend mit dem Zeigefinger. »Dann wird er seine Launen an mir auslassen. Ich warne dich, kleines Biest! Gib dir Mühe!« An Gudruns Hals traten sämtliche Sehnen hervor.

Sie standen unmittelbar vor der Schlafkammer des Kaufmannspaares. Trude, die Magd, stand mit unbewegtem Gesicht daneben und hielt eine Stoffpuppe in den Händen.

»Na los, Trude, gib ihr die Puppe.«

»Zwecklos«, erwiderte die Magd kopfschüttelnd. »Sie beachtet die Puppe überhaupt nicht. Ich glaube, sie weiß nicht mal, was eine Puppe überhaupt ist. Gestern hat sie sie einfach gegen die Wand geworfen.«

»Dann geleite sie eben ohne die verfluchte Puppe hinein. Danach wachst du vor der Tür, damit sie bloß nicht auf dumme Gedanken kommt.«

»Ist mir jemals ein Kind entwischt?«, fragte die Magd unbeeindruckt.

»Wenn sie fliehen will …«

»…kriegt sie eine Backpfeife, die sie nie vergessen wird. Keine Sorge, Frau Hompesch. Ist ja nicht so, als würde ich das zum ersten Mal machen. Bis jetzt haben sich die Bälger immer gefügt. Euer Gatte hat sich nie beklagen müssen.«

»Aber sieh zu, dass ihre Nase nicht blutet. Du weißt, der Herr mag das nicht.« Sie öffnete leise die Tür. »Na los, bring sie jetzt zu ihm«, flüsterte sie, als läge drinnen ein Schwerkranker, den man auf keinen Fall stören dürfte.

Wulfhild hatte immer noch kein Mittel gefunden, sich dem harten Griff der fetten Magd zu entwinden.

»Sei doch nicht so grob zu ihr, Trudi«, sagte Tobias Hompesch mahnend. Er lag nackt da, ein roter Baldachin schwebte über dem Bett. Wulstige Falten seines fetten Bauches bedeckten seine Blöße.

»Du musst keine Angst vor mir haben, kleine Marie. Ich werde dir nichts Schlimmes antun. Ich werde ganz vorsichtig sein, verstehst du?«

»Nein, sie versteht Euch nicht, Herr«, sagte die Magd mit gepresster Stimme.

»Geh nur, Trudi, und warte draußen. Die kleine Marie und ich, wir werden uns schon anfreunden. Nicht wahr, Marie?«

17

Wie ein Rausch war es, wenn die Leute an ihren Lippen hingen. Wenn sie sich lachend auf die Schenkel klopften und ihr das Gefühl gaben, dass man sie niemals vergessen werde. Nie hatte Beth sich so bewundert, so befreit gefühlt.

Als Tochter eines Grafen, der ihr zwar ein liebender Vater gewesen war, hatte sie dennoch wie eingesperrt gelebt. Hatte einen brutalen Schurken heiraten müssen, und ihr bis dahin im Grunde doch passables Leben war zu einer wahrhaftigen Demütigung geworden. Bis ihr endgültig klar geworden war, dass dies nicht ihre Bestimmung sein konnte. Richolf war ihr ein treuer Freund gewesen, ohne ihn hätte sie es nicht geschafft, der Hölle zu entfliehen. Ihr Freund war er immer noch, wenngleich es an ihm nagte, dass sie zu einer Art Berühmtheit geworden war: ein ungehöriges Weib, das Possen riss und die Leute zum Lachen brachte. Matthes war der Meinung, dass kein Spaßmacher, dem er je begegnet war, ihr das Wasser reichen konnte. Da stellte sie sich manchmal insgeheim die Frage, warum der Herrgott sie als Grafentochter hatte auf die Welt kommen lassen. Was früher von Bedeutung für sie gewesen war – schöne Kleider, Schmuck, der ganze eitle Tand –, das alles war nichts verglichen mit dem Hochgefühl, das sie empfand, wenn die Leute ihr applaudierten.

Davon abgesehen musste sie auf schöne Kleidung ja keineswegs verzichten. Matthes hatte ihr versprochen, in der nächsten Stadt einen Schneider aufzusuchen, damit er ihr ein besonderes Kleid für ihre Auftritte anpasste. »Der Ausschnitt muss größer sein«, hatte Matthes erklärt und prüfend die Hände auf ihre Brüste gelegt. »Sie sind ja nicht besonders groß, aber niedlich. Ein guter Schneider wird wissen, wie er sie zur Geltung bringt, deine Paradiesäpfelchen.«

Zum Glück hatte Richolf das nicht mitbekommen. Er war ja so schrecklich eifersüchtig.

Zudem hatte Matthes beschlossen, den ausgestopften Raben auf ihrer Schulter nunmehr durch Jokubim zu ersetzen. Der Rabe hatte Beth zu sehr wie ein Hexenweib erscheinen lassen, weshalb Matthes, der immer nach Perfektion strebte, zu der Überzeugung gelangt war, ein Affe passe besser zu den Darbietungen einer Spaßmacherin. Jokubim schnitt dazu eine Grimasse nach der anderen, was die komische Wirkung noch steigerte.

Rufe aus der Menge brachten sie nie in Verlegenheit, immer wusste sie etwas zu antworten. Seitdem Jokubim zu ihrer Vorstellung gehörte, musste sie sich manch anzüglichen Spruch anhören. Manchmal war es widerlich, was dem Männervolk durch den Kopf ging, aber es half nichts, sie musste das Spiel mitmachen, denn wenn man den Leuten den Spaß verdarb, war das schlecht fürs Geschäft.

Sie konzentrierte sich auf die Zuschauer.

»Du lässt es zu, dass der Affe dich knutscht?«, rief einer dieser Schmutzfinken, nachdem Jokubim seine Nase an Beths Wange gerieben hatte. »Was darf er dann wohl noch mit dir anstellen, wenn wir nicht zusehen?«

»Alles«, erwiderte Beth ungerührt.

»Ach, wie schade, dass ich kein Affe bin!«

»Obwohl durchaus Ähnlichkeiten bestehen. Aber der Affe war nicht immer ein Affe, müsst ihr wissen. Früher …«, sie dachte kurz nach, denn die Leute liebten bizarre Geschichten. »Früher war er ein Mensch. Ein Stallbursche, um genau zu sein. Behauptete aber, in Wirklichkeit ein verwunschener Königssohn zu sein. Wenn ich ihn küssen würde, versicherte er mir dreist, dann würde er sich auf der Stelle wieder zurückverwandeln. Na schön, also hab ich ihn geküsst. Ein Königssohn, ha! Sakrament, der Kerl hatte mich belogen. Im nächsten Augenblick hockte er als verdammter Affe auf meiner Schulter.«

Die Menge amüsierte sich, doch Beth durchfuhr es wie ein Blitz. Wieso, zum Teufel, hatte sie den Stallburschen zum Affen gemacht? Warum war ihr gerade das eingefallen? Weil sie Richolf in diesem Moment in der Menge entdeckt hatte?

Ihr entging nicht, wie seine Miene bei ihren Worten versteinerte. Dann machte er auf dem Absatz kehrt und verschwand aus ihrem Blickfeld.

Richolf war tief gekränkt, und sie konnte es ihm nicht einmal verdenken, auch wenn sie ihn auf keine Weise hatte beleidigen wollen. Da er sich aber in der Gauklertruppe ohnehin entbehrlich, ja überflüssig fühlte, hatte ihm ihre dumme Geschichte wohl den Rest gegeben.

Bis zum Schluss ihrer Darbietung war Beth kaum noch konzentriert. Sie sah zu, dass sie rasch zum Ende kam.

»Was hast du denn, warum hörst du auf?«, raunte Matthes ihr zu. »Die Leute wollen noch etwas hören.«

»Lass mich«, sagte Beth unwirsch und winkte Frieder zu sich, damit er ihr den Affen abnahm. Dann machte sie sich auf die Suche nach Richolf.

Am Planwagen traf sie nur Cristin an.

»Falls du deinen Bruder suchst – der ist abgehauen!«, beschied ihr Cristin. In ihren Augen glitzerte unverhohlene Schadenfreude.

Beth erschrak. »Abgehauen? Wie meinst du das?«

»Er hat sein Bündel genommen, Lebewohl gesagt und ist gegangen.«

»Wohin?«

»Das hat er mir nicht verraten, dein Bruder.«

»Und wieso hast du ihn nicht aufgehalten?«

»Bin ich seine Hüterin? Aber warum tust du es ihm nicht gleich?«

Cristins Gegenfrage machte Beth wütend. Warum hörte die Seiltänzerin nicht auf, sie zu hassen?

»Er wird schon wieder zurückkehren«, entgegnete sie trotzig.

»Wenn du meinst.« Cristin zuckte mit den Schultern und ließ Beth einfach stehen.

»Er wird bald wiederkommen«, sagte Beth noch einmal zu sich selbst. Überzeugt war sie nicht davon. Sollte sie ihn suchen, jetzt? Weit konnte er noch nicht gekommen sein. Doch nein, das ließ ihr Stolz nicht zu. Wenn Richolf ihr den Erfolg nicht gönnte, dann musste er das mit sich selbst ausmachen. Wo wollte er hin? Eine Rückkehr nach Langerode kam für ihn nicht infrage, Bernard würde ihn umbringen. Hatte er etwa vor, Agnes und die anderen alleine weiterzusuchen? Das würde er ihr doch hoffentlich nicht antun.

Es würde ihm gar nichts anderes übrig bleiben, als zu ihr zurückzukehren.

* * *

Der Ring! Der Spielmann! Der Neffe des Herzogs! Genefe konnte seit Tagen an nichts anderes mehr denken. Was würde geschehen? Würde der Herzog mit einer bewaffneten Schar vor Langerode erscheinen, um ihre Ehre zu retten und die Hinzweiler zu bestrafen?

Das klang zu schön, um wahr zu sein. Und doch hatte Volker ihr genau das versprochen.

Indes, Tage waren bereits vergangen. Zweifelte der Herzog am Ernst ihrer Situation? Hielt er sie gar für eine Intrigantin? Oder wartete er nur auf einen günstigen Zeitpunkt, um die Angelegenheit zu klären?

Eine Antwort, warum bislang nichts geschehen war, erhielt Genefe eher zufällig von ihrer Leibmagd Lena. Die beiden Frauen verweilten in der Kemenate und arbeiteten an einem Stickrahmen.

»Ihr erinnert Euch doch an den jungen Spielmann, der neulich zu Gast war«, sagte Lena beiläufig. »Ich meine den, über dessen Ankunft Ihr benachrichtigt werden wolltet.«

Genefe hätte sich fast an der Nadel gestochen. »Natürlich erinnere ich mich. Warum fragst du, Lena?«

»Nun, man erzählte, der Ärmste sei ermordet worden. Johann der Haarige hat es von einem Höker aus Nideggen erfahren.«

Erschrocken starrte Genefe die Magd an. »Er wurde ermordet? Von wem?«

»Strauchdiebe vermutlich. Es muss noch am selben Tag geschehen sein, an dem er Langerode verließ.«

Genefe war erschüttert. »Oh Gott!« Sie schlug ein Kreuz. Was für eine Tragödie. Sie konnte ihn noch deutlich vor sich sehen, den jungen Mann mit den verträumten Augen. Erst dann fiel ihr schlagartig der Ring ein, den er bei sich getragen hatte.

»Wurde er … ausgeraubt?«

Lena wirkte verwundert ob dieser Frage. »Das nehme ich an, Herrin. Sofern er neben seiner Fidel überhaupt etwas Wertvolles bei sich trug.«

Ein Werk der Hinzweiler? War Bernard dem Trick mit dem Ring auf die Schliche gekommen? Doch um die Wahrheit herauszubekommen, hätte er den Spielmann schon foltern müssen. Da dies ihres Wissens nicht geschehen war, musste es sich um ein eigenständiges Unglück handeln. Als hätte sich das Schicksal nicht schon genug gegen sie verschworen.

»Erzählt Ihr mir, was es mit dem Spielmann auf sich hatte, Herrin?«

Für gewöhnlich war Lena diskret und selten neugierig. Da jedoch Genefe aus ihrer Verzweiflung kaum einen Hehl machte, war die Magd anscheinend mutig genug, diese Frage zu stellen.

Warum nicht?, dachte Genefe bei sich. Lena war ihr immer eine treue Dienerin gewesen. Vielleicht war es an der Zeit, sie zu ihrer Mitstreiterin zu machen. Wer sonst blieb ihr noch? Und so erzählte sie Lena flüsternd, als hätten die Wände der Kemenate Ohren, von der Abmachung, die sie mit dem Neffen des Herzogs gehabt hatte.

Lena war nicht auf den Kopf gefallen, auch das schätzte Genefe an ihr.

»Der Neffe des Herzogs dürfte den Ring also nicht bekommen haben«, schloss sie. »Was gedenkt Ihr nun zu unternehmen?«

»Ich habe die Hoffnung, dass er trotzdem mit seinem Onkel gesprochen hat; auch ohne meine Nachricht.«

»Nur ist bisher leider nichts geschehen.«

»Was kann ich tun? Nur abwarten. Und beten.«

Lena kaute an ihrer Unterlippe und dachte nach. »Ich könnte nach Nideggen gehen und Herrn Volker versichern, dass Ihr dem Spielmann den Ring übergeben habt. Vielleicht zweifelt er ja daran.«

»Zu gefährlich«, winkte Genefe ab. »Willst du, dass es dir ergeht wie dem Sänger?«

»Ich werde alte Lumpen tragen. Wer überfällt schon ein Bettelweib?«

»Dein verstauchter Knöchel …«

»Ach, der bereitet mir keine Schwierigkeiten mehr, Herrin.«

Konnte man die Vernunft denn gänzlich außer Acht lassen? Wenn Lena etwas zustieße, würde sie sich das kaum verzeihen. »Bernard wird merken, wenn du plötzlich fort bist. Das würde ihm verdächtig vorkommen, er weiß um deine Ergebenheit zu mir. Und wahrscheinlich würde er nach dir suchen lassen.«

»Herrin! Wenn wir nichts wagen, wird alles bleiben, wie es ist. Warum lasst Ihr mich das nicht für Euch tun? Bitte, es würde mich glücklich machen, wenn ich Euch helfen könnte! Ihr wollt doch auch nichts sehnlicher, als dass die Gerechtigkeit siegt.«

Die Leidenschaft, mit der die sonst so zurückhaltende Lena sprach, überraschte Genefe. Außerdem hatte sie recht: Manchmal war es nötig, dem Glück auf die Sprünge zu helfen.

»Nun gut, morgen wirst du aufbrechen. Versprich mir, vorsichtig zu sein!«

Damit war eine weitere Entscheidung getroffen.

18

Agnes träumte von Jesaja, dem Propheten.

Es war nicht das erste Mal, dass sie von ihm träumte. Im Jahr zuvor war der geheimnisvolle Wanderprediger auf Langerode aufgetaucht. Eine todbringende Seuche, die bald über die Menschheit kommen werde, hatte er prophezeit. Ein Wolfshund hatte ihn begleitet, das Tier war verletzt gewesen, und Agnes hatte sich um die Wunde gekümmert. Hinterher hatte der Prophet ihr etwas anvertraut: Er habe sie und Kilian in der Zukunft gesehen – mit einem Kind. Wochen später war sie Jesaja erneut begegnet, am Tag von Kilians angesetzter Hinrichtung. Jesaja hatte öffentlich die Schuld für Kilians angebliches Vergehen auf sich genommen – und war an seiner Stelle hingerichtet worden. Was für ein immenses Opfer … sie hatten einander ja kaum gekannt. Was ihr damals schon wie ein unwirklicher Tagtraum erschienen war, wiederholte sich seitdem in ihren Träumen.

Diesmal kam in ihrem Traum jedoch noch eine weitere Person vor: Wulfhild.

Sie träumte, der Prophet und Wulfhild kämen ihr Hand in Hand entgegen. Darüber wunderte sie sich, denn nie hatte sie die beiden miteinander in Verbindung gebracht.

»Nimm sie in deine Obhut!«, trug Jesaja ihr auf und schickte das Mädchen zu ihr. Wulfhild blieb vor ihr stehen. Sie lächelte.

»Sie hat bereits ein neues Zuhause!«, entgegnete Agnes.

»Erinnerst du dich an meine Worte?« Jesajas Worte klangen wie eine Mahnrede. »Ich sah dich und den jungen Bärenführer mit einem Kind.«

»Gewiss, ich erinnere mich.« Wie hätte sie das vergessen können?

»Dieses Kind war Wulfhild!«

Verblüfft starrte Agnes die Kleine an. Sie lächelte immer noch, aber ihre Augen hatten sich verändert. Agnes erkannte in ihnen wie in einem Spiegel – sich selbst!

Erneut wollte sich Agnes an den Propheten wenden, um auf all die Fragen, die sich ihr stellten, Antworten zu erhalten. Doch Jesaja schien sich in Luft aufgelöst zu haben. Sein Verschwinden war ihr so unheimlich, dass sie mit einem Aufschrei aus dem Schlaf fuhr.

Im Planwagen war es dunkel. Draußen schnaubte Hera, als hätte die Stute die Angst ihrer Herrin gewittert. Aber auch Kilian war von ihrem Schrei wach worden. Sie spürte seine Hand, die sich beruhigend auf ihren Arm legte.

»Schon gut, Liebste. Du hast nur geträumt«, raunte er ihr schlaftrunken zu.

Sie wartete, bis ihr Herzschlag sich etwas beruhigt hatte, während sie über ihren Traum nachdachte.

»Kilian?«, flüsterte sie.

»Hmh?«

»Und wenn nun Wulfhild das Kind ist, von dem der Prophet damals zu mir gesprochen hat?«

»Sie ist nicht *unser* Kind, Nes.«

»Er hat auch niemals behauptet, er habe in seiner Vision *unser* Kind gesehen.«

Ihre nächtlichen Überlegungen überforderten den müden Kilian. »Ach, warum schläfst du nicht weiter? Was immer du geträumt hast – vergiss es einfach. Wir werden bald ein Kind haben, und zwar ein eigenes. Wirst schon sehen.«

Agnes ließ nicht locker.

»Warum bin ich dann noch nicht schwanger? Es ist ja nicht so, als wären wir enthaltsam.«

»Weiß Gott nicht. Es wird schon noch …«

»Und wenn ich nicht empfangen kann?«

»Dann ist es eben so. Willst du die ganze Nacht darüber nachdenken? Schlaf, mein Liebling.«

Sie sah ein, dass die Nacht keine Antworten für sie bereithielt. Wenn Wulfhild wirklich das Kind war, von dem jener Jesaja gesprochen hatte, dann würde sich alles fügen, irgendwie. Kilian hatte recht, es brachte nichts, sich mitten in der Nacht darüber den Kopf zu zerbrechen.

Trotzdem lag sie bis zum Morgengrauen wach.

* * *

Trudi, die korpulente Magd im Hause Hompesch, hielt die Neigungen ihres Dienstherrn keineswegs für normal, aber sie fand, es sei nicht an ihr, darüber zu richten. Immerhin hatte sie im Haus des Kaufmannes kein schlechtes Leben, sie litt weder Hunger noch Durst, nicht nur an den Feiertagen konnte sie Fleisch essen, und manchmal durfte sie sogar von dem roten Burgunderwein kosten, der in großen Fässern im Keller lagerte. Die Geschäfte des Tuchhändlers liefen gut, soweit sie das beurteilen konnte, sie musste sich nicht darum sorgen, was morgen sein würde. Im Grunde war er ein großherziger Mensch, der Herr Hompesch. Niemals schrie er die Kinder an, niemals schlug er sie, zumindest hatte Trudi das noch nie erlebt. Dennoch neigte er offenbar zu ungestümer Begierde – wie sonst war zu erklären, dass drei seiner Schützlinge in seinem Bett gestorben waren? Vermutlich erdrückt und erstickt von den gewaltigen Leibesmassen ihres Gönners. Danach war Hompesch stets tagelang traurig und zerknirscht gewesen, der Tod der Kinder hatte ihm ferngelegen, einmal hatte Trudi ihn sogar Rotz und Wasser weinen sehen.

Eigentlich mochte er ja lieber Knaben, aber da Findelkinder nicht wie faule Äpfel von den Bäumen fielen, begnügte er sich auch mit kleinen Mädchen. Diese Marie, die angeblich in einem Wald gelebt hatte, sie war offenbar nicht leicht zu zähmen. Obwohl sie noch ein Kind war, konnte es einem manchmal unheimlich werden, wenn man ihr in die Augen blickte. Beim ersten Stelldichein mit dem Hausherrn hatte sie sich wie eine wilde Katze gesträubt.

»Lass sie nur, Trudi. Man muss Geduld mit ihr haben«, hatte Hompesch zu ihr gesagt, als sie ihm die eingefangene Flüchtende wieder hatte zuführen wollen. Er hatte es ausgesprochen wie ein Weiser, und sein Gesicht war voller Kratzspuren gewesen.

Die von Hompesch proklamierte Geduld schien sich nun auszuzahlen. Trudi saß, die fleischigen Arme vor der Brust verschränkt, wachend vor der Tür zur Schlafkammer und vernahm von drinnen nichts, was auf neuerlichen Widerstand der Kleinen hätte schließen lassen. Marie schien sich mit der besonderen Form von Hompeschs Fürsorge abgefunden zu haben. Blieb nur zu hoffen, dass er nicht auch sie aus lauter Liebe erdrückt hatte.

Diese Sorge erübrigte sich, als Marie plötzlich aus der Tür trat. Diesmal wirkte sie ruhig und gefasst, nicht wie ein Kind, das davonrannte. Sogar die Tür schloss sie sorgfältig hinter sich. In ihrer Hand hielt sie Hompeschs Weinpokal aus edlem Glas.

»He, wo willst du denn hin, Kleine?«

»Wein!«, sagte sie.

Trudi verstand. Den alten Bock gelüstete nach mehr Wein. Offenbar hatte er etwas verschüttet, was den roten Fleck auf Maries weißem Hemdchen erklärte.

»Gib mir das Glas. Ich gehe in den Keller.«

»Nein, ich!«, sagte das Mädchen.

Na schön, das ersparte ihr das mühsame Treppensteigen. »Dann geh! Aber stolpere nicht, wenn du die Treppenstufen hochkommst. Sei vorsichtig!«

»Wein!«, sagte Marie noch einmal.

»Ja, ja. Geh schon!« Ein wenig wunderte sich Trudi, dass der Herr der Kleinen das kostbare Glas einfach anvertraute. Wahrscheinlich eine Maßnahme, um ihr Vertrauen zu gewinnen.

»Von mir aus«, murmelte Trudi. Und wartete.

Nach einer Weile hörte sie endlich wieder Schritte auf der Treppe. Doch nicht Marie erschien im Korridor, sondern die Hausherrin.

»Wohin ist sie gegangen?«, fragte Gudrun Hompesch barsch.

»Wer?«

»Marie, wer sonst?«

»Sie holt Wein aus dem Keller.«

»Unsinn! Sie ist wie ein geölter Blitz aus dem Haus gerannt!«

»Oh!« Trudi stand auf und rieb sich verlegen die Nase. »Dann will ich sie mal lieber wieder einfangen.«

»Dumme Gans, sie kann zehnmal schneller laufen als du. Wieso hast du nicht aufgepasst?« Auch wenn das ein Vorwurf war, ihre Stimme klang nur mäßig aufgebracht.

»Euer Gemahl hat sie selbst losgeschickt.«

Gudrun Hompesch schnalzte mit der Zunge und dachte nach. »Das wirst du ihm gefälligst selbst beibringen«, entschied sie, mit dem Kinn auf die Tür zum Schlafgemach weisend. »Na los! Sag es ihm!«

Die Alte war in Wahrheit nicht unglücklich über die Flucht der Kleinen, davon war Trudi überzeugt. Die widernatürlichen Neigungen ihres Gemahls ertrug sie ohnehin nur zähneknirschend.

Trudi verdrehte die Augen, aber was blieb ihr übrig, als dem Befehl der Hausherrin nachzukommen. Dann würde sie heute halt den Sündenbock abgeben. Hompesch würde sicher gleich eine groß angelegte Suche veranlassen.

Sie klopfte an die Tür und trat, als niemand antwortete, leise ein und räusperte sich.

»Herr Hompesch!«, rief sie.

Er schlief mit offenen Augen. Seltsamerweise schnarchte er nicht. Sein entblößter Körper und das ganze Bett waren rot von dem verschütteten Wein. War er betrunken? Das hätte auch erklärt, warum er Marie gestattet hatte, die Kammer zu verlassen.

Trudi trat näher. Als sie das lange Küchenmesser erblickte, das genau neben seinem Kopf lag, traf es sie wie ein Blitz. Seine Kehle war aufgeschlitzt, wie bei einem Tier auf der Schlachtbank. Immer noch sickerte es aus der klaffenden Halswunde. Er betrachtete den Baldachin über sich, der die Farbe seines Blutes hatte.

Trudi hätte schreien müssen, doch die Stimme versagte ihr. Ohnehin stand Gudrun Hompesch, die vor der Tür gelauscht hatte, inzwischen neben ihr. Auch über ihre Lippen kam kein Laut; mit leeren Augen starrte sie auf ihren toten Gemahl.

Wulfhild aber blieb verschwunden.

19

Es war keineswegs so, dass Richolf sein fluchtartiges Verschwinden keine Sekunde bereut hätte. Zwei- oder dreimal war er sogar kurz davor gewesen, zu Beth zurückzukehren. Dann aber hatte sein Stolz anders entschieden. Sein Herz gehörte ihr zwar immer noch; ob das auch umgekehrt der Fall war, erschien ihm mehr als zweifelhaft. Beth liebte das Abenteuer, wahrscheinlich war er, der einfache Stallknecht, für sie, die Grafentochter, auch nur ein solches gewesen, ein aufregendes Spiel mit dem Feuer. Möglich, dass sie wirklich etwas für ihn empfunden hatte, doch irgendwann nach ihrer Flucht aus Langerode musste der Reiz für sie ein Ende gefunden haben. Spätestens als sie auf Matthes getroffen waren, der sie von Anfang an mit lüsternen Augen verschlungen hatte. Als Beth schließlich noch Gefallen daran fand, vor Publikum ihre Späße zu machen und den Beifall wie ein Rauschmittel in sich aufzusaugen, war sie ihm endgültig fremd geworden. Waren sie nicht ausgezogen, um ihre Schwester und seinen Vater zu finden? Wie es schien, war dieses Ziel für Beth nicht mehr vorrangig. War es nicht nur eine Frage der Zeit, bis sie Matthes' Werben nachgab und dessen Geliebte wurde?

Nein, Richolf hatte nicht vor, dies aus der Nähe zu erleben, diese Demütigung wollte er sich ersparen. Er hatte sich vorgenommen, die Suche nach den anderen Gauklern allein fortzusetzen. An die Vorstellung, dass Heinrich sein Vater war, konnte er sich immer noch nicht gewöhnen, der Mann war ihm schließlich nach wie vor ein Fremder. Vielleicht würde sich das ja ändern, wenn er ihm endlich wieder begegnete. Wie auch immer, nie wieder würde sein Vater in seiner Vorstellung ein namenloser Schatten sein.

Der Winter verlor nun täglich an Kraft, die Straßen aber waren schlammig und unwegsam. Zwei Tage lang wähnte sich Richolf auf der richtigen Fährte, nachdem ihm mehrere Befragte versichert hatten, eine Gauklertruppe mit einem Tanzbären sei erst vor Kurzem in der Gegend gewesen. Als er sie endlich in einem Dorf vor Hersfeld fand, erwies sich die Truppe als eine ihm völlig fremde, und bei dem Tanzbären handelte es sich um ein altes, zahnloses Geschöpf, dessen Hals von einem Kettenring völlig wundgescheuert war und das mehr über die eigenen Beine stolperte, als dass es tanzen konnte.

Frustriert musste Richolf sich eingestehen, dass er seine Suche von Neuem beginnen musste. Wochen oder Monate konnten vergehen, bis er ihnen auf die Spur käme, wenn überhaupt. Und hungrig war er so sehr, dass er an einem Marktstand in der Stadt ein Stück Speck stahl und von Glück sagen konnte, dass man ihn dabei nicht erwischte. Damit er nicht fortdauernd mit der Gefahr leben musste, als ertappter Dieb seine rechte Hand unter dem Richtbeil zu verlieren, beschloss er, sich irgendwo als Tagelöhner zu verdingen, damit er für eine Weile dieser Sorge ledig sein konnte. Er würde sich etwas verdienen, um seine Suche dann mit frischem Mut fortzusetzen.

Glücklicherweise fand er in Hersfeld, unweit des Johannistors, eine Anstellung als Stallknecht bei einem Pferdehändler namens Strodecker, wo er genau das tun musste, was er sein Leben lang getan hatte. Die Pferde gaben ihm das Gefühl von Zufriedenheit und Vertrautheit, im Grunde fehlte nur noch der alte Moritz an seiner Seite. Wie mochte es dem alten Knaben wohl gehen? Richolf erinnerte sich an des Stallmeisters warnende Worte: Ein Stallknecht und eine Grafentochter, das könne einfach nicht gut gehen. Und eine Schande sei es obendrein. Hätte er auf ihn hören sollen? Aber wie konnte ein Verliebter solche Worte beherzigen? Wenn Beth ohne ihn aus Langerode geflohen wäre, dann hätte er sich das niemals verziehen, dann wäre er nie wieder glücklich geworden. Und er hätte nie erfahren, dass Moritz die Wahrheit gesagt hatte.

Den Umständen nach hätte es ihm bei seiner Anstellung also nicht besser ergehen können, dachte Richolf bei sich, auch wenn Strodeckers Frau ihn nicht gerade fürstlich bewirtete, wenn es zu Tisch ging. Deshalb beschloss Richolf, als er nach drei Tagen erstmals Lohn erhielt, in den Gassen der Stadt einen netten Abend zu verbringen, erstmals in seinem Leben ein Badehaus zu besuchen und danach in einer guten Taverne zu speisen und ein kühles Bier zu trinken.

Im Badehaus bediente ihn eine appetitliche Bademagd mit rotblonden Haaren und niedlichen Sommersprossen; bekleidet war sie mit einem dünnen, knielangen Hemd, das mehr preisgab, als es verdeckte. Sie machte ihm schöne Augen, was natürlich zu ihrem Geschäft gehörte. Trotzdem ließ er sie zu sich in den Zuber steigen – warum sollte er den Anblick des schönen Mädchens nicht genießen? Als aber ihre Füße dorthin drängten, wo es Männern besonders gefiel, musste er an Beth denken. Er bat die Magd, damit aufzuhören, obwohl ihm diese Treue selbst unsinnig vorkam. Beth und er, das war nun einmal vorbei. Die Magd kam seinem Wunsch nach, wirkte aber wenig begeistert, als sie aus dem Zuber stieg. Auch für eine wie sie musste das eine Kränkung sein, und um sie zu versöhnen, erzählte Richolf ihr, ein Gelübde halte ihn davon ab, die Freuden des Fleisches kosten zu dürfen. Diese Erklärung genügte der Magd und ließ sie wieder lächeln, und Richolf nutzte die Gunst des

Augenblicks, um sie nach einem guten Wirtshaus zu fragen, wo er später nach Herzenslust speisen könne. Denn speisen, fügte er vorsichtshalber hinzu, sei nicht Bestandteil seines Gelübdes.

Eine Stunde später betrat er das Gasthaus Adlerhorst und ließ sich einen Tisch zuweisen. Er bestellte ein Gericht aus Hammelfleisch und Weizengrütze sowie einen Humpen Bier. Schon ewig hatte er nicht mehr so köstlich gespeist.

Bald darauf betrat ein Mann, der einen Mantel mit Pelzbesatz aus weißem Hermelinfell trug, die Stube. Er war hochgewachsen, hatte eine gebogene Nase und einen hochmütigen Blick. Es war offensichtlich, dass er eine stadtbekannte Persönlichkeit war, denn der Wirt gab sich sehr ergeben, und auch die anderen anwesenden Gäste grüßten ihn ehrerbietig. Dass der Ankömmling der Schultheiß des Abts von Hersfeld war, entnahm Richolf den devoten Worten des Wirts.

Der Schultheiß gebärdete sich selbstgefällig und blasiert, sprach zunächst nur das Nötigste. Schweigend aß er sein gebratenes Huhn und trank Wein dazu, den besten hatte er sich kommen lassen.

»Der hohe Herr steht wohl hier hoch über allem«, raunte Richolf dem Wirt spöttelnd zu, als dieser ihm Bier nachschenkte.

»Wart's nur ab, gleich wird er gesprächiger«, verriet ihm der Wirt mit einem Augenzwinkern. »Das macht der Wein, davon verträgt er nicht viel.«

Tatsächlich taute der hohe Herr schon nach dem zweiten Becher auf und begann, jovial mit dem Wirt zu plaudern. Richolf wurde Ohrenzeuge, ob er wollte oder nicht.

»Stell dir vor, heute habe ich das beste Geschäft meines Lebens gemacht.«

»Oh«, rief der Wirt aus. »Dann freue ich mich von ganzem Herzen mit Euch!«

»Einen prächtigen Schecken habe ich heute auf dem Markt erworben. Zu einem Spottpreis. Der zwielichtige Verkäufer wollte ursprünglich das Zehnfache für ihn haben. Da habe ich ihm gedroht, seinen Geschäften einmal gründlich auf den Grund zu gehen. Darauf gewährte er mir zähneknirschend den Preisnachlass.«

»Geschieht ihm recht, dem Halsabschneider«, sagte der Wirt und zwinkerte Richolf abermals zu.

»Morgen gehe ich zu Strodecker und verkaufe ihm den Schecken für das Zwölffache.«

»Und wenn Ihr Eurer Geschäft später begießen wollt, steht mein Haus Euch selbstverständlich offen, Herr Schultheiß.«

»Ich weiß, mein Freund, ich weiß.«

Richolf grinste in seinen Becher. Natürlich würde er den Pferdehändler vorwarnen und war schon gespannt, zu erfahren, ob sich der Gier des Amtsträgers eine Grenze setzen ließ. Jetzt aber wollte er gehen, das Bad und das gute Essen hatten ihn hundemüde gemacht. Als er wenig später auf sein Strohlager sank, schlief er augenblicklich ein.

* * *

Im Lager der Gaukler ließ man es an diesem Morgen etwas gemächlicher angehen. Die vergangenen Tage waren wieder einmal sehr anstrengend gewesen, weshalb Kilian beschlossen hatte, erst gegen Mittag aufzubrechen, damit alle noch etwas Kraft schöpfen konnten. Das Tal, in dem sie sich befanden, trug nur noch wenige Merkmale des Winters, der jedoch vielleicht nur den Atem anhielt. Der Fluss neben ihrem Lager führte reichlich Schmelzwasser mit sich. Eine gute Gelegenheit, schmutzige Kleidung zu waschen, fand Fronica, die das mit ihren Füßen rascher und gründlicher bewerkstelligte als Luzia mit ihren Händen.

Vor dem Planwagen trafen sie sich, um ein gemeinsames Frühstück einzunehmen. Irgendwo, viel zu früh für die

Jahreszeit, sang ein Buchfink. Kilian sah hinüber zu Agnes, die vor dem Zwingerwagen stand und Ursulas Morgengruß entgegennahm. Der Bärin gelang es inzwischen zur Erheiterung der Gaukler, die Melodie der letzten Worte des Liedes von der Bärin Ursula zu brummen.

Sie rieben ihre Schnauzen.

Ihr Name: Ursula.

»Und wenn sie noch das Singen lernt, dann will ich nicht länger schwarz sein«, lachte Saul.

»Wenn du nicht mehr schwarz bist, kannst du nicht mehr bei uns bleiben«, entgegnete Kilian.

»Pah! Matthes würde mich mit Kusshand in seiner Truppe aufnehmen.«

»Aber nicht, wenn du nicht mehr schwarz bist.«

»Für ihn könnte ich mich schwarz anpinseln.«

»Du könntest es auch sein lassen und einfach bei uns bleiben.«

»*Du* hast doch gesagt, ich könnte gehen, wenn ich nicht mehr schwarz bin.«

»Das soll ich gesagt haben?«

»Wenn ich euer geistvolles Gespräch einmal unterbrechen dürfte«, warf Fronica ein, »wo bleiben denn eigentlich Agatha und Heinrich?«

»Schlafen noch«, erklärte Kilian. »Sie sind nicht mehr die Jüngsten und brauchen verständlicherweise mehr Ruhe als unsereins.«

»Ich brauche auch viel Ruhe«, behauptete Luzia. »Vor allem, wenn es am Vorabend wieder spät wurde«, hauchte sie verführerisch in Sauls Richtung.

Kilian nickte. »Von der Arbeit ja eher kaum.«

Saul wackelte mit dem Zeigefinger. »Das musst gerade du sagen. Denkst du, wir wüssten nicht, wie wild ihr es miteinander treibt?«

»Spioniert ihr uns etwa hinterher?«

»Man muss nur in eure Gesichter schauen.«

»Neidisch?«

»Dazu hat er keinen Grund!«, behauptete Luzia.

Hans und Benno, die nach dem Rechten bei Hera, Josef dem Zweiten und den beiden Maultieren geschaut hatten, gesellten sich zu ihnen.

»Hab ich was Lustiges verpasst?«, fragte Benno in die Runde.

»Nichts, wofür du alt genug wärst«, antwortete Fronica.

»Und unser ernster Hans hätte sowieso nicht darüber gelacht«, fügte Luzia hinzu.

Dieser legte den Kopf schief. »Wer weiß.«

Agatha streckte den Kopf aus dem Wagen. »Guten Morgen«, sagte sie gähnend. »Wo ist Heinrich?«

Kilian runzelte die Stirn. »Ist er denn nicht bei dir?«

Seine Mutter blickte fragend von einem zum anderen. »Heißt das, ihr habt ihn nicht gesehen?«

Die Gaukler wechselten ratlose Blicke. Niemandem war Heinrich an diesem Morgen begegnet.

»Bestimmt erledigt er drüben in den Büschen sein Morgengeschäft«, schlug Fronica vor.

»Ich sehe nach!« Benno eilte hinüber, kam aber bald kopfschüttelnd zurück.

»Gütiger Himmel«, stöhnte Agatha.

Kilian legte die Hände trichterförmig um den Mund. »Vater!«, schrie er, ohne eine Antwort zu erhalten.

Nun wurden die Gaukler von Betriebsamkeit ergriffen. Agnes kam vom Zwingerwagen herübergeeilt.

»Mein Vater ist verschwunden!«, erklärte ihr Kilian aufgeregt.

»Worauf warten wir dann? Suchen wir ihn!«

Nicht nur deshalb liebte er sie: Sie brachte alles ohne Umschweife auf den Punkt.

»Ja, suchen wir ihn! Allzu weit kann er ja noch nicht sein!«

Sie teilten sich auf, um in allen Richtungen zu suchen. Die besorgte Agatha blieb zurück, für den Fall, dass er von allein wieder im Lager auftauchte. Am liebsten hätte Kilian Agnes an seiner Seite gehabt, er hasste es, wenn sie ohne seinen Schutz unterwegs war. Doch sie gab zu bedenken, dass die Chancen, Heinrich zu finden, größer seien, wenn jeder ein Areal absuche. Was ebenfalls einleuchtend war. So blieb ihm nichts anderes übrig, als zumindest diese Sorge hintanzustellen.

Kilian begab sich flussabwärts. Falls der Vater in den Fluss gefallen war – ihm graute vor diesem Gedanken, denn das hätte der alte Gauklerführer kaum überlebt –, dann wollte er es selbst sein, der seine Leiche am Ufer fand, sofern sie nicht für alle Zeiten fortgeschwemmt war. Er rannte den Flusspfad entlang, hielt fieberhaft Ausschau, rief immer wieder nach ihm, wobei er jedoch den Eindruck hatte, dass das laute Murmeln der Fluten seine Stimme verschlang.

Während seiner verzweifelten Suche schossen ihm pfeilschnell hundert Gedanken durch den Kopf. Er dachte zurück an seine Kindheit, erinnerte sich, wie der Vater ihm beigebracht hatte, was ein Gaukler und Bärenführer können musste. Sein Vater war immer schon ein recht launischer Mensch gewesen, aber wenn er ihm, dem Knaben, etwas erklärt hatte, war ihm nie der Geduldsfaden gerissen. Auf gewisse Weise war er sogar zärtlich zu ihm gewesen, wenn auch weniger durch Gesten oder Worte. Vielmehr hatte Kilian seit jeher das Gefühl gehabt, dass Frau und Kind dem Vater alles bedeuteten, dass er für sie durch die Hölle gegangen wäre. War das etwa weniger wert als eine Liebkosung? Seine Launen kamen und gingen, sein Herz jedoch blieb ergeben. Daran änderten auch einige Liebschaften nichts, die Heinrich, wie er inzwischen wusste, in früheren

Jahren gehabt hatte. Arme Mutter! Aber sie hatte ihm längst verziehen, sie war zweifellos eine Heldin.

Es tat weh, zu sehen, wie sich Heinrich seit geraumer Zeit veränderte, wie er immer mehr dahinwelkte und sich in einen anderen Menschen zu verwandeln schien, der sich häufig an die einfachsten Dinge nicht erinnern oder mit Namen nichts anfangen konnte. Dabei war Vater kein anderer Mensch, war es doch noch dieselbe Seele, die ihn bewohnte. Vielleicht war es ein Dämon, der diese beängstigenden Veränderungen bewirkte. Und womöglich hatte dieser Dämon ihn vergangene Nacht in die kalten Fluten des Flusses getrieben.

Allein der Gedanke ließ Kilian frösteln. Was konnte man gegen Kreaturen der Hölle ausrichten? Selbst die meisten Priester nahmen Reißaus vor ihnen.

Lieber Gott, lass ihn bitte noch am Leben sein!

Und als hätte der Herr sein Stoßgebet erhört, sah Kilian in diesem Moment die Gestalt des Vaters vor sich, einen guten Steinwurf entfernt, mitten auf dem Pfad. Kein Zweifel, er war es, Kilian erkannte ihn nicht zuletzt an den typischen Tippelschritten, die er sich angewöhnt hatte. Seltsamerweise hielt er ein Kind an der Hand. Oder das Kind ihn?

Kilian war vom Laufen völlig außer Atem, sodass er auf der Stelle stehen blieb und sich auf seinen Knien abstützte, um wieder zu Kräften zu kommen. Dabei ließ er den näher kommenden Vater aber nicht aus den Augen, als könnte er sich letztlich noch als Trugbild entpuppen.

Endlich stand Heinrich vor ihm.

»Kilian?«

Immerhin, seinen Namen hatte er noch nicht vergessen.

»Ja, Vater.« Er atmete immer noch schwer.

»Was machst du hier, mein Junge?«

»Hab dich gesucht, Vater.«

»Ich bin doch hier!«

»Das sehe ich. Wen hast du denn da …« Er stockte, denn erst jetzt erkannte er das Kind an seiner Hand.

»Wulfhild?«, fragte er fassungslos. An ihrem Kleid entdeckte er Blutflecken. »Um Himmels willen, was machst du hier? Warum … warum bist du nicht bei deinen neuen Eltern?«

Natürlich antwortete die Kleine ihm nicht; sie sah ihn mit ihren geheimnisvollen grünen Augen nur an, ohne dass ihr auch nur die kleinste Gemütsregung anzumerken gewesen wäre.

»Sie heißt Wulfhild?«, wunderte sich Heinrich.

»Ja, Vater. Und ich weiß auch, dass du den Namen schon einmal gehört hast.«

»Nicht dass ich wüsste«, sagte Heinrich nachsinnend.

20

Richolf hatte so gut wie lange nicht mehr geschlafen. Strodecker, sein Dienstherr, hatte ihn sogar wecken müssen. Das war Richolf noch nie passiert. Der alte Moritz, wenn auch sonst die Gutmütigkeit in Person, hätte ihm gehörig den Kopf gewaschen. Aber Moritz war weit weg, und Richolf bereute nicht, am Abend zuvor bestens gespeist, getrunken und mit einem hübschen Mädchen gebadet zu haben.

Strodecker schickte ihn in die Sattelkammer, um dort Ordnung zu schaffen. Umso besser, so hatte er noch für eine Weile seine Ruhe und konnte seinen Gedanken nachhängen. Die Unbilden der Wanderschaft würde er noch früh genug wieder ertragen müssen.

Als er seine Arbeit beendet hatte und durch den Stall in den Hof hinüberging, sah er dort Strodecker mit einem Mann reden, der ein Prachtexemplar von einem Schecken am Zügel hielt. Richolf erkannte den Schultheißen und – er erkannte Dux!

Er rieb sich die Augen, aber es bestand kein Zweifel: Dort stand Graf Werners Pferd, das man ihm und Beth vor einigen Wochen gestohlen hatte.

»Dux!«, rief er erregt.

Die beiden Männer unterbrachen ihr Gespräch und blickten zu ihm herüber. Der Schultheiß zeigte sich missmutig.

»Wer ist das?«, fragte er Strodecker. »Wieso stört der Grünschnabel uns in unseren Verhandlungen?«

»Nur ein Tagelöhner, Herr«, winkte Strodecker ab und gab Richolf mit einer Kopfbewegung zu verstehen, er solle sich trollen. Aber Richolf übersah das, trat vor Dux hin und tätschelte seine Blesse. Der Schecke erkannte ihn, was er durch erfreutes Schnauben kundtat.

»Verschwinde, Bursche!«, sagte der Schultheiß scharf.

»Du kennst das Pferd?«, wunderte sich dagegen der Pferdehändler.

Richolf nickte. Wo sollte er beginnen? »Es gehört ... dem Grafen von Langerode! Aber es wurde gestohlen!«

»Willst du etwa behaupten, der verehrte Herr Schultheiß ...«

»Gar nichts will ich behaupten. Ich weiß nur, dass das Pferd gestohlen wurde. Und dass es dem Grafen von Langerode gehört. Wie jener Herr es erworben hat, weiß ich nicht.«

Offenbar interessierte auch Strodecker die Antwort auf diese Frage, denn er sah den Schultheißen fragend an.

»Seit wann muss ich mich vor einem Pferdeknecht rechtfertigen? Es gehörte einem Grafen, sagst du? Woher willst du das wissen?«

»Ich habe in seinen Ställen gearbeitet. Dux – so lautet der Name des Schecken. Was wollt Ihr sonst noch über ihn wissen? Er neigt zu Magenverstimmungen, dann mischt man ihm eine Handvoll Weidenrinde unters Heu.« Agnes' Rezeptur. Wehmütig dachte er daran, wie sehr der alte Moritz dem Rat der Grafentochter stets vertraut hatte.

»Vielleicht hast du es ja selbst gestohlen, um es zu verkaufen. An den Mann, der es gestern wiederum mir verkauft hat.«

Unfreiwillig hatte der Schultheiß somit eingestanden, dass es mit der Rechtschaffenheit des Mannes, der den Handel mit ihm getätigt hatte, nicht weit her sein konnte. Das fiel wohl auch ihm selbst auf. Drohend hob er die Faust.

»Strodecker, wenn Ihr den unverschämten Kerl nicht endlich zum Teufel jagt, dann verkaufe ich den Prachtschecken jemand anderem.«

»Na los, lass uns allein, Junge.« Das klang ein wenig halbherzig.

Die Selbstgefälligkeit des Schultheißen machte Richolf wütend. Leider hatte er völlig vergessen, Strodecker zu erzählen, was er am Vorabend gehört und erfahren hatte. Ob es klug war, es in diesem Augenblick auszuplaudern, war fraglich, aber Richolf entschloss sich dennoch dazu.

»Gestern Abend prahlte der ehrenwerte Herr im Adlerhorst damit, das Pferd von einem zwielichtigen Kerl für einen Spottpreis gekauft zu haben. Für das Zwölffache wollte er es Euch weiterverkaufen.«

»Heiliger Wigbert«, murmelte Strodecker angesichts solchen Wuchers.

Der Schultheiß stand offensichtlich kurz davor, handgreiflich zu werden. »Das geht dich nichts an, du dreckiger Nichtsnutz.«

»Das Pferd ist gestohlen. Ist es Euch denn kein Anliegen, es seinem rechtmäßigen Besitzer zurückzuführen? Ein feiner Herr seid Ihr!«

»Und du bist ein Lügenmaul!«

Später hätte Richolf nicht zu sagen vermocht, wer damit begonnen hatte, auf den anderen einzuprügeln. Tatsache aber war, dass der hilflose Strodecker vergeblich versuchte, zu schlichten. Am Ende hatte Richolf dem Schultheißen einen Zahn ausgeschlagen, während er selbst ein blaues Auge zu beklagen hatte.

Nachdem der Schultheiß wutentbrannt gegangen war – Dux am Zügel hinter sich herführend – ließ sich Strodecker seufzend auf eine Bank nieder.

»Um Himmels willen, was hast du nur getan, Richolf?«

»Ich habe versucht, der Gerechtigkeit Geltung zu verschaffen.«

»Gerechtigkeit? Wer, denkst du, ist in dieser Stadt für die Gerechtigkeit zuständig? Er ist einer der wichtigsten Leute des Abts. Glaub nur nicht, dass die Sache hiermit erledigt wäre.« Er seufzte ein weiteres Mal und dachte nach. »Ich will dir einen Rat geben, Junge: Mach dich aus dem Staub! Sofort! Möglich, dass ich ein wenig Ärger bekomme, aber das soll's mir wert sein. Ich mag diesen gierigen Schmierhals auch nicht!«

Vom Flüchten aber hatte Richolf die Nase gestrichen voll.

»Ich will nicht, dass Ihr meinetwegen Ärger kriegt. Aber Recht ist Recht, warum sollte ich fortlaufen? Wenn es Euch nichts ausmacht, lasst mich noch ein, zwei Tage für Euch arbeiten. Danach will ich zum Abt gehen und ihm die Angelegenheit erklären.«

Strodecker lachte humorlos.

»Ein Mann Gottes wird doch nicht zulassen wollen, dass sein Schultheiß mit einem gestohlenen Gaul Geschäfte macht«, hakte Richolf nach. »Ein Mann Gottes muss die Gerechtigkeit im Sinn haben, oder etwa nicht?«

»Dort, wo du herkommst, müssen paradiesische Zustände herrschen.«

Kaum eine Stunde später kehrte der Schultheiß in Begleitung von drei kompakten Bütteln zurück.

* * *

Die Erleichterung der Gaukler hätte nach Heinrichs Rückkehr nicht größer sein können. Aber auch das Rätselraten um Wulfhild war riesengroß: Wie war es dem Mädchen gelungen, sie wiederzufinden? Und vor allem: Warum war es aus seinem neuen Heim geflohen? Denn dass die Kleine es gegen den Willen des Kaufmanns verlassen hatte, stand wohl außer Frage. Würde Hompesch sie suchen lassen? Doch Heidelberg lag mehrere Tagesreisen entfernt. Was hatten die Blutflecken auf Wulfhilds Kleid zu bedeuten? Sie selbst war unverwundet, und zur Klärung dieser Fragen vermochte sie nichts beizutragen. Die Truppe beriet sich.

»Wir könnten sie zurück nach Heidelberg bringen«, schlug Luzia vor. Der Ausflug in diese Stadt hatte ihr nach den trostlosen Wochen in dem abgelegenen Dorf gut gefallen.

»Also, ich weiß nicht.« Nachdenklich betrachtete Agnes Wulfhild. »Wenn sie davongelaufen ist, wird sie es wieder tun. Vielleicht hatte sie gute Gründe.« Liebkosend strich sie dem Mädchen über den Kopf. Und es schien, als höben sich Wulfhilds Mundwinkel zu einem sanften Lächeln.

»Genau!« Benno nickte eifrig und seine Augen leuchteten. »Sie wird wieder weglaufen. Sie will bei uns sein, sonst hätte sie uns nicht gesucht.«

»Hat sie uns wirklich gesucht?«, fragte sich Saul.

»Ich kann mir nicht vorstellen, dass sie nur zufällig auf uns getroffen ist«, stellte Fronica klar. Niemand widersprach.

»Aber wie hat sie uns gefunden?« Kilian konnte sich das beim besten Willen nicht erklären.

Agnes schon eher. »Sie kann Dinge sehen, die uns verborgen sind. Das Feuer in ihren Augen, ihr erinnert euch.«

»Hm«, machte Saul. »Möglich wär's. Es soll ja auch Menschen geben, die sich mit Tieren unterhalten können.«

»Das ist doch kein Kunststück«, sagte Heinrich.

»Stimmt, Vater. Dich zu finden, wenn du ausbüxt, das ist das größere Kunststück.«

»Was faselt er da?«, fragte Heinrich seine Frau.

»Schon gut, Brummbär.«

»Bin doch nicht ausgebüxt.«

»Nein, Brummbär. Hast nur einen kleinen Spaziergang am Fluss gemacht.«

»Es gibt hier einen Fluss?«

»Was stellen wir nun mit unserer kleinen Prophetin an?«, fragte Agatha in die Runde.

»Glaubst du immer noch, dass mein Traum nur ein Traum war?«, flüsterte Agnes Kilian ins Ohr.

»Um ehrlich zu sein: Jetzt zweifle ich daran. Bei allen Heiligen, ja, du bist eine Erwählte, Nes.«

»Übertreib nicht.«

»Lasst ihr uns an euren Überlegungen teilhaben?«, fragte Fronica.

»Warum nicht? Nes ist eine Erwählte! Und Wulfhild bleibt bei uns. Jemand dagegen?«

Niemand erhob mehr einen Einwand.

»Also bleibt sie«, sagte Benno mit breitem Grinsen.

»Sieht ganz so aus«, stimmte Saul ihm zu. »Aber jemand muss ihr das Sprechen beibringen. Nein, Hans, du bestimmt nicht. Das könnte bis zum Jüngsten Tag dauern.«

»Hans kann ihr Flötentöne beibringen«, schlug Heinrich vor.

»Mach ich gern«, sagte Hans trocken, und alle lachten.

21

»Ein Bettelweib besteht darauf, Euch zu sprechen, Herr«, sagte der Lakai. »Sie ist beharrlich wie eine Schmeißfliege!«

Volker, der sich mit einem Knappen auf der Wiese hinter den Ställen im Schwertkampf übte, konzentrierte sich weiter auf seine Bewegungen.

»Soll ich sie davonjagen, Herr?«, hakte der Lakai nach.

Volker parierte einen Hieb seines Gegenübers mit der Breitseite des Schwertes. Der Winter hatte seinen noch jungen Knochen mehr zugesetzt, als ihm lieb war. Wie mochte es da erst den Alten ergehen?

»Hat sie ihr Anliegen genannt?«, fragte er zwischen zwei Konterschlägen, die er auf den Schild des Knappen setzte.

»Betteln, nehme ich an, Herr.«

»Gib ihr zu essen und ein Geldstück.«

»Das habe ich bereits versucht, Herr, aber damit will sie sich nicht abspeisen lassen. Sie verlangt, persönlich mit Euch zu reden. Dafür sei sie eigens aus Langerode hergekommen!«

Aus Langerode? Volkers Herz schlug schneller. »Danke, du kannst gehen, Goswin«, sagte er zu dem Knappen. Und zu dem Lakaien: »Schick mir diese Bettlerin.«

»Äh … wo wollt Ihr sie empfangen, Herr?«

»Hier! Ich warte!«

Nach kurzer Zeit kam der Lakai mit einer in Lumpen gehüllten jungen Frau zurück. Volker überlegte, wo er ihr Gesicht schon einmal gesehen hatte. Vor ihm angelangt, verneigte sie sich, übertrieb es jedoch nicht mit unterwürfigen Gesten, wie man es vom Bettelvolk gewöhnt war.

»Nun?«, fragte Volker nicht unfreundlich.

»Darf ich mit Euch sprechen, Herr? Allein?«

Die Frau warf einen Seitenblick auf den Lakaien. Volker entließ ihn mit einem Kopfnicken.

»Es müssen ja Dinge von höchster Brisanz sein, die dich zu mir führen«, sagte er zu der Bettlerin. Auch wenn er seine Worte ein wenig spöttisch klingen ließ, brannte er darauf, zu erfahren, was es mit ihrer Hartnäckigkeit wohl auf sich hatte. Sie tat ihm den Gefallen, nicht lange um den heißen Brei herumzureden.

»Ich bin Lena, die Leibmagd der Gräfin Genefe von Langerode!«, verkündete sie, ihm fest in die Augen blickend, als wäre diese Erklärung bereits alles, was er wissen musste, um zu verstehen.

Volkers Herz schlug nun so laut, dass er dachte, die Magd müsse es hören. »Die … Gräfin?«, hörte er sich stammeln. »Wie … geht es ihr?«

Lena sprach ohne Umschweife. »Meine Herrin übergab Euren Ring dem Spielmann Gernot. Später hörten wir, was dem Bedauernswerten widerfahren ist. Die Gräfin aber möchte Euch wissen lassen, dass Eure Vermutungen, was ihre Situation anbelangt, stimmen.«

Volker schluckte. Sie bestätigte, was ihm seit Tagen unentwegt durch den Kopf ging. Nun gab es keinen Zweifel mehr. Die verkommene Sippe der Hinzweiler versuchte, sich Langerode unter den Nagel zu reißen. Gräfin Genefe befand sich in Gefahr.

Es war, als würde jene Lena in seinen Gedanken lesen. »Es steht mir als Dienstmagd nicht zu, etwas Schlechtes über die Herren von Hinzweiler zu sagen. Doch glaubt mir, Herr, sie sind niederträchtig und böse. Niemand ist da, der die Gräfin vor ihrer Gier und Bosheit beschützen könnte.«

»Nimmt Bernard sie ... mit Gewalt?«, wollte er von ihr wissen, wenngleich ihm bewusst war, dass er auf diese Weise vieles von den Gefühlen, die er für Genefe hegte, preisgab. Falls die Magd das bemerkte, zeigte sie es nicht.

»Ja, Herr. In letzter Zeit lässt er sie allerdings in Ruhe. Ob diese Zurückhaltung eine Rücksichtnahme auf ihre Schwangerschaft ist, wage ich jedoch, zu bezweifeln.«

Volker fragte sich, ob Bernard der Vater ihres Kindes sein könnte, beschloss aber diesmal, seinen Gedanken nicht laut auszusprechen, da es nichts zur Sache tat.

»Allein wegen des Kindes, das sie im Leib trägt, erduldet sie jede Schmach«, fuhr Lena fort. »Und obwohl niemand auf Langerode es laut ausspricht, so glauben doch viele, dass die Hinzweiler beim Tod des Grafen ihre Hände im Spiel hatten. Beth, die jüngere Tochter des Grafen, ist keineswegs nach Granrath gereist, um ihrer todkranken Tante beizustehen, wie man es Euren Onkel glauben machen wollte. Sie hat es vielmehr ihrer Schwester gleichgetan und ist aus Langerode geflohen. Auch sie fürchtete um ihr Leben.«

Ohnmächtige Wut brodelte in Volker hoch. Warum wollte der Onkel die Wahrheit nicht sehen?

»Herr, die Gräfin lebt wie in einem Gefängnis«, fuhr Lena ruhig, aber eindringlich fort. »Sie braucht Hilfe! Langerode braucht Hilfe!«

»Ich versprach, ihr diese zu gewähren, und werde mich daran halten.« Volker legte die geballte Faust auf die Brust. Fieberhaft dachte er nach. Der Herzog würde sich durch die Worte einer einfachen Magd kaum von seiner Überzeugung abbringen lassen. Außerdem war er erst gestern nach Köln aufgebrochen, wo er mit dem Erzbischof in Verhandlungen stand. In frühestens zehn Tagen erwartete man ihn zurück. Volker würde die

Angelegenheit also allein und ohne den Segen des Onkels in die Hand nehmen müssen. Zu viel Zeit war vergangen, nun galt es zu handeln. Er würde nach Langerode reisen und die Gräfin – ja, entführen! Sie den Klauen dieser Schurken entreißen. Sie nach Nideggen bringen, wo sie in Sicherheit war und niemand ihr etwas anhaben konnte. Sobald sie seinem Oheim, dem Herzog, frei und ungezwungen berichten konnte, würde er endlich begreifen. Einer schönen Frau konnte er ohnehin nichts abschlagen, sagte man, zumal alles, was sie vorzubringen hatte, glaubhaft war. Doch dazu musste er, Volker, sie erst einmal herholen. Da er dies schwerlich mit Heeresmacht bewerkstelligen konnte, bedurfte alles einer kühnen Planung.

»Ich bin dir zutiefst dankbar, dass du den Weg auf dich genommen hast, Lena. Man wird dir ein Quartier zuweisen und dich verköstigen. Morgen wird mein Knappe Goswin dich auf dem Rückweg begleiten.«

»Herr, es war nicht leicht, mich unbemerkt aus der Burg zu stehlen. Wenn die Hinzweiler mich in Begleitung Eures Knappen sähen, dann würden sie sich das Ihre zusammenreimen.«

»Goswin wird sich rechtzeitig zurückziehen. Auf keinen Fall werde ich dich schutzlos aufbrechen lassen. Richte deiner Herrin aus, dass ich in wenigen Tagen selbst komme. Dann soll sie bereit sein, mit mir nach Nideggen aufzubrechen. Es wird dafür gesorgt, dass ihr Gerechtigkeit widerfährt, ihr und allen, die auf Langerode unter dem Zepter der Hinzweiler zu leiden haben.«

Noch einmal verneigte sich Lena vor ihm.

»Ich werde es ausrichten, Herr.«

»Wie gut, dass die Gräfin eine so unerschrockene Leibmagd hat!«

»Es lohnt sich, für meine Herrin durchs Feuer zu gehen.« Lenas Worte klangen mehr nach einer Aufforderung denn wie eine Feststellung.

Ja!, dachte Volker. *Durchs Feuer und durch die ganze Hölle, wenn es sein muss!* Er war bereit, alles zu tun, um die Angebetete zu retten.

* * *

Beth trauerte um Richolf. Jeden Tag mehr. Fast kam es ihr vor, als wäre er gestorben und nicht einfach abgehauen. Vielleicht wäre das, wenn auch traurig genug, besser für sie zu verkraften gewesen, denn der Tod war schließlich ein unausweichliches Schicksal, woran man nichts ändern konnte. Doch der Gedanke, dass Richolf, mit dem sie so viel gemeinsam durchgestanden hatte, sie verachtete, war derart niederschmetternd, dass es ihr schwerfiel, nicht dauernd darüber nachzudenken. Während ihrer Vorführungen ertappte sie sich manchmal dabei, wie sie in der Menge nach ihm Ausschau hielt.

Sie trug nun ständig den Stirnreif, den Richolf ihr seinerzeit geschenkt hatte; ob sie dies aus Sentimentalität tat oder um ihr Gewissen zu besänftigen, vermochte sie nicht zu sagen. Das Schmuckstück war aus versilberter Bronze gefertigt, und dort, wo es vorne zulief, um die Stirnmitte zu zieren, war ein fingernagelgroßer Bernstein eingearbeitet. Matthes fand, das Stirnband passe nicht zu ihrem neuen roten Kleid, das er für sie hatte anfertigen lassen. Nicht nur wegen des Ausschnitts betörte es die Männer, es lag so eng an Beths Körper an, dass man, hätte es nur die Farbe von Haut gehabt, seine Trägerin womöglich für nackt gehalten hätte.

»Der Stirnreif lenkt nur ab«, fand Matthes. »Lass ihn weg, sonst wirken deine Haare zu gebändigt. Die Zuschauer wollen eine ungebändigte Beth sehen. Die *Rote Betty*! So werde ich dich von nun an ankündigen.«

»Kündige mich an, wie du willst. Aber den Stirnreif behalte ich an!«

»Woher hast du den? Von deinem … Bruder?«

»Spielt das eine Rolle?«

»Ich frag doch nur, mein junges Krötchen.«

»Wie gesagt, es spielt keine Rolle, Matthes.«

Wenn sie auch sonst auf ihn hörte, so ließ sie sich bei dem Stirnreif nicht hineinreden. Der Stirnreif war für sie, auch wenn es töricht sein mochte, Ausdruck der Hoffnung, dass Richolf zur Truppe zurückkehren würde.

Der Stirnreif war aber auch Auslöser eines Vorfalls, bei dem Beth zum ersten Mal in ihrer Rolle als Possenreißerin versagte.

»He, du!«, ermahnte sie einen Kerl aus der Zuschauermenge, der sie allzu brünstig anstarrte und dabei löchrige Zahnreihen entblößte. »Mein drittes Auge sieht alles!« Dabei tippte sie auf den Bernstein ihres Stirnreifs. »Hast du kein Weib, das du anstarren kannst? Nimm dir ein Beispiel an meinem Affen, der weiß sich besser zu benehmen.«

Jokubim, der auf ihrer Schulter kauerte, strafte sie Lügen, indem er dem Publikum in diesem Moment seinen Hintern entgegenstreckte.

Der Gaffer wirkte alles andere als beschämt. »Ich starre lieber dich an, denn mein Weib ist eine hässliche Vettel.«

»Ach, du Armer. Ein stattliches Mannsbild wie du muss sich wirklich mit einer hässlichen Vettel abfinden? Wie schrecklich. Dabei wäre nicht einmal eine Prinzessin gut genug für dich, du Abbild eines Schönlings.«

»Es würde mir reichen, dein drittes Auge zu sein«, entgegnete er. »Dann könnte ich dir immer von oben auf die Brüste schauen.«

Die Menge johlte. Und zum ersten Mal wurde Beth richtig wütend. Vielleicht lag es daran, dass sich jemand über Richolfs Geschenk lustig machte, vielleicht hatte sie aber auch einfach nur die Nase gestrichen voll von dem frivolen Geschwätz der Leute. Sie war es satt, jeder Anzüglichkeit aus dummen Mäulern etwas entgegenzusetzen. Mit einem Male war ihr der Applaus der Leute völlig gleichgültig, ja zuwider, so wie einem bei einer Magenverstimmung jegliche Nahrung zuwider ist.

»Zum Teufel mit euch allen!«, rief sie, von ihrer Holzkiste steigend.

Wieder johlten die Leute, die ihre Flucht für einen Teil der Darbietung hielten.

Matthes wusste es offensichtlich besser. Beth begegnete seinem fragenden Blick, beachtete ihn aber nicht weiter, sondern übergab Frieder den Affen.

»Was hast du denn, Kindchen?«, wunderte sich der Zwerg.

»Kennst du das Gefühl, alle Menschen zu hassen, Frieder?«

»Aber gewiss doch, Kindchen. Sonst wäre ich nicht in dieser gottverdammten Truppe. Gib acht, Matthes wird dir sicher Trost spenden wollen.«

Sie suchte das Weite, wollte niemanden mehr sehen. Alleine sein. Vielleicht würde das ihre Laune wieder bessern.

Im Planwagen streckte sie sich auf ihrem Lager aus, verschränkte die Hände unter dem Hinterkopf und biss sich, ins Leere starrend, auf die zitternde Unterlippe. In diesem Moment wünschte sie sich, Matthes nie begegnet zu sein.

Der Applaus der Leute verfolgte sie bis hierher, doch nun galt er nicht mehr ihr. Inzwischen hatte wohl Cristin übernommen und spazierte auf dem Seil, das über den Platz gespannt war. Vermutlich hatte Cristin ihr Versagen mit Genugtuung zur Kenntnis genommen.

Was soll's!, dachte Beth. Alles war ihr einerlei.

Nach einer Weile stieg Matthes in den Wagen und nahm neben ihr Platz. Frieders Prophezeiung, dass er sie würde trösten wollen, schien sich zu bewahrheiten.

»Bitte lass mich allein, Matthes.«

»Ach, mein junges Krötchen.« Matthes seufzte und machte keine Anstalten, ihrer Bitte nachzukommen. »Das geht uns allen so. Manchmal stürzt alles auf uns ein. Dann möchte man einfach nur raus aus diesem Jammertal.«

Beth schwieg.

»Ist es wegen deines Bruders?«, fragte Matthes.

»Er ist nicht mein Bruder«, antwortete sie ohne Überlegung.

»Ich weiß.«

Verwundert blickte sie ihn an. »Du weißt es?«

»Wie er dich angesehen hat, so schaut kein Bruder seine Schwester an. Sogar, wenn er böse auf dich war.«

»Dann wusstest du es eben. Na und? Lässt du mich jetzt allein?«

Sie drehte den Kopf zur Seite und schloss die Augen. Als sie schon glaubte, er werde sich fortstehlen, da spürte sie seine Hand, die sanft ihre Wange streichelte.

»Ein wunderschönes Mädchen wie du sollte diesem Bauerntölpel nicht länger nachtrauern.«

Nach einem Moment des Zorns beschloss sie, nicht auf seine Worte einzugehen. Was wusste denn dieser Matthes schon? Wenn sie sich einfach schlafend stellte, würde er sie vielleicht in Ruhe lassen.

Nach einer Weile spürte sie seinen Atem an ihrem Hals. Dann seine Lippen.

»Lass das, Matthes!«

»Du bist die beste Possenreißerin, die mir je begegnet ist«, sagte er, ihren Hals mit Küssen bedeckend. »Mit mir an deiner Seite kannst du viel erreichen. Im ganzen Reich wird man von der *Roten Betty* sprechen.«

Seine Finger machten sich an der Verschnürung ihres Kleides zu schaffen.

»Hör auf damit!«, sagte sie, hoffend, dass es nicht halbherzig klang.

»Hm! Ich glaube, du willst es auch, Beth. Oder irre ich mich?«

»Ja, das tust du. Gewaltig.«

»Dein Richolf ist fort, das Leben geht weiter. Du musst jetzt keine Rücksicht mehr auf ihn nehmen.«

Sie griff nach seinem Handgelenk. »Und was ist mit Cristin? Schämst du dich nicht? Du willst mich verführen, während sie draußen auf dem Seil ihr Leben riskiert?«

Lächelnd legte Matthes den Kopf schief. »Cristin und ich, das ist eine besondere Beziehung. Mach dir keine Sorgen um sie, sie weiß genau, dass …«

»Was? Dass ich ihr nicht das Wasser reichen kann? Dass ich nichts anderes als eine kleine Abwechslung für dich wäre?«

»So meine ich das doch gar nicht. Cristin ist Teil meiner Seele. Aber in meiner Seele gibt es viel Platz. Cristin weiß das.«

»Sie wäre mich lieber heute als morgen los.«

»Ihre Eifersucht ist nur gespielt. Das gehört nun einmal dazu. Eines Tages wird alles ganz normal sein. Wir Gaukler sind freie Menschen, Beth.«

»Du würdest sie also niemals um meinetwillen verstoßen?«

»Um Himmels willen, nein. Ebenso wenig, wie ich dich verstoßen würde.«

»Das hört sich nicht gerade nach einem guten Handel für mich an, Matthes.« Einmal mehr schrie ihr Herz nach Richolf.

»Weil es dort, wo du herkommst, eine Sünde wäre, nicht wahr?«

»Es ist überall eine Sünde, Matthes. Außerdem hast du keine Ahnung, wo ich herkomme.«

»Vielleicht doch?«

Sein wissender Blick verunsicherte sie. »So? Woher komme ich denn?«

Matthes grinste. Wieder näherte sich sein Gesicht dem ihren. »Ich verrat's dir, sobald ich dir gezeigt habe, wie sehr ich dich mag, mein junges Krötchen. Und ich bin mir sicher, dass es dir gefallen wird.«

»Nein!« Diesmal klang ihre Stimme entschlossen. »Ich will nicht, begreif das endlich!«

Matthes schien einen Moment darüber nachzudenken, einen weiteren, womöglich brachialeren Versuch zu starten, nahm aber davon Abstand.

»Wie du meinst.« Das klang nicht wirklich eingeschnappt, eher als wollte er sagen: Irgendwann wird es sowieso geschehen, ob du willst oder nicht!

»Dann will ich mal wieder da draußen nach meinem Cristinchen sehen.«

»Wolltest du mir nicht verraten, woher ich komme?« Trotz allem konnte Beth nicht ihre Neugier im Zaum halten.

»Ja, das hatte ich vor, aber du hast den Preis nicht bezahlt, meine Schöne. Außerdem …« Er zog eine Grimasse und presste eine Hand auf seinen Bauch. Zunächst dachte Beth, er würde ihr etwas vorgaukeln, doch der Schmerz stand ihm förmlich in die Augen geschrieben, und bleich war er obendrein.

»He! Was ist los mit dir, Matthes?«

»Nichts. Gar nichts!«

»Unsinn! Du hast doch irgendetwas.«

»Möglicherweise …«, er biss auf die Zähne, »möglicherweise ist es ja nur Liebesschmerz.«

»Verschwinde!«

Das tat er, indem er endlich den Wagen verließ. Beth war stolz auf sich, sie hatte seinen Verführungskünsten widerstanden. Keine Frau konnte schließlich behaupten, dass Matthes kein interessanter Mann gewesen wäre.

22

Agnes und Ursula hatten einen neuen Tanz einstudiert. Auf dem Marktplatz von Hersfeld führten sie ihn erstmals einer staunenden Zuschauermenge vor. Nach dem Nervenkitzel, für den die armlose Messerwerferin und der ihr hilflos ausgelieferte Mohr gesorgt hatten, war nunmehr Entspannung angesagt. Die Erfahrung lehrte, dass die Einhaltung dieser Reihenfolge die Menschen spendabel machte.

Eigens für den neuen Tanz hatte Hans eine Melodie ersonnen, und die Leute klatschten begeistert im Takt. Ursula tanzte, wie nie zuvor jemand einen Bären hatte tanzen sehen. Es wurden Stimmen laut, ein menschliches Wesen müsse unter dem Pelz stecken, doch als Ursula sich hoch aufrichtete, das Maul sperrangelweit aufriss und ein ohrenbetäubendes Gebrüll ausstieß, überzeugte dies die Zweifler vom Gegenteil. Zum Ende der Vorstellung belohnte Agnes die Bärin mit einem Trunk. Ursula tauchte die Krallen ihrer rechten Tatze in den mit Honig gesüßten Most und leckte sich die Krallen ab. Dann nahm sie den Krug auf, um wie ein Mensch daraus zu trinken. Das gelang ihr nur teilweise, denn ein Großteil des Mosts rann über ihre Lefzen und ergoss sich auf ihren Pelz. Unter dem vergnügten Gelächter des Publikums begann sie, sich den Pelz abzulecken.

Benno schlug Wulfhild vor, ihn beim Einsammeln der Münzen zu begleiten, und offenbar verstand ihn das Mädchen und folgte ihm. Gemeinsam tauchten sie in die Menge ein. Benno war in seinem Element, überdies getragen von dem Wunsch, Wulfhild zu beeindrucken – bis es zu einem Zwischenfall kam.

»Was glotzt du mich an, dumme Göre?«, beschimpfte ein pockennarbiger Bursche die kleine Wulfhild.

»Sie denkt sich nichts dabei«, nahm Benno sie in Schutz.

»Sie glotzt mich an!«, wiederholte der andere hartnäckig. »Als hätte ich ein Verbrechen begangen.« Trotz seines barschen Gebarens hatte sich ein verunsicherter Unterton in seine Stimme geschlichen.

»Möglicherweise hast du das wirklich«, entgegnete Benno und wusste, noch während er sprach, dass er besser den Mund gehalten hätte. Zumal Wulfhild den Kerl tatsächlich anstarrte, als könnte sie in seinen Augen schlimme Dinge sehen.

»Komm, Wulfhild. Gehen wir weiter!«

Es schien, als wäre Wulfhild außerstande, ihre Augen abzuwenden. Der Kerl blinzelte, als würde er in ein gleißendes Licht schauen; dann verlor er die Nerven und versetzte Wulfhild eine deftige Ohrfeige. Noch ehe Benno sich empören konnte, rammte Wulfhild ihrem Peiniger den Kopf in den Bauch. Zum ungläubigen Staunen aller Umstehenden stürzte der Mann zu Boden, als wäre nicht ein Kind, sondern ein Muskelprotz sein Gegner. Wo nahm ein Mädchen solche Kräfte her?

Der Gestürzte war einen Moment lang perplex, rappelte sich dann aber hoch, unwillig, diese Schande auf sich sitzen zu lassen. Glücklicherweise hatten Kilian und Saul den Vorfall beobachtet, eilten herbei und stellten sich schützend vor die Kleine. Auch Benno trat hinzu, die Fäuste entschlossen geballt.

»Lass es gut sein«, riet Kilian dem Rachsüchtigen.

»Ich prügle sie windelweich!«, erwiderte dieser wütend.

Saul schüttelte den Kopf. »Nichts dergleichen wirst du tun. Prügle dich mit deinesgleichen. Oder mit mir, wenn du Lust hast.«

Sein Gegenüber schluckte. Den Blick des Mädchens mied er nun. »Habt ihr die Göre verhext?«, fragte er mit zitternden Lippen.

»Lass es gut sein!«, sagte Kilian noch einmal. »Und sei froh, dass die Kleine dir schon die passende Antwort auf deine Ohrfeige gegeben hat, sonst müssten wir das tun!«

Da ihn inzwischen auch die Umstehenden mit Hohn, Spott und Gelächter bedachten, hielt er es endlich für sinnvoll, den Ratschlag der Gaukler zu befolgen.

Nachdem er das Weite gesucht hatte, raunte Saul: »Himmel! Seit wann hat sie solche Kräfte? Wir sollten sie besser beaufsichtigen, bis sie ihre Wildheit abgelegt hat. Sonst kriegen wir am Ende noch Ärger.«

»Zum Glück ist sie wenigstens nicht schwarz«, foppte ihn Kilian.

Auch Agnes war herbeigeeilt, ging vor Wulfhild in die Hocke, streichelte ihre Wange und raunte ihr zu: »Was sehen die Menschen nur in deinen Augen, meine Kleine? Die Sünden, die sie begangen haben?«

Dann wären Wulfhilds Augen wohl ein Seelenspiegel, dachte sie.

* * *

»Herr Bernard wünscht Euch zu sehen, Herrin!«, sagte Evgen, die Küchenmagd.

Genefe ließ ihre Stickarbeit ruhen. Ungeduldig wartete sie auf Lenas Rückkehr. Es war ihr doch hoffentlich nichts passiert, so wie jenem Spielmann? Allmählich machte sie sich Sorgen. Und wozu wollte Bernard sie sehen?

»Richte ihm aus, er möge zu mir in die Kemenate kommen«, trug sie der Magd auf. »Sag ihm, das Treppensteigen sei mir zu mühsam.«

Die Magd druckste herum. »Aber … sein Befehl war eindeutig, Herrin. Ihr mögt zu ihm kommen! Sofort!«

Es war wieder einmal an der Zeit, gewisse Dinge geradezurücken. Genefe blickte Evgen tief in die Augen.

»Evgen, sag mir: Ist Herr Bernard der Graf von Langerode?«

Die Magd blickte vor sich nieder. »Nein, Herrin.«

»Das stimmt, er ist nicht der Graf. Ich hingegen bin die Gräfin, oder hat sich daran etwas geändert?«

»Nein! Ihr seid die Gräfin!«

»Gut. Gleichwohl weiß auch ich natürlich, dass auf Langerode einiges anders geworden ist. Wir alle müssen vorerst mit der neuen Situation zurechtkommen. So musst du dich auch nicht vor mir rechtfertigen, weil Bernard dich in sein Bett holt, obwohl ich dir anmerke, dass du es dir gern von der Seele reden würdest. Glaub mir, ich weiß, in welcher Lage du bist. Doch bei aller Willkür, der wir ausgeliefert sind, müssen wir uns alle einen Rest von Stolz bewahren. Drum geh und sag Herrn Bernard, er solle sich hierher zu mir bemühen, wenn ihm danach ist, mit der Gräfin von Langerode zu reden.«

Solche Worte auszusprechen, war wie Balsam für ihre eigene Seele. Evgen aber schienen sie weniger zu beeindrucken, im Gegenteil, sie wirkte jetzt noch ängstlicher und nervöser.

»Ich fürchte, er wird darauf bestehen, Herrin. Denn er will, dass Ihr …«

»Nun?«

»Er erwartet Euch … vor dem Kerker!«

Was hatte das zu bedeuten? Jedenfalls nichts Gutes. Und plötzlich durchfuhr Genefe ein eisiger Schreck, denn eine unheilvolle Ahnung ergriff sie. Ohne ein weiteres Wort erhob sie sich. Evgen bot ihr einen Arm.

»Ich kann Euch stützen, Herrin!«

»Nein, ich schaffe das. Geh du wieder an deine Arbeit!«

Das Gefühl, der nächste Albtraum stünde unmittelbar bevor, begleitete Genefe auf ihrem Weg. Mehrmals musste sie stehen bleiben, weil das Gehen ihr Mühe bereitete. Als sie endlich den Keller unter dem Bergfried erreicht hatte, atmete sie tief durch und nahm sich vor, die Fassung nicht zu verlieren, was immer auch sie erwartete.

Vor dem eigentlichen Verlies gab es einen Gewölbekeller, wo der Graf oft Gericht gehalten hatte. Was Genefe dort erblickte, ließ ihr fast das Blut in den Adern gefrieren. Auf einem Strecktisch lag Lena, nackt, gefesselt, die Arme weit über den Kopf gebunden. Um sie herum standen die drei Hinzweiler-Brüder sowie Vater Albertus, der ein Gebet in lateinischer Sprache murmelte und die Unglückselige dabei nicht aus den Augen ließ. Nur der alte Hinzweiler fehlte. Lena hatte die Augen weit aufgerissen, Angst und Scham standen darin geschrieben, aber als sie Genefes gewahr wurde, schüttelte sie kaum merklich den Kopf, womit sie der Gräfin wohl zu verstehen geben wollte, dass sie nichts gesagt hatte und auch nicht beabsichtigte, dies zu tun. Genefe aber wusste, dass die Magd nicht schweigen würde, wenn sie erst einmal die unsäglichen Schmerzen einer Folter ertragen musste. Welcher Mensch wäre imstande, diese auszuhalten?

Genefe hob das Kinn und sah Bernard an, dessen kaltes Grinsen ihr einen weiteren Schauder über den Rücken trieb.

»Was soll das? Was hast du mit meiner Leibmagd vor? Binde sie sofort los!«

Bernard nahm ein Messer von seinem Gürtel und streichelte mit der flachen Seite sanft über Lenas Bauch.

»Sie war nicht besonders artig, deine Magd. Deshalb werde ich sie nicht losbinden, meine Liebe.«

Seine Brüder bleckten die Zähne. Was für elende Kreaturen, dachte Genefe. Vater Albertus betete und glotzte immer noch.

»Dann sei so gütig und belehre mich: Was hat sie verbrochen?«

Mit dem Kinn wies Bernard auf Ludwig. »Mein Bruder hat heute einen Ausritt gemacht. Unterwegs sah er von Weitem deine Magd, begleitet von einem Knappen, der das Wappen Jülichs auf seinem Überwurf trug. Ist das nicht seltsam? Der Knappe machte kehrt, noch bevor sie das Dorf erreichten, offenbar wollte er nicht gesehen werden. Nun fragen wir uns alle, was deine Magd mit diesem Knappen zu schaffen hat.«

»Seit wann interessierst du dich für die Belange des Gesindes? Es wird sich um eine Liebschaft handeln, was sonst.«

Bernard schnalzte mit der Zunge. »Das glaube ich kaum. Sie war mindestens zwei Tage fort. Aber wo war sie? Nun, das wird sie uns gleich selbst sagen. Es war mir ein großes Anliegen, dass du bei unserer Befragung zugegen bist, Gräfin.«

Er drehte das Messer in die Senkrechte, sodass die Spitze Lenas Nabel berührte. Schon rann Blut über ihre weiße Haut.

»Nun? Wo bist du gewesen?«, fragte Bernard in seidigem Ton.

Lena biss auf die Zähne und schloss die Augen.

»Rede, du Schlampe!«, sagte Bernard nun schärfer.

»Hör auf!« Genefe spürte, wie ihre Kehle eng wurde, aber sie riss sich zusammen. »Sie war in Nideggen. Ich selbst habe sie dorthin geschickt.«

»Sieh mal einer an!« Bernard und seine Brüder warfen einander vielsagende Blicke zu. Noch immer ritzte die Messerspitze Lenas Haut.

»Und was hat sie in Nideggen zu erledigen gehabt, deine Leibmagd?«

Genefe blieb nichts anderes übrig, als ihm eine Geschichte aufzutischen. Ob sie ihm glaubwürdig erschien, würde sie früh genug erfahren.

»Der junge Neffe des Herzogs möchte um meine Hand anhalten«, hörte sie sich sprechen. »Ich habe Lena geschickt, um ihm auszurichten … nun ja, ich bin noch nicht soweit. Der Tod meines Gatten ist noch allzu frisch.«

Wieder sahen sich die Männer an. Vater Albertus hatte aufgehört zu beten.

»Dann hast du also gelogen, meine Tochter«, sagte der Kaplan tadelnd.

Genefe beachtete ihn nicht.

»Vielleicht lügt sie immer noch«, dachte Karl laut nach.

»Ja, vielleicht«, stimmte Bernard ihm zu. »Ich frage mich, wann und wo er dir erstmals den Hof gemacht hat, Genefe.«

»Seit er uns vor Wochen mit seinem Onkel auf Langerode besuchte, habe ich ihn nicht wiedergesehen.« Immerhin das entsprach der Wahrheit.

Der Gedanke, ihm müsste etwas entgangen sein, machte Bernard sichtlich nervös.

»So? Wann hat er dir den Hof gemacht? Ich erinnere mich nicht, dass du mit ihm alleine gewesen wärest.«

»Sogar du kannst deine Augen und Ohren nicht überall haben, Bernard.«

»Möglicherweise hast du dich ja beim Herzog über uns beschwert.«

»Ach? Denkst du, ich hätte dafür Gründe?«

Bernard mahlte mit den Kiefern.

»Was machen wir nun?«, fragte ihn sein Bruder Karl.

»Bindet meine Dienerin los!«, verlangte Genefe mit Nachdruck. »Sie tat nur, was ich ihr auftrug. Und gebt ihr um Himmels willen ihre Kleidung zurück.«

»Tut, was sie sagt«, raunte Bernard seinen Brüdern zu. »Bindet sie los und werft sie in den Kerker.«

»Dürfen wir uns wenigstens ein bisschen mit ihr vergnügen?«, fragte Ludwig hoffnungsvoll.

»Idiot!«, lautete Bernards übellaunige Antwort. »Wir haben jetzt andere Sorgen. Was die Gräfin betrifft – sie steht ab sofort unter Arrest. Sorgt dafür, dass sie ihre Kemenate nicht mehr ohne mein Wissen verlässt.«

Genefe stieß ein hohles Lachen aus. »Als hätte ich bisher in Freiheit gelebt.«

»Morgen werde ich dich aufsuchen, um dir die Beichte abzunehmen, meine Tochter«, ließ Vater Albertus sie wissen.

Ihre Augen sprühten Funken, als sie ihn ansah. Sie zeigte auf die gedemütigte Lena, die von Bernards murrenden Brüdern losgebunden wurde.

»Nennt Ihr das vielleicht gerecht und gottgefällig, Vater? Heißt Ihr solche Handlungen gut? Oder warum hört man aus Eurem Mund keine Stimme des Protests?«

»Ich bin kein Richter, meine Tochter. Mir ist nur das Seelenheil der Menschen auferlegt. Es steht mir nicht zu, die Mittel der Weltlichkeit zu beurteilen.«

»Ihren entblößten Körper lüstern anzustarren, während Ihr Euer scheinheiliges Gebet verrichtet, steht Euch ebenso wenig zu. Wagt nicht, mich aufzusuchen. Nehmt die Beichte ab, wem Ihr wollt, aber lasst Euch bloß nicht bei mir blicken, Vater Albertus!«

Der Geistliche blickte kopfschüttelnd zu Boden, als wäre ihm so viel Halsstarrigkeit noch nicht begegnet.

»Was zum Henker ist hier los?«

Der alte Hinzweiler hatte sich plötzlich dazugesellt. Fragend blickte er von einem zum anderen. Bernard gab ihm Antwort.

»Die Magd war in Nideggen, Vater.«

»Was hatte sie dort zu suchen?«

Bernard raunte ihm etwas ins Ohr, worauf der Alte einen leisen Fluch ausstieß. »Ich habe doch gesagt, dass uns die Sache über den Kopf wächst.«

»Keine Sorge, Vater. Wir werden die nötigen Vorkehrungen treffen.«

Genefe bedauerte, dass sie keine Gelegenheit mehr haben würde, mit Lena zu sprechen. Aber sie war voller Hoffnung, dass Volker und der Herzog dem unseligen Treiben der Hinzweiler auf Langerode bald ein Ende bereiten würden.

23

Richolf haderte mit der Welt und mit sich selbst. Dafür hatte er nun reichlich Zeit. Nach seiner Gefangennahme hatten ihn die Büttel zur Abtei geführt und ihn dort in ein Verlies gesteckt, das kaum größer als ein Abtritterker und mit übel riechendem Stroh ausgelegt war. Zu allem Überfluss hatte man ihn überdies an die Wand gekettet, als wäre der Kerker nicht schon winzig genug. Wenn er schlief, sofern man es als Schlaf bezeichnen konnte, was da nachts über ihn kam, erhielt er Besuch von einer dreisten Ratte, die er um sich herumstreifen hörte, als wäre sie auf der Suche nach der schmackhaftesten Stelle seines Körpers. Tagsüber fiel ein Streifen Licht durch einen unscheinbaren Spalt unterhalb der Decke in das Verlies, dann war von der Ratte nichts zu sehen. Nur einmal glaubte Richolf ihr heimtückisches, schlohweißes Spitzgesicht irgendwo in einem Loch des Mauerwerks auszumachen.

Seit Tagen befand er sich nun an diesem Ort des Schreckens, ohne dass etwas geschah. Er warf sich vor, nicht auf Strodecker gehört zu haben. Vielleicht hätte es einen anderen Weg gegeben, den Diebstahl des Pferdes aufzuklären. Er hätte es einfach dabei bewenden lassen sollen, denn die Welt war nun einmal ungerecht, und es stand nicht in der Macht eines Stallknechtes, sie besser und gerechter zu machen. Dux war ein prächtiges Pferd, aber es war nicht klug gewesen, sich des Tieres wegen in diese Situation zu bringen.

Kerker und Verliese waren in der Regel trostlose Orte, dieser ganz besonders, und doch spielte ein bestimmter Kerker, der von Langerode, in Richolfs Erinnerungen eine gar nicht so trostlose Rolle: Darin nämlich hatten er und Beth sich im vergangenen Sommer zum ersten Mal geliebt, heimlich, leidenschaftlich und ohne Reue. Beth war in seinen Gedanken immer wieder gegenwärtig, ob er wollte oder nicht. Ach, warum hatten sie nur diesem Matthes über den Weg laufen müssen?

Strodecker, der Pferdehändler, war Richolf wohlwollend gesinnt gewesen, doch vermutlich hatte er auf sein weiteres Schicksal keinen Einfluss. Jener Schultheiß würde seinen Rachegelüsten freien Lauf lassen und ihn weiß Gott wie lange in diesem Loch schmoren lassen. Oder hatte er Ärgeres mit ihm vor? Daran durfte Richolf gar nicht denken. Sie würden ihn doch nicht an den Galgen hängen, weil er dem Schultheißen eine runtergehauen hatte? Oder etwa doch?

Der einzige Mensch, den Richolf zu sehen bekam, war ein junger Klosterdiener namens Hermann, der ihm jeden Morgen eine Schale Wasser und einen Kanten steinhartes Brot brachte. Hermann war ein gesprächiger Geselle, für den es kein Problem war, sich mit einem vermeintlichen Spitzbuben zu unterhalten. Ganz besonders an jenem Morgen, an dem Richolf neue Hoffnung schöpfen sollte.

»Hier«, sagte Hermann, ihm Brot und Wasser reichend. »Lass es dir schmecken!«

»Machst du Witze?« Richolf tunkte das harte Brot in die Schale, um es aufzuweichen. Sehnsüchtig dachte er zurück an das Hammelfleisch, das er im Adlerhorst gegessen hatte. Eine Ewigkeit schien das zurückzuliegen. Allein der Gedanke ließ ihm das Wasser im Mund zusammenlaufen. Er biss in das Brot und war froh, dass er dabei keinen Zahn verlor.

»Hast du etwas gehört?«, fragte er Hermann, während seine Kiefer ihre Schwerstarbeit verrichteten.

»Gehört? Was denn?«

»Was sie mit mir vorhaben.«

»Nee. Mir würden die ganz bestimmt nichts verraten.«

»Und was denkst du? Wie lange werden sie mich hier noch schmoren lassen?«

»Hm! Schwer zu sagen. Immerhin hast du dem Schultheißen eins aufs Maul gegeben.« Seine Stimme ging in ein Flüstern über. »Für mich bist du ein Held, mein Freund.«

»Nützt mir aber leider nichts. Könnte man mir nicht wenigstens die Ketten abnehmen? Ich meine … sieh dich hier mal um. Ich werde auf keinen Fall wegrennen.«

Hermann nickte verstehend. »Sehe ich auch so. Der Schultheiß leider nicht. Er hat's so angeordnet.«

»Und diese gottverdammte Ratte …«

»Du meinst Trine!«

»Trine? Die Ratte hat einen Namen?«

»Ich hab sie so getauft. Ist schon uralt, das Viech. Die war schon hier, als ich in den Dienst trat.«

»Leider kommt sie nachts aus ihrem Loch und will mich fressen.«

»Unsinn. Trine frisst keine Menschen.«

»Du kannst ja mal eine Nacht hier an meiner Stelle verbringen.«

»Nee, lieber nicht, mein Freund.«

Richolf seufzte.

»Sie werden dich schon irgendwann wieder rauslassen«, sagte Hermann tröstend. »Vielleicht kommst du auch für ein paar Tage an den Pranger, oder sie hacken dir …« Er brach ab.

»Hacken mir was?«

»Eine Hand ab«, fuhr Hermann hüstelnd fort. »Aber … nun ja, ich denke, sie werden es beim Pranger belassen.« Er klopfte Richolf aufmunternd auf die Schulter.

»Dann kann ich mich ja glücklich schätzen.«

»Hast du da draußen eigentlich ein Mädchen?«, wollte Hermann dann unvermittelt von ihm wissen.

»Ja. Nein. Ich meine … doch.«

»Was denn jetzt?«, wunderte sich Hermann.

»Ach, das ist viel zu kompliziert.« Er verschlang den Rest seines Brots und schlürfte das Wasser aus der Schale, um es hinunterzuspülen.

»Zu kompliziert«, sinnierte Hermann. »Entweder hat man ein Mädchen oder man hat keins.«

»Oder man hat ein Mädchen gehabt und es wieder verloren.«

»Bedeutet das …?«

»Nichts, Hermann. Es bedeutet nichts. Ich will nicht darüber sprechen. Es würde mich nur noch trübsinniger machen, verstanden?«

Hermann zeigte sich verständnisvoll. »Oh ja, ich kann dich genau verstehen, mein Freund. Ich hatte auch mal ein Liebchen, das …«

»Wenn es dir nichts ausmacht, will ich keine Weibergeschichten hören. Kannst du mir nicht irgendetwas anderes erzählen, wenn du unbedingt mit mir plaudern willst?«

Nach kurzer Überlegung huschte ein Lächeln über Hermanns Gesicht. Er setzte sich auf den Hosenboden, den Rücken gegen die schwere Kerkertüre gelehnt.

»Gestern waren Gaukler in der Stadt«, begann er.

Richolf hielt den Atem an. War Matthes mit seiner Truppe nach Hersfeld gekommen? War Beth in der Nähe?

»Die hättest du sehen sollen«, fuhr Hermann fort. Richolfs plötzliche Aufregung schien ihm nicht aufzufallen. »Sie hatten einen Bären bei sich, der konnte tanzen, das hättest du sehen sollen.«

Einen Bären! Also doch nicht Matthes und Beth, dachte Richolf enttäuscht. Dann aber fiel ihm ein …

»Der Bärenführer! Wie sah er aus?«

»Du wirst es mir nicht glauben, es war ein Weib. Und was für eins.« Er schnalzte mit der Zunge. »Für die würde ich mir glatt eine Hand abhacken lassen. … Oh, verzeih! … Außerdem gab es eine Messerwerferin, die hatte keine Arme. Rat mal, womit sie ihre Messer warf.«

»Mit den Füßen«, sagte Richolf wie zu sich selbst.

»Stimmt. Ein rabenschwarzer Mohr, der um sein Leben bibberte, war ihre Zielscheibe. Glaub mir, es passte kein Haar mehr zwischen die Messer und den Mohren. Und dann …« Er schüttelte lachend den Kopf. »Dann gab es da dieses kleine Mädchen, das den Sohn des Gerbers, den keiner ausstehen kann, mit einem Kopfstoß niederstreckte. Kannst du dir das vorstellen? Eine Göre, die einen Stinkstiefel zu Boden streckt.«

Auf das kampfeslustige Mädchen konnte sich Richolf keinen Reim machen, aber es war ausgeschlossen, dass es sich um eine andere Gauklertruppe handelte als die von Heinrich und Kilian. Eine Bärenführerin und eine armlose Messerwerferin – beides war vermutlich einmalig.

»Weißt du, ob diese Gaukler noch in der Stadt sind?« Richolf stellte die Frage, bevor Hermann weitere Anekdoten zum Besten geben konnte.

Hermann sah ihn verwundert an. »Weiß nicht. Vermutlich schon. Kennst du sie?«

»Die Bärenführerin heißt Agnes, ihr Gefährte Kilian.« Er bemühte sich, seine Aufregung im Zaum zu halten. »Du musst mir einen Gefallen tun, Hermann!«

»Ich?«

»Sorge dafür, dass ich mit Agnes und Kilian sprechen kann.«

»Äh, wie soll ich das …?«

»Was weiß denn ich? Lass dir etwas einfallen.«

»Ich werde großen Ärger kriegen, wenn es jemand erfährt.«

»Wenn du mich schon ständig *mein Freund* nennst, dann kannst du das ruhig für mich tun. Bitte, es ist wichtig für mich. Und bedenke: Du würdest Agnes wiedersehen.«

»Glaubst du, sie würde mich …?«

»Nein, du Idiot. Sie ist redlich und obendrein verheiratet. Aber wer kann schon von sich behaupten, sich mit der hübschesten Gauklerin des Reiches unterhalten zu haben?«

Hermann rieb sich das Kinn. »Na schön, mein Freund, na schön. Ich will sehen, was ich tun kann.«

* * *

»Wartet! Ich bin gleich zurück!«

Matthes stieg vom Kutschbock, um die kleine Kapelle am Wegrand, die sie soeben passiert hatten, mit schleppenden Schritten zu betreten.

»Seit wann ist er fromm?«, wunderte sich Beth.

Cristin, die seit Neuestem freundlicher zu ihr war – weil sie wohl endlich gemerkt hatte, dass Beth es nicht auf eine Affäre mit ihrem Gefährten anlegte –, gab ihr Antwort: »Immer, wenn er sich krank fühlt, fällt ihm der Himmel ein.«

Beth erinnerte sich an die Begebenheit von neulich und an Matthes' schmerzverzerrtes Gesicht.

»Ist er denn krank?«

»Er hat einen empfindlichen Magen. Vor einigen Wochen ging es ihm ziemlich schlecht, er wurde aber wieder gesund. Über Nacht sozusagen.«

»Wenn er krank ist, wird er unausstehlich«, meldete sich Frieder aus dem Innern des Wagens. »Also noch unausstehlicher als sonst, meine ich. Was etwas heißen will.«

»Dann sieh zu, dass er Jokubim nicht in die Hände bekommt«, riet ihm Cristin. »Der Affe hat Matthes schließlich schon manches Mal zur Weißglut getrieben.«

»Was er dem Himmel wohl zu sagen hat?«, fragte sich Beth.

»Hm!«, machte Cristin. »Das wüsste ich auch gern.«

»Soll ich gehen und ihn belauschen?«

»Sachte, Kindchen. Erstens ist er *mein* Gefährte, und zweitens bin ich die Leisere. Ich gehe.« Sie stieg vom Wagen und schlich sich hinüber zur Tür der Kapelle.

Frieder und Jokubim streckten die Köpfe heraus. »Ist es wahr, dass du Matthes' Verführungskünsten widerstanden hast, Betty?«, verlangte der Zwerg zu erfahren.

»Soll ich mir etwa Cristin zur Feindin machen? Außerdem habe ich …« Sie brach ab.

»Ich weiß: Du hast ja deinen *Bruder*«, sagte Frieder mit einem Zwinkern. Jokubim begann zu gackern, als hätte er den besten Witz aller Zeiten vernommen.

Beth seufzte. »Ihr wusstet es alle, stimmt's?«

»Tja … Ihr konntet es schlecht verbergen.«

»Dann ist es mit meinem Talent als Mimin wohl doch nicht so weit her.«

»Mach dir nichts draus, es lag mehr an ihm. Hättest du ihn gern zurück?«

»Ich weiß nicht.«

»Doch, du weißt es. Ich will dir einen Rat geben: Matthes ist nicht deine Zukunft. Es gibt bessere Menschen als ihn, wenn du weißt, was ich meine. Und du, du bist eine gute Possenreißerin. Aber es wird dich letztlich nicht glücklich machen. Es liegt dir nicht im Blut, auch wenn Matthes dich etwas anderes glauben machen will.«

»Danke für deine Ehrlichkeit, Frieder. Du meinst es doch ehrlich?«

»So wahr ich und der Affe Matthes' Prügelknaben sind.«

»Was soll ich also deiner Meinung nach tun?«

Frieder dachte nach. »Hab noch etwas Geduld, Betty. Mein Gefühl sagt mir, dass sich etwas ergeben wird. Bald.«

»He! Ich bin hier die Prophetin!«

»Aber nur wenn du Possen reißt. Vom Leben weißt du wenig. Im Ernst, warte noch ab.«

»Und was ist mit dir? Wenn Matthes dich so schlecht behandelt – warum schließt du dich nicht einer anderen Truppe an?«

»Ach, weißt du, Zwerge und Affen gibt es wie Sand am Meer. Bei Matthes weiß ich wenigstens, woran ich bin. Ich kenne Zwergenkollegen, die wurden in den Kochtopf geworfen, als es nichts zu essen gab. Man musste sie nicht einmal vorher zerlegen. Oder man hat sie kurzerhand an einen Spieß gesteckt und über dem Feuer gebraten.«

»Hör auf. Das ist widerlich. Und sicherlich gelogen.«

»Es ist wahr. Hast du noch nie von einem gebratenen Zwerg gehört?«

»Noch nie.«

»Weil du eben nichts vom Leben weißt.«

Cristin kehrte mit ernstem Gesicht zum Wagen zurück, setzte sich schweigend wieder auf den Kutschbock und starrte geradeaus.

»Betet er immer noch?«, fragte Beth.

»Er hat die Gottesmutter vertröstet.«

»Aha«, sagte Frieder. »Vertröstet. Die Gottesmutter. Womit?«

»Wenn ich das wüsste. Hat ihr gesagt, es sei gar nicht so einfach, ein besserer Mensch zu werden. So demütig habe ich ihn noch nie erlebt.«

Frieder lachte. »Er will ein besserer Mensch werden? Ist denn das Ende der Welt in Sicht?«

»Maul halten, Zwerg, sonst kommst du heute noch in die Suppe! Und sag deinem Affen, er soll nicht so dämlich grinsen, sonst wird er die Vorspeise.«

Matthes erklomm mühsam den Kutschbock, griff nach der Gerte und ließ sie den Gaul sogleich spüren. »Vorwärts!«

Ruckelnd setzte sich der Wagen in Bewegung.

»Der würde sich wundern, wie zäh wir schmecken, was, mein Stinker?«, hörte man Frieder seinem Affen zuflüstern.

»Geht es dir besser?«, fragte Cristin ihren Gefährten.

»Ja, Krötchen. Aber jetzt lasst mich alle mal hübsch in Ruhe. Ich muss ein wenig nachdenken.«

Am liebsten würde er brüllen vor Schmerzen, vermutete Beth.

Bis zum Abend sprach niemand mehr ein Wort.

24

Kilian hatte keinen Grund, den Worten des jungen Mannes zu misstrauen. Sein Name sei Hermann, er sei Klosterdiener in der Abtei Hersfeld, und ihm sei zudem die Obhut über den Gefangenen auferlegt, der derzeit im Verlies schmachte. Dieser heiße Richolf und wünsche, ihn und seine Frau Agnes zu sehen.

Rasch winkte Kilian Agnes zu sich, damit auch sie die aufregende Neuigkeit erfuhr. Nicht nur die nahe liegenden Fragen lagen ihnen auf der Zunge – was hatte Richolf hier, weit weg von Langerode, zu suchen gehabt, und warum saß er im Kerker? –, sondern gleich hundert.

»Nun ja, er hat dem Schultheißen einen Zahn ausgeschlagen!«, wusste Hermann zu berichten.

»Warum denn das?«, fragte Kilian kopfschüttelnd.

»Sie gerieten in Streit wegen eines Pferdes.«

Auch Saul war des Ankömmlings gewahr geworden und eilte herbei, um zu erfahren, warum Agnes und Kilian so aufgeregt gestikulierend dessen Worten lauschten.

»Richolf ist in der Stadt«, erklärte ihm Kilian. »Genauer gesagt: im Kerker der Abtei.«

»Richolf? Der wackere Stallknecht von Burg Langerode?«

»Eben der.«

»Wie kommt der denn hierher?«

»Keine Ahnung, wir werden es erfahren. Er hat von uns gehört und will uns sehen.«

Saul straffte entschlossen seinen Oberkörper. »Wohlan, gehen wir zu ihm.«

»Langsam, schwarzer Mann«, sagte Hermann stirnrunzelnd. »Richolf sprach von Kilian und Agnes. Ich führe die beiden jetzt zu ihm und hoffe, dass keiner der Oberen davon Wind bekommt. Ein Mohr hätte mir da gerade noch gefehlt.«

»Der Mohr verpasst dir gleich zwei warme Ohren«, drohte ihm Saul.

»War nichts Persönliches«, versicherte ihm Hermann mit gespreizten Händen.

»Schon gut, Saul.« Kilian wurde ungeduldig. »Der Junge hat recht: Du würdest nur Aufsehen erregen. Niemand soll mitkriegen, dass wir Richolf besuchen.«

»Na schön. Sag Bescheid, wenn wir ihn gewaltsam rausholen müssen.«

Sie folgten Hermann durch die Stadt. Kilian drückte aufmunternd Agnes' Hand, wusste er doch genau, wie sehr sie Neuigkeiten über ihre geliebte Schwester Beth entgegenfieberte.

Die Abtei war ein imposanter Gebäudekomplex. Einiges an Menschenvolk war hier und rundherum unterwegs, sodass sie keine besondere Aufmerksamkeit auf sich zogen. Zum Kerker, der außerhalb der Hauptgebäude lag, gelangten sie unbehelligt, nur einmal rief einer der Klosterbediensteten laut Hermanns Namen, doch es stellte sich heraus, dass er nur eine Klatschgeschichte über einen Kameraden loswerden wollte. Hermann vertröstete ihn auf später, da er noch seine beiden Gäste herumführen müsse.

Als sie vor der Tür des Verlieses standen, nahm Hermann den Schlüssel vom Gürtel und hob mahnend den Zeigefinger: »Der Bursche ist angekettet, und den Schlüssel für die Ketten besitze nicht ich. Versucht also keinen Blödsinn, kapiert?«

»Du hast unser Wort«, versicherte ihm Nes.

Er öffnete die Tür und ließ die beiden eintreten.

Blinzelnd sah Richolf ihnen entgegen und rappelte sich, als er die Ankömmlinge erkannte, hastig auf die Füße.

Kilian packte ihn bei den Schultern. »Richolf, alter Freund! Sakrament, hier stinkt es fürchterlicher als in einem Schweinestall.«

»Glaub mir, ich würde euch lieber zwischen duftenden Rosenstöcken empfangen. – Herrin Agnes! Wie schön, Euch wiederzusehen!« Seine Kette klirrte, als er sich vor ihr verneigte.

»Gleichfalls, Richolf. Und lass es mit der *Herrin* gut sein. Ich bin jetzt eine Gauklerin.«

»Hauptsache, Ihr seid glücklich.«

»Dazu hast auch du deinen Teil beigetragen. Erinnerst du dich an unseren nächtlichen Ritt nach Aachen?«

»Wie könnte ich mich nicht daran erinnern?«

»Na los, erzähl schon«, drängte ihn Kilian. »Was ist geschehen? Warum hast du den Schultheißen geschlagen?«

»Was weißt du über meine Schwester?«, fragte Agnes, bevor er antworten konnte. »Und wie geht es meinen Vater?«

Richolfs Miene verfinsterte sich. »Ihr solltet euch besser hinsetzen«, schlug er vor, ungeachtet der Tatsache, dass es in seiner armseligen Kerkerzelle keine Sitzgelegenheit gab.

Ihr Vater sei tot, erklärte er mit gesenktem Kopf. Ein Jagdunfall sei es angeblich gewesen, doch aller Wahrscheinlichkeit nach stecke die Sippe der Hinzweiler hinter dem Tod des Grafen. Zuvor sei Beth mit Bernard vermählt worden, da der alte Bertold, der Agnes' Flucht als Angriff auf die Ehre der Hinzweiler bezeichnet habe, dem Grafen mit Fehde gedroht habe.

Nach der Hochzeit sei die unglückliche Beth mit ihrem Bräutigam nach Hinzweiler gegangen, fuhr Richolf fort. Dennoch hätten er und Beth sich weiter getroffen. Als das Gut eines Tages niedergebrannt sei – an dieser Stelle schien er zu überlegen, ob er etwas weiter ausholen sollte, ließ es aber bleiben –, habe Graf Werner den Hinzweilern Obdach in seiner Burg gewährt. Die Sippe habe sich auf Langerode eingenistet wie die Maden im Speck. Offenbar sei ihnen die Idee gekommen, der Herzog könne ihrer Sippe die Grafenwürde übertragen, sobald Graf Werner nicht mehr am Leben sei. Also hätten sie den Grafen zur Jagd geladen …

Beth sei indessen immer schwermütiger geworden, Bernard habe sie behandelt wie Dreck, nur die Gräfin habe sein Augenmerk gehabt, fuhr Richolf fort. Zudem habe Beth zunehmend die Befürchtung gehegt, ihr Gemahl könne es auch auf ihr Leben abgesehen haben. Deshalb hätten er und Beth zu Beginn des Winters beschlossen, es Agnes gleichzutun und Langerode bei Nacht und Nebel zu entfliehen. Der gute, alte Moritz habe ihnen Dux überlassen. Ein wenig ziellos sei ihre Flucht verlaufen, doch ihre Absicht sei es gewesen, Heinrichs Gauklertruppe zu finden. Nachdem irgendwelche Halunken ihren Schecken gestohlen hätten, sei alles noch mühsamer geworden. Hunger und Kälte hätten ihnen bald fürchterlich zugesetzt, dann aber seien sie auf eine andere Gauklertruppe gestoßen. Ihr Führer, Matthes mit Namen – Kilian stöhnte auf –, habe sie aufgenommen und Beth habe, unterstützt von Matthes, der sie stets umschwärmte, ihre Begabung als Komödiantin entdeckt. Von da an sei sie ihm immer fremder geworden. Am Ende habe er den Entschluss gefasst, die Truppe zu verlassen. Ohne Beth Lebewohl zu sagen, habe er sich davongemacht, um die Suche ohne sie fortzusetzen. Hier in Hersfeld habe er dann das gestohlene Pferd gefunden …

Zuletzt erzählte er die ärgerliche Geschichte mit dem Schultheißen.

Das waren mehr Neuigkeiten, als ein Mensch gemeinhin auf einen Schlag verdauen konnte. Mehrfach hatte Kilian Agnes stützen müssen, da sie einer Ohnmacht nahe schien. Ihr Vater war tot, wovon sie nicht die geringste Ahnung gehabt hatte. Beth war an ihrer Stelle mit diesem Unhold vermählt worden – was hatte sie der jüngeren Schwester nur angetan? Langerode war offenbar in der Hand von Schurken.

»Oh Gott«, murmelte Agnes mit Tränen in den Augen. »Ich habe nur an mich gedacht. Ich hätte …«

»Sprich es nicht aus«, sagte Kilian, der sie fest im Arm hielt. »Es ist nicht deine Schuld.«

Richolf, aufgewühlt durch seine eigenen Worte, raufte sich die vor Schmutz starrenden Haare. »Ihr habt nach Eurem Herzen gehandelt, Agnes. Was später geschehen sollte, konntet Ihr nicht einmal ahnen. Bernard von Hinzweiler wäre heute kein besserer Mensch, wenn Ihr geblieben wäret. In der Hölle hat der Teufel bereits ein hübsches Eckchen für ihn und seine Sippe frei gemacht, davon bin ich fest überzeugt.«

»Scheinen keine angenehmen Menschen zu sein, diese Hinzweiler«, sinnierte Hermann, der wie gebannt zugehört hatte. »Vom gleichen Schlag wie unser Schultheiß, könnte man meinen.«

»Was ihn angeht, so habe ich bereits eine Idee.« Agnes fand langsam wieder zu sich. »Richolf, wir werden dich hier rausholen.«

Hermann legte den Kopf schief. »Und wie, bitte schön, gedenkt ihr das anzustellen?«

»Die Erklärung wäre zu verwirrend.«

»Ja, das kann ich mir vorstellen.«

»Wart's also ab.«

»Und danach werden wir nach Langerode aufbrechen!«, verkündete Kilian entschlossen. »Nes, wir werden nicht zulassen, dass die Mörder deines Vaters dort ungestraft walten können.« Er drückte ihre Hand. »Diese Männer werden sich für ihre Taten verantworten müssen.«

Agnes nickte ernst. »Du hast recht. Wenigstens das bin ich meinem Vater schuldig. Aber es wäre nicht richtig, auch die anderen da hineinzuziehen.«

»Du wirst sie nicht davon abhalten können, Nes. Eine Gauklertruppe, ein Schicksal! Das war immer so und wird sich nie ändern.«

»Ich wünschte, meine Schwester wäre bei mir. – He, wer bist du denn?« Zu ihren Füßen war eine greise Ratte erschienen und blickte seelenruhig schnuppernd zu ihr hoch.

»Das ist Trine«, erklärte Hermann und wunderte sich. »So zutraulich hab ich sie noch nie gesehen.«

Richolf zerrte an seiner Kette. »Worauf wartet ihr? Na los, macht dem Viech den Garaus. Sie will mich nachts auffressen.«

»Will sie nicht«, widersprach Agnes, bückte sich hinab zu dem Tier und betrachtete es. »Ein Stück Speck und ein wenig Käse, das wäre Trines letzter Wunsch«, sagte sie zu dem jungen Wächter. »Ihr ist bewusst, dass sie bald sterben wird.«

»Aha. Und das hat sie Euch gesagt, Herrin Bärenführerin?« Offenbar hielt Hermann Richolfs ehrerbietige Anrede für einen Spaß und übernahm sie kurzerhand.

»Auf ihre eigene Weise. Wirst du ihr das Gewünschte besorgen? Ich bitte dich darum.«

Hermann schien sich zu fragen, ob sie ihn gerade zum Narren hielt, rang sich aber ein Nicken ab und sah der Ratte hinterher, die sich ohne besondere Eile wieder in ihr Mauerloch verkroch.

»Wenn du schon einmal dabei bist, bring auch mir ein Stück Speck mit«, flehte Richolf.

»Verzeih, ich wollte dir nicht den Mund wässrig machen«, entschuldigte sich Agnes.

Kilian drängte zum Aufbruch. »Hab noch etwas Geduld, Freund. Sobald mein wunderbares Weib mir ihren zweifellos klugen Plan verraten hat, holen wir dich hier raus.«

»Warte noch, Kilian!« Einen Moment lang wirkte Richolf unschlüssig. »Da gibt es noch etwas, das ich dir sagen wollte. Auch ich hatte einen guten Grund, nach euch zu suchen.«

»Dann sprich, Unglücksrabe.«

»Tja … dein Vater … Er war nie ein Kind von Traurigkeit, nicht wahr? Ich meine … was die Frauen angeht.«

Kilian hob fragend die Brauen. »Zumindest früher, ja, so heißt es. Warum?«

»Bevor ich Langerode verließ, vertraute Moritz mir etwas an. Es betrifft deinen Vater … und meine Mutter.«

Kilian sah ihn nur an, sein Mund stand plötzlich weit offen.

»Meine Mutter war Magd auf Langerode, Kilian, und dein Vater war mit seiner Truppe gekommen …«

Die beiden jungen Männer starrten sich wortlos in die Augen. Eine Weile verging, jeder schien darauf zu warten, dass der andere es endlich aussprach, aber beide blieben stumm.

Schließlich legte Agnes eine Hand auf die Schulter ihres Liebsten. »Willst du deinen Bruder denn nicht umarmen?«

Kilian stand immer noch da wie vom Donner gerührt. »Nicht bevor er gebadet hat.«

Hermann schürzte die Lippen. »Ehrlich, eine gewisse Ähnlichkeit war mir gleich aufgefallen«, behauptete er.

25

Als das Dorf Langerode und die Burg gegen Mittag in der Ferne vor ihnen sichtbar wurden, hielten die beiden Reiter inne.

»Noch kannst du es dir anders überlegen«, sagte Volker zu seinem Knappen Goswin. »Du könntest hier warten, während ich die Gräfin hole.«

Der Knappe schüttelte den Kopf. »Wenn Ihr erlaubt, bleibe ich lieber in Eurer Nähe. Vielleicht braucht Ihr meine Hilfe.«

»Oder ist es vielmehr wegen der Magd, die du vorgestern hierher begleitet hast?«

»Auch«, gab der Knappe mit schiefem Grinsen zu.

»Sie ist wirklich nicht nur ein hübsches, sondern auch ein mutiges Mädchen.«

»Ja, Herr.«

»Na schön. Aber denk daran, du bist nicht zum Freien hier.«

Ritter und Knappe boten einen merkwürdigen Anblick: Sie trugen schäbige Mäntel aus abgeschabtem Fell, Filzkappen, die dem Knappen sichtlich zu groß, Volker jedoch zu klein waren, und fleckige, löchrige Hosen. Volker hatte sich überdies einen künstlichen langen Bart angeheftet. Niemand würde sie für Gefolgsleute des Herzogs von Jülich halten.

»Nun denn!« Volker atmete tief durch. »Möge Gott unser Unternehmen segnen.« Dies vom Herrgott zu verlangen, war keine Vermessenheit, schließlich ging es hier um die Rechte einer edlen Frau, die zum Spielball habgieriger, skrupelloser Landadliger geworden war.

Sie ließen ihre Pferde weitertraben. Volker versank in tiefe Anspannung, in Gedanken befand er sich bereits in der Burg, wie er sie in Erinnerung hatte.

Im Dorf wurden sie, da man sie für fahrendes Volk hielt, argwöhnisch beäugt. Volker ließ sich auch von den beleidigenden Zurufen eines flegelhaften Bauernknechts nicht in seiner Konzentration stören. Als sie endlich am Burgtor angelangt waren, stiegen sie aus den Sätteln und mussten die übliche Musterung über sich ergehen lassen. Der Torwächter, dessen Bart sich mit Volkers Bart messen konnte, begegnete ihnen mit Zurückhaltung.

»Was wollt ihr?«

»Ich bin Lutger, der Baderchirurg, und der hier ist mein Lehrling«, erklärte Volker. »Wir leisten fachkundige Dienste gegen kleines Honorar.«

»Was du nicht sagst.«

»Dürfen wir hinein?«

»Warte!«

Der Wächter winkte einen Burschen heran und flüsterte ihm etwas ins Ohr. Der Junge nickte und verschwand mit einem scheelen Seitenblick auf die Ankömmlinge ins Burginnere. Volker kam das seltsam vor. Doch es war geradezu unmöglich, dass ihn jemand in dieser Aufmachung erkannte. Erst recht nicht dieser Torwächter.

»Was hast du dem Burschen gesagt?«

»Wär's für deine Ohren bestimmt gewesen, hätte ich's laut ausgesprochen, oder meinst du nicht, Bader Lutger?«

»Klingt einleuchtend. Wir sollen also …«

»Warten!«

»Gut. Wir warten.«

Eine Weile betrachtete der Wächter ihn reglos und stumm. »Hast einen komischen Bart«, sagte er endlich.

»Deiner ist noch prächtiger«, gab Volker zu.

»Deiner ähnelt einem Pferdeschweif.«

»Jetzt übertreibst du aber.«

»Falls du dir Hoffnungen machst, mir Barbierdienste zu erweisen – vergiss es!«

»Gut zu wissen, ich wollte dich gerade fragen.« So unauffällig wie möglich ließ Volker seinen Blick schweifen. Eines dieser Fenster dort oben gehörte zur Kemenate, Lena hatte ihm alles genau beschrieben. »Was denkst du, wie lange müssen mein Lehrling und ich hier noch warten?«

»Bis der Herr kommt!«

»Der Herr? Du meinst also bis zum Jüngsten Tag?«

»Doch nicht *der* Herr, Idiot!«

Welchen Herrn er tatsächlich meinte, wurde Volker kurz darauf klar. Ein kalter Schrecken überkam ihn, als er Bernard, flankiert von seinen beiden Brüdern, auf sich zuschreiten sah.

»Der Herr kommt selbst?«, fragte er verunsichert. »Wieso das?«

»Weil sein Befehl lautet, ihm alle Fremden zu melden, die das Burggelände betreten wollen.«

Volker hatte gehofft, eine Begegnung mit ihnen vermeiden zu können. Nun galt es, Ruhe zu bewahren. Die drei Brüder trugen Schwerter an ihrer Seite; er und sein Knappe jedoch waren, bis auf die Dolche, die sie unter ihren Mänteln verbargen, unbewaffnet.

»Lutger, der Baderchirurg, Herr!«, meldete Johann der Haarige.

Volker verneigte sich vor den drei Hinzweilern, und sein Knappe tat es ihm gleich. »Zu Euren Diensten, werte Herren!«

»Baderchirurg, wie?«

Bernards Stimme war so eisig wie die Miene, die er zur Schau trug.

»Ja, Herr. Leidet Ihr vielleicht an Geschwüren? An erschwerter Verdauung oder brennenden Schmerzen beim Wasserlassen? Könnt Ihr nachts gut schlafen? Was immer Euch oder Eure Brüder auch plagt, ich werde Abhilfe schaffen.«

Blieb zu hoffen, dass sie nicht wirklich seine Hilfe verlangten, hätte man ihn doch auf der Stelle als Betrüger entlarvt. Auf eine Demonstration seines Könnens war er nicht vorbereitet, von dem fehlenden Instrumentarium ganz zu schweigen. Wie hätte er damit rechnen können, dass die Hinzweiler einen gemeinen Baderchirurgen höchstselbst empfingen? Sein kühner Plan, die Gräfin in einer Art Handstreich zu entführen, schien sich als Luftschloss zu erweisen. Kurioserweise kam es ihm angesichts dieser sich anbahnenden Enttäuschung gar nicht erst in den Sinn, dass man ihn selbst enttarnen könnte.

»Woher weißt du, dass sie meine Brüder sind?«, fragte Bernard, ihn aus schmalen Augen betrachtend. »Sind wir uns schon begegnet?«

Volker ärgerte sich über seine unüberlegten Worte. »Nein, Herr, aber es wurde mir so gesagt, und die Ähnlichkeit ist nicht zu übersehen.«

»Nun, ich frage mich«, erwiderte Bernard gedehnt. »Wem du wohl ähneln würdest, wenn man dich ohne diesen Bart betrachten könnte. – Ludwig!«

Der Bruder sah ihn fragend an.

»Sei doch so gut und überprüfe, ob unserem Freund, dem Baderchirurgen, der Bart noch richtig sitzt.« Noch während er sprach, zog er langsam sein Schwert aus der Scheide.

Auch Volkers Schwerthand juckte, aber es gab kein Schwert, mit dem er sich hätte zur Wehr setzen können, und ehe er nach dem Dolch tasten konnte, war jener Ludwig bereits vor ihn hingetreten und riss ihm mit einem Ruck den falschen Bart ab.

Eine Weile standen sich die Männer schweigend gegenüber, und es schien, als wäre Bernard nicht sonderlich überrascht, den Neffen des Herzogs zu erkennen. Was war geschehen? Hatten sie die Magd befragt?

Endlich brach Bernard das Schweigen.

»Ihr werdet mir das sicherlich erklären wollen, Volker.«

Es gab nichts, womit Volker sein Tun hätte rechtfertigen können – außer mit der Wahrheit. Womöglich gelang es ihm sogar, die Hinzweiler einzuschüchtern. Eine andere Wahl hatte er sowieso nicht.

»Ich weiß, dass die Gräfin von Langerode von Euch unterdrückt wird«, sagte er. Die eigene Stimme klang fremd in seinen Ohren.

»Und wenn es so wäre – was würdet Ihr dagegen unternehmen?«

»Ich nehme sie mit nach Nideggen, wo mein Onkel über den Fall entscheiden wird. Er hat mich hergeschickt.«

Die jüngeren Brüder wechselten einen besorgten Blick, aber Bernard blieb gelassen.

»Das bezweifle ich. Dafür wäre eine solche Posse nicht nötig gewesen. Der Herzog hätte einen Trupp entsendet, keinen Milchbart. Ihr seid ohne sein Wissen hier!« Er wandte sich an seine Brüder und den Torwächter. »Nehmt ihn mit seinem Knappen gefangen. Macht schon!«

Die Männer umkreisten die Ankömmlinge, wenn auch mit sichtlichem Unbehagen.

»Das werdet Ihr nicht wagen, Bernard!«, rief Volker mit Verzweiflung im Herzen, wohl wissend, dass der Hinzweiler es todernst meinte.

Bernard lächelte kalt. »Ihr hättet sie gern in Eurem Bett, die Gräfin, nicht wahr?«

Volker hätte sich auf den Hinzweiler gestürzt, wäre nicht das Gefühl, kläglich versagt zu haben, so gewaltig gewesen, dass er wie gelähmt dort stand. Sein tapferer Knappe Goswin sah ihn fragend an, er hätte sicher gekämpft, wenn es ihm befohlen worden wäre. Doch ihre Lage war aussichtslos, und es war bedauerlich genug, nicht darauf bestanden zu haben, dass der Knappe vor dem Dorf wartete.

»Durchsucht sie nach Waffen, bevor ihr sie ins Verlies werft«, wies Bernard die Männer an.

»Aber da ist die Magd schon drin, Herr«, wusste Johann der Haarige.

»Wir haben es doch hier mit Männern von Ehre zu tun, die werden ihr bestimmt nichts antun. Außerdem kennen sie sich bereits, wie man annehmen darf.«

Gräfin Genefe hat einen besseren Mann verdient als einen Stümper wie mich! Dieser bittere Gedanke sollte Volker so rasch nicht mehr loslassen. Allen Kampfgeist hatte er eingebüßt.

* * *

Hersfeld, am selben Tag …

In seiner Amtsstube, hinter einem schweren Pult thronend, empfing der Schultheiß des Abts von Hersfeld Agnes, die mit Nachdruck darauf bestanden hatte, zu ihm vorgelassen zu werden. An der Hand hielt sie Wulfhild, in deren Augen der Schultheiß offensichtlich diesen merkwürdigen Glanz ausmachte. Dies schien ihn so sehr zu verstören, dass er dem Blick des Kindes abrupt auswich und eine Handbewegung machte, als wollte er eine Fliege zur Seite fegen, die es aber nicht gab. Dann wandte er sich Agnes zu. »Dein Anliegen ist dringend? Dann sprich. Und ich rate dir: Stiehl mir nicht die Zeit.«

Wie gewünscht kam Agnes ohne Umschweife zur Sache. »Im Kerker der Abtei sitzt ein Bursche namens Richolf ein. Lasst ihn frei!«

Der Schultheiß zog die Stirn in Falten, als hätte er nicht richtig gehört. »Dieser Lump hat gegen mich aufbegehrt, ich werde den Teufel tun.«

»Das Pferd, das Ihr erworben habt, gehörte meinem Vater. Ich möchte es wiederhaben.«

»Du strapazierst meine Geduld, Weib. Verschwinde mit deinem Balg, bevor ich auch dich in Ketten legen lasse.«

Mit Flatterbewegungen seiner Finger wollte er sie fortscheuchen, aber Agnes trat noch näher und beugte sich über das Pult. Ihr war bewusst, dass sie mit dem Feuer spielte. Ohne zu wissen, ob ihr Plan aufgehen würde, was allein an Wulfhild und ihrer schaurigen Gabe lag, ging sie aufs Ganze.

»Der Gefangene und das Pferd, Herr Schultheiß! Wenn Ihr den Forderungen nicht nachkommt, erfahren die Leute hässliche Dinge über Euch!«

Mit bebendem Kinn starrte der Schultheiß sie an und schien zu überlegen, ob er sie hinauswerfen, in Haft nehmen oder lieber anhören sollte. Zu Agnes' vorläufiger Zufriedenheit siegte seine Neugier.

»Du drohst mir? Das solltest du besser bleiben lassen, Weib. Es gibt keine hässlichen Dinge, die du über mich in Umlauf bringen könntest. Oder glaubst du vielleicht, man würde den Lügen einer Gauklerin eher glauben als den Worten des Schultheißen von Hersfeld?«

»An Eurer Stelle wäre ich mir da nicht so sicher, Herr Schultheiß.« Sie legte ihre Hände auf Wulfhilds Schultern und schob die Kleine vor das Pult. »Seht sie an, schaut ihr genau in die Augen.«

Es war, als stünde der Schultheiß plötzlich unter einem Bann. Agnes beobachtete, wie seine Miene zunehmend bleicher wurde und ein Muskel unter seinem Auge unaufhörlich zu zucken begann.

»Nun? Was seht Ihr, Herr Schultheiß?«

Der Gefragte war nicht mehr der selbstherrliche Mann, den er vorher noch gegeben hatte. Er öffnete den Mund, um etwas zu sagen, doch kein Laut wollte über seine Lippen kommen.

Agnes wusste nicht, was Wulfhilds Augen ihm offenbart hatten, was aber keine Rolle spielte.

»Niemand wird davon erfahren. Der Gefangene und das Pferd, Herr Schultheiß!«

Eine Stunde später waren ihre Forderungen erfüllt.

Noch am gleichen Tag verließen die Gaukler die Stadt. Abends schlugen sie ihr Lager am Fuß eines bewaldeten Hügels auf, der noch das Weiß des Winters bewahrt hatte. Geschart um ein Feuer ließ man die vergangenen Tage noch einmal Revue passieren. Richolf wurde aufgefordert, von seinen Erlebnissen zu berichten. Und so trug er vor – diesmal ausführlicher als zuletzt im Kerker –, was ihm und Beth seit ihrer Flucht aus Langerode widerfahren war. Heinrichs Vaterschaft brachte er hingegen nicht zur Sprache, es schien ihm nicht der rechte Zeitpunkt zu sein, ein intimes Geheimnis dieser Art zu lüften. Irgendwann, unter anderen Umständen, würde Richolf sich ein Herz nehmen und mit Heinrich von Sohn zu Vater sprechen, wenngleich es ihm fraglich schien, wie viel der verwirrte alte Bärenführer davon begreifen würde.

Erstaunt waren die Gaukler, dass Richolf bereits einiges von ihren traumatischen Erlebnissen in Wesel in Erfahrung gebracht hatte. Über Beth sprach er nur, wenn es sich nicht vermeiden ließ. Der Gedanke, sie nicht an seiner Seite zu wissen, nachdem er endlich zu der Truppe gestoßen war, machte ihn traurig. Auch Agnes sah er an, dass sie mit Wehmut an die verschollene Schwester dachte, mit der sie so viel zu besprechen gehabt hätte.

Das Mädchen Wulfhild, dem er gewissermaßen seine Freiheit verdankte, war ihm zunächst unheimlich gewesen. Als er aber von den anderen ihre Geschichte hörte, wunderte er sich nicht, dass sie anders war, als Kinder ihres Alters gemeinhin zu sein pflegten. Und nachdem sie sein Lächeln, wenn auch noch etwas verhalten, erwidert hatte, war er überzeugt, dass er sie mögen würde.

Schließlich – lange genug hatten sie über ernste und auch weniger ernste Dinge geplaudert und Heinrich war längst eingenickt – weihte Kilian die Truppe in seine neuen Pläne ein.

»Inzwischen wissen wir, was in Langerode geschah: Der Graf, Vater meines Augensterns, wurde allem Anschein nach ermordet. Auch wenn er mich, wenn er noch lebte, wohl nicht als Gatten seiner Tochter anerkannt hätte, kann ich dieses Unrecht unmöglich hinnehmen.«

»Dann auf nach Langerode!«, frohlockte Saul. »Packen wir diese verfluchten Mistkerle bei den Hörnern.«

»Wir wissen nicht, was seit Richolfs und Beths Flucht dort geschehen ist, aber wir werden es nur erfahren, wenn wir uns selbst ein Bild machen. Gleich morgen früh brechen wir auf!«

»Wir werden Wochen unterwegs sein«, überlegte Fronica.

»Deshalb werden Nes und ich voranreiten. Mit Hera und Dux sollten wir Langerode in zehn Tagen erreichen.«

»Sofern du unterwegs nicht vom Pferd fällst«, gab Saul zu bedenken.

»Was willst du damit sagen, schwarzer Mann?«

»Dass du ein miserabler Reiter bist.«

Agatha zeigte sich besorgt. »Was werdet ihr in Langerode tun? Denkt ihr nicht, dass diese Männer leicht mit euch fertig werden?«

»Diese Sorge nenne ich berechtigt«, meinte Richolf nachdenklich.

Kilian klopfte seinem Halbbruder auf die Schulter. »Keine Sorge. Wir werden es vorsichtig angehen und uns genau überlegen, was zu tun ist. Der Herzog wird alles erfahren.«

»Und wenn wir dann später ankommen, ist alles schon erledigt, wie?« Saul zog eine Grimasse. »Ich würde diesem Bernard liebend gerne selbst die Zähne ausschlagen.«

Keiner der Gaukler hatte vergessen, wie entwürdigend Saul von dem Hinzweiler einst behandelt worden war.

»Und ich helfe dir dabei«, versicherte ihm Luzia und schmiegte sich an ihn.

Agatha schnaubte missbilligend. »Ihr verteilt das Fell des Bären, noch ehe er erlegt ist? – Entschuldige, Ursula«, rief sie in Richtung Zwingerwagen. »Das ist nur eine Redensart.«

»Ursula wird dich schmerzlich vermissen, Nes«, sagte Fronica. »Ich hoffe nur, dass sie uns vor Kummer nicht krank wird.«

»Ich habe ihr gesagt, dass wir uns eine Weile nicht sehen werden. Benno wird sich in der Zwischenzeit vorzüglich um sie kümmern. Nicht wahr, Bruder?«

Benno nickte eifrig.

»Und dich, Hans, will ich bitten, ihr regelmäßig auf deiner Flöte vorzuspielen, damit sie die Melodien nicht verlernt.«

»Wird erledigt«, erwiderte der Flötenspieler.

»Am liebsten würde ich euch begleiten.« Richolf betrübte der Gedanke, dass er vorläufig zur Untätigkeit verdammt war.

Agnes tröstete ihn. »Wir sehen uns ja bald wieder, Richolf. Und so Gott will, werden wir auch Beth wiedersehen. Wie ich sie kenne, hat sie inzwischen genug vom Ruhm der weiten Welt und sehnt sich nach deinen starken Armen.«

Sie hatte ihm aus der Seele gesprochen.

26

Manchmal gingen Matthes seltsame Gedanken durch den Kopf. Dann bereute er, der Heiligen Jungfrau, damals in jener schmerzerfüllten Nacht, ein Gelübde abgelegt zu haben. War seine Genesung tatsächlich eine Gnade des Himmels gewesen? Er wollte nicht so recht daran glauben. Auch andere Menschen überstanden schwere Krankheiten, und nicht alle legten ein Gelübde ab. Trotzdem hatte er nun einmal dieses Gelübde getan, und er vermochte nicht mit letzter Gewissheit zu sagen, ob in Wahrheit alles nur ein Zufall war. Die Gottesmutter antwortete ihm nicht, wenn er sie fragte, wie neulich, bei jenem Kapellchen am Wegesrand. Falls sie wirklich, wovon er nicht mehr gänzlich überzeugt war, oben im Himmel thronte, dann machte sie sich womöglich einen Spaß daraus, ihn zum Narren zu halten. Nun gut, den Bildstock, den konnte er auf alle Fälle errichten, um sicherzugehen, es würde ihn nicht in den Ruin treiben. Doch zudem hatte er ja geschworen, ein guter Mensch zu werden, und was der Himmel unter einem guten Menschen verstand, bedeutete im Grunde Langeweile und Eintönigkeit. Da hätte er ebenso gut auch sterben können. Aber in der Not tat man Dinge, an die man sonst keinen Gedanken verschwendete.

Ein guter Mensch also. Ein guter Mensch war gütig zu seinen Mitmenschen und dachte sich keine Lügen aus. Er wünschte seinen Konkurrenten nichts Übles und begehrte nicht seines Nächsten Weib. Ein guter Mensch fluchte nicht, oder zumindest nur dann, wenn es einen echten Grund dafür gab. Ein guter Mensch betrog nicht seine Gefährtin, sondern war ihr treu. All das hätte Matthes beherzigen müssen, wenn es ihm ernst gewesen wäre mit seinem Gelübde. Es hatte Augenblicke gegeben, da er sich ernsthaft bemüht hatte, doch er hatte schnell begriffen: Aus ihm würde nie ein guter Mensch werden. Er musste nur auf Beth schauen, dann wusste er genau, was er wollte. Doch dieses kleine Luder sträubte sich immer noch, obwohl sie doch ihm zu verdanken hatte, was aus ihr geworden war, eine großartige Possenreißerin nämlich.

In den vergangenen Tagen hatten sich die Leibschmerzen zeitweise wieder bemerkbar gemacht. Nicht so heftig wie vor seinem Gelübde, aber unerfreulich genug, dass er nicht umhinkam, sich von Neuem Gedanken darüber zu machen. Deshalb bevorzugte er nicht selten die Einsamkeit, damit er ungestört nachdenken konnte.

Während seine Truppe unter einem Hain rastete, entfernte er sich wortlos vom Lager; die anderen wunderten sich längst nicht mehr über sein in sich gekehrtes Verhalten. Der Pfad führte Matthes um eine kleine Waldung herum, bis er einen Teich erreichte. Zwei Enten tummelten sich im kalten Wasser. Normalerweise hätte er versucht, wenigstens eines der Tiere fürs Abendessen zu erlegen, aber dafür fehlte ihm derzeit die Geduld, und auch der große Appetit wollte sich nicht so recht einstellen. Daher setzte er sich auf den Boden, zog die Knie an die Brust und beließ es dabei, den Enten bei ihrem arglosen Treiben zuzusehen und über den Sinn seines Gelübdes nachzudenken.

Hufgetrappel ließ ihn aufhorchen. Noch bevor er die Reiter sehen konnte, hielt er Ausschau nach einem geeigneten Versteck, man konnte ja nie wissen. Noch waren die Sträucher winterlich kahl, aber zum Glück fand sich eine flache Erdmulde, worin er sich bäuchlings liegend verbergen und über den Rand spähen konnte.

Die Reiter, es waren zwei, ließen ihre Pferde in ein gemächliches Schritttempo fallen. Als Matthes sie erkannte, stockte ihm fast der Atem.

* * *

Das kleine Gewässer kam Agnes und Kilian wie gerufen, denn Hera und Dux zeigten sich bereits seit zwei Stunden unwillig, weil sie Durst litten. Während ihre Pferde um die Wette tranken, knieten Agnes und ihr Mann am Ufer, schöpften Wasser mit den Händen und erfrischten ihre Gesichter.

»Nun, wie mache ich mich als Reitersmann?«, fragte Kilian, nachdem er sich den gröbsten Staub aus den Augen gerieben hatte.

»Gar nicht so schlecht«, erwiderte Agnes schmunzelnd. »Aber bis Langerode ist es noch ein weiter Weg.«

Kilian war sofort wieder ernst.

»Was denkst du, Liebste, was uns dort erwartet?«

»Ich weiß nur, was mich nicht erwartet.« Tränen stiegen ihr in die Augen, aber sie beherrschte sich. »Mein Vater wird mich dort nicht empfangen, und ich werde ihn nicht um Verzeihung bitten können für den Ärger, den ich ihm bereitet habe. In all den Monaten, seit ich Langerode verließ, habe ich mir das Wiedersehen mit ihm ausgemalt. Ich bin überzeugt, er wäre nachsichtig mit mir gewesen, denn wirklich böse konnte er nicht auf seine Töchter sein.« Sie schwieg eine Weile, dann stieß sie Kilian an. »Ich glaube auch, dass er dich nicht gleich zum Teufel gejagt hätte.«

»Meinst du wirklich?«

»Er hätte schnell erkannt, dass du ein besserer Mensch bist als Bernard.«

»Dazu gehört nicht viel. Quäle dich nicht mit Vorwürfen. Dein Vater wurde umgebracht, daran trägst du keine Schuld. Es war Fügung, wir Menschen müssen es so hinnehmen.«

»Wenn ich wenigstens Beth wieder umarmen könnte.«

Sie gingen in den Schneidersitz, ihre Hand glitt in seine, und sie schauten auf das Wasser. Zwei Enten, die auf der Oberfläche trieben, liebkosten sich mit ihren Schnäbeln.

»Wir sollten es tun wie die Enten«, sagte Kilian und küsste Agnes auf den Mund.

»Warum nicht? Aber wir bleiben an Land, wenn es dir nichts ausmacht.«

»Ein Bad würde uns guttun.« Flüsternd fügte er hinzu: »Und ich könnte dich endlich wieder nackt sehen.«

»Bist du verrückt? Das Wasser ist viel zu kalt!«

»Ha! Bist eben doch eine verwöhnte Grafentochter.«

Sie lachte und kniff ihm in den Bauch. Er gab sich entrüstet, drückte ihren Oberkörper zu Boden und warf sich auf sie.

»Du unverschämter Flegel«, sagte sie und kicherte. Dann sagten sie eine Weile nichts, weil ihr Kuss kein Ende nehmen wollte.

Plötzlich hielt Agnes inne. »Warte«, flüsterte sie.

»Was hast du denn?«

»Hera! Sie hat etwas gewittert.«

Die Stute schnaubte und trat unruhig von einem Huf auf den anderen.

»Die Enten«, vermutete Kilian.

»Es sind nicht die Enten. Komm, lass uns von hier verschwinden.«

»Aber wir fangen doch gerade erst an.«

»Ich fühle mich beobachtet.«

Er sah sich um. »Nes! Hier ist weit und breit keine Menschenseele.«

»Hera ist anderer Ansicht. Wir holen es so rasch wie möglich nach.«

Er seufzte. »Versprochen?«

»Natürlich. Liegt ja auch ganz in meinem Interesse.«

Er stand auf und reichte ihr eine Hand, um auch ihr auf die Beine zu helfen.

»Deine Stute ist eine Spielverderberin, Frau Bärenführerin.«

* * *

Matthes war wie vor den Kopf geschlagen. Noch während er den Davonreitenden hinterhersah, sortierte er seine Gedanken. Die beiden hatten sich von ihrer Truppe getrennt, zumindest vorübergehend, um nach Langerode zu reiten. Der Vater der Grafentochter, die es ihm einst so angetan hatte, war angeblich ermordet worden, deshalb befanden sie sich auf dem Weg in ihre Heimat, was immer sie dort auch zu tun hatten.

Wie es schien, hatte das verdammte Pferd ihn gewittert, sonst hätte er vielleicht noch mehr erfahren. Was jene Agnes freilich nicht gewusst hatte: Ihre Schwester war kaum eine halbe Meile entfernt gewesen, als sie und der Bursche am See gerastet und geturtelt hatten. Nun ritt sie fort, ohne auch nur zu ahnen, wie nahe sie ihr gewesen war. So war das Leben nun einmal.

Er wäre in der Lage gewesen, ihrem Glück auf die Sprünge zu helfen. Und für die Dauer eines Atemzuges war er versucht gewesen, sich zu erkennen zu geben und dafür zu sorgen, dass die Schwestern sich wiedersahen. Es wäre ein Schritt auf dem Weg zu dem besseren Menschen gewesen, ein Weg, der nach wie vor offen vor ihm lag. Aber dann wäre Beth vermutlich ihrer Schwester gefolgt, er hätte sie endgültig verloren. Also hatte er die Entscheidung getroffen, sich mucksmäuschenstill zu verhalten und zu hoffen, dass sie bald wieder das Weite suchten.

Gedankenvoll ging er zurück zum Lager, wo er vor dem Wagen nur Cristin und Frieder sitzen sah.

»Wo ist Beth?«, fragte er erschrocken.

»Wo soll sie schon sein? Im Wagen«, entgegnete Cristin kühl.

Matthes zeigte seine Erleichterung nicht.

Cristin gab wieder die Eifersüchtige. »Wo bist du gewesen?«

»Drüben gibt es einen Teich. Ich habe eine Weile dort gesessen.«

»Früher hast du gewollt, dass ich dich begleite auf deinen Spaziergängen.«

»Ach, Krötchen! Beim nächsten Mal nehme ich dich wieder mit, einverstanden?«

»Weil Beth dich nicht begleiten will? So ist es doch.«

»Hör auf, Krötchen, hör endlich auf damit. Mir ist heute nicht besonders wohl.«

Frieder nickte zustimmend. »Du siehst aus, als hättest du ein Gespenst getroffen.«

27

Auf dem Richtplatz vor den Toren des Städtchens, das sie passierten, baumelte am Galgengerüst eine Leiche im Wind. Wulfhild blieb stehen und schaute lange zu dem Toten empor, während die anderen ihren Weg fortsetzten.

»Komm, Wulfhild!«, rief Benno über seine Schulter. »Für den kann man nur noch ein Gebet sprechen.«

Aber Wulfhild regte sich nicht.

»Was hat sie denn?«, wunderte sich Richolf.

»Das frage ich mich auch«, sagte Saul.

»Ich hole sie«, beschloss Fronica.

Bei dem Mädchen angelangt, überwand sie sich, einen Blick in das Antlitz des Gehenkten zu werfen. Er schien noch nicht lange dort zu hängen, denn noch waren seine Züge deutlich auszumachen, wenngleich die Zunge ihm fast bis zur Brust herabhing. Fronica erschrak. Sie erkannte den Mann.

»Zunge«, hörte sie Wulfhild deutlich sagen. Fronica dachte unwillkürlich an Wulfhilds verstorbene und zungenlose Mutter.

Auch Richolf, Saul und Hans, verwundert über die Verzögerung, hatten sich neben ihnen eingefunden.

»Da hol mich doch der Teufel«, sagte Saul mit Blick auf den Toten. »Das ist doch der Schmied aus diesem verwunschenen Kaff.« Er schlug ein Kreuz.

»Ihr kennt den Mann?« Richolf blickte in die Runde.

»Wir waren eine Weile bei ihm zu Gast«, erklärte Fronica knapp.

»Die Welt war nicht besonders freundlich zu ihm«, stellte Hans fest.

Das fand auch Saul. »Wohl nicht. Doch jetzt lasst uns zusehen, dass wir weiterkommen!«

Noch lange waren Fronicas Gedanken bei dem hingerichteten Schmied. Aber auch die rätselhafte Art und Weise, wie Wulfhild den Toten betrachtet hatte, wollte ihr nicht aus dem Kopf.

* * *

»Was soll das heißen, du willst heute nicht auftreten?«, lamentierte Matthes mit erhobenen Händen.

Beth hob die Schultern. »Das soll heißen, dass ich keine Lust habe«, antwortete sie mit betonter Gelassenheit.

Matthes deutete auf die Leute. »Ganz Volkach ist nur deinetwegen hier.«

»Unsinn! Sie wollen die beste Seiltänzerin der Welt sehen.«

»Ha! Bist jetzt auch du schon eifersüchtig?«

»Worauf sollte ich eifersüchtig sein? Cristin hat nichts, was ich gerne hätte.«

Beth war fest entschlossen, diese kleine Machtprobe zu gewinnen. Es war an der Zeit, wieder Herrin über sich selbst zu sein. Ihre Zukunft würde sie auf keinen Fall in dieser Truppe verbringen.

Matthes schien zu ahnen, dass weiteres Zureden sinnlos gewesen wäre, und wandte sich an Frieder. »Geh und sag Cristin, dass sie an der Reihe ist. Die *Rote Betty* hat nämlich heute keine Lust.«

Frieder tat, was ihm aufgetragen war und eilte hinüber zum Wagen. Beth sah ihm nach. Cristin würde bestimmt schimpfen, sie brauchte üblicherweise eine Weile, um sich auf ihren Seiltanz vorzubereiten. Das Seil war bereits über den Köpfen der Menge gespannt.

Beth ließ ihren Blick über die Zuschauer schweifen.

Ob sie die *Rote Betty* sei, wollten mehrere Stimmen aus der Menge von ihr wissen. Da sie ihr rotes Kleid nicht trug – sie wusste nicht, ob sie es jemals wieder tragen würde, denn sie sah darin aus wie eine Dirne –, stritt sie ab, Betty zu sein, sehr zu Matthes' Ärger.

»Doch, liebe Leute, sie ist es! Aber sie hat heute keine Lust!«, rief er.

Warum er sie dann nicht zum Teufel jage, fragte man ihn.

Matthes blieb die Antwort schuldig, bedachte Beth jedoch mit einem verärgerten Blick.

»Ja, warum jagst du mich nicht zum Teufel?«, raunte sie ihm spöttisch zu.

»Ich habe noch Pläne mit dir, Betty!«

Das klang wie eine Drohung. Matthes mochte denken, dass sie ihm etwas schuldig sei, aber da befand er sich auf dem Holzweg.

Cristin war wie erwartet sehr aufgebracht, als sie zwischen Matthes und Beth trat.

»Was soll das? Warum tritt Beth nicht auf?«

»Sie hat keine Lust!«

»Ich kann sie gut verstehen. Ich habe auch keine Lust, Matthes. Frieder, mach was mit deinem Affen!«

»Lass den verdammten Affen. Bitte, Krötchen, tu mir das nicht an«, flehte Matthes. »Geh hinauf aufs Seil, bitte!«

»Ich bin noch nicht soweit und fühle mich außerdem etwas unwohl!«

Beth glaubte, ihren Augen nicht zu trauen, als Matthes vor ihr auf die Knie ging.

»Krötchen! Ich will dich künftig verehren wie eine Königin, die du ja sowieso für mich bist. In letzter Zeit habe ich dich vielleicht etwas vernachlässigt, aber ich gelobe Besserung. Zwischen uns soll alles wieder sein wie früher. Nur: Steig jetzt auf das Seil und erspare uns diese Blamage, sonst werden die Leute uns mit Unrat bewerfen.«

Frieder steckte einen Finger in sein Ohr und rieb sich den Gehörgang. »Ich höre eine merkwürdige Stimme«, fistelte er.

Cristin warf Beth einen Blick zu, den diese nicht so recht zu deuten wusste; merkwürdigerweise glaubte sie am ehesten, Anerkennung darin zu lesen.

»Auch ich höre diese Stimme«, gab Cristin dem Zwerg recht. »Nur kann ich ihr keinen Glauben mehr schenken. Treu warst du mir nie, Matthes, aber nun, da ich in die Jahre komme, wirst du meiner allem Anschein nach überdrüssig.«

»Krötchen, wie kannst du das nur sagen?«

»Ruhig, du Schwerenöter. Ja, ich steige auf das Seil. Betrachte es als Gefallen.«

Matthes atmete erleichtert auf, zumal das Publikum ungeduldig wurde. Cristin begab sich zu dem Torhaus an der Mauer, von wo aus das Seil etwa fünfzig Schritte weit über den Platz gespannt war.

»Du hast sie nicht verdient, Matthes«, sagte Beth.

»Was weißt du denn schon, Kleine«, erwiderte Matthes. Er trat vor und kündigte den Leuten die weltbeste Seiltänzerin an.

Als sie endlich aus der Dachluke stieg, brandete verhaltener Beifall auf. Ja, Cristin hatte nicht gelogen: Selbst von Weitem konnte Beth erkennen, wie bleich sie war. Wurde sie krank? Nicht mit einem Wort hatte Matthes sie gefragt, was ihr fehle. Cristin hatte recht, er war ein unverbesserlicher Mensch, der vor allem an sich selbst dachte. Selbst das Wohlbefinden seiner langjährigen Gefährtin interessierte ihn nur dann, wenn es für ihn selbst von Belang war. Wie hatte Cristin es nur so lange Zeit mit ihm ausgehalten? Andererseits, dachte Beth, stand es ihr nicht zu, darüber zu urteilen. Liebe war ein seltsames Ding – hatte sie nicht selber ihre seltsamen Erfahrungen gemacht? Richolf war nur ein Pferdeknecht, das hatte sie, die Grafentochter, anfangs gereizt, da ihre Liebschaft ja geheim bleiben musste und sie den Nervenkitzel liebte. Gleichwohl hatte sie etwas für ihn empfunden, mehr als ihr lieb war, und als sie den garstigen Bernard von Hinzweiler hatte heiraten müssen, war ihr endgültig bewusst geworden, dass Richolf mehr für sie war als nur ein Liebhaber oder treuer Kamerad. Sie waren miteinander durch dick und dünn gegangen, zunächst heimlich, nach ihrer Flucht als Paar. Der Kälte, dem Hunger und allen weiteren Entbehrungen zum Trotz schien es ihr rückblickend eine glückliche Zeit gewesen zu sein. Geändert hatte sich alles, als sie Matthes getroffen hatten. Dass sie Richolf als ihren Bruder bezeichnet hatte, war unverzeihlich gewesen, längst hatte sie dies eingesehen. Zuerst dieser Verrat, dann ihr großer Ehrgeiz – kein Wunder, dass sie sich entfremdet hatten. Sie wünschte, sie hätte das Rad der Zeit zurückdrehen können.

»He, Beth, nimm mich mal auf die Schulter!« Frieder zupfte an ihrem Kleid.

»Wie käme ich denn dazu?«

»Ich kann nichts sehen.«

»Na und?«

»Ich mach mir Sorgen um Cristin!«

Cristin hatte die ersten Schritte auf dem Seil gemacht.

Beth sah genauer hin. Heute schien sie Schwierigkeiten mit der Balance zu haben. Immer wieder blieb sie mit ausgebreiteten Armen stehen, als wäre ihr das Seil nicht geheuer.

Wieder zupfte Frieder an ihr herum. »Los, mach schon, heb mich hoch.«

Sie bückte sich, damit er sich huckepack schwingen konnte.

»Etwas stimmt nicht mit ihr«, mutmaßte Frieder.

»Sie sagte doch, dass sie sich nicht gut fühlt.«

»Sie hätte nicht da hochsteigen sollen.«

»Dann soll sie abbrechen.«

»Würde sie niemals tun.«

Beth schluckte. Vielleicht hätte sie doch zuerst ein paar Possen reißen sollen. Auch die Leute merkten, dass die Seiltänzerin unpässlich wirkte, und nach einer Weile verstummte die Menge, wie in dumpfer Erwartung eines Unglücks.

Unvorstellbar, dass Cristin bei all ihrer Erfahrung und ohne äußerliche Einwirkung das Gleichgewicht verlieren könnte, aber genau dies geschah. Als sie stürzte, betete Beth, dass alles nur ein böser Traum wäre, aus dem sie gleich wieder erwachen würde, doch spätestens als Matthes' Aufschrei ihr durch Mark und Bein ging, wusste sie, dass alles qualvolle Wirklichkeit war. Früher hatte Cristin manchmal Unglücksstürze vorgetäuscht, um dann wie durch ein Wunder sanft in einem Heuhaufen zu landen, was die Menschen erfahrungsgemäß rührseliger und spendabler machte. Heute jedoch hatte Matthes keine Vorkehrungen für eine wundersame Rettung getroffen.

Mit Frieder auf ihrer Schulter folgte sie Matthes, der sich wie ein Berserker durch die Menge kämpfte.

»Beiseite!«, schrie der Zwerg, der plötzlich die Stimme eines Riesen hatte.

In grotesker Verrenkung lag Cristin auf den Pflastersteinen, umringt von betroffenen Zuschauern. Ihr schwarzes Lockenhaupt lag in einer Pfütze aus Blut, das sich langsam wie Sirup um sie herum ausbreitete, eine breiige Masse quoll aus einer Wunde des Hinterkopfs. Schluchzend kniete sich Matthes neben sie und wagte kaum, sie anzufassen, als könnte dies ihren Zustand noch verschlimmern.

»Sie atmet!«, rief er, nachdem er sie eine Weile bestürzt angesehen hatte. Hilfesuchend sah er sich um. »Sie atmet, sie lebt! Ruft einen Medikus, schnell!«

Ein Junge rannte los.

»Jeder bekommt, was er verdient«, sagte Frieder zu Beth aus dem Mundwinkel heraus. Wahrscheinlich sprach er von Matthes, was Beth jedoch ungerecht fand, denn warum sollte die arme Cristin dafür leiden.

Nie hatte Beth den hartgesottenen Matthes so verzweifelt erlebt. Er redete seiner Gefährtin gut zu, drückte ihre schlaffe Hand, küsste ihre blutige Stirn, versprach, dass sie wieder gesund werde, aber Cristin zeigte mit keiner Regung, dass sie seine Worte wahrnahm.

Der Medikus ließ auf sich warten, doch als er endlich erschien – ein dickleibiger, schwitzender Mann mit ausgeprägten Tränensäcken –, schüttelte er den Kopf, noch bevor er sich die Verletzte eingehend angeschaut hatte.

»Da ist nichts mehr zu machen«, behauptete er angesichts der fürchterlichen Schädelwunde. Schon schickte er sich an, wieder zu gehen, doch Matthes baute sich breit vor ihm auf.

»Wo wollt Ihr hin? Schaut sie Euch an, sonst lernt Ihr mich kennen, Fettsack!«

Seine Einschüchterung zeigte Wirkung. Schwerfällig ging der Medikus neben der Verletzten auf die Knie, schnaufte und wühlte mit seinen Fingern in ihren Haaren. Seinen ersten Eindruck sah er bestätigt.

»Teile des Schädels haben sich ins Hirn gebohrt und Adern durchtrennt. Im Grunde ist es ein Wunder, dass sie noch atmet. Ich kann leider nichts tun.«

»Seid Ihr ein Medikus oder ein Schlächter? Gebt Euch Mühe!«

»Wie ich schon sagte …«

Matthes packte ihn grob am Hemd. »Auch um Euren Schädel ist es gleich geschehen, wenn Ihr weiter solchen Unsinn erzählt!«

In seiner wilden Verzweiflung tat er Beth sogar leid. »Lass ihn, Matthes«, sagte sie mit belegter Stimme. »Es ist nicht seine Schuld.«

»Aber man muss doch etwas für mein Krötchen tun können.« Sein Zorn hatte sich in ein stilles Flehen verwandelt. »Sie kann doch nicht hier im Straßendreck sterben.«

»Bringt sie zu den Beginen auf den Kirchberg«, riet ihnen der Medikus, indem er sich die blutigen Hände an seinem Kittel abrieb. »Dort wird man sich ihrer annehmen.«

Zwei kräftige Männer aus dem Publikum halfen, die Bewusstlose zu einem Wagen zu tragen. Matthes ging nebenher, weiter Cristins Hand haltend, ihr zärtliche Worte zuflüsternd und das Blaue vom Himmel herunter versprechend, wenn sie nur am Leben bliebe.

Beth und Frieder liefen ihnen voraus, um alles für den Transport vorzubereiten.

Am Wagen angelangt, hievten die Männer sie vorsichtig ins Innere. Matthes war mit einem Male totenbleich geworden und ging stöhnend in die Hocke; dann erbrach er pures Blut im Schwall.

»Matthes, um Himmels willen!«, rief Beth erschrocken. Sie fühlte sich vollkommen hilflos.

»Ei, ei, das sieht nicht gut aus«, sagte einer der Männer überflüssigerweise.

Matthes hob abwehrend eine Hand, sein Kinn war voller Blut. »Es geht schon wieder. Wir müssen zu den Beginen!«

Beth fragte sich, wie Cristin den Transport in dem rumpelnden Gefährt überleben sollte, aber eine Wahl hatten sie ohnehin nicht. Die Männer wiesen ihnen den Weg zum Kirchberg. Zu allem Überfluss erwies sich der Klepper heute als besonders störrisch, und nur mit Mühe konnten Beth und Frieder Matthes davon abhalten, das Tier mit einer Rute zu Tode zu prügeln.

Cristins Atem war erstaunlicherweise immer noch auszumachen, als sie die Klause der Beginen erreichten. Die Pförtnerin rief nach der Beginenmeisterin, einer kleinen Frau mit robustem Auftreten. Diese veranlasste, die Sterbende in den Krankensaal zu bringen. Vier weitere Beginen, die mit einer Trage herbeieilten, kamen der Anweisung nach. Matthes wollte ihnen folgen, aber die Beginenmeisterin stellte sich ihm selbstbewusst in den Weg.

»Augenblick! Wer bist du?«

»Ihr Gefährte«, murmelte Matthes.

»Was ist passiert?«

»Sie ist vom Seil gestürzt. Könnt Ihr etwas für sie tun?«

Ähnlich wie der Medikus redete die Beginenmeisterin nicht um den heißen Brei herum. »Man kann nur noch einen Priester rufen.«

»Bitte, lasst mich zu ihr. Ich will bei ihr sein, wenn sie …« Er brachte es nicht übers Herz, es auszusprechen.

»Gewiss, du kannst bei ihr wachen. Auch deine Tochter darf bleiben.«

»Nicht nötig«, sagte Beth leise. »Ich werde im Wagen warten.« Cristin beim Sterben zuzusehen, hätte sie überfordert, ihre Gemütslage war schon düster genug. Daher zog sie sich mit Frieder zurück.

Als es Abend wurde, war Matthes noch immer nicht zurückgekehrt.

»Will sie denn nicht sterben?«, fragte Beth bedrückt.

»Das Leben an der Seite eines Mannes wie Matthes hat sie zäh gemacht«, wusste Frieder, der Jokubim mit Nüssen fütterte.

»Was wird nun aus seiner Truppe? Wird er sich eine neue Seiltänzerin suchen?«

»Vor allem wird er seine Hoffnungen auf dich setzen, Betty.«

»Ich habe nicht vor, meine Rolle als Possenreißerin weiter zu erfüllen, Frieder.«

Der Zwerg nickte, als hätte er das längst geahnt. »Das wird ihm endgültig das Herz brechen.«

»Hätte ich mich nicht geweigert, aufzutreten, dann wäre Cristin noch am Leben.« Beth vergrub das Gesicht unter ihren Händen.

»Würde, hätte, wäre … Hätte mein Zwergenvater nicht mit einer Zwergin gevögelt, wäre ich heute nicht hier. Ist das gut oder schlecht? Niemand weiß es. Hör auf, dir Vorwürfe zu machen.«

Irgendwann schliefen sie ein.

Als Beth in den frühen Morgenstunden erwachte, sah sie im Halbdunkel Matthes' Schatten neben sich hocken. Der Gaukler schien sie anzustarren.

»Ist sie … tot?«, fragte Beth mit heiserer Stimme.

Matthes schwieg, was Antwort genug war. Nur Frieders Schnarchen verhinderte vollkommene Stille.

»Matthes, es tut mir so leid. Hätte ich nur …«

»Still, Betty, sag nichts. Du kannst nichts dafür.«

Meinte er das ernst? Beth hatte damit gerechnet, dass er sie in seiner Trauer zum Sündenbock machen würde. Und dafür hätte sie sogar Verständnis gehabt. Sie war bereit gewesen, seinen Zorn zu ertragen, wenn ihm das half, seinen Schmerz zu lindern. Fieberhaft suchte sie nach Worten, fand aber keine.

»Frieder, hör auf mit dem Geschnarche«, sagte Matthes. »Ich weiß, dass du wach bist und jedes Wort mithörst.«

Der Zwerg tat, wie ihm geheißen. »Ich bedauere deinen Verlust, Matthes. Sie war eine wunderbare Frau.«

»Die ich nicht verdient hatte! Das willst du mir doch sagen?«

»Ich gebe zu, dass mir dieser Gedanke durch den Kopf ging.«

»Hm«, machte Matthes. »Es stimmt, ich hatte sie nicht verdient. Deshalb wurde sie nun von mir genommen. Sie und auch mein Kind.«

Beth und Frieder sahen sich an.

»Kind?«, fragte der Zwerg.

»Cristin war schwanger. Das haben die Beginen gesagt. Deshalb war ihr übel, als sie auf das Seil stieg.«

»Oh Matthes.« Beth hätte laut losheulen können.

»Ich will nicht, dass du flennst, Beth«, sagte Matthes leise. »Ich wünsche, dass du in deine Heimat zurückkehrst. Nach Langerode.«

Hatte sie richtig gehört?

»So? Gibt es einen Grund für deinen Wunsch?«

»Vor einigen Tagen sah ich deine Schwester Agnes.«

»Nes?« Plötzlich klopfte Beth das Herz bis zum Hals. »Du hast mit ihr gesprochen?«

»Sie konnte mich nicht sehen, denn ich hielt mich verborgen, aber ich hörte, was sie mit diesem Kilian besprach, der sie begleitet. Die beiden befinden sich auf dem Weg nach Langerode. Dort ist deiner Familie Unrecht widerfahren. Dein Vater wurde umgebracht, aber das weißt du sicher schon.«

Hatte Matthes etwa die ganze Zeit über gewusst, wer sie in Wahrheit war?

»Warum ich dir nichts davon erzählt habe? Aus Eigennutz, Betty. Aber das ist jetzt vorbei. Du solltest bei deiner Schwester sein. Verschafft eurem Recht Genüge.« Matthes vermied es, sie bei seiner Beichte anzusehen. »Frieder wird dich begleiten. Er und sein dummer Affe sind echte Plagegeister, aber mit seiner List kann der Zwerg dir unterwegs manchen Ärger vom Hals halten.«

»Und was, wenn ich fragen darf, wird dann aus dir?«, wollte Frieder wissen. Er blinzelte, als witterte er einen dummen

Scherz, was jedoch angesichts der traurigen Umstände nicht einmal Matthes zuzutrauen gewesen wäre.

»Ich werde meiner Cristin bald nachfolgen«, erwiderte dieser kryptisch.

»Wie meinst du das?«, fragte Beth.

»Ich sterbe, Betty. Du hast ja gestern gesehen, wie es um mich bestellt ist. Viel Zeit bleibt mir nicht mehr, ich spüre das. Da ich in meinem Leben einige schlimme Dinge angestellt und außerdem ein Gelübde gebrochen habe, werde ich meine letzten Wochen mit dem Versuch verbringen, meine Seele zu retten.«

»So? Und wie willst du das anstellen?«

»Die Beginen können einen Pfleger für die Kranken gebrauchen. Diesen Dienst will ich in Demut verrichten, solange ich noch Kräfte habe.«

»In Demut«, echote Frieder fassungslos.

»Sie haben versprochen, für mich zu beten, was ich gut gebrauchen kann. Wenn es dann mit mir zu Ende geht, weiß ich mich wenigstens selbst in ihren guten Händen.«

»Spricht er wirklich nicht im Fieberwahn, Betty?«, fragte Frieder vorsichtig.

»Ich glaube, er ist ganz bei Sinnen.«

»Noch heute werdet ihr aufbrechen, ihr werdet eine Zeit lang unterwegs sein. Der Wagen und der Klepper gehören nun euch. Ich wünsche euch eine gute Reise. Lebwohl, Betty. Lebwohl, Zwerg!«

Es waren die letzten Worte, die er zu ihnen sprach. Er stieg aus dem Wagen und ging fort, ohne sich noch einmal umzudrehen.

Beth und Frieder sagten eine Weile nichts, zu unglaublich erschien ihnen das Gehörte. Und doch waren sie sich einig, nicht geträumt zu haben.

»Wie es aussieht, sind unsere Schicksale mehr verknüpft, als wir gestern noch angenommen haben«, sagte Frieder.

»Scheint mir auch so«, stimmte Beth ihm gedankenvoll zu. Sie mochte den Zwerg inzwischen ganz gut leiden. Trotzdem wären ihr Agnes oder Richolf als Reisebegleiter um einiges lieber gewesen.

Was hatte Agnes vor? Wie hatte sie vom Tod des Vaters erfahren? War ihr womöglich Richolf begegnet? Und auf welche Weise gedachte sie, gegen die Verbrecherbande auf Langerode vorzugehen?

Agnes war nicht leichtsinnig. Vor allem war sie klug. Sie hätte nicht überstürzt gehandelt.

Die Hoffnung, bald könnte sich alles zum Guten wenden, war für Beth seit Langem der erste Silberstreif am Horizont.

28

Ein Vögelchen zwitscherte Genefe, dass Volker und dessen Knappe der Magd Lena im Kerker Gesellschaft leisteten. Dieses Vögelchen zwitscherte nicht freiwillig, sondern Genefe musste es mühsam aus Evgen herauskitzeln. Bernard hatte jedem Burgbediensteten mit drakonischen Strafen gedroht, wenn die Gräfin von Volkers Verbleib erführe. Aber Genefe war klug genug, ein Geheimnis dieser Art zu wittern. Sie konnte und wollte sich nicht vorstellen, dass Volker sein Wort gebrochen hätte. Irgendetwas musste geschehen sein. Ob Bernard ihr die Geschichte vom freienden Volker abgekauft hatte, wagte sie inzwischen zu bezweifeln.

Von den Bediensteten hatte allein Evgen, die Lena ersetzte, Zutritt zu Genefes Kemenate.

»Wie ich hörte, war Volker, der Neffe des Herzogs, auf Langerode«, log Genefe ins Blaue hinein.

»Der Neffe des Herzogs? Nicht dass ich wüsste«, erwiderte Evgen errötend.

Genefe wusste, dass Evgen noch nie gut hatte lügen können.

»Wer hat es Euch erzählt, Herrin?«, fügte sie nach einer Weile hinzu, während Genefe sie durchdringend ansah.

»Niemand. Du hast es mir gerade selbst verraten.«

»Ach, Ihr habt mich getäuscht.«

»Evgen! Wo ist er? Was hat Bernard mit ihm gemacht?«

»Das … darf ich Euch nicht verraten, Herrin.«

Genefe gab sich streng. »Du wirst es mir sagen, Evgen!«

»Sie haben ihn …«, sie nagte an ihrer Unterlippe, »… ins Verlies geworfen. Ihn und seinen Knappen.«

Wie immer auch Volkers Plan ausgesehen hatte, er war gescheitert. Genefe war verzweifelt und zugleich verwirrt. Was hatte Bernard mit dem Gefangenen vor? Die Hinzweiler mussten doch davon ausgehen, dass der Herzog diese üble Tat nicht ungestraft lassen würde. Oder war Volker ohne das Wissen seines Onkels hergekommen? Hatte er sich vergeblich bemüht, ihn zu überzeugen? Das hätte zumindest erklärt, wieso Bernard es gewagt hatte, Volker gefangen zu nehmen. Wie würde er weiter vorgehen? Er konnte Volker unmöglich umbringen oder verhungern lassen. Oder etwa doch? Dass er keine Hemmungen hatte, Menschen zu töten, war Genefe schließlich bekannt. Ein kalter Schauder lief ihr über den Rücken. Doch es galt, klaren Kopf zu bewahren. Ob Evgen, ähnlich wie Lena, zu kühnen Taten bereit war?

Genefe musste es wagen. »Evgen, hör mir gut zu. Möchtest du, dass alles wieder so wie früher wird?«

»Ihr meint … ohne die Herren von Hinzweiler?«

»Du hast mich verstanden, Evgen.«

»Aber wie kann das geschehen, Herrin? Selbst der Herzog scheint nicht zu wissen, was hier vor sich geht.«

»Deshalb müssen wir selbst tätig werden. Leider steht ständig eine Wache vor meiner Tür, ich kann mich nicht frei bewegen. Aber du, Evgen, du kannst es.«

Evgen war bleich geworden. »Was soll ich tun, Herrin?«

»Du musst einen Weg finden, die Gefangenen zu befreien. Vielleicht in der Nacht.«

Evgen schluckte heftig. »Nein, Herrin. Bitte, das dürft Ihr nicht von mir verlangen.«

»Ich befehle es dir nicht. Wenn du aber möchtest, dass sich auf Langerode etwas ändert, dann musst du etwas wagen.«

»Herr Bernard würde mich umbringen, wenn man mich ertappt. Seht!«

Sie raffte ihr Kleid bis weit übers Knie. An der Innenseite des rechten Oberschenkels, nicht weit von ihrer Scham, war ein fingerlanger, schlecht verheilter Schnitt zu sehen. »Herr Bernard hat mir dies mit einem Messer zugefügt«, erklärte sie mit zitternder Stimme. »Nachdem ich in der Küche bei den anderen Mägden über ihn und seine Brüder gelästert hatte, stand er plötzlich hinter mir. Darauf warf er mich zu Boden und tat mir das da an. Er sagte, beim nächsten Mal würde er sich nicht auf mein Bein beschränken. Bitte, Herrin, ich habe Angst! Herr Bernard ist ein Teufel. Ich kann das nicht tun, so gern ich Euch helfen würde.«

Genefe sah ein, dass sich Tapferkeit nicht erzwingen ließ. Evgen bangte um Leib und Leben, konnte man ihr das verdenken? Lena war mutig gewesen – und wo war sie jetzt? Drei Menschen hatten ihretwegen einiges riskiert, um letztlich im Kerker von Langerode zu landen. Es war ungerecht, dies auch noch von anderen zu erwarten.

»Verzeih mir, Evgen, du hast recht. Das Risiko wäre viel zu hoch. Vergiss, was ich gesagt habe. Und sei unbesorgt, niemand erfährt, dass ich von den Gefangenen weiß.«

Evgen verneigte sich vor ihr. »Danke, Herrin. Und vergebt mir meine Feigheit.«

»Du bist nicht feige. Es war falsch, dich darum zu bitten. Aber jetzt lass mich allein. Und achte auf deine Worte, zu wem du auch sprichst.«

Evgen versprach, dies zu beherzigen, und verließ die Kemenate.

Genefe war und blieb auf sich allein gestellt. In ihrem Bauch bewegte sich das Kind. »Nein, du wirst nicht wie dein

Erzeuger«, sagte sie leise, was wie eine Drohung klang. Wozu die Not, die vielen Entbehrungen und Demütigungen ertragen, wenn das Kind dazu bestimmt war, ein Scheusal zu werden? Tief in ihrem Innern aber war Genefe überzeugt, dass sie das Kind, wenn es erst einmal geboren war, von ganzem Herzen lieben würde.

* * *

Nicht nur Genefe, auch die drei Gefangenen selbst dachten darüber nach, ob und wie es möglich wäre, aus dem Verlies auszubrechen. Ein mannshohes, rechteckiges Gitter trennte die Zelle, die kaum größer als der Verschlag eines Pferdes war, von der Außenwelt.

»He, schau gefälligst weg!«, sagte Lena zu Goswin, während sie ihr Kleid raffte und sich über den Notdurftkübel hockte.

Rasch wandte Goswin den Blick ab.

Dass die Magd es seinem Knappen angetan hatte, war Volker bereits aufgefallen.

»Sie gefällt dir, nicht wahr?«, flüsterte er.

»Sie ist sogar beim Pinkeln bezaubernd«, schwärmte der Knappe.

Die Lethargie, die Volker nach der blamablen Gefangennahme erfasst hatte, war inzwischen überwunden. Selbstvorwürfe waren nicht hilfreich, und wenn seine Lage auch mehr als nur misslich war, so galt es nun, alles daranzusetzen, nicht erneut in Stumpfsinn zu verfallen. Es konnte doch nicht unmöglich sein, diesem Loch zu entkommen. Wie peinlich wäre es, wenn eines Tages sein Onkel anrückte, um ihn zu befreien. Dafür musste er freilich erst vom Missgeschick seines Neffen erfahren. Wie man es auch betrachtete, Volker musste dem zuvorkommen: ausbrechen und die Gräfin retten.

»So, jetzt darfst du mich wieder anschauen, Goswin«, sagte die Magd kokett, nachdem sie ihr Geschäft erledigt hatte.

Das Interesse beruhte auf Gegenseitigkeit, auch das war Volker nicht entgangen.

»Der junge Kerl, der uns manchmal das Essen bringt, der schaut dich auch ganz gerne an«, sagte Goswin.

»Ach, du meinst den Grifo. Ja, der hatte schon ein Auge auf mich geworfen, als er mit den Hinzweilern nach Langerode kam. Eifersüchtig?«

»Ja, ein wenig.«

Den beiden war in ihrer unerfreulichen Situation sogar zum Turteln zumute. Volker kam ein Gedanke. »Wie wäre es, wenn du diesem Grifo beim nächsten Mal schöne Augen machst, Lena?«

»Wozu, Herr?«

»Vielleicht kannst du ihn dazu bewegen, dass er dir heimlich Freigang gewährt.«

»Kommt nicht infrage, Herr«, warf Goswin ein.

»Sie soll ja nichts mit ihm anfangen, vorlauter Grünschnabel. Aber sie könnte vielleicht irgendwie an den Schlüssel gelangen und uns befreien. Was denkst du, Lena?«

Die Magd dachte darüber nach. »Ich will es gerne versuchen. Ja, mit etwas Glück könnte das funktionieren.«

»Und wenn er ihr unter die Röcke kriechen will?« Goswin blieb skeptisch.

Lena lächelte schelmisch. »Willst du hier raus oder nicht? Ich weiß mit Grifo schon umzugehen, im Grunde ist er schüchtern und harmlos.«

Volker präzisierte seinen Plan. »Natürlich wollen wir dich nicht wieder in Gefahr bringen, Lena. Wir machen es so: Du, Goswin und ich, wir stellen uns schlafend, wenn er das nächste Mal kommt. Sollte er für Lena die Tür öffnen, sind wir zur

Stelle, überwältigen ihn und bringen alles zu einem guten Ende.«

»Ja, Herr.«

Die Aussicht, Lena seinen Heldenmut beweisen zu können, schien Goswin zu gefallen. Jetzt musste nur noch dieser Grifo bei ihnen aufschlagen.

Zu ihrer Enttäuschung war es ein anderer Bediensteter, der ihnen beim nächsten Mal Brot und Wasser brachte, und auch am Tag darauf kam jemand anderer. Zwei volle Tage mussten sie warten, bis Grifo wieder Kerkerdienst verrichtete. Lena erkannte ihn schon am Schritt und bedeutete den Männern, sich rasch in eine schlafende Position zu begeben. Blinzelnd verfolgte Volker das Geschehen.

»Grifo, wie schön dich zu sehen!«

»Ja?« Der Angesprochene wunderte sich offenbar über die freundliche Begrüßung. »Hier, das Frühstück.« Er reichte ihr Brot und einen Krug Wasser durch das Gitter, aber Lena stellte alles auf dem Boden ab.

»Wie geht es meiner Herrin, der Gräfin?«

»Weiß nicht. Sie hat immer noch Arrest.«

»Diese Hinzweiler sind anscheinend ganz versessen darauf, Leute einzusperren, findest du nicht?«

Er zuckte mit den Schultern.

»Ach, es ist so trostlos in diesem Loch«, seufzte sie.

»Kann ich mir vorstellen.«

»Und diese Männer«, sie begann, zu flüstern. »Sie sind so schrecklich. Besonders der Knappe.«

»Belästigt er dich?«, fragte Grifo in scharfem Ton.

»Nein, aber … er schaut mich immer an, als wollte er sich jeden Moment auf mich stürzen. Manchmal habe ich richtig Angst vor ihm. Ach, Grifo, ich habe hier so viel Zeit zum Nachdenken. Warum sind wir beide eigentlich nie zusammengekommen?«

Grifo straffte sich, als habe man ihn soeben zum Burghauptmann ernannt. Trotzdem hatte er eine Frage. »Warum hast du das getan, Lena? Ich meine, warum bist du gegen Herrn Bernards Willen nach Nideggen gegangen?«

Sie hob beschwörend die Hände. »Die Gräfin hatte es mir befohlen. Was blieb mir anderes übrig? Sollte ich ungehorsam sein?«

»Hm«, machte Grifo.

»Willst du mir nicht eine große Bitte erfüllen, Grifo?«

»Gewiss. Wenn es in meiner Macht steht.«

»Ich halte es hier nicht mehr aus. Du könntest mich rauslassen – für eine Stunde nur!«

Grifo hob die Brauen, sagte aber nichts.

»Niemand wird es erfahren«, versprach sie ihm. »Wenn du willst, komme ich zu dir in deine Kammer. Wer sollte uns da sehen?«

Dieses Angebot erschien Grifo so verlockend, dass seine Hand schon zu seinem Gürtel wanderte, woran der Schlüsselbund hing.

Los, mach schon, dachte Volker. Jeder einzelne Muskel seines Körpers war angespannt. Es würde ein Kinderspiel sein, diesen Burschen zu überwältigen. Schon sah er sich auf der Flucht aus Langerode, die Gräfin an seiner Seite.

»Ich weiß nicht«, sagte Grifo nach einer Weile, in der er wohl über mögliche Konsequenzen nachgedacht hatte.

»Was weißt du nicht?«, fragte Lena.

»Herr Bernard hat uns die Hölle angedroht, wenn wir seine Befehle missachten. Und glaub mir, er hält seine Versprechen.«

»Aber es wäre doch nur für eine Stunde. Eine einzige, lächerliche Stunde nur.«

»Soll ich etwa ungehorsam sein?«, wehrte er sich, ihre eigenen Worte benutzend.

»Die Hinzweiler sind nicht die Herren von Langerode, Grifo.«

»Möglicherweise werden sie es bald sein, Lena. Es ist besser, zu tun, was sie von uns verlangen.«

Volker fluchte innerlich; der Bursche war offenbar nicht zu bezirzen.

»Sie lassen dich bestimmt bald frei, Lena, dann kommen wir zusammen, ich versprech's.«

Grifo machte kehrt und ging. Mit offenem Mund starrte Lena ihm hinterher. »Scher dich zum Teufel, elender Feigling!«, zischte sie.

»Einer wie der verdient dich sowieso nicht«, ließ Goswin verlauten, indem er seinen gespielten Schlaf beendete und auf die Beine kam.

»Wenn du das sagst.«

»So musst du eben noch eine Weile mit dem schrecklichen Knappen verbringen, der gerade ernsthaft darüber nachdenkt, ob er sich auf dich stürzen soll.«

»Und das Schlimme dran ist: Ich könnte nicht das Geringste dagegen unternehmen, denn wohin sollte ich flüchten?«

»Hört auf!«, brummte Volker übellaunig. Die Chance zur Flucht war verpasst, jetzt war nicht die Zeit für Tändeleien. Seine Zuversicht war erneut in Trübsal umgeschlagen.

29

Als das Städtchen Wetzlar am späten Nachmittag in Sichtweite kam, hielten die Gaukler an und beratschlagten ihr weiteres Vorgehen. Alle waren erschöpft, das Reisen auf morastigen Wegen verlangte nicht nur den Zugtieren sämtliche Kräfte ab.

»Was denkt ihr?«, fragte Saul seine Begleiter. »Reisen wir weiter, um keine Zeit zu verlieren? Oder treten wir in der Stadt auf, um unsere Kasse aufzubessern?«

Beide Vorgehensweisen hatten ihre Berechtigung. Mensch und Tier brauchten Erholung, zwei reisefreie Tage hätten allen gutgetan. Andererseits wollten sie Langerode so rasch wie möglich erreichen, um Kilian und Agnes in ihrem Vorhaben, wie immer dieses aussehen mochte, zu unterstützen.

»Ich bin für die Stadt«, sagte Luzia, die, wie Richolf bereits festgestellt hatte, nicht gerade für ein Wanderleben gemacht war.

»Die Leute wollen Ursula sehen«, sagte Fronica. »Aber ohne Agnes wirkt sie recht lustlos. Das wäre keine gute Werbung für uns.«

»Die Leute wollen auch dich sehen, Froni«, schmeichelte ihr Luzia.

Benno hatte eine klare Meinung. »Wir dürfen Nes und Kilian nicht warten lassen.«

»Ob sie unserer Hilfe bedürfen, wissen wir nicht.« Agatha seufzte. »Aber die Sorgen einer Mutter lassen mir keine andere Wahl, als zu sagen: Ziehen wir weiter!«

Saul nickte. »Dem stimme ich zu. Hans, was sagst du?«

»Weiterreisen«, erwiderte der Flötenspieler.

»Richolf?«

»Ich bin zwar nur euer mitreisender Gast, aber wie ihr sicher verstehen könnt, zieht es mich unter diesen Umständen nach Langerode zurück.«

»Was ist mit mir?«, brummte Heinrich. »Will denn keiner wissen, was der Führer dieser elenden Truppe dazu zu sagen hat?«

Agatha legte ihm die Hand auf die Schulter. »Gewiss, Brummbär. Wie lautet dein Vorschlag?«

»Wir kaufen einen Bären.«

»Aber wir haben schon einen Bären.«

»Wir haben einen Bären? Wieso sagt mir das niemand?«

»Sieh dort hinüber zum Zwingerwagen: Das ist Ursula. Sie ist schon seit vielen Wochen bei uns.«

»Na und? Dann kaufen wir eben noch einen Bären!«

Saul klatschte in die Hände. »Nachdem das geklärt wäre, lautet die Entscheidung: Wir verzichten auf eine längere Rast und reisen weiter. Den Zugtieren werden wir dafür ein paar satte Extrarationen gewähren müssen. Vorhin sah ich, wie Judas Josef dem Zweiten vor Hunger fast in den Hintern gebissen hätte.«

So beschlossen sie, Wetzlar zu umgehen und im Gebiet hinter der Stadt ein Nachtlager zu suchen.

Auf halbem Weg kam ihnen ein Trupp von Tagelöhnern entgegen, die, weil sie einen Großteil ihres Lohns wohl schon in alkoholische Getränke umgesetzt hatten, gut gelaunt ihre Witzchen rissen.

»Seht mal, noch mehr Gaukler! Als gäbe es in Wetzlar nicht schon genug von deren Sorte!«

»He, Rotfuchs!«, rief einer im Vorbeigehen Luzia zu. »Willst du mit der *Roten Betty* etwa in den Wettstreit treten? Dann lass dich warnen, ein Mundwerk wie Betty hat keine Zweite.«

Richolf machte kehrt und lief dem Kerl hinterher.

»Du! Hast du gerade von der *Roten Betty* gesprochen?«

»Kennst du das Luder?«

»Wo ist sie?«

»In der Stadt. Wir haben uns bestens amüsiert. Stimmt's Jungs?«

»Schade, dass man sich nicht auf andere Weise mit ihr vergnügen kann«, meinte einer seiner Gefährten.

Richolf ging auf die Anzüglichkeiten nicht ein. Der Tagelöhner schien zu begreifen, dass der junge Mann in einem besonderen Verhältnis zu der Possenreißerin stand.

»Lauf nur zu ihr, Jüngelchen, ich glaube, sie plappert immer noch auf dem Marktplatz. An Publikum fehlt es ihr jedenfalls nicht.«

Richolf kehrte zu den anderen zurück. »Ich muss in die Stadt!«, verkündete er aufgeregt. »Beth ist dort! Ich muss … ich muss sie sehen!«

»Das verstehen wir, Richolf«, sagte Saul feierlich.

»Zieht ohne mich weiter.«

Agatha schüttelte entschlossen den Kopf. »Wir warten hier, bis du zurückkommst. Am besten mit ihr!«

Saul klopfte ihm auf die Schulter. »Und ich werde dich begleiten, mein Freund, damit du nicht schon wieder in Schwierigkeiten gerätst.«

* * *

»Gestern, da war ich bei einem Kaplan«, rief Beth. Die Menge starrte sie erwartungsvoll an. »Der Gute wollte mir die Beichte abnehmen. Gut, hab ich da gedacht, soll er mir eben die Beichte abnehmen.«

Weil sie Frieder und sich ein gutes Essen gönnen wollte, hatte sie sich breitschlagen lassen, wieder die Possenreißerin zu geben. Deshalb, und nur deshalb stand sie hier. Der Weg nach Langerode war noch weit, und sie würden, wenn sie nicht stehlen wollten, nicht ohne die Einkünfte einiger Gauklereien dorthin gelangen.

»Sage ich zum Kaplan: Ach, ich bin so eitel, Hochwürden. Gestern stand ich vor einem Spiegel, da fiel mir auf, wie schön ich doch bin in meinem roten Kleid. Und natürlich auch ohne Kleid. Ja, ohne Kleid bin ich ganz besonders schön, Hochwürden.« Sie zwinkerte in die lachende Menge. »Sagt der Kaplan zu mir: Das musst du schon beweisen, meine Tochter. Sage ich zu ihm …«

Sie brach ab, denn in der Menge hatte sie ein Gesicht erkannt.

»Was hast du zu ihm gesagt?«, verlangten gleich mehrere Stimmen, zu erfahren.

Beth benötigte ein paar Augenblicke, um zu begreifen, dass sie nicht irrte. Drüben stand Richolf, hörte ihr zu und sah sie lächelnd an. Fast wirkte er wieder wie der verliebte Stallknecht, und Beth spürte ihr Herz rasen. Dies war der Augenblick, zu handeln, und wenn sie es nicht tat, gäbe es womöglich keine weitere Chance, alles wiedergutzumachen.

Ohne ihren Flachs zu Ende zu bringen, sprang sie von der Kiste und begann, sich durch die Menge zu wühlen.

»Liebe Leute«, hörte sie hinter sich den verdutzten Frieder verkünden. »Der *Roten Betty* ist wohl gerade erst richtig bewusst geworden, was sie dem Kaplan geantwortet hat. Deshalb muss sie unverzüglich zur Beichte gehen!«

Richolf kam ihr entgegen, und endlich – endlich! – lagen sie sich in den Armen. Die Umstehenden spendeten ermunternden Beifall, vielleicht hielten sie es für einen Teil der Vorstellung.

»Kannst du mir verzeihen, Richolf?«, hauchte sie ihm ins Ohr.

»Ich verzeihe dir alles, was du willst. Wenn du nur bei mir bleibst.«

»Ja, das werde ich, Richolf, das werde ich. Manche Fehler macht man nur einmal.«

Ihr Blick fiel auf Saul. »Irgendwoher kenne ich dich, schwarzer Mann!«

»Er gehört zu Kilians Gauklern.«

»Ja, ich erinnere mich. Die Frau ohne Arme warf ihre Messer auf ihn. Kilians Gaukler?« Ihre Augen wurden weit und rund. »Bist du etwa … mit ihnen unterwegs?«

»Ja, aber das ist eine lange Geschichte.«

»Meine Schwester …«

»Ist mit Kilian auf dem Weg nach Langerode. Wir folgen ihnen.«

»Das ist auch mein Weg.«

»Auch dein Weg?« Richolf blickte umher. »Wo ist Matthes? Wo ist Cristin?«

»Frieder und ich sind allein unterwegs«, erklärte Beth mit leicht bedrücktem Unterton.

Er fasste sie an den Händen. »Komm mit zu den anderen, sie lagern vor der Stadt. Wie es aussieht, haben wir uns einiges zu erzählen, Grafentochter.«

»Von nun an sind wir wieder vereint, Pferdeknecht. Aber Frieder muss mit uns kommen.«

»Der Zwerg?« Saul rümpfte die Nase. »Matthes hat unserer Truppe in der Vergangenheit schlimme Dinge angetan. Der Zwerg war daran sicher nicht unbeteiligt.«

»Ich werde ihn und Jokubim nicht im Stich lassen.«

»Jokubim?«, fragte Saul.

»Das ist der Affe«, erklärte ihm Richolf.

Beth sah sich gezwungen, ihrem Wegbegleiter beizuspringen. »Frieder hat Matthes auch gehasst. Ich glaube, wir können ihm vertrauen.«

»Nun denn«, erwiderte Saul. »Aber ich werde ihn gut im Auge behalten.«

* * *

Volker holte tief Atem, als plötzlich der alte Bertold Hinzweiler vor dem Gitter auftauchte.

»Ich würde gerne mit Euch reden, Volker«, sagte Bertold gepresst.

Was hatte der Alte vor? In seinen trüben Augen erkannte Volker Sorge und Unbehagen. »Ich habe gerade etwas Zeit«, spottete Volker.

Der Herr von Hinzweiler blieb ernst und warf einen kritischen Blick auf Volkers Mitgefangene. »Wäre es nach mir gegangen, hätte ich dem Neffen des Herzogs ein besseres Quartier zugeteilt.«

»Quartier? Ihr redet, als sei ich Euer Gast und nicht ein Gefangener.«

»Es hätte nicht so weit kommen müssen.«

»Ihr seid der Herr Eures Geschlechts und könnt tun und lassen, was Ihr wollt.«

»Warum seid Ihr in Verkleidung hier erschienen? Einen Höflichkeitsbesuch wolltet Ihr uns gewiss nicht abstatten.«

Einen Moment lang war Volker versucht, dem Blick des Alten auszuweichen. »Ich denke, Ihr wisst genau, weshalb ich nach Langerode kam«, entgegnete er leise.

Bertold atmete tief ein. »Die Gräfin ist nicht Euer Besitz, wenn Ihr mir diese Bemerkung gestattet.«

»Sie ist auch nicht der Besitz Eures Sohnes.«

»Dennoch trägt sie sein Kind!«

Volker runzelte die Stirn. »Wenn dem wahrhaftig so ist, bezweifle ich, dass sie ihm zu Willen war.«

»Das zu beurteilen, liegt nicht an Euch. Ich bin gekommen, um zu verhandeln.«

Volker richtete sich auf. »Verhandeln?«

Der alte Hinzweiler wirkte verlegen. »Meine Söhne sind Hitzköpfe, allen voran der Älteste. Ich war von Anfang an dagegen, Euch gefangen zu nehmen, aber es war schon zu spät. Bernard hatte schon immer seinen eigenen Kopf. Ich habe früher zu oft die Zügel bei ihm schleifen lassen.«

»Erspart mir das. Es ist nur eine Frage der Zeit, bis der Herzog die richtigen Schlüsse zieht. Dann gnade Euch Gott, Bertold.«

»Bislang scheint er nichts über Euren Verbleib zu wissen, und ich frage mich, ob sich der Fehler meiner Söhne wiedergutmachen ließe.«

»Um einer Bestrafung zu entkommen?«

»Um eine Übereinkunft zu erzielen.«

»Gut. Lasst mich, meinen Knappen und die Magd frei. Hebt den Arrest der Gräfin auf und bittet sie auf Knien, Euch zu vergeben. Erfüllt diese Bedingungen, und ich werde sehen, ob ich meinen Onkel davon abhalten kann, Eure Tat zu sühnen.«

»Ich brauche Eure Zusicherung. Straffreiheit für mich und meine Söhne.«

»Wie könnte ich Euch das zusichern? Zumal Ihr wohl noch weitere Verbrechen auf dem Kerbholz habt, die bislang im Dunkeln liegen.«

Der Alte merkte auf. »Wovon sprecht Ihr?«, fragte er vorsichtig.

Volker biss sich auf die Lippen, er hätte es besser nicht zur Sprache bringen sollen. Nicht hier und jetzt. Da in diesem

Augenblick Bernard hinter seinem Vater auftauchte, konnte er dem Alten die Antwort schuldig bleiben.

»Vater!« Bernards Stimme klang, als spräche er zu einem unvernünftigen Kind. »Was machst du denn hier?«

»Du hast es wieder einmal maßlos übertrieben, mein Junge«, brach es aus dem Vater heraus. »Wie sollen wir das jemals vor dem Herzog rechtfertigen?«

»Reg dich nicht auf, Vater. Denk an dein schwaches Herz.«

»Es gibt Gründe dafür, warum mein Herz schwach ist. Du hättest vorher besser überlegen sollen, welche Folgen auf uns zukommen.«

»Vater! Volker kam als getarnter Eindringling. Hätten wir das einfach hinnehmen sollen? Auch der Herzog würde einräumen, dass dies kein ehrenhaftes Verhalten war.«

Volker prustete verächtlich. »Langerode ist nicht Euer Lehen, Bernard. Es gehört Euch nicht. Ihr habt hier keinerlei richterliche Gewalt.«

Bernard sah ihn an wie ein lästiges Insekt. »Ich schützte nur die Witwe, Volker.«

»Die Ihr unter Arrest gestellt habt. Ich bin überzeugt, dass die Gräfin auf einen Beschützer Eures Schlages verzichten kann.«

»Du kannst sie doch nicht auf ewig einsperren«, tadelte der Alte seinen Sohn.

»Nun, wir werden sehen.«

»Was ist mit den Bediensteten? Glaubst du nicht, dass sie plaudern werden, sobald sie die Gelegenheit dafür bekommen? Willst du, dass der Herzog es auf solchen Umwegen erfährt? Dann wehe uns! Lass uns zusehen, wie wir diese Angelegenheit auf vernünftige Weise aus der Welt schaffen können.«

»Du machst dir zu viele Sorgen, Vater. Wir werden die Sache beizeiten mit dem Herzog klären. Vertrau mir, ich habe einen Plan und weiß, was ich tue.«

Er legte eine Hand auf die Schulter des murrenden Vaters, um ihn wegzuführen. Einen letzten spöttischen Kommentar musste Volker noch ertragen.

»Liebe und Entbehrung – wäre das nicht ein Lied für Euren Sänger?«

»Werden sie uns umbringen?«, fragte sich Lena, nachdem die beiden Hinzweiler wieder gegangen waren. »Und warum haben sie es nicht längst getan?«

»Wahrscheinlich will er Lösegeld«, dachte Goswin laut nach.

»Sicher nicht«, widersprach Volker. »Ich bin schließlich keine Kriegsgeisel, außerdem hätten die Hinzweiler weder die Mittel noch genügend Gefolgsleute, um ihre Forderungen gegen den mächtigen Herzog von Jülich durchzusetzen. Zudem wäre es kaum in ihrem Sinne, dass sie im Reich als Rebellen und gemeine Banditen gebrandmarkt würden.«

»Er sprach von einem Plan, den er verfolge«, gab Goswin zu bedenken.

Volker blickte nachsinnend zur Decke. »Rücksichtslose Männer wie Bernard handeln manchmal überlegt, manchmal heißblütig. Wenn sie heißblütig handeln, hindert ihr Hochmut sie daran, ihr Tun als falsch oder gefährlich zu erkennen. Bernard lässt es darauf ankommen, in der Hoffnung, dass am Ende alles in seinem Sinne verläuft, und oft kommen solche Menschen damit durch. Aber diesmal wird es nicht so sein, glaubt mir.«

Glaubte er das selbst, oder war es nur Wunschdenken? Diese Frage wusste Volker sich selbst nicht zu beantworten. Jedenfalls hatte er sich verpflichtet gefühlt, etwas Aufmunterndes zu sagen, wenngleich Lena sich nicht scheute, darüber zu lästern.

»Bei aller Weisheit, die Ihr in Eurem jugendlichen Alter besitzt, Herr, wundert es mich, dass Ihr trotzdem hier gelandet seid.«

Goswin räusperte sich. »Vergebt meiner Angebeteten, Herr. Es ist schließlich eine allseits bekannte Tatsache, dass Gefangenschaft Menschen in den Wahnsinn treiben kann.«

»Sie kann froh sein, dass sie bereits hier ist, sonst würde ich sie für diese maßlose Frechheit in den Kerker werfen lassen.«

Lena erwiderte sein Lächeln. »Dann ist das heute gewissermaßen mein Glückstag.«

30

Es war einer der ersten Tage, die den nahenden Frühling erahnen ließen, als das Dorf Langerode in der Ferne vor ihnen sichtbar wurde. Agnes und Kilian stiegen von ihren erschöpften Pferden, um sie das letzte Stück am Zügel in den Ort zu führen, wo sie sich zuerst einmal ein Bild von der Lage verschaffen wollten. Schon in den vorliegenden Dörfern hatten sie erfahren, dass die Sippe der Hinzweiler weiterhin das Regiment über Langerode führte.

Der Anblick der heimatlichen Burg, deren Türme die Dächer der Bauernhäuser weit überragten, machte Agnes wehmütig. Und kurz kam ihr der absurde Gedanke, die Nachricht vom Tode des Vaters könne unmöglich stimmen, denn wie sollte man sich die Burg ohne Graf Werner von Langerode überhaupt vorstellen? Doch das Leben speiste sich nicht aus Erinnerungen.

Kilian schien zu ahnen, was ihr durch den Kopf ging, und nahm sie tröstend an der Hand.

»Was immer wir auch vorfinden, Nes – ich bin bei dir!«

»Du *musst* bei mir sein! Ohne dich würde ich es nicht schaffen!«

Ein junger Bauer, der eine Harke geschultert trug, kam gerade vom Feld. Als er Agnes erkannte, blieb er stehen und die Kinnlade klappte ihm herunter.

»Herrin Agnes?«, fragte er zweifelnd.

Sie lächelte ihm zu. »Fulcher, nicht wahr?«

Dass sie sich an seinen Namen erinnerte, verblüffte ihn sichtlich. »Ja, Herrin. Verzeiht, aber ich habe Euch ein wenig anders in Erinnerung.«

»Hübschere Kleidung, wie?«, half Kilian ihm auf die Sprünge.

»Äh … ja, hübschere Kleidung.« Der Bauer schaute sich um, als fürchtete er, bei etwas Verbotenem ertappt zu werden.

Agnes glaubte, den Grund für seine Ängstlichkeit zu kennen. »Recht hast du, Fulcher, es ist besser, wenn man dich nicht mit uns sieht. Würdest du unsere Begegnung vorläufig für dich behalten?«

»Gewiss, Herrin Agnes.« Verstohlen fügte er hinzu: »Und würdet Ihr freundlichst dafür sorgen, dass diese verdammte Sippe endlich zum Teufel gejagt wird?«

Dass sich die Hinzweiler bei der Bevölkerung bereits unbeliebt gemacht hatten, war keine besondere Überraschung.

»Mein Freund«, sagte Kilian. »Wir wollen tun, was nötig ist, damit die Verhältnisse wieder in Ordnung kommen.«

»Du bist der Bärenführer, nicht wahr?«, stellte Fulcher fest.

»Du kennst sicher eine Menge Tratschgeschichten über die Grafentochter und mich.«

»So viele nun auch wieder nicht. Ihr wart ja schon abgehauen, bevor die Leute überhaupt tratschen konnten.«

»Einen Gefallen könntest du uns vielleicht doch erweisen, Fulcher«, sagte Agnes, die spürte, dass man dem jungen Bauern vertrauen konnte. »Ich möchte mit Moritz sprechen, dem Stallmeister auf der Burg. Könntest du ihm ausrichten, dass ich morgen gegen Mittag an der alten Eiche am Waldrand auf ihn warte?«

Fulcher schüttelte den Kopf. »Das wird nicht möglich sein. Der alte Stallmeister ist tot.«

Nahmen die Hiobsbotschaften denn immer noch kein Ende? Agnes schloss die Augen und presste die Lippen fest zusammen. *Ritzi!*, dachte sie erschüttert. *Konntest nicht wenigstens du auf mich warten?*

»Was ist mit ihm geschehen?«, fragte sie mit tonloser Stimme.

Fulcher rieb sich die Nasenwurzel. »Tja … Er soll Herrn Bernard angegriffen haben, worauf dieser ihn erschlug. Am Heiligen Abend war das.«

»Moritz war die Friedfertigkeit in Person«, presste Agnes hervor. Tränen stiegen in ihr hoch.

»Ja, Herrin. Alle sagen das.«

»Er wird es büßen, und zwar bald«, versprach Kilian grimmig. »Aber zuerst brauchen wir einen vorläufigen Unterschlupf, Nes. Einen Ort, wo wir uns ungestört einen Blick über die Lage verschaffen können.«

»Kommt zu mir«, schlug Fulcher vor. »Es wäre mir eine Ehre, Euch zu beherbergen. Auch meine Frau und die Zwillinge würden sich freuen.«

»Wir wollen dir keine Umstände machen, Fulcher«, sagte Agnes.

»Das sind keine Umstände, Herrin. Wenn es letztlich ein Beitrag wäre, die Hinzweiler zu vertreiben, wäre ich glücklich.«

»So weit ist es leider noch nicht«, meinte Kilian. »Wo ist dein Gehöft, Fulcher?«

Am Hof angelangt, wies der junge Bauer seinen verdutzten Knecht an, die Pferde zu versorgen und niemandem von den illustren Gästen zu berichten. Fulchers Frau, ein dralles Weiblein mit frischrotem Gesicht, wusste vor Aufregung zunächst nichts zu sagen. In einer Wiege schrien zwei Säuglinge, die Zwillinge, von denen Fulcher gesprochen hatte. Agnes nahm der Bäuerin mit freundlichen Worten die Befangenheit, beugte sich über die Wiege und summte die Melodie von der Bärin Ursula, was die Zwillinge schon nach kurzer Zeit zufrieden einschlummern ließ.

Die Bäuerin tischte Brot, Speck und Schmalz auf, dazu wärmte sie Ziegenmilch und war nicht davon abzubringen, mit ständigem Eifer um die Gäste herumzuschwirren und sie zu bewirten. Dankbar langten Agnes und Kilian zu, an Hunger fehlte es ihnen wahrlich nicht.

Nach dem Mahl setzte Kilian Fulcher über die geplante Vorgehensweise in Kenntnis. »Wir möchten mit jemandem reden, der aus nächster Nähe erlebt, was auf der Burg geschieht. Ursprünglich dachten wir an Moritz.« Er seufzte. »Er hätte einiges zu berichten gewusst. Nun aber müssen wir jemand anderen finden.«

»Ihr könntet mit dem Kaplan sprechen«, meinte Fulcher.

»Ich traue Albertus nicht so recht«, überlegte Agnes. »Er biedert sich gerne den Mächtigen an. Wenn auf Langerode Unrecht geschieht – warum hat er offenbar bis jetzt dazu geschwiegen?«

»Die Küchenmagd!«, rief Fulchers Frau, sichtlich froh, etwas zum Gespräch beitragen zu können. »Evgen! Sie schaut hier regelmäßig vorbei, um Eier, Zwiebeln und Sülze für die hohen Herren zu holen. Morgen wird sie wieder herkommen!«

»Hältst du Evgen für verschwiegen?«, wollte Kilian von Agnes wissen.

Fulcher nahm sich die Freiheit, an Agnes' Statt zu antworten. »Seit wann sind die Weiber verschwiegen?«

»Für ein gutes Stück Schinken hält sie bestimmt den Mund«, schlug seine Frau vor.

In Agnes' Erinnerung war die Küchenmagd ein Mädchen, das allzu gerne mit vielen Burschen zugleich schäkerte, dabei aber dem Ärger, der solches Vorgehen mit sich bringen konnte, meisterhaft aus dem Weg zu gehen verstand.

»Es wird uns nichts anderes übrig bleiben, als Evgen zu vertrauen«, sagte Agnes.

* * *

Fronica beugte sich über die tief und fest schlafende Wulfhild. Außer der Messerwerferin lag nur noch Beth wach. An diesem Abend hatten die Gaukler eine verlassene und halb verfallene Hütte gefunden, die mehr Annehmlichkeiten bot als die Enge des Wagens.

»Warum schaust du sie so an, Froni?«, flüsterte Beth.

»Sie schläft mit offenen Augen.« Das klang ergriffen.

Beth sah eine Weile zu ihnen herüber und fragte sich, weshalb die sonst so nüchterne Fronica derart fasziniert war von einem schlafenden Kind, selbst wenn es die Augen geöffnet hatte.

»Ist sie dir manchmal unheimlich?«, wollte sie von Fronica wissen.

»Unheimlich? Nein, nicht mehr. Na ja, manchmal vielleicht … ein bisschen.«

»Sie hatte ein hartes Leben. Was für ein Glück für sie, dass ihr euch ihrer angenommen habt.«

»Wulfhild ist ein Wunder Gottes.«

»Sind wir das nicht alle?«

»Sicher. Aber sie ist eine kleine Prophetin.«

Plötzlich glaubte Beth zu wissen, weshalb Fronica die Kleine so eingehend ansah. »Erkennst du etwas in ihren Augen?«

»Ja.«

»Was?«

»Etwas wie Bilder.«

»Ich will es auch sehen.« Leise kroch sie zu den beiden hinüber.

»Tut mir leid, ich sehe nicht das Geringste, Froni. Nur die offenen Augen eines kleinen Mädchens, das schläft.«

Fronica seufzte leise. »Vielleicht bin ich ja verrückt.«

»Nein, bestimmt nicht. Kann dein Hans diese Bilder auch sehen?«

»Ja, manchmal.«

»Erzähl mir, was du siehst.«

Fronica schien darüber nachzudenken. »Ein anderes Mal, Beth«, sagte sie dann. »Eines Tages begreife ich vielleicht, was ich sehe.«

31

Als Evgen die Grafentochter am Tisch des Bauern erblickte, stand ihr endlose Verwirrung ins Gesicht geschrieben.

»Herrin Agnes?«

Das waren wohl die Worte, die Agnes künftig häufiger hören würde, wenn sie Menschen aus Langerode begegnete.

»Ja, Evgen. Nachdem ich erfuhr, dass mein Vater gestorben ist, bin ich zurückgekehrt.«

Evgen fuchtelte unsicher mit ihren Händen. »Oh!«, sagte sie nur und bemühte sich um ein Lächeln.

»Warum setzt du dich nicht zu uns an den Tisch, Evgen?«, bat Kilian. »Wir möchten dich ein paar Dinge fragen.«

Evgen sah ihn an, als wüsste sie nicht so recht, ob sie bereit wäre, einem Gaukler Rede und Antwort zu stehen. Erst als Agnes auf die Bank wies, setzte sie sich zu ihnen und starrte auf die Tischplatte. Fulcher und seine Frau verließen die Stube, damit Evgen möglichst ungezwungen reden konnte.

»Wir möchten erfahren, was die Hinzweiler auf der Burg so treiben«, sagte Agnes mit sanfter Stimme.

»Herrin, ich … ich bin bestimmt nicht die richtige Person dafür, darüber zu berichten. Ihr solltet Leute fragen, die klüger sind als ich.«

»Wir fragen aber lieber dich, Evgen. Du bist auf Langerode aufgewachsen und kennst dich dort aus. Wie ergeht es der Gräfin? Wie behandeln euch die Hinzweiler? Und warum sind sie immer noch auf Langerode?«

Die Furcht, zu sprechen, war Evgen deutlich anzumerken. »Warum immer ich?«, lamentierte sie. »Schon die Gräfin wollte mich für ihre Pläne einspannen. Ich bin doch nur eine gewöhnliche Magd. Herr Bernard hat jedem mit harten Strafen gedroht, der über die Geschehnisse auf der Burg plaudert.« Eine Träne rollte über ihre Wange. »Er zwang mich, sein Bett zu teilen. Er hat mir mit einem Messer am Bein eine Wunde zugefügt, zur Warnung, wie er sagte, weil er Zweifel an meiner Verschwiegenheit hatte. Warum fragt Ihr nicht jemand anderen, Herrin Agnes?«

»Ich verspreche, niemand erfährt, dass wir mit dir gesprochen haben.«

»Ja, das hat die Gräfin mir auch versprochen. Aber wie kann ich wissen, ob die hohen Herrschaften Wort halten?«

Agnes nahm Evgens Hand und drückte sie sanft. »Mein Vater war immer gut zum Gesinde, nicht wahr?«

»Das stimmt, Herrin. Er hatte ein gutes Herz. Es ist ein Jammer, dass er …«

»Ermordet wurde?«, warf Kilian ein.

Die Magd schwieg dazu.

»Ich will dafür sorgen, dass es dir und allen anderen Bediensteten auch künftig gut geht auf Langerode«, fuhr Agnes fort. »Dafür musst du uns in alles einweihen, was du weißt. Aber auch du musst schweigen über diese Unterhaltung.«

Evgen rieb sich unschlüssig die Nase.

»Vertrau mir nur, Evgen!«

Eine Stunde später verließ die Magd, mit einem Schinken belohnt und von Agnes mit ermunternden Worten verabschiedet, das Bauernhaus. Agnes und Kilian fassten das

Gehörte für sich zusammen bis zu dem Moment, an dem dummerweise Volker von Bernard höchstselbst enttarnt worden war. Alles wies darauf hin, dass er ohne Wissen seines Onkels nach Langerode gekommen war. Was im Umkehrschluss wohl bedeuten musste, dass dem Herzog das unselige Treiben der Hinzweiler bisher weitgehend verborgen geblieben war.

Kilian wusste, was zu tun war. »Wir müssen zum Herzog, Nes. Wenn die heimgekehrte Tochter des Grafen von Langerode ihm erklärt, dass sein Neffe ein Gefangener der Hinzweiler ist, wird er endlich begreifen, was auf Langerode vor sich geht.«

Fulcher betrat die Stube. »Ich hoffe, die Magd war gesprächig«, sagte er.

»Es bedurfte einiger Überredungskunst meiner Liebsten, aber nun wissen wir mehr, als wir auf Anhieb verdauen können. Sei so gut und sag deinem Knecht, er möge unsere Pferde bereitmachen. Wir reiten auf der Stelle los!«

»Wohin?«, fragte der Bauer.

»Nach Nideggen«, antwortete Agnes.

* * *

Noch am Abend desselben Tages raufte sich Herzog Wilhelm von Jülich immer wieder verzweifelt die Haare, während die Tochter des Grafen von Langerode, aus der Fremde zurückgekehrt, ihr vom Schicksal seines vermissten Neffen und von den Zuständen auf der heimatlichen Burg berichtete.

»Er hatte tatsächlich recht, dieser verliebte Narr«, klagte der Herzog. »Aber ich habe ihn nicht ernst genommen. Das sollen diese Verräter bitter bereuen.«

Agnes war froh, ihre Sache endlich vorgebracht zu haben. »Was gedenkt Ihr zu tun, Durchlaucht?«

»Gleich morgen früh werde ich mit meinen Männern nach Langerode aufbrechen und die Angelegenheit in Ordnung bringen. Ich schätzte Euren Vater sehr. Wenn es stimmt, dass die Hinzweiler an seinem Tode schuldig sind, werden sie ihre Schandtat büßen, glaubt mir. Und mein Neffe, dieser Schwärmer – ach, ich hätte ihn beizeiten mit Euch vermählen sollen, Agnes.«

Kilian, der sich im Hintergrund hielt und bislang geschwiegen hatte, räusperte sich. »Ich danke Gott, dass Ihr es nicht getan habt, Durchlaucht.«

Erst jetzt schien der Herzog ihn zu bemerken.

»Du bist also der Kerl, der dieses bezaubernde Mädchen – die Tochter eines Grafen, wohlgemerkt! – zu einer gemeinen Gauklerin gemacht hat.«

»Sie ist eine Bärenführerin. Eine bessere werdet Ihr nirgendwo finden.«

»Eine Bärenführerin, wie? Sie hätte das Leben einer Prinzessin führen können. Nie kam mir eine solch merkwürdige Geschichte zu Ohren.«

»Es ist das Leben, das ich führen will, Durchlaucht«, versicherte ihm Agnes mit einem Lächeln. »An der Seite des Mannes, den ich liebe!«

»Ach, ihr jungen Leute, was ist nur in euch alle gefahren? Ist denn nichts mehr, wie es einmal war? Habt ihr denn nur noch Unfug und Schwärmereien im Sinn?« Er schüttelte den Kopf. »Im Grunde müsste man euch beide bestrafen, es wäre nur rechtens! Vor allem dich, junger Mann.« Seine Stimme wurde zu einem verschwörerischen Flüstern. »Du musst der glücklichste Mann der Welt sein.«

Kilian neigte den Kopf vor ihm. »Das habt Ihr gut erkannt, Durchlaucht.«

»Wie auch immer, ich bin Euch zu großem Dank verpflichtet, Agnes. Der Spott im Reich wird nicht ausbleiben, wenn die Geschichte öffentlich wird, aber es hilft nichts, wir müssen handeln. Morgen werde ich die Sache bereinigen. Mein wenig zimperlicher Reiterführer Bongard wird mich mit seinen Männern begleiten.«

»Gestattet mir, an Eurer Seite zu sein, wenn Ihr in Langerode einreitet«, bat ihn Agnes.

»Gütiger Himmel, auch das noch. Aber nun gut, du hast schließlich jedes Recht, dabei zu sein, wenn ich die Sippe zur Rede stelle!« Er winkte einen Diener herbei. »Gib den beiden Streunern ein anständiges Quartier. Sie werden mich morgen nach Langerode begleiten. Agnes, werdet Ihr mir beim Essen Gesellschaft leisten? Du natürlich auch, junger Gaukler.«

Später, nachdem sie mit dem Herzog gespeist und sich in ihr Gemach zurückgezogen hatten, sagte Kilian: »Warum macht der Herzog dir ständig Komplimente?«

»In seiner Jugend soll er ein Schürzenjäger gewesen sein, aber Frauen sind angeblich auch heute noch seine große Schwäche.« Sie schmiegte sich an ihn.

»Wenn er nicht der Herzog wäre, würde ich ihm eine runterhauen.«

»Brutaler Rüpel.«

»Morgen hat der Spuk auf Langerode ein Ende. Dann darf er dir meinethalben noch ein Kompliment machen.«

Agnes war nachdenklich geworden. »Ich weiß nicht. Denkst du, dass die Hinzweiler ohne Weiteres kapitulieren? Es kommt mir plötzlich alles viel zu einfach vor.«

»Es *ist* einfach! Er ist der Herzog, nun kennt er die Wahrheit und kommt mit Bewaffneten. Was können diese Aasfresser schon dagegen unternehmen?«

»Wahrscheinlich nichts«, räumte Agnes ohne echte Überzeugung ein.

In der Nacht hatte sie schlechte Träume. Einmal wurde sie von Kilian geweckt, der beruhigend auf sie einredete, weil sie im Schlaf geschrien hatte.

Anderentags – es ging bereits gegen Mittag – zeigte sich, dass Agnes' Ahnung begründet war. Als der Herzog Burg Langerode erreichte, fanden er und seine etwa zwanzig Reiter das Burgtor verschlossen vor.

»Erkennt ihr nicht das Wappen des Herzogs, ihr Hornochsen?«, schrie des Herzogs Reiterhauptmann Bongard zu der Torburg hinauf, wo hinter der Luke ein Gesicht auszumachen war. »Öffnet das Tor!«

»Bedaure, Herr, aber wir haben unsere Anweisung!«

»Dann lautet diese nun anders! Öffne!«

»Bedauere, Herr«, kam es noch kleinlauter zurück.

Agnes erkannte Johann den Haarigen. Was hatte Bernard mit den Burgbediensteten nur angestellt, dass sie alle vor ihm kuschten und Angst hatten? Moritz hätte sich niemals so schnell einschüchtern lassen. Andererseits war ihm genau dies wohl zum Verhängnis geworden.

Sie hörte den Herzog leise fluchen. »Hol mir Herrn Bertold her!«, befahl er dem Torwächter barsch.

»Ihr müsst wohl mit mir vorliebnehmen!«

Agnes' Herz setzte einen Schlag lang aus. Nunmehr stand Bernard am Fenster und blickte mit gewohntem Hochmut auf die Reiter herab.

»Dieses verfluchte Dreckschwein«, zischte Kilian.

»Es war Euer Vater Bertold, den ich zu sprechen verlangte!«, rief der Herzog unwirsch.

»Er ist nicht mein Vater!«, entgegnete Bernard, jedes Wort betonend. Obwohl sein Gesicht im Schatten lag, glaubte Agnes das maliziöse Lächeln, das seine Lippen umspielte, förmlich sehen zu können.

Der Herzog schwieg zu dieser seltsamen Bemerkung. Mit mahlenden Kiefern starrte er weiter nach oben.

»Die Geduld Seiner Durchlaucht ist nicht unendlich, Hinzweiler!«, warnte Bongard. »Lasst augenblicklich das Tor öffnen!«

»Zu meinem Schutz werde ich lieber von hier aus zu Euch sprechen, Durchlaucht. Ich nehme an, Ihr seid wegen Eures Neffen hier?«

»Warum haltet Ihr ihn gefangen?«, lautete die Gegenfrage des Herzogs.

»Oh, Ihr wisst es?«

»Ich weiß noch viel mehr über Euch, Bernard.«

»Ist das so? Nun, was Euren Neffen betrifft: Er wollte die Gräfin entführen. Ihr werdet verstehen, dass ich mich deshalb gezwungen sah, ihn festzusetzen.«

»Nicht Ihr habt über ihn zu richten, Hinzweiler! Was habt Ihr vor? Wie lange wollt Ihr Euch hier vor mir verschanzen?«

Die Antwort blieb Bernard ihm schuldig; stattdessen wandte er seine Aufmerksamkeit nunmehr Agnes zu. »Sieh einer an, wenn das nicht das Weib ist, das ich einmal heiraten sollte. Statt deiner gaben sie mir deine Schwester, aber die hatte auch nichts Besseres zu tun, als mit einem Pferdeknecht davonzulaufen. Es scheint, als hättet ihr eine besondere Liebe zum rohen Volk.«

»Jeder gemeine Kesselflicker wäre besser für sie als Ihr!« Obwohl ihn Agnes ermahnt hatte, sich nicht provozieren zu lassen, konnte Kilian nicht länger an sich halten. Aber auch das brachte Bernard nicht aus der Fassung.

»Ich habe nicht mit dir geredet, Bärenführer! Agnes, wenn du gekommen bist, mich um Verzeihung zu bitten – ja, ich vergebe dir!«

Agnes tat ihm nicht den Gefallen, ihn einer Antwort für würdig zu erachten.

Kilian spuckte in den Staub.

Der Herzog startete einen neuen Versuch, den Hinzweiler in einer Mischung aus Zureden und Drohungen zur Vernunft zu bringen. »Warum bringt Ihr Euch selbst in diese Schwierigkeiten? Ihr glaubt doch nicht allen Ernstes, dass Ihr auf diese Weise ungestraft davonkommt? Lasst uns hinein, und wir werden über alles reden.«

»Beizeiten, Durchlaucht, beizeiten. Momentan glaube ich eher, Ihr würdet mich und meine Brüder in Eurem Zorn nicht gerecht behandeln.«

»Ihr wagt es, meine Unparteilichkeit infrage zu stellen? Ich war Eurer Sippe immer wohlgesonnen. Was fällt Euch ein? Wollt Ihr, dass ich die Burg gewaltsam einnehme? Dann gnade Euch Gott!«

»Mir schwebt da durchaus eine Einigung vor, Durchlaucht.«

»Eine Einigung? Wollt Ihr mir etwa Bedingungen stellen?«

»Schickt Eure Männer fort und kommt allein. Dann können wir reden.«

»Macht das auf keinen Fall«, raunte der Reiterhauptmann dem Herzog zu.

»Ihr seid wahnsinnig geworden, Bernard!« Der Herzog wendete sein Pferd. »Auf!«, befahl er seinen Begleitern.

Eine halbe Meile vor der Burg, außerhalb der Reichweite möglicher Armbrustbolzen, ließ er den Trupp erneut anhalten.

»Bongard! Was schlagt Ihr vor?«, fragte er den Reiterhauptmann.

»Wir könnten die Burg belagern!«

»Wie lange, denkt Ihr, würde es dauern, sie einzunehmen?«

Der Hauptmann schürzte die Lippen. »Nun, mit Sturmleitern und etwas Glück könnte es schnell gehen. Es dürften nicht allzu viele Verteidiger dort sein, es sei denn, der Hinzweiler bezahlt Söldner.«

»Die Mauern sind recht hoch, im Westen und Süden ist das Gelände felsig und abschüssig. Es gibt nicht viele geeignete Stellen für Sturmleitern«, gab der Herzog zu bedenken.

»Mein Vater war immer stolz auf seine Mauern«, warf Agnes ein. »Er sagte, ein Feind hätte es schwer, die Burg einzunehmen.«

»Euer Vater hatte allen Grund, stolz zu sein, nicht nur auf seine Mauern. Wie lange wird das Tor einem Rammbock standhalten, Bongard?«

Der Hauptmann überlegte. »Möglicherweise nicht allzu lange. Ich fürchte aber, es würde nur unter Opfern gelingen. Aber wir könnten eine Blide aufbauen.«

»Eine Blide? Zuviel der Ehre für den Hinzweiler. Und kostspielig ist die Wurfschleuder obendrein. Soll er behaupten, der Herzog von Jülich habe ihn nur bezwingen können, indem er sämtliches Kriegsgerät auffuhr?«

Der Hauptmann kratzte sich das Kinn. »Nun ja, er hat Euren Neffen.«

»Das soll dem Jungspund eine Lektion sein. Es kann auch schwerlich sein Wille sein, dass seinetwegen meine Leute sterben. Wenn der Hinzweiler uns weiterhin den Einlass verwehrt, werden wir dafür sorgen, dass niemand die Burg verlassen kann, bis sie kapitulieren.«

»Wieso vermeidet er das Wort *Belagerung*, Nes?«, flüsterte Kilian.

»Weil er die peinliche Angelegenheit mit möglichst wenig Aufsehen aus der Welt schaffen will«, vermutete sie, denn ähnlich hatte der Herzog sich ja schon am Vorabend geäußert.

Der Herzog traf nun fieberhaft Anordnungen. Zwei Reiter schickte er zurück nach Nideggen, um weitere dreißig Männer in voller Bewaffnung als Verstärkung sowie nötiges Gerät herbeizuschaffen, das zum Ausharren im Freien vonnöten war.

Agnes und Kilian kehrten zu Fulchers Gehöft zurück. Der junge Bauer und seine Frau waren zutiefst enttäuscht, sie hatten keine Zweifel gehegt, dass das persönliche Erscheinen des Herzogs dem Spuk ein schnelles Ende bereiten würde. Aber Bernard von Hinzweiler war mit allen Wassern gewaschen und offensichtlich auf alles vorbereitet gewesen. Agnes hatte Kilian selten so wütend erlebt. Erst als die Zwillinge aus vollem Hals zu schreien begannen, mäßigte er sich und verfiel für den Rest des Tages in schuldbewusstes Schweigen.

Nach zwei Tagen und zwei gescheiterten Sturmangriffen, die seitens der Belagerer vier Verletzte gefordert hatte, war das Tor von Burg Langerode immer noch verschlossen. Nach wie vor weigerte sich der Herzog, wie ein Bittsteller von den Hinzweilern empfangen zu werden. Da verschiedene Angelegenheiten seine Anwesenheit in Nideggen erforderten, verließ er Langerode vorläufig und übertrug dem Hauptmann Bongard die alleinige Verantwortung.

Am dritten Tag, nach Sonnenaufgang, machten die Belagerer eine schreckliche Entdeckung. Von den Zinnen der Wehrgänge baumelte eine Leiche am Strick. Agnes, die später am Ort des Geschehens erschien, erkannte den Toten als Johann den Haarigen. Von tiefstem Entsetzen gepackt lief sie zum Tor, noch ehe der Hauptmann sie daran hindern konnte. Kilian folgte ihr.

»Bernard! Wo bist du? Zeig dich!«, schrie Agnes aufgebracht zum Torhaus hinauf.

Kilian stellte sich schützend vor sie hin für den Fall, dass jemand auf die Idee käme, einen Bolzen auf die Grafentochter abzufeuern, aber Agnes schob ihn beiseite.

»Lass mich! Er wird mir nichts tun.«

»Was macht dich da so sicher?«

»Ich weiß es eben.« Das war nicht gerade eine überzeugende Antwort für Kilian, aber er ahnte, dass nichts und niemand, selbst er nicht, sie von ihrem Tun abhalten konnte.

Offenbar musste Bernard zuerst geholt werden. Nach einer Weile öffnete sich die Luke.

»Welche Überraschung. Die schöne Bärenführerin und ihr Spielzeug!«

»Was hast du mit Johann gemacht?«, schrie sie mit schriller Stimme.

Bernard schnalzte mit der Zunge. »Ach, ich hatte ihn gewarnt. Der Dummkopf wollte in der Nacht das Tor öffnen. Glücklicherweise hat mein Brüderchen Karl es rechtzeitig bemerkt. Nun haben es die anderen hoffentlich begriffen.«

»Niemals wirst du damit durchkommen!«

»Abwarten. Wo ist der Herzog? Will er immer noch nicht mit mir reden?«

»Er ist nicht im Lager. Ich bezweifle, dass du ihm etwas sagen könntest, was ihn von seinen Plänen abbringt.«

»Vielleicht doch. Ich weiß von Dingen, von denen er bisher nicht wusste, dass ich sie weiß. Richte ihm das aus, wenn er wiederkommt.«

»Das ist doch nur ein Schwindel«, knurrte Kilian, aber Bernard hatte gute Ohren.

»Kein Schwindel, Junge! Täuschen ist etwas für Gaukler.«

Langsam erlangte Agnes ihre Beherrschung zurück. »Du kannst den Leichnam jetzt abnehmen, alle haben ihn inzwischen gesehen. Gib ihn Vater Albertus, er soll sich seiner annehmen. Wenigstens diese Ehre könntest du einem Toten erweisen.«

»Oh, da wir gerade von dem Pfaffen sprechen: Er will zu seinem Kloster zurückkehren. Der Ärmste hat genug von der Belagerung. – Lasst ihn gehen!«

Die Torpforte öffnete sich kurz. Heraus schlüpfte Vater Albertus. Agnes fand, dass er dicker geworden war, er wirkte fahrig und nervös.

Als er Agnes erblickte, trat er auf sie zu. »Führ mich zum Herzog, meine Tochter!«, sagte er mit gedämpfter Stimme.

»Er ist nicht vor Ort, Vater«, erklärte ihm Agnes. »Kommt, wir führen Euch zum Lager. Dort seid Ihr in Sicherheit!«

»Bist du als reuige Sünderin heimgekehrt?«

»Ich bin heimgekehrt, Vater. Kommt jetzt!«

Flankiert von Agnes und Kilian, sah Albertus zu, dass er von der Burg rasch Abstand gewann.

»Wenn das hier vorbei ist, könnten wir beide noch einmal einen Hirsch jagen!«, rief Bernard seiner früheren Verlobten hinterher. »Aus alter Freundschaft. Du erinnerst dich doch?«

»Wenn das hier vorbei ist«, sagte sie leise zu sich selbst, »wird er nie wieder einen Hirsch jagen.«

Unterwegs wandte sie sich an Vater Albertus. »Was wisst Ihr über den Tod meines Vaters?« Wie Feuer brannte ihr diese Frage auf der Zunge.

»Es war ein Jagdunfall, meine Tochter.«

»Wisst Ihr das genau?«

»Was immer auch geschah: Mein ist die Rache, spricht Gott.«

»Das ist keine Antwort, Pfaffe«, sagte Kilian wenig respektvoll.

Auch Agnes wäre gern weiter in ihn gedrungen, aber da er erschöpft wirkte und totenbleich war, verschob sie es auf einen späteren Zeitpunkt.

Hauptmann Bongard empfing die Grafentochter mit fassungslosem Kopfschütteln. »Seid Ihr eigentlich verrückt geworden? Wie könnt Ihr ohne jeden Schutz und ohne mit mir darüber zu sprechen zum Burgtor laufen? Wisst Ihr immer noch nicht, wozu diese Bastarde fähig sind?«

»Wir leben, wie Ihr seht, Hauptmann.«

»Wer ist der Priester?«

»Sie haben ihn laufen lassen«, erklärte Kilian. »Warum auch immer.«

»Sprecht Ihr für den Herzog?« Albertus trat an den Hauptmann heran.

Bongard musterte ihn. »Ihr wart in der Burg?«

»Er ist dort der Kaplan«, sagte Agnes.

»Ah, ich erinnere mich an ihn: der glutvolle Beichtvater! Dann wird er über vieles Bescheid wissen. Bewaffnung, Vorräte, Besatzung – ich habe viele Fragen an Euch, Vater Albertus!«

Albertus verdrehte die Augen.

»Es muss sein!«, sagte der Hauptmann streng.

Aber Albertus sackte in die Knie, Schaum trat aus seinem Mund.

»Was hat er denn?«, wunderte sich der Hauptmann.

Und plötzlich begriff Agnes. »Gift! Sie haben ihn vergiftet, damit er nichts ausplaudert!«

Trotz dieser Erkenntnis kam jede Hilfe zu spät. Augenblicke später war Albertus tot.

32

Zehn Tage später

»Wo sind wir hier?«, fragte Heinrich. »Was ist das für ein Dorf?«

»Das ist Langerode!«, verkündete Saul feierlich.

Bei der Heimkehr erging es Beth wie ihrer Schwester, vermutete sie, jeder Stein, jeder Halm weckte Erinnerungen. Burg und Dorf lagen vor ihr, und plötzlich war ihr, als sei sie nie fort gewesen. Doch der Anblick täuschte, nichts war mehr wie früher, seit die Hinzweiler auf der Burg residierten und sich für die neuen Grafen hielten.

»Was fühlst du, Beth?«, flüsterte Richolf.

»Freude, Trauer, Zorn, Hoffnung – alles zugleich«, erwiderte sie.

Richolf nickte. »Das trifft es gut.«

»Lagerbode?«, fragte Heinrich.

»Langerode!«, korrigierte ihn Saul.

»Nie gehört!«, sagte Heinrich.

Richolf hatte sich an den Gedanken, dass dieser Mann sein Vater war, noch immer nicht gewöhnt. Und manchmal fragte er sich, ob es nicht besser gewesen wäre, wenn Moritz ihm nie etwas erzählt hätte. Heinrich würde es entweder nicht begreifen oder auf der Stelle wieder vergessen, wenn er es ihm verriete.

Schon tags zuvor, in Köln, hatten sie von der Belagerung Langerodes durch den Herzog von Jülich erfahren. Aber niemand wusste etwas Genaues. Die beiden Zeltlager, die unweit der Burg auszumachen waren, wiesen jedenfalls darauf hin, dass die Belagerung anhielt.

»Wie kann es sein, dass diese verfluchten Hinzweiler einer Belagerung so lange standhalten können?«, wunderte sich Saul.

»Womöglich stehen sie mit dem Teufel im Bunde«, vermutete Agatha.

Beth war anderer Ansicht. »Nicht einmal der Teufel würde sich mit ihnen einlassen. Er wäre ihnen hoffnungslos unterlegen.«

Benno schüttelte sich. »Pfui! Das hört sich wirklich nach schrecklichen Menschen an.« Er legte einen Arm um Wulfhilds Schulter, als müsste er sie vor der Bosheit dieser Welt beschützen. Wulfhild starrte hinüber zur Burg.

Eine Weile ließen die Ankömmlinge ihre Blicke über ihr Ziel schweifen, das sie nach anstrengender Reise endlich erreicht hatten.

»Na schön!«, beendete Fronica schließlich das Schweigen. »Wollen wir zuerst Nes und Kilian aufsuchen? Aber wo könnten wir sie finden? Beth?«

Seit Tagen fieberte Beth der Begegnung mit ihrer Schwester entgegen. Ob sie einander fremd geworden waren? Es gab mittlerweile Augenblicke, da hatte sie Mühe, sich das Aussehen der älteren Schwester in Erinnerung zu rufen.

»Im Lager der Herzoglichen, nehme ich an.«

»Auf, Leute!« Saul wies den Weg. »Lasst uns dort nachsehen!«

Hauptmann Bongard dachte wohl, man würde ihm einen Streich spielen, als plötzlich eine bunte Gauklertruppe vor seinem Lager erschien, die einen Bären im Zwingerwagen mit sich führte.

Wutentbrannt lief er ihnen entgegen, um sie in eigener Person zu vertreiben. »Verschwindet, ihr Schwachköpfe! Seht ihr denn nicht, dass hier gekämpft wird?«

Beth trat ihm selbstbewusst entgegen. »Ich bin die Tochter des Grafen von Langerode!«, verkündete sie mit erhobenem Kinn. »Ich verlange, dass Ihr in einem anderen Ton zu uns sprecht!«

»Für wie dumm hältst du mich? Die Tochter des Grafen von Langerode kenne ich, und die sieht anders aus als du!« Er musterte sie eingehender. »Etwas zumindest.«

»Agnes ist meine Schwester. Ich bin Beth. Ist sie hier? Ich will sie sehen!«

Dem Hauptmann schien zu dämmern, dass dies die zweite Tochter des Grafen sein musste, die, wie jedermann wusste, Langerode vor Monaten ebenfalls verlassen hatte.

»Da hol mich doch der Teufel«, murmelte er. »Dann bist du Bernards Eheweib?«

»Erinnert mich nicht daran. Was ist jetzt? Könnt Ihr mir sagen, wo sie ist, oder wisst Ihr es nicht?«

»Sie hat Quartier bei einem der Bauern genommen«, erklärte er. »Jeden Tag kommt sie her, um zu sehen, welche Fortschritte es gibt.«

»Dann habt Ihr ihr vermutlich nicht allzu viel zu berichten. Was machen diese Männer dort?« Sie deutete auf eine Gruppe von Zimmerleuten, die unter lautem Gehämmer schwere Holzbalken zusammenfügten.

»Sie bauen eine Blide auf. Anfangs war der Herzog dagegen, aber die Geschichte dauert ihm inzwischen zu lange.«

»Was Ihr nicht sagt.«

»Die Hinzweiler verstehen keine andere Sprache.«

»Ha! So weit kommt es noch, dass Ihr mit diesem grässlichen Gerät unsere schöne Burg zur Ruine macht.«

»Du willst … Ihr wollt mir doch nicht mein Handwerk erklären?«

»Wir werden sehen, ob es nicht einen anderen Weg in die Burg gibt.«

Der Hauptmann schüttelte lachend den Kopf. »Ich muss schon sagen, Eure Schwester ist umgänglicher als Ihr. Dafür seid Ihr witziger!«

»Wirklich? Aber auch Ihr seid zu komisch. Wenn Ihr jetzt die Güte hättet, mir zu sagen, wo genau ich meine Schwester finde!«

* * *

»Sie sind da, Nes! Und du wirst nicht glauben, wer bei ihnen ist!«

Kilian strahlte sie an.

»Warum spannst du mich auf die Folter? Verrat's mir!«

»Nein! Du musst schon selbst hinausgehen, um sie zu begrüßen.«

Agnes bekam eine Ahnung, wen er meinte. Aber wäre das nicht zu schön gewesen, um wahr zu sein? Mit klopfendem Herzen verließ sie das Bauernhaus.

Beäugt von Fulcher, seiner Frau und neugierigen Dörflern hatten die Gaukler vollzählig im Halbkreis vor dem Haus Stellung bezogen. Agnes' Erscheinen zauberte ein Lächeln auf ihre erschöpften Gesichter.

Agnes' Gebete waren erhört worden.

Beth stand einen Schritt vor den anderen. Sie war hagerer geworden, ihre Züge waren härter – aber auch sie lächelte. Und breitete langsam die Arme aus. »Was stehst du da und starrst mich an? Willst du deine kleine Schwester nicht begrüßen, Nes?«

Als sie sich in die Arme fielen, schwiegen die Gaukler ehrfürchtig, niemand wollte diesen besonderen Moment des Wiedersehens stören. Nur Ursula in ihrem Zwingerwagen stieß ein herzerweichendes Heulen aus, da sie ihre Herrin längst gewittert hatte.

»Als wir uns das letzte Mal umarmten, warst du in Aufbruchstimmung, Schwester«, sagte Beth.

»Und du sagtest, dass du mich bewunderst, weil ich alles um meiner Liebe willen hinter mir ließe, was mir von Bedeutung gewesen sei. Später musste ich hören, dass du es nicht anders gemacht hast.«

»Wenn man mit Bernard von Hinzweiler verheiratet wird, macht man vieles, was man vorher nicht für möglich gehalten hätte.«

»Wirst du mir jemals verzeihen, dass du ihn an meiner Stelle heiraten musstest?«

»Anfangs war ich wirklich böse auf dich, aber das ist vergessen. Du konntest ja nicht wissen, was geschehen würde. Ich habe dir längst vergeben.« Sie küsste Agnes auf beide Wangen und deutete zum Himmel. »Ich glaube, unser Vater sieht uns gerade zu, Nes.«

»Ja, wahrscheinlich.«

»Diesmal werden wir ihn nicht enttäuschen. Wir müssen über diese leidige Belagerung sprechen. Aber zuerst musst du die anderen begrüßen, sonst werden sie noch rebellisch.«

Freudentränen flossen. Agnes umarmte jeden Einzelnen und einmal mehr wurde ihr bewusst, dass diese bunte und verrückte Truppe inzwischen ihre Familie war. Frieders Anwesenheit bedurfte einiger erklärender Worte; auch ihn hieß Agnes willkommen, wenngleich sie wusste, dass der Zwerg einer feindselig gesinnten Gauklertruppe angehört hatte.

Bei Richolf angelangt, flüsterte sie diesem ins Ohr: »Ist sie zur Ruhe gekommen?«

Richolf lächelte froh. »Unsere Meinungsverschiedenheiten sind Vergangenheit – zumindest vorläufig«, fügte er nüchterner hinzu.

Zu guter Letzt ging Agnes hinüber zu Ursula, die so ungeduldig um Liebkosung bettelte, dass man Sorge haben musste, sie würde den Wagen in seine Einzelteile zerlegen, und vermutlich war ihr Gebrüll bis zur Burg zu hören. Agnes befreite die Bärin aus dem Wagen, um mit ihr, zum Staunen der Dörfler, herumzutollen.

»Teuerste, ich freue mich ja auch! Hoffentlich hast du nur das Tanzen nicht verlernt!«

»Wie es scheint, wären die Leute an einer Vorführung interessiert«, stellte Saul mit Blick auf die Umstehenden fest.

So kam es, dass die Gaukler am frühen Abend auf dem Drachenfeld, dem Dorfplatz von Langerode, vor der versammelten Dorfbevölkerung auftraten. Die Bärin hatte nichts verlernt, ohne nennenswerte Missgeschicke absolvierte sie mit Agnes ihren Tanz. Weil Ursula ihr Glück, ihre Herrin wiederzuhaben, kaum fassen konnte, musste Agnes am Ende eine gründliche Gesichtswäsche durch Ursulas Bärenzunge über sich ergehen lassen.

Freilich konnte die kleine Ablenkung, welche die Vorführung mit sich brachte, weder die Schwestern noch die Gaukler noch die Dörfler vergessen lassen, dass in Langerode ernste und gefährliche Dinge vor sich gingen.

Agnes nahm Beth und Richolf beiseite, um ihnen mitzuteilen, was sie bislang verschwiegen hatte, um die Wiedersehensfreude nicht gleich zu trüben: Die Nachricht von Moritz' Tod durch Bernards Hand versetzte sie sogleich in zornige Trauer. Auch vom gewaltsamen Tod des Wächters Johann erfuhren sie. Ungleich gelassener nahmen sie das Ableben des scheinfrommen Vater Albertus zur Kenntnis.

Abends saßen die Gaukler in Fulchers Haus beisammen und besprachen, ihrer Müdigkeit trotzend, die Lage.

»Was kann man anderes tun, als abwarten?«, meinte Luzia gähnend. »Irgendwann werden sie die Burg stürmen. Die Hinzweiler bekommen ihre verdiente Strafe, so oder so.«

Für Beth war dies kein Trost. »Am Ende werden sie unsere Burg in ein Trümmerfeld verwandeln. Hast du's gesehen, Nes? Sie bauen ein riesiges Geschütz auf.«

»Ja, es ist fürchterlich, und ich wünschte, es wäre nicht so. Die Geschosse können Tod und Verwüstung bringen – aber wie könnten wir den Herzog davon abbringen? Es ist nicht allein unser Kampf.«

»Hör mir zu, Nes. Erinnerst du dich noch an das kleine Loch im südlichen Mauerwerk? Als Samson noch ein Welpe war, ist er durch dieses Loch ständig entwischt.«

»Stimmt. Und ich war immer in großer Sorge, dass er über den Felsvorsprung hinausläuft und in die Tiefe stürzt.«

»Hört sich ganz nach meiner Nes an«, sagte Kilian. »Aber worauf willst du hinaus, Beth?«

»Dieses Loch wird verdeckt durch Gestrüpp auf beiden Seiten. Wahrscheinlich ist es längst vergessen.«

»Mag sein, aber das Loch ist viel zu klein für einen Menschen«, wandte Agnes ein. »Sogar Samson passte nicht mehr durch, als er größer geworden war.«

Beth faltete die Hände auf dem Tisch und beugte sich vor. »Nicht ein Mensch soll durch das Loch schlüpfen!«, verkündete sie geheimnistuerisch.

Alle hingen an ihren Lippen.

»Sondern wer?«, fragte Frieder, der vielleicht schon eine Ahnung hatte.

»Jokubim!« Beth grinste triumphierend in die Runde.

Saul lachte auf. »Was kann der blöde Affe denn schon bewirken?«

»Wir werden ihn abrichten. Im Eilverfahren.«

»Und wie soll er uns das Tor öffnen? Das Viech ist schon überfordert, wenn Frieder ihm einen Purzelbaum rückwärts beibringen will.«

»Nicht der Affe öffnet das Tor. Er stiehlt nur den Schlüssel zum Verlies und übergibt ihn den Gefangenen durch das Gitter. Das muss nachts geschehen. Wir müssen darauf vertrauen, dass der Neffe des Herzogs weiß, was zu tun ist, wenn er erst einmal befreit ist.«

Beths Plan klang zu abenteuerlich, um Begeisterungsstürme hervorzurufen.

»Frieder, glaubst du, dass du das Jokubim beibringen könntest?«, fragte Kilian zweifelnd.

Der Zwerg zog eine Grimasse, während er sich am Kopf kratzte. »Wenn es Messerwerferinnen ohne Arme gibt, dann dürfte ein stehlender Affe die kleinere Herausforderung sein. Stimmt's, Jokubim?«

Der Affe auf seiner Schulter furzte.

Kilian verdrehte die Augen. »Frieder! Kannst du's ihm nun beibringen oder nicht?«

»Na ja, zumindest kann ich's versuchen. Man müsste die Örtlichkeiten in der Burg nachstellen, und den Weg zum Kerker muss er auch finden. Beth, ich könnte mir vorstellen, dass du als Grafentochter noch nicht oft in diesem Kerker warst.«

»Da wäre ich an deiner Stelle nicht so sicher, Frieder. Ich habe dort …«, ihre Stimme ging in ein Flüstern über, »meine Unschuld verloren.«

Richolf hustete in seine Hand, als hätte er sich verschluckt.

Saul und Luzia gluckstenamüsiert.

»Du hast was?«, hakte Fronica nach.

»Ist das wieder eine Posse?«, fragte der Zwerg.

»Posse oder nicht – ich kenne den Weg zum Kerker. Wir können das Vorgehen morgen üben, den ganzen Tag lang, wenn es sein muss. Diesen Hauptmann werden wir bitten, den Beschuss noch einen Tag lang auszusetzen.«

»Du scheinst großes Vertrauen in den Affen zu haben«, sagte Agatha.

»Was denn für ein Affe?« Heinrich war aus einem Schlummer erwacht.

»Den Versuch ist es doch wert, oder?«, sagte Beth.

Niemand widersprach. War der Affe erfolgreich, wäre dies eine bessere Geschichte, als man sie erfinden könnte. Beth war zufrieden mit sich. »Meine Zeit als Possenreißerin hat mich einfallsreich gemacht«, verkündete sie mit einem Augenzwinkern.

33

Nie hatte Jokubim so intensiv üben müssen. Agnes und Beth gaben sich alle erdenkliche Mühe, die örtlichen Verhältnisse der Burg in Fulchers Gehöft so gut wie möglich nachzugestalten, was natürlich nur bedingt gelang. Jokubim hatte, was niemanden verwunderte, ein Faible für Agnes, und manchmal schien es, als hörte der Affe mehr auf sie als auf Frieder. Interessierte Zuschauerin der Übungen war Wulfhild. Und wo sie war, war auch Benno nicht weit.

Beth erinnerte sich: Der Schlüssel zum Kerker hing, solange ihn niemand in Gewahrsam hatte, in einer Wandnische des davor liegenden Gewölbekellers. Einen vergleichbaren Schlüssel vermochte Fulcher für die Übungen aufzutreiben. Vom Heuboden der Scheune aus kletterte Jokubim über die Stiege in den vermeintlichen Gewölbekeller und reckte sich nach dem bereit hängenden Schlüssel.

»Na? Was sagt ihr nun? Mein Affe ist gar nicht so dumm, wie man ihn immer schimpft!«, frohlockte Frieder.

»Ja, weil es Nes ist, die ihn abrichtet«, behauptete Benno.

»Ruhe!«, schalt Beth die plaudernden Zuschauer.

Zur Belohnung kraulte Agnes dem Affen den Bauch, was ihm sichtlich gefiel. »Und jetzt«, befahl sie ihm, »jetzt bring den Schlüssel dorthin, Jokubim, und wirf ihn in den Kerker!« Sie wies in die Richtung, wo ein paar Holzstäbe ein Gitter simulierten. Jokubim tat, wie ihm geheißen. Beth war entzückt.

»Es könnte tatsächlich funktionieren. Um ehrlich zu sein: Ich habe auf dich gezählt, Nes. Seit jeher machen Tiere, was du von ihnen verlangst.«

Agnes aber hatte Zweifel. »Ich weiß nicht so recht, ob er wirklich begreift, was wir von ihm wollen. In der Burg wird es dunkel sein – und nichts ist wirklich so wie hier.«

»Wir müssen es nur oft genug mit ihm üben. Los, Jokubim, rauf mit dir auf den Heuboden. Das Ganze noch einmal von vorn.«

Während Agnes dem kletternden Affen hinterherblickte, fragte sie ihre Schwester flüsternd: »Sag mal, hast du eigentlich wirklich im Verlies deine Unschuld verloren?«

Beth kicherte. »Alle halten es für einen Scherz. Bis auf Richolf, der weiß es besser. Es gab nicht viele Orte, wo wir ungestört waren.«

»Dann haben wir auch das gemein.«

»Bitte?«

Agnes dämpfte ihre Stimme noch mehr, es wäre ihr peinlich gewesen, wenn Frieder oder die Kinder mitgehört hätten.

»Es war in Wesel. Kilian saß im Verlies und sollte anderentags hingerichtet werden. Ein Geistlicher traute uns im Verlies, und dann … tja, dann haben wir uns geliebt. Wir dachten schließlich, es sei nicht nur das erste, sondern auch das letzte Mal. Es war unsere Hochzeitsnacht.«

»Oha, ihr schamlosen Ferkel. Und ein dicker Kaplan namens Theophilus hat euch getraut.«

»Das weißt du?«

»Vergiss nicht, ich habe dich gesucht, bevor ich eine bekannte Possenreißerin wurde. Ha, das wäre noch eine Nummer gewesen: *Die Jungfern, die im Verlies …!* Aber was soll's, vorbei ist vorbei. – He, Jokubim, wo bleibst du denn?«

Der Affe schwang sich herab und machte einen Purzelbaum.

»Den Schlüssel«, zischte Frieder.

Inzwischen hatten Saul, Kilian, Richolf und Hans die Scheune betreten. »Darf man fragen, ob das Viech Fortschritte macht?«, wollte Saul wissen.

»Raus!«, blaffte Frieder sie an.

»Sachte, Zwerg, was blähst du dich auf? Wir wollen doch nur mal nach dem Rechten schauen.«

»Es stimmt, wir können keine weiteren Zuschauer gebrauchen«, gab Agnes Frieder recht. »Jokubim muss sich konzentrieren, und das fällt ihm nicht immer leicht.«

Jokubim gackerte und fasste Agnes an die Brust.

»Seht ihr, genau das hat sie gemeint«, sagte Beth.

»Schon gut, wir verschwinden.« Kilian drohte dem Affen mit dem Zeigefinger. »Vorsicht, Freundchen. Wenn du sie noch einmal begrapschst, kommst du in die Affenhölle!«

Scherzend verließen die Männer die Scheune.

Beth seufzte. »Mach schon, Jokubim! Hol den Schlüssel!«

Bis in die frühen Abendstunden übten sie mit ihm; dann gönnten sie ihm und sich selbst ein paar Stunden Ruhe. Gegen Mitternacht machten sich Agnes, Beth und Frieder mit dem Affen im Schutz der Dunkelheit auf zur Burg. Kilian und Richolf, zutiefst besorgt über das waghalsige Ansinnen, wollten sie begleiten, aber die Schwestern bestanden darauf, ohne sie zu gehen, denn zu viele Menschen hätten nur die Aufmerksamkeit der Wachen auf sich gezogen. Im Lager der Jülicher wollten Kilian und Richolf der Rückkunft ihrer beiden Liebsten harren. Hauptmann Bongard, der über alles informiert war, beschied den Grafentöchtern, dass er keine Verantwortung für ein solch törichtes Wagnis übernehme. Was freilich auch niemand von ihm verlangte.

Der Pfad, der entlang der Gemäuer zu dem besagten Loch im Mauerwerk führte, erlaubte keinen Fehltritt, denn linker

Hand gähnte ein Abgrund. Lautlos bewegten sie sich auf ihr Ziel zu und erreichten es ohne Zwischenfälle.

Frieder nahm den Affen, der sich mucksmäuschenstill verhalten hatte, von seiner Schulter. »Mach mich stolz, mein kleiner Stinker.«

»Du kannst der berühmteste Affe des Reiches werden«, beschied ihm Beth.

Der Affe nickte, als wäre dies ein Kinderspiel. Frieder drückte Zweige des Gestrüpps beiseite und schob Jokubim durch das Loch. »Mach alles so, wie wir es dir gezeigt haben. Geh!«

Ohne Zögern huschte der Affe davon. Als hätte er sein Leben lang nur auf ein Abenteuer dieser Art gewartet. Sie warteten eine Weile ab, ob es ihm nicht etwa gefiele, wieder zurückzukehren. Doch er blieb verschwunden. Daher schlichen sie sich zum Lager zurück. Jetzt lag alles an einem Affen. Agnes hatte ihre Zweifel daran, dass der Plan aufgehen könnte, behielt sie aber ihrer Schwester zuliebe für sich.

Im Lager wurden sie von ihren Gefährten und dem Hauptmann empfangen.

»Gott sei Dank«, sagte Kilian erleichtert.

»Und wie soll es jetzt weitergehen, wenn ich fragen darf?« Der Hauptmann klang fast feindselig.

»Eure Männer sollen sich bereithalten!«, erwiderte Beth im Befehlston, was freilich erst recht kein geeignetes Mittel war, sein Wohlwollen zu erlangen.

»Ein Affe öffnet uns das Tor. Wer hätte jemals solch einen Blödsinn gehört?«

Beth ließ sich nicht beirren. »Wir sagten es bereits, nicht der Affe wird das Tor öffnen. Habt Ihr mir überhaupt zugehört? Wenn Eure Männer nicht bereitstehen, könnte alles umsonst gewesen sein.«

»Sie sind immer bereit, oder denkt Ihr vielleicht, sie seien zum Blumenpflücken hier?«

»Wer weiß? Jedenfalls ist es ihnen auch nach zwei Wochen noch nicht gelungen, die Burg einzunehmen.«

Der Hauptmann murmelte etwas in seinen Bart, was wie die Aufzählung verschiedener Heiliger klang. Dann, lauter: »Die Blide ist morgen einsatzbereit. Wenn das Tor bis Mittag verschlossen bleibt, wovon ich in drei Teufels Namen ausgehe, beginnt der Beschuss!«

Um dem übel gelaunten Hauptmann aus dem Weg zu gehen, zogen sich die Schwestern, ihre Gefährten und Frieder ein Stück zurück und gingen hinüber zu der Blide, deren Wurfarm wie ein riesiger hölzerner Finger Richtung Nachthimmel zeigte.

»Was für ein verfluchtes Ungetüm!«, schimpfte Beth.

Nichtsdestotrotz ließen sie sich dort nieder, den Blick erwartungsvoll auf das Burgtor gerichtet. Kilian und Richolf hatten Umhänge und Felle mitgebracht, mit denen sie sich warm hielten.

Stunden vergingen.

»Müsste nicht längst irgendetwas geschehen sein? Ich meine … wenn alles nach Plan verlaufen wäre?«, sprach Richolf schließlich aus, was alle dachten.

»Manchmal laufen die Dinge nicht ganz wie geplant, mein Lieber«, erwiderte Beth gereizt. »Das müsstest du selbst am besten wissen.«

* * *

Am Tag, als die Herzoglichen mit der Belagerung der Burg begonnen hatten, hatte Genefe innerlich gejubelt. Nun konnte es nur noch eine Frage der Zeit sein, bis ihr und den Gefangenen da unten im Verlies endlich Rettung zuteilwurde. Doch Tage waren vergangen, ohne dass Bernard die Notwendigkeit der Kapitulation eingesehen hätte. Seine Dienerschaft aus Hinzweiler war ihm ergeben, die Dienerschaft von Langerode hatte bereits vor der Ermordung Johanns des Haarigen, gewarnt durch den Tod des Stallmeisters, nicht aufbegehrt. Auf diese Weise waren die Hinzweiler in der Lage, die Burg mit nur wenigen Leuten zu halten, und konnten sich zudem erlauben, einen Mann zu Genefes Bewachung abzustellen.

Von Evgen wusste Genefe, dass Agnes nach Langerode zurückgekehrt war. Diese Nachricht hatte sie überrascht. Das Verhältnis zu ihren beiden Stieftöchtern, die gerade einmal ein paar Jahre jünger waren als sie, war stets problematisch gewesen. Dennoch hatte sich Agnes – im Gegensatz zu ihrer Schwester Beth – wenigstens bemüht, sich in Genefes Lage hineinzuversetzen und Frieden zu halten. Wenn Agnes auch nicht militärisch dazu beitragen konnte, die Sache zu einem guten Ende zu bringen, so hatte sie doch sicher Mitgefühl für ihre Stiefmutter. Agnes war schließlich die Erste gewesen, die in den Genuss von Bernards Boshaftigkeit gekommen war.

Einmal mehr lag Genefe schlaflos in ihrem Bett. Was hätte sie darum gegeben, nur einmal eine Nacht durchzuschlafen, anstatt sich das Hirn zu zermartern über Dinge, auf die sie keinen Einfluss mehr hatte. Eine Begegnung mit Bernard ging ihr nicht aus dem Kopf. Am Vorabend war er nach längerer Zeit noch einmal in ihrer Kemenate aufgetaucht.

»Wie ist das Wohlbefinden, Gräfin?«, hatte er förmlich gefragt.

Sie war auf seine Frage nicht eingegangen. »Wie, denkst du, wird diese Geschichte ausgehen, Bernard?«

»Der Herzog wird mir das Grafenamt von Langerode übertragen.«

»Weshalb sollte er das tun, nach allem, was du getan hast?«

»Ich werde ihm einen guten Grund nennen, Genefe.«

»Was für ein Grund könnte das wohl sein? Er will nicht einmal mehr mit dir sprechen.«

»Nicht allein seinem Neffen zuliebe wird er sich das bald anders überlegen. Eine lange Belagerung kann er sich nicht leisten. Und du, Genefe, wirst dann meine Frau. Die Ehe mit dieser kleinen Schlampe werde ich für ungültig erklären lassen. Wie du siehst, alles kann gut werden für dich und dein Kind. *Mein* Kind!«

Mit diesen Worten war er wieder gegangen, noch bevor sie ihm ihre Verachtung hatte ins Gesicht schleudern können.

Während sie sich den Wortlaut des Gesprächs noch einmal in Erinnerung rief, hörte sie ein leises Rascheln. Als würde jemand an der Tür kratzen. Das war merkwürdig, denn vor ihrem Quartier war schließlich eine Wache postiert.

Lautlos erhob sie sich und schlich zur Tür, legte ein Ohr auf das Holz und lauschte. Bis auf das merkwürdige Rascheln war nichts auszumachen. Oder doch? Sie hielt den Atem an, um noch besser hören zu können. War da nicht auch ein Schnarchen zu hören? War ihr Wächter eingeschlafen?

Vorsichtig öffnete sie die Tür einen Spalt weit und äugte hinaus. In der Tat, ihr Bewacher, ein Diener der Hinzweiler, saß mit dem Rücken gegen die Wand gelehnt, den Kopf auf die Brust gesunken, er schlief tief und fest.

Genefes Herz machte einen Satz. War das ihre Chance? Wenn es ihr gelänge, sich unbemerkt an ihm vorbeizuschleichen, konnte sie den Lauf der Dinge womöglich selbst beeinflussen. Wie musste sie vorgehen? Alleine würde sie es nicht schaffen, den Belagerern das Tor zu öffnen. Sie brauchte Hilfe! Auf alle Fälle mussten zuerst die Gefangenen befreit werden.

Plötzlich erschrak sie fast zu Tode. Etwas war unter ihr Nachtgewand gekrochen und berührte ihre Schenkel. Das Etwas – eine Ratte? – hörte nicht auf, ihr Fleisch zu ergründen, obwohl Genefe angsterfüllt versuchte, es abzuschütteln.

Schließlich kam die vermeintliche Ratte doch zum Vorschein. Im fahlen Nachtlicht erkannte sie ein kleines, menschenähnliches Wesen, das nur ein Dämon sein konnte. Der Dämon sprang an ihr hoch und klammerte sich an ihren Bauch. War er der Hölle entsprungen, um ihr das Kind zu entreißen? Namenloses Entsetzen erfasste Genefe. Der Dämon hangelte sich weiter an ihr hoch und drückte seinen Kopf an ihre Brüste, ähnlich einem Kind, das von der Mutter getröstet werden will. Doch dieses Ungetüm war kein Kind, und auf einmal konnte Genefe nicht mehr anders, als aus vollem Hals um Hilfe zu schreien.

Der Wächter, jäh aus seinem verbotenen Schlaf gerissen, erschien sofort, benötigte jedoch ein paar Augenblicke, um zu begreifen, was hier eigentlich vor sich ging. Ob er den Dämon als Affen erkannte oder nicht, er war er beherzt genug, ihn am Hals zu packen und von der Gräfin zu reißen.

* * *

Als der Morgen graute, schreckte Agnes fröstelnd aus ihrem Halbschlaf. »Wacht auf!«, sagte sie zu den anderen, denn sie sah Hauptmann Bongard mit eisiger Miene im Morgendunst auf sie zumarschieren.

Schlaftrunken erhoben sie sich. Erst jetzt erkannte Agnes, dass der Hauptmann etwas bei sich trug. Sie erschrak: Es war Jokubim.

»Hier!« Bongard warf ihnen das leblose Tier vor die Füße. »Zufrieden? Den haben meine Männer vor der Burgmauer gefunden. Ich darf diesen albernen Spuk hiermit für beendet erklären.«

Frieder ging schluchzend neben dem Affen in die Knie. »Mein armer Stinker. Was haben sie dir nur angetan?«

»Ich will, dass Ihr noch in dieser Stunde samt Euren Gauklern verschwindet!«, maulte der Hauptmann. »Kommt wieder, wenn die Burg eingenommen ist! Bis dahin will ich Euch hier nicht mehr sehen, Grafentöchter hin oder her!«

Sogar Beth, die doch sonst nicht auf den Mund gefallen war, schwieg verdrossen. Der Hauptmann stapfte davon, zurück zu seinen Männern.

»Tja«, sagte Richolf.

»Mein armer, kleiner Stinker.« Frieder hatte bitterlich zu heulen begonnen. Agnes kniete sich neben ihn, um ihn zu trösten.

»Er hätte ein großer Held werden können«, sagte Beth mit gepresster Stimme.

Agnes stieß einen überraschten Laut aus. »Er kann es vielleicht eines Tages noch werden.«

»Wieso?«, schniefte Frieder.

»Er atmet.«

»Was?« Hoffnungsvoll sah Frieder von einem zum anderen. »Habt ihr gehört? Er lebt noch.«

»Nur ist das Burgtor immer noch verschlossen«, murmelte Beth.

»Ja, leider«, seufzte Kilian.

Agnes drängte nun zum Aufbruch. »Kommt, lasst uns gehen. Frieder, in Fulchers Haus können wir den Affen vielleicht wieder gesund pflegen.«

Wie ein geschlagenes Heer machten sie sich auf den Weg ins Dorf.

34

Ungeduldig hatte der Rest der Truppe auf ihre Rückkehr gewartet. Dass dem Unternehmen kein Erfolg beschieden war und überdies einen halb toten Affen zum Ergebnis hatte, drückte die Stimmung gewaltig.

»Und wie geht es jetzt weiter?«, fragte Agatha.

»Sie werden die Burg heute unter Beschuss nehmen«, antwortete Beth zerknirscht.

Saul zog eine Grimasse. »Das kann ziemlich unappetitlich werden.«

»Welche Burg?«, fragte Heinrich.

Richolf legte ihm eine Hand auf die Schulter. »Komm, Heinrich. Lass uns nach Joseph dem Zweiten und den Maultieren sehen.«

Heinrich war verwirrt. »Wer ist der Kerl?«, fragte er Kilian.

»Ein Freund. Geh ruhig mit ihm, Vater.«

Auch Agatha nickte ihm zu.

»Von mir aus«, murmelte er dann.

Richolf nahm den gebrechlichen Heinrich sanft am Arm, um ihn hinauszuführen. Agnes und Kilian wechselten vielsagende Blicke. Richolfs Wunsch, seinem Vater näherzukommen, war verständlich. Aber Agnes' Sorge galt vorläufig ganz dem

Affen, der, alle viere von sich gestreckt, bewusstlos vor ihr auf dem Tisch lag.

»Kriegst du ihn wieder hin?«, fragte Frieder drängend.

»Das weiß ich nicht, Frieder. Einige Knochen sind gebrochen, so viel steht fest. Außerdem weiß ich nicht, ob seine Organe den Sturz von der Burgmauer heil überstanden haben. Ich habe Fulcher um etwas Heu gebeten. Das wollen wir in Wasser erwärmen und als Umschläge auf Jokubims Bauch legen. Mehr können wir momentan nicht tun.«

Fulcher und Benno brachten das gewünschte Heu.

»Hat jemand Wulfhild gesehen?«, fragte Benno beunruhigt.

»Vorhin war sie noch hier«, wusste Kilian.

»Aber jetzt ist sie fort!«

»Sie kann nicht weit sein«, beruhigte ihn Saul.

»Aber sie hatte wieder diesen seltsamen Blick. Jetzt mach ich mir deswegen Sorgen. Und Vorwürfe, weil ich sie nicht im Auge behalten habe.«

Agnes merkte auf.

»Wann ist dir dieser Blick denn aufgefallen, Benno?«

»Na, vorhin. Als ihr von eurem gescheiterten Unternehmen berichtet habt.«

»Gütiger Himmel. Sie wird doch nicht etwa …«

»Was denkst du, Nes?«, fragte Fronica.

»Gestern, als wir mit Jokubim die Schlüsselprozedur geübt haben, da hat sie die ganze Zeit zugesehen.«

»Stimmt«, bestätigte Benno. »Mit mir.«

»Und was bedeutet das? Etwa, dass …« Wie erleuchtet schlug sich Beth eine Hand vor den Mund.

»Ihr meint, sie will durch das Mauerloch steigen?«, fragte Kilian ungläubig.

Agnes nickte. »Ich fürchte, ja.«

»Bei allen Höllenhunden«, fluchte Saul. »Kommt mit!«

»Wohin?«, fragte Luzia.

»Zur Burg, wohin sonst.«

»Aber der Hauptmann ...« Beth schluckte. »Ach, der verdammte Kerl soll mich kennenlernen, wenn er noch einmal das Maul aufreißt.«

»Und was ist mit Jokubim?«, fragte der verzweifelte Frieder.

Agnes gab ihm Anweisungen. »Du bleibst bei ihm, Frieder. Mach ihm die warmen Umschläge. Sollte er aufwachen, gibst du ihm etwas Lindenkraut zu fressen, du findest etwas im Wagen. Fulchers Frau wird dir sicher zur Hand gehen, wenn du freundlich zu ihr bist.«

»Wenn die Kleine wirklich durch das Loch geklettert ist, könnt ihr doch sowieso nichts ausrichten«, gab der Zwerg zu bedenken.

»Vielleicht mehr als dein Affe«, widersprach Saul, was aber, verglichen mit seinen früheren Spitzen gegen den Zwerg, nur verhalten gehässig klang.

Also machten sie sich erneut auf den Weg zur Burg.

Das Mädchen, das in aller Seelenruhe über den Burghof ging, hatte noch nie jemand in Langerode gesehen. Da man die Kleine jedoch schwerlich als Bedrohung ansehen konnte, machten sich die Burgleute keine näheren Gedanken über sie, sondern widmeten sich weiter den Tätigkeiten, die ihnen während des Belagerungszustandes abverlangt wurden. Nur Bernards Bruder Karl, der gerade an der Seite seines Vaters an ihr vorüberging, kam das Mädchen allzu verdächtig vor.

»He, du!«, sprach er Wulfhild an.

Da sie unbeirrt weiterging, ohne ihn zu beachten, machte er kehrt und packte sie am Schlafittchen.

»Wo kommst du denn her, Kleine? Wer zum Teufel bist du?«

Die Art, wie sie ihn ansah, hätte ihn fast bewogen, sie auf der Stelle wieder loszulassen, wie wenn man ein heißes Eisen anfasst.

»Lass sie doch«, murrte der alte Bertold gleichgültig.

»Zuerst der Affe, jetzt dieses Kind – das gefällt mir nicht, Vater. Wo sind sie hergekommen?«

Dass diese Frage berechtigt war, konnte auch Bertold nicht in Abrede stellen. »Hättet ihr Sturköpfe auf mich gehört, müssten wir uns jetzt nicht über solche Fragen den Kopf zerbrechen. – Wer bist du, Mädchen?«

Erneut blieb Wulfhild eine Antwort schuldig.

»Was ist? Kannst du nicht reden?« Der alte Hinzweiler baute sich vor ihr auf. »Du willst doch nicht, dass wir deinen Namen aus dir herausprügeln müssen, oder? Also pass gut auf, Kleine, sieh mich an: Ich zähle jetzt bis drei …«

Aber er machte keine Anstalten mit dem Zählen zu beginnen. Befremdet sah der Sohn ihn an. Wie erstarrt stand der Vater dort, als wäre er aus Stein gemeißelt, während das Kind ihm voll in die Augen blickte.

»Vater?« Karl wirkte völlig hilflos.

Als Bertold nach einer gefühlten Ewigkeit in sich zusammensackte und am Boden reglos liegen blieb, den glasigen Blick ins Leere gerichtet, wusste der Sohn, dass ihn der Schlag getroffen hatte.

»Rasch, hierher!« Hektisch winkte er zwei Männer herbei. »Wir müssen ihn hineinschaffen.«

Zu dritt nahmen sie den Alten vorsichtig auf und trugen ihn in das Burggebäude. Wulfhild, nunmehr unbeachtet, konnte ihren Weg ungehindert fortsetzen.

Die Tage, an denen mindestens einer der drei Gefangenen guten Mutes war, waren seltener geworden. Zermürbt von den Unbilden der Haft kam es vor, dass Stunden vergingen, ohne dass sie auch nur ein Wort miteinander wechselten. Grifo hatte ihnen von der Blide erzählt, die wie eine gigantische Heuschrecke vor der Burg lauerte. Der Umstand, dass sich der Herzog offenbar gezwungen sah, sie einzusetzen, wies auf den Ernst der Lage hin. Wie würden die Hinzweiler reagieren, wenn sie endlich erkannten, dass die Lage aussichtslos war? Würden sie ihren Unmut an den Gefangenen auslassen? Dass Bernard kapitulieren und demütig seine Niederlage eingestehen würde, konnte Volker sich beim besten Willen nicht vorstellen. Und was war mit der Gräfin? Würde Bernard von Hinzweiler seinen Zorn auch an ihr auslassen?

Obwohl das Schweigen und die Stille im Verlies mitunter nahezu greifbar waren, hinderte dies Goswin und Lena nicht daran, einander mit zärtlichen Blicken zu begegnen. Volker war überzeugt, dass die beiden, sollten sie diese Geschichte heil überstehen, ein stolzes Paar abgeben würden. Die wundervolle Erkenntnis, dass Liebe selbst an unwirtlichen Orten wie diesen keimen konnte, war das Beste, was sich ihrer Lage abgewinnen ließ. Ein wenig beneidete er die beiden, denn ungleich komplizierter war es, in eine verwitwete schöne Gräfin verliebt zu sein, die ein rücksichtsloser Landadliger als Spielball seiner finsteren Pläne missbrauchte.

»Seht mal, wir haben Besuch bekommen!« Goswins Stimme riss ihn aus seinen Gedanken.

»Oh, wer bist du denn?«, fragte Lena.

»Ich bin Wulfhild«, lautete die Antwort.

Volker sah ein etwa sechsjähriges Mädchen vor dem Gitter stehen.

»Wie nett von dir, dass du uns besuchst, Wulfhild.« Lena trat an das Gitter heran, erfreut über die kleine Abwechslung. Goswin folgte ihr.

»Was hast du denn da in der Hand, Kleine?«, fragte er.

Wulfhild hob den Schlüsselbund in die Höhe wie ein Priester die Hostie mit dem Leib Christi.

»Sie … sie hat den Schlüssel, Herr«, flüsterte Goswin erregt, als könnte lautes Sprechen das Kind wieder vertreiben.

Sogleich erhob sich Volker von seinem Strohlager und trat zu ihnen. War dies ein böser Streich, um sie weiter zu demoralisieren?

Langsam streckte er seine Rechte aus dem Gitter. »Willst du mir den Schlüssel geben? Bitte, es soll dein Schaden nicht sein, Kind.«

Wie sich zeigte, war sein Argwohn unbegründet, denn Wulfhild übergab ihm den Schlüssel freiwillig und ohne Zögern, als wäre sie genau deswegen hergekommen.

Mit aller Willenskraft kämpfte Volker gegen das Zittern an, das seine Hand überfallen hatte. Konnte es wirklich so einfach sein? Ein fremdes Mädchen, das wie aus dem Nichts erschien und ihnen den Schlüssel zur Freiheit übergab?

Doch wenn es der falsche Schlüssel war? Wenn sie letztlich doch nur die dummen Opfer eines schlechten Schabernacks waren?

»Worauf wartet Ihr?«, drängte ihn Lena.

Er schob die skeptischen Gedanken beiseite, streckte den gebeugten Arm aus dem Gitter und steckte den Schlüssel von außen in das Schloss. Wenige Augenblicke später öffnete sich die Gittertür.

Die Gefangenen sahen sich an.

»Könnte es eine Falle sein, Herr?«, fragte der Knappe.

»Das frage ich mich auch schon die ganze Zeit, aber wir müssen das Risiko eingehen, wenn dieser Albtraum ein Ende haben soll.«

Die Verantwortung, diese Menschen endlich zu retten, lag ganz bei ihm. Seinetwegen waren sie ja auch erst in diese Lage gekommen.

Sie verließen die Kerkerzelle, leise wie Diebe in der Nacht. Wulfhild stand immer noch dort. Lena wuschelte ihr durchs Haar.

»Wie gehen wir vor, Herr?« In Goswins Augen blitzte Kampfgeist auf, und das war gut so, denn man würde sie kaum unbehelligt lassen, sobald ihre Flucht offenbar geworden war.

Volker fühlte sich steif auf den Beinen, war aber überzeugt, dass seine Glieder ihm gehorchen würden, wenn es zum Kampf kam. »Zuerst beschaffen wir uns Waffen, Goswin. Dann sehen wir zu, wie wir bis zum Burgtor gelangen, um es für die Leute des Herzogs zu öffnen. Lena, du kennst dich doch aus auf der Burg, nicht wahr?«

»Gewiss, Herr. Wie kann ich helfen?«

»Indem du ein gutes Versteck aufsuchst und mit dem Kind dort verharrst, bis es vorbei ist.«

»Sonst gibt es nichts, was ich tun kann?«

»Wünsche uns Glück! Ich weiß, du bist tapferer als mancher Recke, aber das hier überlässt du besser uns. Wegen mir hast du schon genug Scherereien gehabt.«

»Dann soll Euer Knappe mich wenigstens küssen, bevor Ihr geht.«

»Du hast es gehört«, Volker stieß seinen Knappen voran, »gib ihr einen Kuss, aber um Himmels willen macht schnell, ihr beiden!«

»Dieser Befehl gefällt mir besonders gut«, beteuerte Goswin seinem Herrn.

* * *

»Ihr schon wieder? Habe ich mich vorhin nicht deutlich genug ausgedrückt, beim Sack des Teufels?«

Mit hochrotem Kopf baute sich Hauptmann Bongard vor den Gauklern auf. Wenn Blicke töten könnten – keiner von ihnen hätte überlebt.

»Die Sorge um ein Kind treibt uns diesmal her«, erwiderte Agnes, über seine Feindseligkeit hinwegsehend. »Das Mädchen, so glauben wir, ist durch das Loch im Mauerwerk in die Burg eingedrungen.«

»Dann hättet Ihr besser auf sie achtgeben sollen, in drei Teufels Namen! Verschwindet! Hier wird es gleich ziemlich ungemütlich.«

Was er meinte, stand außer Frage. Bei der Blide herrschte hektische Betriebsamkeit, ein Dutzend Männer bereitete das Schleudergeschütz auf seinen Einsatz vor. Schleuderkugeln in verschiedenen Größen wurden von einem Ochsenkarren abgeladen und zu Haufen aufgetürmt.

»Es könnten Leute sterben, denen Ihr eigentlich zu Hilfe kommen wollt, Hauptmann!« Beths Blick war wie der einer Katze, die vor einem Mauseloch auf ihre Beute lauert.

»Wollt Ihr mir schon wieder den Krieg erklären?«

»Wartet mit dem Beschuss! Vielleicht ergeben sie sich heute!«

»Wir haben lange genug gewartet. Ich war dumm genug, mich auf das Unternehmen mit dem Affenviech einzulassen. Und wenn Ihr nicht gleich wieder verschwindet, lass ich Euch fortschaffen!«

»Das werdet Ihr nicht wagen!«, sagte Beth in scharfem Ton.

»Da werdet Ihr Euch aber wundern!«

»Herr«, warf Saul drohend ein, »wenn Ihr den Töchtern des Grafen auch nur ein Haar krümmt, werdet Ihr es bereuen!«

Der Hauptmann sah ihn an wie einen Geist und tastete nach dem Schwertknauf an seiner Seite. »Was hast du gerade gesagt, schwarzer Mann?«

Agnes, wenig entzückt über das Temperament ihrer Schwester und Sauls Drohung, sah sich genötigt, Öl auf die Wogen zu gießen.

»Gestattet uns nur, das Geschehen aus der Ferne zu verfolgen«, bat sie den Hauptmann. »Wie gesagt, wir sind in großer Sorge.«

»Ich sagte: Verschwindet! Das ist mein letztes Wort. Hier seid Ihr nur im Weg!«

Ein Meldereiter kam im Galopp auf sie zu. Angelangt, ließ er den Hauptmann wissen: »Der Herzog ist auf dem Weg hierher, Herr.«

Diese Nachricht schien den Hauptmann zu überfordern. »Ausgerechnet jetzt! Wie weit entfernt noch?«

»Etwa drei Meilen, Herr!«

Der Hauptmann bedachte die Gaukler mit einem vernichtenden Blick, als wären sie schuld an dem ungünstigen Zeitpunkt. Was sie in gewisser Weise ja auch waren. Im selben Augenblick entstand vernehmbare Unruhe unter den Belagerern. Agnes sah hinüber zur Burg – und erkannte den Grund für die Aufregung.

»Seht dort«, raunte sie den anderen zu.

»Herr, das Tor ist weit geöffnet!«, meldete ein herbeigeeilter Waffenknecht dem Hauptmann. Augenblicklich hatte dieser die Gaukler vergessen.

»Blast sofort das Horn zum Angriff!«, brüllte er, während mit Staub vermischte Spucke aus seinem Mund sprühte.

35

Den im Kampf wenig erprobten Burgleuten zwei Schwerter zu entreißen, war für den Ritter und seinen Knappen keine besondere Herausforderung gewesen. Als sie aber zum Tor gelangten, hatte die Nachricht ihres Ausbruchs bereits Bernards Brüder erreicht, die sich ihnen mit gezückten Schwertern in den Weg stellten.

»Wohin des Weges?«, fragte Karl mit gebleckten Zähnen.

»Ergebt Euch, und mein Onkel wird vielleicht Gnade walten lassen«, entgegnete Volker. Er erwartete nicht wirklich, dass sie darauf eingehen würden. Doch ohne ihren Bruder, der ihnen sagte, was sie zu tun hatten, wirkten sie auf seltsame Weise gehemmt.

»Worauf wartet ihr? Kreist sie ein und entwaffnet sie!«, rief Ludwig den Männern auf den Wehrgängen zu.

Aber diese rührten keinen Finger, um ihnen zu Hilfe zu kommen.

»Offensichtlich haben sie genug von Eurer verdorbenen Sippe«, höhnte Volker. »Öffnet das Tor!«, befahl er nun seinerseits den Verteidigern. »Der Herzog weiß, dass ihr gezwungen wart, die Burg zu behaupten. Ihr werdet nicht bestraft!«

Noch zögerten die Männer.

»Je schneller wir die beiden überwältigen, umso eher werden sie das Tor öffnen!«, raunte Volker seinem Knappen zu.

»Ja, Herr! Welchen zuerst?«

»Du hältst den Linken im Schach, während ich mich um den anderen kümmere. Sobald er außer Gefecht ist, komme ich dir zu Hilfe.«

Sie kämpften mit aller Verbissenheit und ohne Schilde. Zwar gelang es Goswin, den schmächtigen Karl auf Distanz zu halten. Aber Ludwig erwies sich als zäher Brocken, mehrfach brachte er Volker, dem der Kerker noch merklich in den Knochen steckte, in Bedrängnis. Als Volker unglücklicherweise noch rückwärts in ein Bodenloch trat und stürzte, schien die Flucht gescheitert. Mit erhobenem Schwert und einem Kampfschrei stürzte sich Ludwig auf ihn. Noch einmal raffte Volker alle Kräfte zusammen und rollte sich blitzschnell zur Seite, sodass der Hieb ins Leere ging. Für die Dauer eines Herzschlags wirkte Ludwig konsterniert, weil er sich die todsichere Möglichkeit, seinem Gegner den Garaus zu machen, hatte entgehen lassen. Diesen Augenblick der Verwirrung nutzte Volker, seine Schwertklinge in Ludwigs Kniekehlen zu schlagen. Mit einem Aufschrei sackte der Hinzweiler in sich zusammen und sah sich kurz darauf von herbeieilenden Burgleuten entwaffnet und überwältigt.

»Gute Männer«, keuchte Volker. »Legt ihn in Fesseln!«

»Ihr habt Euch aber Zeit gelassen«, bemerkte sein Knappe.

»Augen vorwärts, Frechling!«

Gemeinsam überwältigten sie den sichtlich entmutigten Karl, der kaum mehr Gegenwehr leistete und ohne seine Brüder den Eindruck eines geprügelten Hundes machte.

Ohne weitere Aufforderung hatten sich indessen einige Männer daran gemacht, das Tor zu entriegeln. Kurz darauf ertönte aus dem herzoglichen Lager ein Hornsignal.

»Tut nichts, was als Widerstand ausgelegt werden könnte«, wies Volker die Männer an. »Legt eure Waffen nieder, und man wird euch verschonen!« Er winkte einen Burschen zu sich heran. »Wo finde ich die Gräfin?«

»Droben, in der Kemenate, Herr. Aber seid vorsichtig, es gibt einen Wachtposten davor!«

Volker nickte. »Du bleibst hier, Goswin!«, befahl er dem Knappen.

»Aber Herr …«

»Keine Widerrede. Diesmal gehe ich alleine! Erkläre du unseren Rettern die Situation!«

Als die Herzoglichen kurz darauf in den Burghof strömten, wo ihnen keinerlei Widerstand entgegenschlug, hatte sich Volker schon auf den Weg zur Kemenate gemacht. Keine Minute länger wollte er damit warten.

* * *

Das Geschrei, Waffengeklirre, das Signalhorn – Genefe hielt es nicht auf ihrem Sessel. Es war so grausam, zur Untätigkeit verdammt zu sein, während dort draußen über menschliche Schicksale entschieden wurde. Bernard hatte das Fenster zu Beginn der Belagerung mit Brettern vernageln lassen, damit ihr der Blick nach draußen verwehrt blieb. Durch einen schmalen Spalt konnte sie dennoch sehen, wie der Burghof sich mit lärmendem Volk füllte. Alles wies darauf hin, dass die Burg eingenommen worden war. Hatte der Albtraum ein Ende?

Laute Stimmen. Kampf. Schwerter, die sich kreuzten. Genefe hielt den Atem an. Die eine Hand aufs Herz, die andere auf ihren schwangeren Bauch gepresst, starrte sie in ängstlicher Erwartung zur Tür. Schickte ein Stoßgebet Richtung Himmel: Lieber Gott, schick mir einen Retter!

Als die Tür aufflog, stand der Retter in Gestalt Volkers vor ihr. Hinter ihm krümmte sich der Wächter verletzt und stöhnend am Boden, eine üble Wunde klaffte an seinem Schwertarm.

»Ihr!«, sagte Genefe überrascht.

Volker legte sein Schwert auf dem Boden ab, als fürchtete er, der Anblick der blutigen Waffe könnte sie erschrecken. »Es ist vorbei, Gräfin!«

Genefe wusste nicht so recht, was sie sagen sollte. Erleichterung, Freude, Rührung, Wehmut, selbst Trauer – all diese Gefühle tanzten in ihrer Seele einen schwindelerregenden Tanz. Die vielen Wochen der Demütigung und Erniedrigung, sie waren vorbei. Der Jüngling hatte es ausgesprochen!

»Ich … danke Euch, Volker.«

»Oh, ich bezweifle, dass Ihr *mir* danken müsst, Gräfin Genefe. Euch zu retten war zwar mein größtes Verlangen – aber mein ungestümer Eifer war größer als die Sorgfalt, mit der ich meinen Plan ins Werk zu setzen trachtete.«

Eine Pause entstand zwischen ihnen. Dann reichte er ihr eine Hand. »Kommt! Es ist an der Zeit, Euer Gefängnis zu verlassen.«

Sie brachte ein Lächeln zustande, obwohl sie ebenso gut hätte weinen mögen. Lag es an ihrer Schwangerschaft, dass ihr die Kontrolle über ihre Gefühle zu entgleiten drohte? War es das Hochgefühl der Befreiung? Oder war es nur die Furcht, sie könnte gleich erwachen und alles wäre nur ein Traum?

Seine Hand war rau und verdreckt, aber sie versprach Geborgenheit.

»Ihr seid voreilig, Volker. Wieder einmal!«

Bernards Stimme ließ Genefe das Blut in den Adern gefrieren. Plötzlich stand er vor ihnen, in seinen Händen eine gespannte Armbrust, die auf sie gerichtet war. Dem vor Schmerz jammernden Wächter, der sich immer noch am Boden wand, trat er heftig gegen die Brust, um ihn zum Schweigen zu bringen.

»Es ist vorbei, Bernard«, sagte Volker nach einem Moment der Erstarrung. »Ihr habt keine Chance. Die Herzoglichen sind schon in der Burg!«

»Was für ein hübsches Paar«, spottete der Hinzweiler, ohne auf Volkers Feststellung einzugehen.

Genefe glaubte nun, zu wissen, weshalb sie der Situation misstraut hatte. Gleichwohl verbarg sie ihr Entsetzen und reckte trotzig das Kinn.

»Wenn du uns tötest, Bernard, wird das deine Lage nicht verbessern.«

»Warum sollte ich dich töten, Genefe? Du trägst mein Kind. Du sollst auch künftig die Gräfin von Langerode sein. An meiner Seite!«

Wie konnte er sich noch länger solchen Tagträumen hingeben? Begriff er denn nicht, dass er sein Spiel verloren hatte?

Volker betrachtete ihn mit kühlem Zorn. »Ihr habt Euch mit meinem Onkel angelegt, Hinzweiler, obwohl er Euch anfangs wohlgesonnen war. Glaubt Ihr wirklich, Ihr kämt noch heil aus dieser Sache heraus?«

»Der Herzog mag Euer Onkel sein. Aber der Herzog ist auch mein *Vater*!«

»Was wollt Ihr damit sagen?«

»Was begreift Ihr nicht an meinen Worten? Euer Onkel und meine Mutter hatten damals eine heimliche Liebschaft. Und genau deshalb stehe ich nun hier, Volker.«

»Angenommen, Ihr sprecht die Wahrheit: Weshalb sollte der Herzog einen seiner Bastarde zum Grafen von Langerode machen?«

»Weil meine Mutter mir auf ihrem Sterbebett nicht nur anvertraute, wer mein Vater ist, sondern auch, welche schmutzigen Geheimnisse er hütet.«

Welche Geheimnisse er auch meinte, offenbar war er überzeugt, dass der Herzog ihn eher zum Grafen machen würde, als zuzulassen, dass sie ans Licht der Öffentlichkeit gelangten. »Du wirst an deinen Verbrechen ersticken, Bernard«, beschied Genefe ihm voller Verachtung. »Wie kannst du glauben, dass ich den Mörder meines Gemahls ehelichen würde?«

»Oh, ich habe deinen Gemahl nicht auf dem Gewissen«, erwiderte Bernard mit gespielter Bedrückung und fuhr gebetsmühlenartig fort: »Es war ein tragischer Unfall. Sein Pferd scheute vor einer Natter. Er stürzte und brach sich den Hals.« Er grinste wölfisch. »Wer könnte etwas anderes beweisen?«

Genefe spuckte ihm vor die Füße.

»Ach, Genefe«, gab Bernard sich nachsichtig, »ich liebe die feurige Stute, die in dir steckt. Du hast sie viel zu selten herausgelassen.«

Genefe stockte fast der Atem, denn hinter Bernard schlich sich plötzlich eine Gestalt heran, die einen schweren Kesselhaken in der Hand hielt: Lena!

Aus dem Augenwinkel nahm Genefe wahr, dass auch Volker sie gesehen hatte. Der Hinzweiler durfte ihrer nicht gewahr werden, deshalb galt es, seine Aufmerksamkeit zu fesseln. Die Armbrust war im Anschlag. Genefe vertraute auf Volkers Geschick.

»Und was gedenkt Ihr jetzt zu tun, Hinzweiler? Wollt Ihr mich töten? Nur zu. Doch überlegt Euch vorher gut, wie Ihr auch noch dieses Verbrechen vor meinem Onkel rechtfertigen wollt.«

»Hm, lasst mich nachdenken: Ich könnte sagen, dass es der Wächter war!«

»Glaubst du etwa, dass ich dem nicht widersprechen würde?«, entrüstete sich Genefe.

»Du trägst mein Kind, Genefe. Willst du es ohne seinen Vater aufwachsen lassen?«

Wie hochmütig, selbstgerecht und verdorben konnte ein Mensch eigentlich sein? Lena – ihre wackere Lena! – kam immer näher, den Kesselhaken zum Schlag erhoben. Schon holte sie aus.

Erkannte Bernard an Genefes Augen, dass ihm Gefahr drohte? Er warf einen raschen Blick über seine Schulter – und dann geschah alles zugleich.

Volker riss Genefe zu Boden, der abgeschossene Bolzen schwirrte über sie hinweg und verfehlte sie nur um Haaresbreite. Lenas Kesselhaken traf Bernard dumpf am Hinterkopf. Er ließ die Armbrust sinken, sackte auf die Knie, wie ein Betender vor dem Altar, die Augen aufgerissen. Volker griff nach dem Schwert, das er vorher abgelegt hatte, und hielt ihm die Spitze an den Hals.

»Euer Spiel ist aus!«

Zwei weitere Personen tauchten hinter dem überwältigten Hinzweiler auf. Genefe erkannte Evgen und ein kleines Mädchen, das sie noch nie zuvor gesehen hatte. Die beiden traten vor ihn hin, um ihm direkt ins Gesicht zu sehen. Evgen verzog den Mund zu einem triumphierenden Grinsen.

»So ändern sich die Zeiten, Herr«, verkündete sie.

Der Hinzweiler starrte zuerst Evgen, dann das kleine Mädchen an.

»Miststücke!«, sagte er mit der Stimme eines Betrunkenen.

»Dein Kesselhaken hat seinen Zweck erfüllt, Evgen«, sagte Lena.

»Noch nicht ganz.« Evgen nahm ihr den Kesselhaken aus der Hand und begann mit voller Wucht auf Bernards Kopf einschlagen. Zwei-, drei-, viermal – erst dann schritt der sichtlich verdutzte Volker ein, entriss ihr die Waffe und schob sie beiseite.

»Was machst du denn da?«

»Ihm heimzahlen, was er uns angetan hat, Herr!«

»Das ist weiß Gott nicht deine Sache, Evgen«, rügte Genefe. Ein wenig schämte sie sich vor sich selbst, weil ihre Worte halbherzig klangen. Aber dies war nicht die Zeit der Vergebung. Auch ein frömmeres Herz hätte den Gedanken an Vergeltung wohl kaum zu verdrängen vermocht.

Blutüberströmt lag Bernard zu ihren Füßen. Ein leises Stöhnen und seine zuckenden Beine zeigten, dass er lebte. Genefe ging hinüber zu ihrer Leibmagd Lena, die ihretwegen so vieles hatte durchmachen müssen, und umarmte sie lange.

Schon eilten Männer des Herzogs mit erhobenen Schwertern herbei. »Dem Himmel sei Dank!«, rief deren Anführer, als er den Neffen des Herzogs und die Gräfin erkannte. »Beim Hintern Luzifers, Ihr habt uns ganz schön auf Trab gehalten!«

»Ich freue mich auch, Euch zu sehen, Bongard!« Volker deutete auf den bewusstlosen Hinzweiler. »Sucht Ihr ihn? Bitte, er ist Euer!«

»Dann haben wir die elende Bande endlich komplett. Allein der Alte hat's nicht überlebt. Ihn hat offenbar der Schlag getroffen.«

Konnte ein Mensch vor Scham und Schande sterben? Dieses Gedankens konnte sich Genefe nicht erwehren. Dessen ungeachtet, die Belagerung von Burg Langerode war Vergangenheit, wie auch das Leben des Bertold von Hinzweiler Vergangenheit war.

Herzog Wilhelm, der kurz nach der Einnahme der Burg in Langerode eintraf, würde über das weitere Schicksal der drei Brüder entscheiden müssen. Genefe stellte sich die unbehagliche Frage, ob der Herzog tatsächlich, wie Bernard unverdrossen behauptet hatte, finstere Geheimnisse aus der Vergangenheit hütete, und was wohl geschehen würde, wenn der Hinzweiler sie ans Tageslicht zerrte. War es denkbar, dass Bernard mit einem anrüchigen Handel ungeschoren aus der Sache herauskam? Wiederum schämte sich Genefe des Gedankens, der ihr kam: Hätte Volker die Küchenmagd doch nur nicht daran gehindert, ihn zu erschlagen!

Das Wiedersehen mit der Stiefmutter verlief herzlicher als jede frühere Begegnung, sodass sogar Beth, die früher nie ein freundliches Wort für Genefe übrig gehabt hatte, sich dazu durchrang, die Stiefmutter flüchtig zu umarmen.

Agnes unterhielt sich lange mit ihr, das zugefügte Leid durch die Hinzweiler hatte sie schließlich zu Leidensgefährtinnen gemacht.

Am Abend ließ Genefe ihren Rettern auftischen, was Küche und Keller nach fast zwei Wochen Belagerung noch hergaben. Auch die Gaukler, Wegbegleiter von Beth und Agnes, durften an der langen Tafel Platz nehmen.

Während des Essens suchte der Herzog das Gespräch mit Beth und Agnes. »Was werdet Ihr nun tun, nun, da die Gründe für Eure Flucht aus Langerode hinfällig geworden sind?«

Agnes musste über ihre Antwort nicht lange nachdenken. »Mein Platz wird auch künftig an der Seite meines Mannes sein.«

»Demnach wollt Ihr weiterhin dem fahrenden Volk angehören, obgleich die Dinge auf Langerode sich geändert haben?«

»Ja, Durchlaucht. Denn die Dinge in meinem Herzen haben sich nicht geändert.«

Kilian erwiderte ihr strahlendes Lächeln.

»Gütiger Himmel, sie meint es ernst!«, rief der Herzog. »Wo ist der Spielmann, der aus ihren Worten ein Lied macht? Und was ist mit Euch, Beth? Werdet auch Ihr wieder mit dem Gauklervolk durch die Welt reisen? Oder gedenkt wenigstens Ihr des Blutes, das durch Eure Adern fließt?«

Beth straffte sich und sah dem Herzog offen in die Augen, sodass es fast schon unschicklich wirken musste. »Wie Ihr schon sagtet, Durchlaucht: Die Gründe *meiner* Flucht sind hinfällig.

Mein Ehemann – leider muss man ihn so bezeichnen! – wird für seine Untaten büßen müssen und unter dem Richtschwert enden, nicht wahr? Ihr werdet ihm seine Untreue doch nicht vergeben wollen? Das macht mich, wie die Gräfin, zur Witwe. Was mir das Leben danach bringt, wird sich zeigen. Ich weiß nur, dass meine geliebte Schwester mir fehlen wird. Und trotz allem beneide ich sie.«

Ihre unverblümten Worte sorgten für betretene Stille an der Tafel.

Richolf sah sie von der Seite an, als erwartete er von ihr ein öffentliches Bekenntnis zu ihm. Aber Beths Blick blieb unverwandt auf den Herzog gerichtet, auf den die in seinen Augen wohl recht eigenwilligen Grafentöchter eine besondere Faszination auszuüben schienen.

Endlich beendete Heinrich das peinliche Schweigen. »Verräter gehören gerichtet!«, sagte er mit ernster Miene.

»Ganz meiner Meinung!«, pflichtete Beth ihm bei. »Erst recht, wenn sie Mörder sind.«

Der Herzog räusperte sich. »Selbstverständlich werden wir auch allen anderen Vorwürfen genau auf den Grund gehen«, versprach er.

Würde er das? Oder lief am Ende alles auf eine Aussöhnung hinaus, wie es unter Mächtigen, nachdem sie sich befehdet und ihre Interessen neu abgesteckt hatten, oft genug üblich war? Der Gedanke, Bernard könnte mit einer milden Strafe davonkommen, war so unerträglich, dass Beth augenblicklich etwas dagegen zu unternehmen gedachte.

Die Gespräche an der Tafel wurden wieder aufgenommen.

»Komm mit«, sagte Beth zu Richolf.

»Was hast du vor?«

»Wirst schon sehen.« Sie gab auch Saul, der am anderen Ende der Tafel saß, ein Zeichen, ihnen unauffällig zu folgen. Unterwegs scheuchten sie ein eng umschlungenes Paar auf, das hinter einer Säule Zärtlichkeiten austauschte. Beth erkannte Volkers Knappen und Genefes Leibmagd.

»Weitermachen!«, befahl Saul ihnen gönnerhaft.

Draußen, auf dem Burghof, hatten die Herzoglichen ein Lager errichtet. Auch die drei gefangenen Brüder befanden sich dort, gefesselt auf einem Karren und bewacht von einem Trupp bewaffneter Kriegsknechte. Man hatte vor, sie anderentags nach Nideggen zu bringen, wo sie sich bald vor dem Gericht des Herzogs würden verantworten müssen.

»Was glaubt ihr«, fragte Beth ihre beiden Begleiter, »werden diese Dreckskerle ihre gerechte Strafe erhalten?«

»Hätte der Herzog sonst die Mühen einer Belagerung in Kauf genommen?«, fragte Richolf. »Bernard hat deinen Vater umgebracht, Beth. Auch Moritz hat er auf dem Gewissen, und Gott weiß, wen noch. Wieso um alles in der Welt sollte das ungesühnt bleiben?«

»Für den Mord an meinem Vater gibt es offenbar keinen Zeugen. Und was den armen Moritz betrifft – denkst du wirklich, dass man Bernard für den Mord an einem einfachen Bediensteten hinrichten würde? Man würde alles zu seinen Gunsten hinbiegen.«

»Was kann unsereins dagegen tun? Willst du die Kerle umbringen? Dann wirst du selbst zur Mörderin. Wir müssen eben auf Gerechtigkeit hoffen.«

»Hm«, machte Saul.

Beth sah ihn an. »Saul! Ist die Welt, in der wir leben, gerecht? Was ist deine Meinung?«

»So gerecht wie das Haupt einer hinterhältigen Räuberbande, würde ich sagen. Es wurden schon ganz andere Schurken begnadigt als die Hinzweiler.«

»Sehe ich auch so, Saul. Deshalb tu mir den Gefallen und hol Ursula her!«

»Wozu?«, fragte Richolf.

»Da ich nicht selbst das Urteil über Bernard sprechen darf, will ich wenigstens einmal mit eigenen Augen sehen, wie er sich vor lauter Angst in die Hosen scheißt.«

Saul grinste. »Bin gleich zurück!«

Richolf sah ihm kopfschüttelnd hinterher. »Nes würde das überhaupt nicht gefallen!«

»Meine Schwester muss es nicht erfahren. Wir wollen uns doch nur ein wenig amüsieren.«

»Also, ich weiß nicht …«

»Richolf!« Sie nahm sein Gesicht in ihre Hände. »Du liebst mich doch, oder?«

»Was hat das mit Ursula und den Hinzweilern zu tun? Ich hätte mir gewünscht, du hättest dich vorhin öffentlich zu mir bekannt. Deine Schwester hat jedenfalls kein Problem damit, ihre Liebe zu Kilian kundzutun.«

»Nun sei nicht gleich wieder beleidigt, Liebster, es ist alles schon kompliziert genug. Nes wird Langerode bald wieder verlassen; ich aber werde mich hier behaupten müssen.«

»Ich habe nicht den Eindruck, dass die Gräfin oder der Herzog dir feindlich gesinnt sind.«

»Und ich glaube nicht, dass du das beurteilen kannst, Richolf. Jedenfalls dürfen wir unsere Liebschaft nicht an die große Glocke hängen. Dafür hast du doch Verständnis?«

Er senkte betroffen den Kopf. »Was ist, wenn man dich wieder vermählen will? Was wird dann aus uns? War dein Treuebekenntnis, als wir uns wiederfanden, einfach nur so dahergeplappert?«

Es tat ihr weh, ihn so deprimiert zu sehen, aber heute war nicht die Zeit, über ungelegte Eier zu sprechen. »Es war nicht dahergeplappert, Richolf. Ich liebe und achte dich. Aber es ist nicht meine Schuld, dass ich die Tochter eines Grafen bin.«

»Verstehe!« Richolf biss sich auf die Lippen und nickte. Dann machte er kehrt und schickte sich an, zu gehen.

»Warte! Wo willst du hin?«

»Mir ist nicht nach deinen Späßen zumute, Grafentochter. Heute nicht – und vielleicht auch künftig nicht.«

Er stapfte davon. Beth überlegte, ihm nachzulaufen, denn sie konnte verstehen, dass er sich verletzt fühlte. Vielleicht hätte sie ihre Worte behutsamer wählen sollen. Andererseits würde er sich sicher bald wieder beruhigen.

Die Ankunft des Bären weckte das Interesse der anwesenden Kriegsknechte. Beth und Saul führten Josef den Zweiten am Zügel, bis der Zwingerwagen vor dem Karren der drei Gefangenen zum Stehen kam. Nun galt es noch, die Wächter zu überreden, das Spiel mitzumachen. Doch zuerst wollte sich Beth die Genugtuung nicht nehmen lassen, ihrem Gemahl Aug in Aug gegenüberzutreten. Mit seinen beiden Brüdern kauerte er auf dem Karren. Immerhin, von einer bevorzugten Behandlung oder zugestandener Milde konnte bislang nicht die Rede sein. Man behandelte die Hinzweiler wie Strauchdiebe, derer man endlich habhaft geworden war. Zumindest im Moment.

»Mein liebster Gemahl«, spottete Beth. »Was hat man dir nur angetan? In Fesseln hat man dich gelegt, oje! Beinahe könnte man denken, du hättest ein Verbrechen begangen!«

Bernard starrte sie an, Haare und Gesicht voll von verkrustetem Blut, als hätte man ihn in einen Trog mit Schlachtabfällen getaucht. Sein Blick war ihr unheimlich, aber sie ließ sich nichts anmerken.

»Gib dir keine Mühe, er versteht dich nicht«, behauptete Ludwig mit gequälter Stimme. »Er ist verrückt geworden.«

»Ich habe nicht mit dir geredet!«, fuhr Beth ihn an.

Einer der Wachhabenden kratzte sich am Kinn und sagte: »Es stimmt, er hat noch kein Wort gesprochen.«

»Oh, ich weiß, wie man ihn zum Reden bringt.« Beth winkte den Mann zu sich heran. »Wir stecken ihn in den Bärenzwinger«, flüsterte sie verschwörerisch. »Du wirst dich wundern, wie rasch seine Lethargie dann vergeht und er um Hilfe winselt.«

»Aber wir haben unsere Anweisungen.«

»Du weißt, wer ich bin?«

»Eine der Grafentöchter.«

»Vor allem bin ich Bernards Gemahlin. Keine Sorge, die Bärin wird ihm nichts zuleide tun.«

»Aber der Herzog …«

»Ich habe dem Herzog von meinem kleinen Streich erzählt«, log sie. »Er fand die Idee amüsant und war einverstanden. Für dich und deine Kameraden gibt es später übrigens noch eine Extraration Wein.«

Das überzeugte den Mann. Auf seine Anweisung hin wurde Bernard vom Karren gezerrt und zum Zwingerwagen geschleift. Saul stand schon bereit, um die Tür zu öffnen. Auch er konnte der Versuchung nicht widerstehen, mit dem Hinzweiler eine alte Rechnung zu begleichen.

»Oh, edler Herr. Erkennt Ihr mich wieder? Ich bin der Mohr, der sich damals vor Euch entkleiden musste.«

Der Hinzweiler starrte ihn an.

»Ihr wolltet wissen, ob auch mein Schwanz schwarz ist«, fuhr Saul fort. »Mich wiederum beschäftigt heute Abend die Frage, wie es um Euren ehrenwerten Schwanz bestellt ist. Schwänze sind die Lieblingsspeise unserer Bärin Ursula. Sie kann nie genug davon bekommen. Euer Gemächt wird ihr bestimmt ganz besonders munden!« Er sperrte die Tür auf.

»Hinein mit ihm!«, sagte Beth zu den Männern.

Sie stießen ihn in den Zwingerwagen, wo er ausgestreckt vor der Bärin liegen blieb. Ursula, auf ihrem Hintern sitzend, blickte wie fragend auf das Bündel Mensch hinab.

»Na los, Ursula, brüll, was das Zeug hält!«, befahl Saul der Bärin.

Die gehorchte und riss weit das Maul auf, aus dem sogleich der Geifer triefte. Ein ohrenbetäubendes Gebrüll hallte über den Burghof. Die Wächter blickten drein, als wäre ihnen das Blut in den Adern gefroren. Bernard, vom Geifer besudelt, hob träge den Kopf. Dann begann er zu lachen, erst leise, kichernd eher, dann laut und mit den Augen rollend, als gäbe es nichts Lustigeres, als einem furchterregenden Bären tief in den roten Rachen zu blicken.

»Jemand, der sich vor Angst in die Hosen scheißt, verhält sich normalerweise anders«, murmelte Saul.

Das konnte Beth nicht abstreiten. »Er ist vollkommen irre geworden. Hol ihn wieder raus, ich ertrage sein Gelächter nicht.«

Die vielen Schläge mit dem Kesselhaken hatten Bernard offenbar den Verstand geraubt. Ob diese Strafe schlimmer war als der Tod durch das Richtschwert, vermochte Beth nicht zu sagen. Doch ärgerlich war es allemal, dass Bernard womöglich sterben würde, ohne sich seiner Schandtaten bewusst zu sein.

36

Langerode, sieben Monate später

Es war ihre zweite Hochzeit binnen eines Jahres. Während der Trauung, zelebriert vom herzoglichen Hofkaplan, hatte Beth, wie schon beim ersten Mal, unentwegt an Richolf denken müssen. Später, an der Hochzeitstafel, beschloss sie, mit ihrem Bräutigam offen und aufrecht zu sprechen. Die Gelegenheit dazu erhielt sie, als die Aufmerksamkeit der Gäste sich auf eine Gruppe geladener Musikanten richtete, die ein lustiges Lied über ein närrisches Brautpaar darbrachten.

»Es war der Wille des Herzogs, nicht unserer, er hat es so entschieden. Ich weiß, Euer Herz gehört Genefe, und mein Herz … nun, es ist zu unruhig, um Euch zu lieben. Wir müssen versuchen, das Beste daraus zu machen.«

»Ja«, entgegnete Volker, der neue Graf von Langerode, mit gequältem Lächeln. »Machen wir das Beste daraus, Beth.«

Ihr entging nicht sein bekümmerter Blick, als er zu Genefe hinübersah. Genefe wiegte ihren Knaben in den Armen. Offiziell sprach man vom Sohn des verstorbenen Grafen Werner, dessen Namen das Kind trug.

Erst vor wenigen Tagen war ein Bote des Herzogs von Brabant auf Langerode erschienen, um Genefe ein Schreiben seines Herrn zu überreichen. Darin bat der Brabanter – offenbar nach vorheriger Konsultation mit seinem Jülicher Amtskollegen – um Genefes Hand für einen seiner jüngeren Söhne. Was hätte der Witwe Besseres widerfahren können? Genefe hatte eingewilligt. Schon in Kürze würde sie Langerode verlassen und heiraten. Beth war froh darüber. Denn weshalb hätte sie abermals mit der Demütigung leben sollen, dass die Frau, nach der ihr Gemahl sich sehnte, unter demselben Dach lebte? Wenngleich sie fairerweise einräumen musste, dass Volker aus edlerem Holz geschnitzt war als Bernard. Gleichwohl, es konnte nur eine Gräfin von Langerode geben.

Als die Hochzeitsgäste lachend und erwartungsvoll auf das Brautpaar blickten, wurde ihr bewusst, dass die Musikanten ihr Spiel beendet und das Wort an sie gerichtet hatten. Mitbekommen hatte sie in ihrer Abwesenheit nicht viel davon. Volker offenbar auch nicht.

»Worauf wartet ihr?«, rief Herzog Wilhelm von Jülich. »Wir wollen euch tanzen sehen!«

Die Brautleute reagierten mit einem geübten Lächeln; es lag es nicht in ihrem Interesse, dass jemand von ihrer Stimmungslage Notiz nahm. Sie standen auf, und Volker führte seine Gemahlin an der Hand zur Tanzfläche.

Nimm dich zusammen!, dachte Beth bei sich. *Richolf und ich – es war von Anfang an zum Scheitern verurteilt!*

Ja, töricht war es gewesen. Abwegig. Dumm. Ihr Leben spielte sich hier und jetzt ab, in Langerode, denn sie war die Tochter eines Grafen. Wer sagte denn, dass sie nicht trotz allem mit Volker glücklich werden konnte?

Und doch: Wäre Richolf in der vergangenen Nacht gekommen, um sie still und heimlich zu holen, sie wäre auf der Stelle mit ihm gegangen.

Seit Kilian wusste, dass Agnes schwanger war, verordnete er ihr fortwährend Schonung und Ruhe. Er war überzeugt, dass dies das Risiko einer Früh- oder Fehlgeburt mindern würde. Widerrede war zwecklos, auch die anderen Gaukler waren angehalten, ihr keine Betätigungen zu überlassen, die auch nur ein Mindestmaß an Anstrengung erforderten. Immerhin hatte Agnes durchgesetzt, dass sie weiter mit Ursula arbeiten durfte. Tanzen sei schließlich keine Mühsal, hatte sie Kilian versichert. Allerdings hatte sie hierfür viel Überredungskunst aufbieten müssen. Selten hatte man Kilian so stolz und froh gestimmt erlebt. Als hätte er sein Kind bereits in seinen Händen wiegen können. Agnes wusste, als Vater würde er so hingebungsvoll sein wie als Ehemann.

Sie hatte, bevor Kilian es beanstanden konnte, einen sanften Hügel erklommen, während ihre Gefährten unten ein Lager aufschlugen. Helfen durfte sie ohnehin nicht, also setzte sie sich ins sommertrockene Gras und genoss die Aussicht.

Als Kilian sie dort oben erblickte, stemmte er in gespielter Empörung die Arme in die Hüften. Lächelnd winkte sie ihm. Er warf ihr eine Kusshand zu. Vielleicht sah er ein, dass er es mit seiner Fürsorge manchmal übertrieb.

Sie blickte auf all die Menschen hinab, die ihr Leben bedeuteten: ihre Schwiegereltern Agatha und Heinrich, Fronica und Hans, Saul und Luzia, Benno und Wulfhild. Sie sah Richolf, der Beth und Langerode schweren Herzens verlassen hatte, sich seiner Gefühle aber immer noch nicht im Klaren war. Sie sah Frieder, dessen Äffchen Jokubim so weit genesen war, dass es wieder Purzelbäume schlagen konnte.

Sie dachte an ihre Schwester Beth und den tränenreichen Abschied, den sie voneinander genommen hatten. Sie dachte an Genefe und hoffte, dass sie ein gesundes Kind zur Welt gebracht hatte. Wie mochte die eigensinnige Beth sich mit der früher so verhassten Stiefmutter vertragen? Und wie hatte der Herzog von Jülich die Frage der Grafennachfolge geregelt? Eines Tages, wenn sie wieder nach Langerode kämen – sie hatte es der Schwester hoch und heilig versprochen –, würde sie es wohl erfahren.

Und sie dachte an ihren Vater, den sie in dieser Welt nicht wiedersehen würde. Ludwig und Karl hatten, in der Hoffnung auf Strafmilderung, zugegeben, dass der Graf durch die Hand ihres Bruders Bernard gestorben war. Gerettet hatte sie das nicht, sie hatten ebenso wie der Ältere, der nur noch stammelnde Laute von sich geben konnte, ihr Ende unter dem Richtschwert gefunden.

Während sie über das Vergangene nachdachte, erblickte sie Fronica, die sich auf den Weg zu ihr gemacht hatte. Vermutlich bewog sie eine bestimmte Absicht, sie aufzusuchen, denn belanglose Plaudereien unter Frauen waren Fronicas Sache nicht. Dies war nur ein Grund, weshalb Agnes die armlose Messerwerferin so gut leiden konnte.

»Froni! Setz dich zu mir. Teile mein Schicksal und finde heraus, wie es ist, zur Untätigkeit verdammt zu sein.«

Fronica nahm grinsend neben ihr Platz.

»Er meint es nur gut mit dir und eurem Kind.«

»Zweifellos.«

Schweigend blickten sie ins Tal.

»Wulfhild!«, sagte Fronica nach einer Weile. »Wir beide sehen viel mehr in ihren Augen als die meisten anderen Menschen.«

»Ja, das scheint mir auch so.«

»Empfindest du es als Last?«

Agnes dachte lange über diese Frage nach. »Sie ist wie eine Tochter für mich. Mütter lieben ihre Kinder mit all ihren Makeln. Und Wulfhild hat sich ihren Blick gewiss nicht ausgesucht.«

»Wohl nicht«, stimmte Fronica ihr zu. »Ihre Gabe ist von Gott, nicht dämonisch, davon bin ich überzeugt. Ich weiß noch nicht einmal, ob sie sich ihrer eigentlich bewusst ist.«

»Dennoch gibt es auch eine verdeckte, dunkle Seite in ihrem Wesen, du darfst es ruhig sagen. Ich sehe diese Seite auch.«

Fronica nickte gedankenvoll. »Der liebe Gott wird seinen Grund haben, warum er sie uns zur Seite gestellt hat. Woher sie manchmal ihre Kräfte nimmt, ist mir ein Rätsel. Aber ich mag die Kleine, und inzwischen kann man sich sogar ganz gut mit ihr unterhalten. Ich frage mich nur, ob das, was ich in ihren Augen sehen kann, nicht zu ungeheuerlich ist. Womöglich bin ich ja verrückt.«

»Tja, der Gedanke, mir alles nur einzubilden, ist mir auch schon gekommen, Froni«, entgegnete Agnes leise.

»Sprichst du mit Kilian darüber?«

Agnes schüttelte den Kopf. »Ich rede mit ihm über alles. Nur nicht darüber. Weil es zu unheimlich ist. Auch über Jesajas Prophezeiungen mag er nicht sprechen. Ich kann ihn verstehen.«

»Aber wie können wir sicher sein, dass wir nicht wahnsinnig sind, Nes?«

»Nun, wir könnten die Bilder, die wir beide in ihren Augen sehen, vergleichen. Stimmen sie überein, dann sind wir aller Wahrscheinlichkeit nach nicht wahnsinnig.«

»Ich gebe es zu, Nes: Deshalb bin ich hier. Ich will es endlich wissen.«

»Du hast mir also eine ungeheuerliche Geschichte zu erzählen?«

»Wenn du einverstanden bist.«

Agnes biss sich gedankenvoll auf die Unterlippe. »Ja, es ist wohl an der Zeit, Froni. Ich höre dir zu.«

»In einem abgelegenen Dorf lebte ein Schmied namens Roland, dessen lebensfrohe Frau den Männern gerne schöne Augen machte. Und – nun ja – es blieb nicht immer dabei, im Laufe der Zeit hatte sie fast jedem Mann aus dem Dorf einmal beigelegen.

Ihre Untreue war ein offenes Geheimnis, nur Roland wollte es lange nicht wahrhaben.

In jenem Dorf gab es einen Priester, dem man prophetische Gaben nachsagte. Er galt den Leuten als heiligmäßiger Mann, sein Name war Jesaja. Ausgerechnet dieser gottesfürchtige Gottesdiener erlag eines Tages, als er der Frau des Schmieds die Beichte abnahm, ihren verführerischen Reizen. Sie wurde schwanger. Jesaja, der sich diese Sünde nicht verzeihen wollte, ging zu Roland und gestand ihm alles. Jeden anderen Mann hätte der Schmied wohl vor Zorn umgebracht, aber gegen den sonst so frommen Gottesmann wagte er nicht die Hand zu erheben. Jesaja beschloss, da er als Seelenhirt versagt hatte, das Dorf zu verlassen, um fortan als Wanderprophet durch die Welt zu ziehen und Buße zu tun. Er war überzeugt, dass seine Sünde nur durch ein großes Opfer getilgt werden konnte.

Roland mochte seiner Frau nicht verzeihen, zumal ihm all die Geschichten, die er bislang als böswillige Gerüchte abgetan hatte, plötzlich wahr erschienen. Sie flehte ihn um Vergebung an, aber Rolands Kränkung war zu schmerzlich, als dass er ihr hätte verzeihen wollen. Als er ihr Betteln nicht mehr ertragen konnte, schnitt er ihr die Zunge heraus; niemand sollte aus ihrem Mund erfahren, welche Schmach sie über ihn gebracht hatte. Dann verstieß er die Hochschwangere und brachte sie in einen entfernten, einsamen Wald, wo sie in einer Höhle einsam und allein ihr Kind, ein Mädchen, zur Welt brachte.

Hin und wieder besuchte Roland Frau und Kind in der Höhle, vielleicht um sein Gewissen zu beruhigen. Doch nie sprach er mit ihnen, und da er sah, dass sie in der Wildnis zurande kamen, blieb er nie lange bei ihnen. Nach sechs Jahren war er soweit, seiner Frau endlich zu vergeben und sie mitsamt dem Kind, das nicht seines war, heimzuholen. Doch als er an einem eisigen Wintertag nach zweitägigem Fußmarsch die Höhle betrat, fand er niemanden mehr vor.« Fronica sah Agnes fragend an.

»Ja, wenn wir nur etwas länger gewartet hätten.« In Agnes' Erinnerung erschienen die gleichen Bilder, die Fronica in Wulfhilds Augen gesehen hatte. »Wir sind vom Wahnsinn sicherlich weit entfernt, denn unsere Bilder gleichen sich.« Fast hätte Agnes sich gewünscht, es wäre nicht so.

»Soll ich trotzdem die Geschichte weitererzählen?«, fragte Fronica leise.

Agnes nickte stumm.

»Vorbei war es da mit seiner Barmherzigkeit. In seiner blinden Wut war er davon überzeugt, dass missgünstige Leute aus dem Dorf, derer es genug gab, hinter ihrem Verschwinden steckten; Männer, die sie womöglich geschändet und getötet hatten; oder vielleicht deren betrogene Weiber, die sich an der Verführerin von einst gerächt hatten.

Wie es der Teufel wollte, begegnete ihm auf dem Rückweg in der Einsamkeit des Waldes ein obskurer Wanderprediger. Dem klagte Roland in dem Glauben, einen ehrenhaften Gottesmann vor sich zu haben, sein Leid. Der Prediger wusste Rat. Gegen geringen Lohn könnte er dem Schmied Genugtuung verschaffen, indem er seinen Feinden Übles prophezeie. Denn Gott selbst habe ihn zu einem Werkzeug Seiner Rache gemacht. Rache, ja, das sei sein einziges Verlangen, versicherte Roland ihm grimmig, doch müsse diese nicht nur mit drohenden Worten, sondern mit verderblicher Wucht über das ganze Dorf kommen. Der Prediger stellte ihm allerlei Fragen; vor allem mögliche übersinnliche Vorfälle der letzten Zeit waren für ihn von Interesse. In diesen Gesprächen wurde das Schicksal des Dorfes besiegelt.

Den wahren Grund für das Verschwinden seiner Frau und des Kindes hätte der von Hass zerfressene Roland erfahren, wären er und der Wandermönch nicht schneller unterwegs gewesen als eine nur mühsam vorankommende Gauklertruppe, die alles hätte aufklären können. Doch …«

»Froni«, unterbrach Agnes. »Sprich es aus: Die Gauklertruppe waren wir.«

Fronica nickte, presste kurz die Lippen zusammen und fuhr fort. »Doch Roland hatte in den vergangenen sechs Jahren unzählige Schleichpfade und somit den schnellsten Weg zu der entfernten Höhle erkundet, und deshalb konnte der Wandermönch vor dem versammelten Dorf seine unselige, aber eindrucksvolle Predigt halten, einen Tag, bevor besagte Gaukler das Dorf erreichten.

›Euer Verderben ist besiegelt!‹, verkündete er den verängstigten Menschen. ›Dieser Ort, wo nunmehr Schweine von den Toten auferstehen – denn dies ist das Zeichen! –, ist fest in Satans Hand! Nur eines könnt ihr tun, um eure Seelen zu retten: Brennt eure Hütten nieder und verlasst noch heute diesen sündigen Ort! Beginnt anderswo ein neues Leben und bittet den Herrn um Vergebung! Bleibt ihr aber, so wird euch schon morgen der Tod ereilen; in der Hölle werdet ihr euch wiederfinden, wo euch bis in alle Ewigkeit die schrecklichsten Qualen erwarten.‹

Er sprach mit gespenstischer Überzeugungskraft, und die Leute glaubten ihm, denn sie erinnerten sich, dass einst schon Jesaja, der verschollene Dorfpriester, von kommendem Unheil gesprochen hatte. Niemand zweifelte mehr daran, dass es soweit war. Und sie taten, was der Betrüger im Mönchsgewand ihnen geraten hatte, brannten ihr Dorf nieder und zerstreuten sich in alle Winde.«

Fronicas Atem ging schwer. Als wäre sie soeben auf einen Berg gestiegen. »Auch der verbitterte Roland verließ den verwunschenen Ort, doch ein rechtschaffenes Leben scheint er nicht geführt zu haben. Wir sahen ihn auf dem Weg nach Langerode. Da hing er an einem Galgen«, schloss sie ihre Erzählung.

Mit geschlossenen Augen hatte Agnes der weiteren Geschichte gelauscht.

»Wie schon gesagt, wenn du wahnsinnig bist, Froni«, sagte sie, als das Schweigen zu lastend wurde, »dann bin auch ich es. Denn das, was du gesehen hast, habe auch ich gesehen. Manchmal, nicht fortwährend. Bis das Bild sich zusammenfügte.«

»Selbst meinem Hans würde hierzu keine Melodie einfallen«, vermutete Fronica. »Was wir sahen, ist die Vergangenheit. Aber was ist mit dem Künftigen, Nes? Ich nehme an, du hast auch davon etwas gesehen?«

Agnes nickte nur.

»Glaubst du, Nes, dass es unabänderlich ist, was wir für die Zukunft sehen? Gibt es kein Zurück? Hat Gott bereits entschieden, all dies geschehen zu lassen?«

»Ich weiß nur, dass auch Wulfhilds Vater zukünftige Geschehnisse prophezeite.«

Agnes dachte zurück an ihre letzte Begegnung mit Jesaja. *Du fragst dich warum, Grafentochter?,* hatte er ihr zugeflüstert, an jenem denkwürdigen Tag, als er für Kilian sein Leben gab.

Weil die Welt euch noch braucht – dich, deinen Gefährten und euer Kind!

»Jesaja sprach damals auch von Hoffnung«, fasste sie das noch Unbegreifliche knapp zusammen, während sie sich über den schwangeren Bauch strich. »Lass uns darauf vertrauen, dass alles dem Plan Gottes folgt.«

»Dann lass uns fröhlicher dreinblicken. Sieh, da stürmt nämlich Benno schon den Hang herauf. Er erwartet hier bestimmt keine Jammergestalten.«

»Nes!«, rief der Knabe schon von Weitem. »Wo bleibst du denn? Ursula verlangt schon die ganze Zeit nach dir!«

Agnes rappelte sich auf und ergriff lächelnd seine galante Hand.

»Wenn das so ist, Brüderchen, dann wollen wir die Dame nicht länger warten lassen.«

FSC
www.fsc.org
MIX
Papier aus verantwortungsvollen Quellen
Paper from responsible sources
FSC® C141904

Druck:
Canon Deutschland Business Services GmbH
im Auftrag der KNV-Gruppe
Ferdinand-Jühlke-Str. 7
99095 Erfurt